嗜血門徒

THICKER THAN BLOOD

MIKE OMER

麥克・歐默——著　李雅玲——譯

獻給我的雙親，他們在這條路上協助我踏出每一步

第一章

二〇一六年十月十四日，星期五

凱瑟琳一直相信她的靈魂是沒有重量的，靈魂是由思想、感覺和信念所組成，都是不成形的，像陽光一樣明亮。但靈魂也包含了一個人的祕密，那些祕密一天比一天沉重。

如果她能夠背負重擔，也許她可如常繼續過活，她想像她有一個堅固的背包，就像她叔叔過去背的那種有帶扣和軟墊背帶的那種，她可以把所有祕密都放在裡頭，調整一下腰帶，重量就均勻分散了。

但相反地，她的祕密自己選擇了安身之處，有天會圍成一圈落在她脖子上，將她拖下，使她腰桿都直不起來，隔天早上，祕密會爬進她的腸中，她會不斷因痙攣而屈身，每小時都得跑廁所。現在，祕密在她心裡潛伏，擠壓著她的內心，直到心臟感覺要粉碎，或者只是停止跳動。

那天早上她請病假，那是當週第三次了，她父親愈來愈擔心，她以「女性問題」為說詞來規避他的詢問。現在已經是深夜了，她坐在客廳裡試圖哭泣，電視螢幕在她面前閃爍。

她的眼淚遺忘了出路，淚水不停從喉頭滿溢，使她的聲音顯得尖銳又嗚咽，但眼淚好幾天都沒有湧現了，如果她設法哭出來，將會是一種釋放，也許祕密的重量會變得足堪忍受。她的眼裡依然乾燥，她的嘴唇顫抖著，只感覺自己幼稚又愚蠢。

祕密的質地很黏，如果不小心，可能會堵塞妳的淚管。

過去幾週她好幾次把玩手機，開啟通訊錄列表，父親是她通訊錄最愛名單的第一位，合情合理，因為他是她最愛的人，是雙親中她最愛的那一位，是所有人類中她最愛的人，是她在全世界最喜歡的存在，她可以告訴他真相，她心中的沉重會消散於無形，她的手指在螢幕上猶豫不決，有一瞬間，她幾乎可以感覺到預期的解脫感。

然後他的影像浮現了，是他受傷的表情。他已不再年輕，去年他心臟病發，醫生說是「僥倖脫險」。她告訴他的話，會對他造成什麼傷害？

想像中的解脫感轉變為痛苦的恐懼和內疚，她不能這麼做。

她發出原始野性的啜泣，眼裡依舊像塵土一樣乾，哭不出半滴眼淚。

突如其來的敲門聲使她心跳漏了一拍，她一時間無法推測會是誰來，時間已經很晚了，她的朋友或鄰居會在出現在她家門口之前先發訊息給她，尤其是在這個時候。然後她知道了，是她父親，他擔心她，想來看看她的狀況。

屆時他看了她臉色一眼，就會知道出了嚴重的事，如果這是「女性問題」，也不會是每個月都會發生的那種問題。當他問她時，她有辦法對他說謊嗎？現在不行，今晚不行，她必須告訴他一切。

她一站起身，一陣解脫、恐懼和內疚感便立即淹沒了她，她在門口絆了一跤，她快速看一眼窺視孔。

「噢，」她驚訝地說出。她認識這個人，但不是她父親。

經歷漫長的一天，她的腦袋一片混沌，她伸手要去開鎖，更多是出於困惑，而非出自她的意圖。她開鎖時突然感覺到這是個錯誤，她的想法在恐慌中混亂起來，試圖命令自己的手指停下，讓這扇門保持關閉狀態。這個男人根本不應該出現在這裡，他的眼裡有某種閃爍不定的神色，某種危險又不穩定的感覺。

但是她的大腦和身體之間有片刻脫節，彷彿慢動作一樣，她轉動門鎖的旋鈕，將門解鎖。門直接撞開，打在她臉上，突然一陣疼痛讓她眼花，她向後跌坐在地板上，整張臉的右側都在抽痛，視力模糊，淚水湧入她的眼裡，終於找到出路。她試圖尖叫，試圖說話。

一隻手鉗住她的臉，封住她的口鼻，她無法呼吸，無法發出聲音，她掙扎，而他打了她。世界變成一片平靜怡人漆黑。

她的眼皮拍動著要張開，嘴巴覺得怪怪的，有種毛茸茸的感覺，她花了點時間才意識到嘴裡塞了東西，她舉起手想把嘴裡的東西拉出。

「不准。」

命令凍結了她的動作。

「我需要妳把嘴巴塞好，我不能讓妳尖叫。」

她的目光聚焦在那張熟悉的臉上，然後她眨眨眼，無聲地哀求他放她走。

「只需要一下子就好。」他說，聽起來似乎帶著歉意。他拿著東西，是一根注射針。

他將她的右手拉向自己，舉起針頭，正要刺向她，她發出朦朦的尖叫聲，試圖扯開她的手。她很虛弱，他握著她的手力氣大到讓她很痛，但她突然一抽手驚嚇到他，使他下針下偏了，針刺入手臂，她喘著粗氣。

「看看妳害我做了什麼！」他咆哮著生氣了，她再次看見他眼裡的閃爍不定。他用手緊握住她的手腕，這弄痛了她，他再次扎針。她試圖用另一隻手扒他的臉，他打了她一巴掌。

「這樣我打不到妳的血管，」他喃喃道。他又戳進一針，搖搖頭，沮喪地喃喃自語。

她扭開手，針頭也隨之扭轉，手臂上一陣令人目眩的痛楚逐漸擴大，鮮血從她手臂上凹凸不平的針孔中滲出。她感到頭暈，覺得自己快要暈厥。

「該死！」他憤怒地扔掉針頭，針頭在房間角落發出鏗啷一聲，他看著她，憤怒地咬著牙，然後他向下看了一眼她流血的手臂，他的眼睛睜大，吞下口水時喉嚨一縮。

他把頭低向她的手臂將血舔掉，這動作令她嫌惡不已，他的舌頭在她肌膚上的粗糙感使她因噁心和恐懼而侷促不安，她試圖把手抽走，但他握緊手臂，發出一聲奇怪的聲音，一聲咆哮。他的嘴唇在她肌膚上吸得緊緊的，他開始出聲啜飲。她無聲地盯著他在她破皮的肌膚上吸血。他終於退開，下巴流淌著幾滴鮮血。

「我不得不。」他的表情因羞愧而扭曲。「對不起。」

世界再次淡出。

當她恢復意識時，他不見了，附近某處迴盪著一陣奇怪的痛哭聲，是有人在哭嗎？是，是他，他還在她家中，且他在哭。

警察，她得報警。她試圖逼自己移動，但她的四肢不聽使喚，血從她的手臂滲出，滴落在地板上。

最終她終於設法移動了，從嘴裡抽出破布，她就要站起身，身後傳來的噪音使她的動作凍結了。

有一塊布圍繞並束緊她的喉嚨，使她窒息，她抓扒著那塊布，卻無法抓住絞索，她在試圖尖叫時嘴巴張得大大的，卻叫不出聲音，無法呼吸，當視線模糊，有斑點在她的眼裡起舞。

一聲低沉的輕笑傳來，笑中充滿惡意，她耳邊聽見咆哮的低語。「現在有趣的部分來了。」

第二章

二〇一六年十月十五日，星期六

荷莉・歐唐納警探站在門廳，看著醫護人員輕輕將凱瑟琳・藍姆的屍體放到擔架上，屍體被裝在屍袋中拉上拉鍊，但那幅圖像烙印在她的腦海裡，糾結的髮束被乾掉的鮮血黏在臉頰上，皮膚上的瘀血與死亡的蒼白形成鮮明對比，破爛的衣物，代表凱瑟琳臨終前無可避免的侮辱。有時歐唐納能召喚出她專業上超然的心理屏障，但今天她做不到。

兩名抬擔架的男子花了一些時間才設法離開客廳，竭力避免踩到大量血跡斑斑的乾血，他們離開時，歐唐納花了一點時間重新聚焦，當屍體被移走，謀殺現場的氣氛總會有變化，聲音會越愈來愈大，警官們更能自由行走移動，他們動作非常高效，有人會開些玩笑，大家都鬆了一口氣。死者離開了，現在是時候讓活人們來收尾了。

她藉由穿透窗戶的柔和光線來詳細檢查周遭的環境，這是一間小屋子，她想像在最近的可怕事件發生之前，這裡曾是個可愛的居處，舒適的臥室，有座沙發和小電視的宜人客廳，廚房有點狹窄，但是凱瑟琳・藍姆把這個空間佈置得令人驚嘆，她將鍋碗瓢盆懸掛在牆上，幾乎使鍋子看起來像是裝飾的一部分。透過廚房的窗戶可以瞥見後院，草坪長得張狂，到處都是雜草和乾樹葉。

歐唐納轉向站在廚房裡的加爾薩警官，他正在翻動他線圈速寫本中的頁面。

「我們去處理客廳吧。」她說。

他花了太長時間才點頭，臉上閃過一絲不滿，她已經習慣那些惡意刁難她的短暫時刻，在那些警察看來，她沒資格自稱警探或警察，彷彿她絕對沒資格負責發號施令。

好吧，就是她在負責發號施令，不管有她沒有資格都一樣，加爾薩必須接受。

他走進客廳，手裡拿著速寫本，然後等她。她猶豫了一下，地板上的大片血跡使她受挫，對於像加爾薩這麼高大的人來說沒有問題，但是她無法直接跨過血漬，她不得不跳過去，就像之前的兩次一樣，而且在穿著鞋套的前提下。她堅持每個人都要穿上鞋套，這使她很容易滑倒，更別提她設想自己看起來會很荒謬，像隻穿著廉價西裝的兔子一樣跳來跳去。

她跳過血跡，真的滑了一下，差點跌倒。她站直看著加爾薩，看他敢不敢笑她。他沒有。

她專注於手頭上的工作，開始用捲尺測量房間，並把測量結果報讀給加爾薩，加爾薩在頁面上記下細節。加爾薩和他的搭檔是第一個出現在現場的人，歐唐納現身時，她請加爾薩進行現場速寫師，而他的搭檔則負責現場周邊。他們早就完成洗手間和臥室的工作，等待屍體移走之後才開始處理客廳。

她在受害者丟在地板上的手機旁放了一個八號證據標記，九號證據標記放在撕裂的胸罩旁，覆蓋在地板上血腳印旁邊的是十號到十五號的證據標記。她經手的一起兇殺案審判差點敗訴，原因是他們只用了一個證據標記來標記三個腳印，導致照片被判定偽劣。這點不可再犯。

「一定要在速寫中指出腳步的方向。」她說。

「我會。」加爾薩正在測量從受害者手機到房門口的距離。

「然後分別三角測量每一邊的距離。」

他朝她擺了個厭惡的表情，但什麼也沒說。當然他知道該怎麼做；無需對他進行微觀管理，但小心駛得萬年船，在這一生過去的幾個月中，歐唐納已經翻過夠多次船了。

她在房間裡走來走去，小心翼翼避免沾上血跡，尋找她可能錯過的任何證據，但什麼也沒發現，然後她大步走向加爾薩，瞥了一眼速寫。她勉強承認這個男人做得很好，速寫處理得井然有序，三角測量看起來細緻又有條理。

一陣很大的聲響引起她的注意，外面的警官正在和某人吵架，語氣愈來愈火爆。已經有媒體來了嗎？還是一個愛管閒事的鄰居？

她再次跳過血跡，這次沒有滑倒，跳血跡這方面一定會愈練愈好。然後她走出房子，瞇著眼以適應陽光。

他們封鎖了凱瑟琳・藍姆的房子和小小的前院，以及一段人行道。加爾薩的搭檔是剛從學院畢業的菜鳥，他站在封鎖線裡的人行道上，手裡拿著犯罪現場日誌。黃色封鎖線的另一側是一個男人和一個女人，那個女人穿著一件米色長風衣，雙手插在口袋裡，戴著一頂配色的棕色羊毛帽和一條圍巾，男子穿著一件黑色大衣，底下穿著灰色西裝。

女人在斥責菜鳥，聲音提高到蓋過車陣的聲音。「我們只需要幾分鐘，你最好——」

「不好意思，」歐唐納大步走過，她的呼吸在冷空氣中起霧。「有什麼問題嗎？」

「聯邦調查局來的，」菜鳥說。「他們想進入犯罪現場。」

歐唐納皺著眉頭，轉身面對兩名聯邦調查局人員。這個男人黑髮，高個子，肩膀寬闊，他的姿勢異常隨性，幾乎顯得懶散，就像一個高中生試圖表現得很酷一樣。那個女人在某種程度上完全相反，她的身高甚至不及那男人的肩膀，羊毛帽底下露出幾縷赤褐色的髮絲，細長的嘴唇不悅地噘起，整個身體似乎保持備戰狀態，彷彿正要撲向某人。她的鼻子是長長的鷹鈎狀，因寒冷而泛紅，她把目光轉向歐唐納，歐唐納差點後退一步。這女人的眼睛是草綠色，眼神強烈到令她深切不安，彷彿她不只是在看歐唐納——而其實是正在仔細檢查她皮膚上的每一個毛孔。

「我是歐唐納警探。」歐唐納強迫自己對上那個女人的目光。「你們是？」

「葛雷探員。」那男人閃閃他的聯邦調查局識別證。「這位是班特利博士。」

「這是芝加哥警署的犯罪現場，兩位探員，在我們處理好之前，你們不能進入。」

「這起謀殺案可能與我們正在調查的案件有關，」班特利說，「我們只需要幾分鐘來——」

「誰說這是一起謀殺案？」歐唐納問。

葛雷對他的搭檔投去一個厭煩的表情，她似乎沒有注意到，他嘆了口氣，「是馬丁內斯副隊長跟我們通風報信的，他打電話告訴我們，有一個名叫凱瑟琳・藍姆的二十九歲女性在家中遭到勒斃。」

歐唐納維持她的撲克臉，盡力掩飾內心的憤怒。她一直很欣賞馬丁內斯，他像她一樣曾在中央警局工作，他在想什麼，怎麼會聯絡聯邦調查局通報一起當地謀殺案？還向他們提供初步未經驗證的資訊，例如死亡原因，這是連菜鳥都不會犯的錯。「這起謀殺案與你們的案件有何關聯？」

「我們對此無權發言，」班特利張開嘴時，葛雷迅速說道。

歐唐納給了他們一個皮笑肉不笑的微笑。「我還有犯罪現場要處理，祝你們有個美好的一天，兩位探員。」

「等等。」班特利的聲音尖銳起來，眼裡閃現出憤怒。

歐唐納轉身離開，她隨後要跟馬丁內斯好好談一談，弄清楚這是怎麼回事。

「歐唐納警探，」葛雷探員對著離去的她叫喊。「耽誤妳兩分鐘時間，可以嗎？我們可能有一些訊息。」

歐唐納嘆口氣，走了回去。葛雷似乎很尷尬，面露謙卑之色。

「介意我們私下談談嗎？」他問。

歐唐納彎腰蹲到黃色封鎖線底下，她從屋裡走出去有幾碼遠，已經超乎聽力範圍之外。

「談什麼？」她問跟隨在她身後的探員。

「我們正在調查一個名為羅德．格洛弗的連環殺手，」葛雷探員說。「他以偽造的身分在芝加哥生活了大約十年。」

「他與這起謀殺案有何關聯？」

「我們不確定他是否與此案有關，但是羅德．格洛弗會勒死他的受害者，他最後一個已知地址就在這個鄰近地區，在麥金利公園附近。」

「這聽起來像是一種武斷的聯繫，」歐唐納指出。「是不是在這區域只要懷疑有人涉嫌勒斃受害人，你們就會現身在兇殺案調查的現場？」

班特利不耐煩地哼了一聲。「在這個鄰近地區，性侵絞殺案並非每天都會發生——」

「性侵殺人案？是馬丁內斯告訴妳這是一起性侵殺人案？」

「他說受害者的衣服被撕裂了。」

「他該死的為什麼要告訴妳這一切？此案與他無關，任何報告都沒有提及該項資訊，他——」她腦中的拼圖突然拼起來了。「班特利博士？妳是柔伊．班特利探員，那個側寫專家，妳跟馬丁內斯一起偵辦勒喉禮儀師的案子。」

「是。」

三個月前，芝加哥遭到連環殺手的恐怖襲擊，凶手謀殺了年輕女性並為屍體進行防腐，然後將她們的屍體放在全市擺姿勢。馬丁內斯副隊長一直負責調查，並請求調查局提供協助，班特利博士和葛雷探員一直擔任專案小組的成員，最終逮捕了凶手。

「你們不是聯邦調查局芝加哥調查處的人。」

「不是，」葛雷回答。「我們是行為分析小組的人。」

「而你們剛好今天人在芝加哥？」歐唐納語帶懷疑地問。行為分析小組位於維吉尼亞州匡提科鎮，與此地相隔大半個國家。

「不完全是，我們一直在追蹤格洛弗的行跡，過去一週我們一直在芝加哥。」

「所以你們現在想接手此案嗎？只是因為你們認為此案可能相關——」

「我們沒有要接手任何事，」葛雷用和解的姿態舉起手。「我們只是想評估格洛弗是否可能與此案有關。」

「好吧。」歐唐納聳聳肩。「去芝加哥調查處找你們的人談吧，他們可以從我們這裡拿到案件報告，你們就可以看了。」

「如果我能親自看到犯罪現場就更好了，」班特利脫口而出。

「對誰來說會更好？」

「嗯，對每個人來說都是，我們在側寫這類攻擊方面的經驗豐富，如果我們看到現場——」

歐唐納對這位女性高高在上的態度感到不太耐煩。「照片會放在案件檔案中。」

正當她又要說些什麼的時候，葛雷碰碰班特利的手臂，她閉上了嘴。

「聽著，」他說。「我們可以在這個案件上試圖提供協助，我們可以分派聯邦調查局的資源進來。」

這就是歐唐納一直想聽到的，芝加哥DNA檢驗積壓的量大到可笑，但是如果聯邦調查局涉入，自願提供他們自己的實驗室呢？歐唐納可以運用這個天上掉下來的禮物。

此外，她也很好奇。她聽過很多人談論柔伊．班特利和勒喉禮儀師的案子，人們熱衷談論班特利，就好比他們喜歡談論歐唐納及最近的醜聞，側寫專家得到的評價，從冒牌貨到天才都有。那個案子有些混亂，班特利在調查期間害自己受了重傷，她和她的搭檔可能將關鍵情報瞞著警方。歐唐納甚至聽說一個荒唐的謠言，說當他們逮捕凶手時班特利是半裸的。肯定就是這名側寫專家讓人們說長論短。

她想親眼看她側寫。

「好吧，」她說。「你們可以看一下，但是如果我要求你們不要插手，你們就不能插手。」

「嘿，這是妳的現場啊。」葛雷探員對她閃現微笑。

她帶領他們回到屋子裡，班特利和葛雷在日誌上簽名，並跟隨她走進屋內。加爾薩仍在客廳裡速寫，攝影師加入了他，並拍下其中一個血腳印的近照。歐唐納在心裡記下要確認他有拍到幾張把所有腳印用廣角鏡頭一起拍進去的照片。

「手套和鞋套。」歐唐納指出入口處的箱子。她看著班特利注意到大片血跡時的表情。

「受害者在流血，」班特利在把一副手套戴上手時喃喃說道。

到目前為止，歐唐納對這女人的辦案技巧沒有留下什麼特出的印象。「馬丁內斯沒提到嗎？」她故作無辜地問。她知道他沒有說，這點不在現場第一批警官的初步報告中。

班特利無視她，她穿上鞋套，走近血跡，甚至沒有停頓就跳了過去，降落在客廳裡。

歐唐納很生氣，柔伊．班特利比她矮很多，但是她該死地設法用瞪羚般的優雅跳過了血跡。

第三章

柔伊仔細檢查交疊在房間地板上的大片血跡和腳印，起初很難理解這片混亂；血腳印被抹開，彼此交踩，她慢慢設法在腦中釐清：有人在房間入口附近轉了好幾圈，走到最遠的角落然後返回，他好幾次踩進血泊中，這可能表示他感到困惑或極度煩惱。

丟棄在地板上的胸罩遭到強力撕裂，背面的金屬小勾也扭曲變形，剩下的衣物呢？也被撕裂了嗎？她試圖阻止讓明顯的問題掩蓋她的判斷：這可能是格洛弗的傑作嗎？

如果她一直針對格洛弗，她就會一直竄改事實，讓事實符合自己想看見的，但是她不確定是否可以迴避這個問題。格洛弗像寄生的藤蔓一樣成長並充斥她的思緒，爬進每個不引人注意的角落，阻礙所有其他思緒。

在過去幾週，她和塔圖姆嚴密追蹤了格洛弗的行跡，一路追溯到十年前，就像倒帶的電影。他們從他最後去過的地方起步：她自己住的那棟樓中的公寓，他以丹尼爾．摩爾的名字承租下來，並跟蹤柔伊和她妹妹安德芮亞一個多月。當柔伊離開去德州調查一起案件時，格洛弗出擊了，幸運的是安德芮亞設法在不受傷害的前提下逃脫了，格洛弗在過程中中槍，並蹲在他的潮濕公寓中休養康復。法醫小組估計格洛弗差點身亡，但設法止住了血，一等到他能站得起來，他就逃跑了。

更有甚者，格洛弗快死了，不是因為子彈，而是出於更平凡無奇的原因，他患有晚期腦瘤，這使他比過去任何時刻都更加危險，成為一頭一無所有的垂死野獸。

她轉向歐唐納，警探站在房間遠遠的另一端，她深色的眼眸尾隨攝影師，他半跪著拍了一系列血腥的腳印。

「我可以看看屍體的照片嗎？」柔伊問歐唐納警探。

歐唐納皺了皺眉，考慮了半晌，彷彿這請求是不合理的，最後她要求攝影師給他們看照片。

他站起身，用一根細長的手指扶扶他的粗框眼鏡，然後他開始擺弄相機，在瀏覽照片時皺著眉頭。

塔圖姆走進客廳。「她的臥室裡有一些血跡。」他越過他的肩膀指向門口。「有更多腳印和血手印抹在床頭櫃和牆壁上。」

「有指紋？」柔伊問。

「我不這麼認為，我用肉眼看不出任何線索——只是抹過去，房間裡的法醫說，看起來無論是誰留下了這些抹過的血跡，那人都戴著手套。」

「戴手套表示是預謀犯案，但現場這團混亂看起來像是完全的失誤。」柔伊說。

「浴室的水槽和地板上也有血跡。」

「他在那裡沖洗嗎？」

「看起來是。」

當攝影師說，「來吧。」柔伊正在試圖想像事件展開。他走向他們，並向他們展示相機背面的螢幕。

一時半刻，柔伊很難理解自己看到了什麼。「那是屍體嗎？」她問。「屍體被蓋起來了嗎？」

「是的，」歐唐納在她身後回答。「她被蓋上一條毯子。」

「是誰發現受害者的？」塔圖姆問。

「她的父親，艾伯特．藍姆，」歐唐納說。

「是他幫她蓋上毯子的嗎？」

「他說他沒有，她發現她的時候就是那樣了，」歐唐納回答。「證據證實了這一點，看到毯子上的那些污漬了嗎？」

攝影師翻動這些照片，找到兩張大片棕色污點的特寫鏡頭。

「是血跡。」歐唐納指出。「當血液還新鮮時，她就被蓋上了，但是當我們到達現場且血液乾掉時，屍體處於進一步的屍僵狀態，她已經死亡一段時間了，無論幫她蓋上毯子的人是誰，都是在她死後不久蓋的。」

歐唐納是否考慮過另一種解釋？父親可能是凶手，他可能蓋好她的屍體，並在數小時後打電話報警。

「所以他發現她被蓋著，就讓她那樣被留在原地？」塔圖姆難以置信地問。

「不，他掀掉遮蓋物，看見她已死亡且僵硬，根據他最初的供詞，他還試圖喚醒她，然後他再次蓋住她，然後撥打九一一。」

攝影師滑動瀏覽了幾張從不同角度拍下被蓋好的屍體照片，然後他停下，螢幕上的照片顯示出沒有蓋住的屍體。

很容易可以看出父親為何再次將她蓋好。

女人的屍體屈身，膝蓋向後彎，裙子拉到腳踝，她的襯衫被撕裂，左乳暴露在外，沒有穿內褲。即便父親想保護女兒的形象，他也會發現，當她的腿以這種方式彎曲，很難把裙子拉好。

柔伊瞥了一眼躺在地板上、用證據標記標示出來的撕裂胸罩。「你們有找到她的內褲嗎？」

「還沒，我們還在翻垃圾桶。」

「如果沒在這裡，可能就找不到了，」柔伊說。「他拿走了，這是戰利品。」

她仔細檢視了照片。屍體的手臂上布滿血跡，女人的臉上也濺滿鮮血，髮絲凝結成塊，緊貼著沾滿鮮血的雙頰，左腿上沾滿被塗抹開的鮮血，但看起來好像不是傷口造成的，在某個時間點，受害者的腿可能已經擦過地板上的血。瘀血在女人的脖子造成損傷——可能是勒痕，但是在小螢幕上很難確定，尤其是用廣角拍攝的照片。

攝影師不斷滑動瀏覽著照片，加快了速度，彷彿覺得那些影像令他難以直視。柔伊覺得這很奇怪，這些照片是他自己拍的。

「等等，」她說。「回去上一張。」

他向後滑動了一張照片，這是她脖子上痕跡的特寫照片，痕跡看起來確實像是勒痕，但柔伊仍不確定，引起她注意的是女人脖子上一條細細的銀線。

「她有戴首飾嗎？」她問。

「是一條十字架的銀項鍊，她的父親說她一直都戴著，」歐唐納回答。

「他為什麼不拿走那個當成戰利品？」柔伊喃喃道。

「也許他不喜歡珠寶，」塔圖姆這麼提議。

柔伊點點頭，這是有可能的，儘管會拿走戰利品的連環殺手通常會拿走珠寶，尤其是這個案子，她是被勒死的，項鍊就掛在脖子上，殺手肯定會注意到。他有可能是用項鍊把女孩勒死的嗎？她仔細檢查了照片，似乎不太可能，項鍊會被扯斷，這條項鍊太細了。

「你說她的床頭櫃上有手指抹過的血跡，」柔伊告訴塔圖姆。「那裡有任何珠寶嗎？」

「我不知道。」

「那裡放著一個珠寶盒，」歐唐納說。「有兩條手鍊。」

「兩條手鍊和一條項鍊，」柔伊斷言。「凶手可能搜過她的物品，拿了項鍊，並在她死後戴在脖子上。」

「我對此表示懷疑，」歐唐納說。「她的父親說她總是戴著項鍊，凶手很可能只是在尋找他能拿走的任何有價值的物品，手鍊是廉價的小飾品，所以他留下手鍊，我們會問父親她是否有任何貴重的珠寶。」

柔伊感到一陣惱怒，但她沒對這個論點提出爭論。當攝影師滑動瀏覽其餘的影像時，她一直在尋找，也許這是好一段時間以來，她終於再次觀察到格洛弗的傑作。

當她和塔圖姆找出格洛弗的化名時，他們追蹤了他的行跡，他們已經得知他過去幾年住在芝加哥，他們在麥金利公園找到他的舊公寓，現在有幾個學生住在那裡。他們還追蹤了他以前擔任支援技工的舊工作，那是他六個月前丟掉的差事。他們花了幾天時間與他的老同事和經理談話，試圖收集任何些許訊息，他大多數的同事都說他是個好人，總是樂於提供協助，很愛開個玩笑或大笑，他的經理實際上使用富有團隊精神這個詞彙來形容他。

他的兩位女同事認為他身上有某種令她們發毛的特質，但確切原因她們說不上來。

柔伊知道這種感覺，她十四歲時親身體驗過，羅德．格洛弗是她的鄰居，他起初看起來像個好人，迷人又有趣。然後奇怪的是他令人不安的行為模式開始出現，大約在就那個時候，年輕女性開始相繼死亡。

「最後一張了。」攝影師說，放下相機。

「有使用武器的跡象嗎？」塔圖姆問，轉身面對歐唐納。

「嗯，」歐唐納回答。「我假設有兩種武器，她脖子上的痕跡看起來像勒痕，可見他使用了某種繩索或皮帶，而出血是她手臂上一個很醜的傷口造成的，因此也涉及某種刀片。另外，她的襯衫看起來部分像是用刀片割開的，但是我們沒有找到符合任何一項的證物。」她指著腳印。「看起來像是凶手穿越房間從地板上撿起某種東西，有看到腳印在牆壁正前方停下的樣子嗎？我敢打賭他停下來蹲在那裡。」

柔伊對警探的看法略有改善。「妳認為他撿起的是刀嗎？」

「我幾乎可以確定，如果妳過去那裡，會看到幾滴血，就在十六號證據標記旁邊，我認為血跡來自刀。」

柔伊走到房間的一個角落，蹲下看著地板，血跡就在那裡，幾滴完美的圓形棕色污漬，塔圖姆蹲在她旁邊。

「是垂直血滴，」他說。「這就是為什麼血跡形狀是圓形而不是橢圓形，這表示血不可能是從房間的另一邊飛濺出來，武器很可能掉在這裡。」

柔伊點點頭，試圖想像。「他很可能走到這裡，手裡拿著刀，然後停了幾秒鐘，那也證明了血滴的型態。」

「我不是法醫專家，」塔圖姆謹慎地說。「但是看看血滴周圍沒有濺開的型態嗎？如果血滴是從一英尺或兩英尺高處低落，落下的每一滴血都會在周圍呈現一個小的圓形飛濺型態，沒有的話，就表示血是只從幾英寸的高度滴落。我認為歐唐納警探是對的，武器放在這裡滴血，然後凶手蹲下撿起來。」

柔伊同意了，這是最簡單的解釋。她想像凶手襲擊了受害者，用刀威脅她，在掙扎過程中，刀割傷了受害者的手臂。然後呢？受害人是否設法以某種方式解除了殺手的武裝，將刀扔到角落？或許吧。

她站直身並試圖思考。整個現場中都存在衝突的行為模式：踩進血泊，覆蓋屍體，在整間公寓留下血跡，這一切行為都帶有困惑、恐懼甚至是羞愧的明顯特質，但是戴手套說明是預謀犯案，不見的內褲是戰利品，項鍊怎樣都不符合側寫。致死是意外造成的嗎？不可能有辦法猜測；柔伊甚至不確定受害者是否死於失血或窒息。

通常她很容易就能在腦海中想像出可能的情節，但在這裡，不同的細節無法緊密配合。他們漏掉了一些事。

第四章

塔圖姆再次掃視了房間，試圖捕捉受害者的感受。

某種程度上，這是他的舒適圈。他曾目睹過柔伊像套毛衣一樣輕鬆溜進殺手的腦海，這總是讓他留下深刻的印象，同時也使他不安。這對塔圖姆來說不一樣，當然，他知道統計數據；他閱讀過無數研究論文和連環殺手訪談記錄，研究過連環殺手的側寫，直到他幾乎每晚都夢見他們，但用他自創的毛衣比喻來說的話，對他來說溜進殺手的腦袋就像穿上小兩個尺寸的束縛裝一樣不舒服，幾乎不可能做到，只會使他感到痛苦又筋疲力盡。

但是他們的許多工作都圍繞著受害者，了解受害者的例行活動可以說明是什麼理由吸引了殺手，弄清受害者在被攻擊時的反應也有幫助，這通常對凶手的心理存有重大暗示。當面對懦弱的受害者時，有些殺手會變得更加暴力，而另一些只有在受害者掙扎時才會變得致命。了解受害者，就算了解殺手的一半了。

凱瑟琳．藍姆曾經心煩意亂，或許沮喪，近期有跡象顯示整個房屋都被她忽視了——沒有澆水的植物、滿是灰塵的窗台、滿出來的洗衣籃。當然，這也可能表示她是個不修邊幅的人，但有無止盡的跡象表明她不是，她的衣服疊得整整齊齊；除了最近造成的血跡之外，浴室很乾淨；冰箱裡的食物很新鮮，一團亂和疏於照料只是近期不幸事件上面薄薄一層的表相。

她過得寂寞嗎？她可能一直在約會，也許是網路交友，如果她過分粗心，她可能同意讓人載她去約會，這一點可以解釋此案缺乏強行闖入的跡象。但不對，那與他在照片中看到的破舊衣物不符，凱瑟琳遭到襲擊時並沒有打算離開家。

他看了柔伊一眼，正要提起衣物的事，但她緊咬嘴唇皺著眉頭，那是她的勿擾模式：表示她在思考一些事。

歐唐納也看著柔伊。那名警探波浪狀的金髮長度在肩上，穿著灰色褲子和深藍色外套，巧克力棕色的眼睛因質疑而瞇起。塔圖姆喜歡巧克力，偏愛異國風味的那種——鹹味巧克力、辛辣巧克力——但他過去從未見過面帶質疑的巧克力。她將頭向左歪了一下，與她在外面見到他們時的動作一模一樣。

歐唐納看起來就像魔術表演中一名厭倦的旁觀者，彷彿是她要他們從帽中拉出一隻兔子，因為唯有如此她才能說兔子一直躲在那裡：他們把兔子藏在袖子裡了，快來觀賞神奇的側寫員塔圖姆．葛雷表演，選一張牌，任何一張，你的牌是……黑桃傑克，失業，可能是白人，年齡在二十至二十五歲之間，他小時候會尿床還會虐待小貓。

她逮到他看著她的目光說，「所以？你認為這是你們要找的人嗎？」

「現在說還為時過早，」塔圖姆反射性回答。

她的眉毛拱起。「你有看出這和他其他的受害者有什麼共同點嗎？她看起來相似嗎？他會從其他謀殺案拿走戰利品嗎？他會遮蓋住其他屍體嗎？」

「羅德．格洛弗沒有遮蓋其他屍體，」塔圖姆承認。「但是有相似之處——」

「那他為什麼要蓋這具屍體？」

「可能有幾個原因。」塔圖姆聳聳肩。「有些連環殺手會因羞愧而遮蓋住他們的目標，這也是一種抽象形式——把你的受害者變成一個客體。」

「他把項鍊戴在她脖子上和遮蓋住她的理由相同。」柔伊轉身面對他們。「他認識她。」

歐唐納交叉起雙臂，當外面的警官大喊「歐唐納警探！」時，她似乎正要說些什麼。

「失陪了，」歐唐納說，大步走到外面。

塔圖姆又看了現場一眼，並跟著她，有個人站在外面，在犯罪現場封鎖線的另一側，眼睛充血，頭髮散亂。塔圖姆估計他年約六十歲，但看起來像是九十歲，他彎腰屈背，雙手發抖。塔圖姆深知這個場景；他過去看過很多次了，這是一個被悲痛徹底粉碎的人，他可能是凱瑟琳的父親艾伯特．藍姆，稍早發現她的人，他的手裡拎著一個小塑膠袋。

「藍姆先生。」歐唐納的語氣變了，早先鋼鐵般的尖銳就此消失。「對不起，但你還不能——」

「我幫她拿來一些衣服，」藍姆先生聲音沙啞地說。「想來幫她穿上衣服，我家裡有她的一些衣服，我想——」

「藍姆先生，現在沒有必要了，稍後你可以將她的衣服交給殯儀館，他們——」

「但是她的衣服被撕破了！」淚水順著男人的臉頰流下。「她不會想要……她需要……這襯衫是有鈕扣的——很容易就能幫她穿上，我可以自己幫她穿，然後我就會走，讓我進去一下就好……」他蹲下，正要穿越封鎖線。拿著日誌的警官似乎準備好要抓住他，但歐唐納卻走上前去，將手放在藍姆先生的肩膀上，好像要幫他穿過封鎖線，但同時也有效阻止他進入屋內。

「你女兒的遺體不在這裡了，他們把她移到太平間了，」她說。「他們將會進行驗屍，驗屍後，她的遺體將被轉送到殯儀館，你可以把全套服裝交給他們，讓他們幫她穿上。」

眼淚從他的下巴滴落到地上，他無助地向下凝視著自己拎著的袋子。

「你要我把衣服拿到太平間嗎？」歐唐納問。「我可以告訴他們。」

告訴他們什麼？塔圖姆納悶著，但他能看見男人臉上浮現的寬慰，他聽見他想聽的話了，從警探充滿權威且有條不紊的態度中得到安慰。

「好，謝謝。」他低語道。

「藍姆先生，你認為現在能夠再回答我幾個問題嗎？」

「可以，我……我很抱歉早些時候，我就是做不到……沒有辦法……」

「真的沒關係，先生。」歐唐納在她的筆記本上翻了一頁。「能請你告訴我——」

「那是另一位警探嗎？」男人指向塔圖姆。

歐唐納回頭看了一眼。「什麼另一位警探？」

「不是應該有兩名警探嗎？你們不是會搭檔進行調查嗎？」

「會，我們會。」歐唐納似乎一時感到震驚。

出了什麼問題，歐唐納的搭檔顯然不在場，而她不想告訴這個男人，也許她想避免讓事態看起來像是如此——好像警方只派了一名警探偵辦凱瑟琳．藍姆之死。他走向前，「我是塔圖姆．葛雷，我正與歐唐納警探一起工作。」

藍姆先生渙散地點點頭，歐唐納再次對他皺眉，他對上她的眼神——顯然他能從警探身上得到的只有皺眉。

她轉過身去回到那個心碎的男人身上。「你能再告訴我一次今天早上發生了什麼事嗎？」

「我打電話給凱茜……凱瑟琳，她昨天病了，她最近一直生病，所以我很擔心，她沒有接電話，我打了好幾通，她都沒有接，所以我過來一趟，我想她也許需要幫助。」

「當時幾點？」

「幾點……我不知道。」

「你第一通電話是什麼時候打給她的？」

「大約八點。」

「過了多久你才決定去看看她？」

「半小時吧，我想。」

「你最後一通電話打完之後的半小時嗎？」

「對……不對，我在途中又打了兩通電話給她。」

「所以你大約是八點三十分離家，途中又打了兩次電話，你什麼時候抵達這裡的？」

「走路要十五分鐘，所以一定是八點四十五分左右。」

歐唐納點點頭，將供詞寫在她的筆記本上。「你有敲門？」

「敲了好幾次，她都沒有應門，所以我試著開門，門沒鎖。」

「凱瑟琳沒鎖門是不尋常的嗎？」

「是，她總會把門鎖上。」

「繼續說。」

「我進屋，屋裡一團亂，地板上有條毯子，上頭有污漬，而她……我可以看見她的手從毯子下面露出來。」

「藍姆先生，你進去的時候確定毯子蓋在她身上嗎？」

「是！」他嘶啞的聲音提高了。「是蓋在她身上，我把毯子拉開，她……她很冰冷，衣服破了，身上滿是血跡和瘀傷，我叫了她的名字，然後搖搖她，她很僵硬。」當他敘述那噩夢般的時刻時，他將視線別開，讓他顯得很遙遠。「我撥了九一一。」

「接著你做了什麼？」

「他們說他們要過來，她的衣服被撕破了，所以我……我又把她蓋起來。然後我離開屋子，我必須離開屋子，我不能待在那裡，我在外面等，直到警察趕到。」

「我們抵達時她戴著一條項鍊，有十字架的銀項鍊，你發現她的時候就掛在她喉嚨上嗎？」

「是，她幾乎總是戴著那條項鍊。」

塔圖姆聽著，她一直在問他關於他的舉動，詳細盤問過一遍細節，艾伯特的舉止既困惑又心神錯亂，歐唐納必須重複問好幾次問題，他才答得出來，塔圖姆發現自己希望歐唐納能放過他。某個時間點，柔伊從屋子裡走出來站在塔圖姆身邊，聆聽著。

「你能想到有任何想要傷害凱瑟琳的人嗎？」歐唐納問。

「沒有！每個人都愛她。」

「有人和她吵架嗎？有什麼不尋常的事嗎？」

他在回答前猶豫了一下，「沒有。」

歐唐納略微歪了一下頭。「你提到凱瑟琳過去這一週病了。」

「是的，她沒有去上班。」

「她在哪裡工作？」

「她是我教堂的管理人。」

「你的教堂？你是牧師嗎？」

「是的，在河濱浸信會教堂。」

歐唐納停頓一下好記下這一點，塔圖姆猜測是為了相應調整她對此案的看法，他對芝加哥的內部政治並不特別適應，但他認為在教堂工作的牧師之女被謀殺，在媒體和官方看來都將是一起引人注目的案件。

「所以她最近請病假，」歐唐納說。「幾次病假？」

「兩次……不，過去一週請了三次，但是……她在那之前就曠職了幾個工作日了。」

「她有說過有什麼事不對勁嗎？」

「沒有。」

「你有覺得她看起來好像生病了嗎？」

「有，她一直很累，凱茜本來是一個如此充滿活力又幸福的女生，在過去一個月裡……」

他的聲音消散了，當下的緊繃感懸在空氣之中，無形但如刀鋒般鋒利，一秒鐘後他清清嗓子。

「她也缺席了她的一些志工工作。」

「藍姆先生，」歐唐納說。「你有提到她似乎很累，她看起來有不舒服嗎？有跟你抱怨過她不舒服的事嗎？發燒了嗎？流鼻水嗎？有說過什麼嗎？」

「沒有，沒有說過那一類的不舒服，她說她有女性問題。」

「有可能有什麼事困擾她嗎？有說她有個人問題，不是身體上的？」

「她絕不會曠職，不會像那樣曠職，」他的眼睛閃著微光，濕潤又絕望。「教會和她的志工工作對她來說就是一切。」

「她在哪裡當志工？」

「在教堂，擔任宗教顧問，我們的教會有兩名宗教顧問，她就是其中一人。」

「擔任誰的宗教顧問？」

「任何有需要的人。」

「她會定期向誰提供諮詢，藍姆先生？」

「各種人，陷入困境的年輕人、貧困的家庭、迷失方向或喪失信念的人……」他說話放慢了速度，聽起來像是突然試圖要讓自己的思緒超前說話速度。「就是需要幫助的人。」

歐唐納眼睛瞇起，她可能也注意到藍姆的舉止。

「問題人士，」她說。「女性，還有男性。」

「是的，」藍姆先生回答。

「正在努力改過自新的人嗎？」塔圖姆提議。

「對，沒錯。」

「犯過罪的人？」塔圖姆問。

一陣長久的沉默。

「凱瑟琳是犯罪份子的顧問嗎？」歐唐納問，與塔圖姆快速交換了一個表情。

「有一些是，你們需要了解，這些人會為凱瑟琳做任何事，他們永遠不會……不會這樣。」

「我懂，」歐唐納說。

她從這個話題上轉移，好像這個話題不再使她感興趣，但是她剩下的問題都是些不重要的事，這些問題是用來降低牧師的戒心。在訪談結束時，她要求他提供一些聯絡人，他輕易就提供了她許多詳細訊息，包括另一位宗教顧問。

終於，歐唐納問到她所需的一切，牧師離開了，他彎腰屈背，被他一生中最糟的一天掏空殆盡。

「好吧，妳剛說殺害凱瑟琳的人認識她，」歐唐納說。

「這是我的想法，」柔伊說。

「如果他是上她工作教堂的前科犯，那他不是妳要找的人，對吧？」

「羅德．格洛弗從沒有坐過牢。」

「好吧。」她出現結束話題的語氣。「我會即時通知妳最新訊息。」

「驗屍，」塔圖姆說。「是什麼時候？」

「可能是明天早上的第一件事。」

「我們可以列席嗎？我們一旦拿到驗屍報告，就不會再煩妳了。」

又出現那個皺眉的表情，頭又歪了一下，但她最終點頭。「好吧，給我你的電話，我會在知道時間之後通知你們。」

第五章

二〇一六年十月十六日，星期日

柔伊和塔圖姆在太平間外等，法醫是一位名叫特雷爾醫生的中年女性，當三個人看著她進行屍體解剖時，她並不緊張。「這裡也太擠了。」她指著身後幾排冰櫃說，柔伊感覺這不是她第一次開這種玩笑。他們把握時間在附近的咖啡廳吃早餐，閱讀關於謀殺案的粗略新聞報導，他們在兩個小時後返回，發現驗屍尚未結束。

柔伊已經對該案失去興趣。凱瑟琳．藍姆的兇殺案發生在格洛弗過往居住的那一帶，這件事感覺起來像是巧合，僅此而已，與格洛弗慣有的犯罪手法和特徵有太多差異。

格洛弗會在戶外襲擊女性，通常是在水域附近，地點會在相對偏遠、不可能出現證人的地區。格洛弗最後一次在室內襲擊某人是一個月以前，當時他襲擊了柔伊的妹妹安德芮亞，對他造成的後果幾乎致命，柔伊發現他不太可能再這樣做。

遮蓋受害者屍體也不是他典型的犯罪手法，格洛弗在他所有的攻擊犯罪中，完事後都表現出對受害者屍體完全不感興趣，她看不出此案有何理由例外。

不，柔伊估計凱瑟琳．藍姆遭到她認識的人襲擊，凶手使用手套犯案表示死亡可能不是意外發生——他是預謀強姦並殺害她，但謀殺後他產生一刻的後悔，他曾經很困惑，踩進血泊中留下了足跡，蓋住屍體以減輕罪惡感。柔伊不確定關於項鍊的判斷——也許歐唐納是對的，一開始項鍊就一直掛在那裡，被殺手忽略了。

那為什麼要拿走女人的內褲呢？這件小事讓她困擾，拿走戰利品感覺並不像罪惡感之下的行徑。

無所謂，也許他在撕開內褲後把內褲塞進了口袋，每起謀殺都有其微小的異常之處。

她不耐煩地查看手錶，他們在浪費寶貴的時間，這次調查不會是無限期的，單位負責人曼庫索同意給柔伊和塔圖姆十天時間待在芝加哥，追尋羅德．格洛弗的行跡，他們的時間快到了，還有兩天時間，在他們放棄之前，柔伊還想跟進一些線索。他們在這裡等待聆聽不相關驗屍結果的每分每秒，本來都可以去——

太平間的門開了，歐唐納警探站在門口，示意他們進來，她的面色看起來很蒼白，儘管這也許可以歸咎於白色螢光燈。

柔伊進入太平間，她已經開始淺淺呼吸，預期會聞到典型的死亡與化學物質混合在一起的惡臭。凱瑟琳．藍姆的屍體躺在桌面上，軀幹上有一個大型的Y字型疤痕，這是柔伊第一次親眼真正目睹凱瑟琳的屍體，現在她可以近距離檢查頸部的裂傷。她的脊椎一陣寒涼，格洛弗的受害者全都帶有這種標記，就像這樣。

「我已經完成驗屍，將我的一些發現告知歐唐納警探了，」特雷爾醫生說，「初步的驗屍報告將於明天準備就緒，但歐唐納要我告訴你們我發現了什麼。」

「謝謝，很感激，」塔圖姆說。

特雷爾簡潔地點點頭。「我剛開始驗屍時，屍體處於完全的死後僵直狀態，通常這表示受害者在十二到二十四小時前死亡，但在某些情況下可能少於這個時間，尤其是如果受害者在死亡前的肌肉活動劇烈。」

「例如，如果受害者掙扎的話，」塔圖姆說。

「沒錯，但在檢查屍斑時，我確實發現一些有趣的東西。」屍斑是人死後出現在屍體皮膚上的深色瘀傷，源自於血液沉滯在體內，這是由受害者死亡後唯一持續作用在屍體上的力量——重力——所造成。

「受害者屍體左側有明顯的屍斑。」特雷爾指著凱瑟琳左臂和大腿上的深色瘀傷。「但是，如果你們仔細觀察受害者的右側，你也會在那裡看到隱約的屍斑。」

「死後屍體被移動了，」柔伊說。「有人把屍體翻到另一側。」

「發現屍體時，屍體是向右側躺，」歐唐納說。「我認為這表示屍體在死亡後相當長的時間後被移動，這時屍斑幾乎已經完全產生了。」

「所以妳認為是父親移動了。」塔圖姆說。

柔伊點點頭，有道理，是艾伯特・藍姆發現凱瑟琳的，根據他自己的陳述，他搖晃過她，試圖喚醒她，但沒有意識到自己在這個過程中把她翻了過去，如果真的發生過這件事，那將提供他們一個可能的死亡時間表，因為他們知道艾伯特・藍姆發現屍體的時間。

這點很有趣，最基本的犯罪現場指示是不要擾亂任何跡證，直到警方過來處理為止，但在這個情況之下，由於艾伯特移動女兒的屍體的方式，他們的時間表比之前更加準確。

「對於我來說，要知道一開始是躺左側還是右側是不可能的，」特雷爾說。「很可能她本來躺在右側，幾個小時後轉向左側，然後屍斑完整時又翻回右側。」

「妳能估計她躺左側躺了多久時間嗎？」塔圖姆問。

「我估計躺了八到十個小時。」

在這情況下，假如歐唐納提出的劇本是正確的，則凱瑟琳・藍姆是在晚上十一點到凌晨一點間遭到謀殺。」

「我發現非常近期有性交和小陰唇擦傷的跡象，雖然這非必然表示受害者被強暴，但雙方合意性交的話，這種傷口不太可能產生。」

被扯破又撕碎的衣服，還有不見的內褲也無法證實任何事，特雷爾醫生的工作是盡可能精確描述，但柔伊對凱瑟琳被強暴這件事毫無疑問。

「臉部、手臂、膝蓋和左乳房有瘀傷，沒有破皮，死亡原因是窒息，她喉嚨上的傷痕符合繩索勒殺留下的痕跡，水平角度清楚表明勒殺並非由懸吊造成，使這起死亡更可能是凶殺案。繩索的痕跡寬而淺，沒有留下擦傷或瘀傷，這使我認為其使用的是寬幅又光滑的工具，例如皮帶。」

或是領帶。柔伊無法抑止自己的心跳，更無法抑制自己的思緒。羅德．格洛弗使用領帶謀殺他的受害者，這些受害者身上留下的套索痕跡與特雷爾描述的完全相同。

「我發現脖子上留下的紋路或刮痕，沒有一處與屍體送來時戴著的項鍊相符。」特雷爾從屍體上抬起眼睛。「我不確定，但我不認為她被謀殺時戴著項鍊。」

不到一秒之間，歐唐納的眼神瞬間對上柔伊。

「關於刀傷，妳能告訴我們什麼事？」塔圖姆問。

「其一，我可以告訴你們，這根本不是刀傷。」特雷爾繞著屍體移動，示意手臂上的傷口。「如果你們仔細觀察，會發現三處傷口，而不是一處，有兩處小刺傷和第三個較大的傷口，這些傷口是針頭造成的。她的手腕上有瘀傷，在這裡，表示手腕被人硬抓住，這可能是因為在戳入針頭時有人抓住了她。」

「受害者被注射了東西？」塔圖姆問。

「拿到毒物學報告之後我才能確定，但很有可能，不過，這是一根粗針，直徑在0.06到0.07英寸之間，這表示是十六號或十五號標準針頭，通常在進行注射時會使用較細的針頭，這種針頭尺寸典型較可能用於捐血，同時，我不懂他為什麼要不斷向她扎針。」

塔圖姆皺皺眉頭。「他可能根本不了解怎麼使用針頭。」

特雷爾點點頭。「確實如此，看這裡——你有看到這個瘀傷嗎？」她指著最大傷口周圍大範圍的紫色瘀傷。「這可能是注射過程中血管破裂所造成的。」

柔伊彎身看，瘀傷的形狀和大小使她全然想到另一件事。「這個瘀傷範圍這麼大，不是針頭造成的吧？」她問。

「這真的要看情況，大範圍傷口表示針頭被粗暴移動過，」特雷爾說，但柔伊認為她可以聽出博士聲音中的些微猶豫。

「如果這個瘀傷是因吸吮造成的呢？」柔伊問。

特雷爾仔細檢查了瘀傷。「我想這是有可能的。」

警探歐唐納似乎理解了。「你認為這是唇印？」

「這個針頭留下的痕跡就注射來說寬度不夠規則，就像醫生說的那樣。」柔伊指出，「他可能持續試圖從她身上抽血以供個人飲用，而當他看見鮮血噴濺時，就按捺不住自己了。」

塔圖姆、歐唐納和特雷爾全都以不同程度的厭惡和驚訝看著她，柔伊無視他們的質疑，飲血並非聞所未聞，過去在性掠奪者和連環殺手身上多次發生這種案例。

「如果發生的事確實如此的話，那就能夠說明傷口了，」特雷爾說。「前兩處刺傷刺進肌肉，他打不到她的血管，第三次他戳到貴要靜脈，但他不小心扯裂了靜脈，也許受害者對他掙扎，把手臂扭走，就造成了這種結果，引發的失血是扯裂血管的結果，且他得非常用力吸吮才能製造出這種瘀血。」

「有什麼辦法能檢驗這件事嗎？」歐唐納問。

特雷爾思索了片刻。「我可以用螢光光譜儀檢測唾液殘留。」

「妳認為他對自己做的事很有經驗嗎？」柔伊問。「或者他只是看到靜脈就扎針？」

「很難說，因為看起來她在抵抗，即使是專業護士，也很難在這種情況下用針，但是專業人士可能會鎖定肘正中靜脈，看來這個某人看過如何做這件事，可能在網路上看過，但從未親身嘗試過，也從未接受過專業指導。」

特雷爾醫生指出其他一些細微的細節，但柔伊沒有全心聆聽。在所有謀殺案中，格洛弗從未對受害者的血表現出任何興趣，更別提飲用血液了，就像他們在過去一週中調查的所有先前線索一樣。這一點導向了死胡同。

第六章

「妳對項鍊的看法是正確的，」他們一離開太平間，歐唐納就說道。「他殺了她之後，可能就把項鍊戴上了。」

柔伊對此似乎並不顯得特別興奮，這位側寫專家似乎比前一天更疲憊了，好吧，她們兩個都是，歐唐納筋疲力盡，其中一部分原因是驗屍，這總是讓她感到自己像在參加一場令人不適又氣味難聞的馬拉松賽事，但前一天的調查也讓她元氣大傷。

對鄰居挨家挨戶盤查一無所獲，這條街上似乎沒有人聽見或看見任何異常，且沒有人跟凱瑟琳·藍姆特別熟稔。歐唐納花了好幾小時與凱瑟琳的兩名閨蜜交談，過去幾個月她們愈來愈少見到凱瑟琳，她告訴她們她正忙於教堂的工作，她們倆都說，每次與她見面她似乎都異常疲倦，其中一位認為她可能曾經很沮喪。

歐唐納沒有再訪談凱瑟琳的父親。原來她母親三年前過世了，她曾是教堂的管理人，她過世後凱瑟琳便接手她的工作，首先是非正式接管，後來才正式接手。

她與教堂的另一位宗教顧問，一位名叫派崔克·卡本特的男性快速談了一下，她告知這個消息時他仍然感到震驚，但他有自己的危機——他懷孕的太太一週前突然受到驚嚇而住院，他已經好幾天沒見到凱瑟琳了，但週五他在電話裡有與她簡短交談過，就在她過世前幾小時。當歐唐納問及凱瑟琳最近是否生病或很累時，他回答他沒注意到任何異常情況。歐唐納向他索取他們提供過宗教諮詢的名單，那一刻談話突然變得冷淡，他拒絕當場提供她任何名字，最後他很不情願地同意過幾天再談這件事。

「我請你們喝點飲料吧，」歐唐納現在提議。

「謝謝，」塔圖姆說。「但是我們真的該——」

「只需要一點時間。」歐唐納走到大廳對面的自動販賣機，她刷下自己的卡，幫自己買了一瓶可樂。她拉開拉環，令人滿足的嘶嘶聲保證了糖分將對她施予恩惠。她持續痛飲，這協助緩解了她的作嘔和頭痛感，然後她轉向柔伊和塔圖姆，他們看著她，感到茫然。「你們的解藥是什麼？驗屍後我需要攝取一些糖分。」

他們倆也都要了可樂，幾秒鐘後他們三人站在太平間外，從罐裡靜靜啜飲可樂，這可是很棒的廣告素材。「可口可樂，目睹大腦從頭骨中挖出後的清新口味。」

也許需要一個廣告文案來好好下標。

她的手機響了，是凱爾。

「是。」她以某種特別的語調接聽電話，目的是向丈夫闡明現在不是說話的好時機。

「媽咪？」

歐唐納的語氣立即軟化。「嘿，寶貝，」她說。「我現在沒辦法說話，一切都好嗎？」

「不好。」奈莉聽起來快哭出來了。「是緊急狀況。」

奈莉五歲，但她已經知道何謂緊急狀況，因為只有在緊急狀況下才能打電話給她母親，因此緊急狀況表示任何有正當理由能打給媽媽的狀況。

歐唐納嘆了口氣。「什麼事，寶貝？」

「爸爸找不到我的紫色褲子，我需要穿那條褲子來參加安娜的茶會，我跟妳說過我要穿那條褲子，然後妳說過妳會洗，然後我就可以穿，爹地說我得穿我的黑色褲子，但我做不到。」

背景傳來她丈夫凱爾大喊的聲音，「奈莉，不要打擾媽媽——那是一條完美的好褲子，過來。奈莉，不要……」他的聲音突然消失了。

「奈莉？」歐唐納說。「妳還在嗎？」

「在，我把自己反鎖在浴室裡了。」

歐唐納嘆了口氣。「告訴爹地，褲子放在洗衣沙發上。」洗衣沙發只是一張客廳裡的普通沙發，但由於沙發上經常覆蓋衣物，所以從來沒有人坐在上面過。

「爹地已經看過洗衣沙發了，他弄得一團亂。」奈莉對藉此機會打爸爸的小報告而感到高興。

「放在左起第三堆的白襯衫下面啊。」

「爹地！」奈莉尖叫著，想必是穿越上鎖的浴室門。「紫色褲子在洗衣沙發上，放在第三堆的白襯衫下面。」

雖然此時想這個不是時候，歐唐納聽見奈莉說紫色這個詞時仍然感到一種奇異的愉悅，她說這個詞的時候會說得有點慢，好像在努力把音節說正確，這真是最甜蜜的事了。

「我已經找過那裡了。」凱爾的聲音朦朧而沮喪。

「再找一次啦！」奈莉大叫。

歐唐納看了塔圖姆和柔伊一眼。「再一下下，」她告訴他們。

「他找到了，」奈莉說。「謝謝，媽咪。」

「寶貝再見，玩得開心喔。」

奈莉掛斷電話，歐唐納將她的手機放進口袋。

「我昨天和馬丁內斯談過，」她告訴兩位聯邦調查局探員。「好吧，其實是對他吼，在沒先跟我打聲招呼的情況下，他沒有立場告知你們這起謀殺案。」

「我們沒有意思要侵門踏戶。」塔圖姆說。

「你們也不在乎侵門踏戶啊，」歐唐納回嘴道，「沒關係，馬丁內斯說，你們兩個都是討人厭的傢伙。」

「我們的關係很複雜，」塔圖姆解釋道。

「但是他也說你們兩個都知道自己在做什麼，在這案件上你們的看法可以派上用場。我過去調查過兩起性侵凶殺案，一起是前男友幹的；另一起是失控姦殺，這些都是我能夠理解的案件，但我從未遇過凶手喝掉受害者血液的案件，或者離開前花時間在她身上戴上一些漂亮珠寶的案件。馬丁內斯說了，如果你們能為我側寫這起謀殺案——」

「我們目前偵辦的是不同起案件，」柔伊說。

「妳的羅德．格洛弗案——妳告訴過我，如果是同一人犯下怎麼辦？」

「不太可能。」

「為什麼不可能？」

「這起謀殺案似乎與格洛弗案大相徑庭，」

歐唐納的手機又響起。「記住妳剛剛那個想法，我們等等再談。」她厭煩地拿出手機，但是鑑識科的拉森，他是負責凱瑟琳．藍姆謀殺案現場的人。她接聽電話。「我是歐唐納。」

「我有事要跟妳說，」拉森說。

歐唐納等他說，拉森也在等她回應，他是那種希望妳在他的場子裡乖乖當老二的人。她嘆了口氣。「你發現了什麼？」

「我們詳查過從現場採集到的鞋印。」昨天他告訴她，他們採集到凶手的左右腳鞋印——

是九號鞋。拉森告訴她，只要她設法找到鞋子，他就可以輕鬆將鞋與鞋印配對，這在法庭上應是一項有力證據。「我們在不同的房間裡採集到一大堆鞋印，所以我今天將鞋印歸檔，有一個鞋印似乎不太一樣，這只是我們在浴室裡採集到的部分鞋印，但看起來像是另一隻鞋，這個鞋印絕對不屬於受害者，由於妳有確保所有人都穿上鞋套，所以也不會是我們留下的鞋印。」

「父親在我們之前進入過現場，」歐唐納指出。「也許他去過浴室。」她可以想像他跑到浴室嘔吐，他沒向他們提起這件事並非不尋常。

「父親的鞋碼是七號半，我們採到的這個鞋印是八號半，因此我們再次詳細檢查我們掌握的所有證據，猜猜我們發現了什麼？」

她真的得猜嗎？她決定不猜。「什麼？」

「那些我們在現場發現到處都是，那些被手指塗抹開的血跡？絕對屬於兩雙不同的手，我將證據寄給指紋識別專家，他針對證據進行了鑑驗。即便凶手手上都戴著手套，但除了指紋之外，仍有一系列特徵可以識別這些手，且當中存在一些關鍵區別。」

「所以，謀殺案發生後，在受害者的屋內有兩名不明人士，都是男性嗎？」

「根據鞋子的尺碼和手部結構，幾乎可以肯定是男性，不僅如此……」

又有一次停頓。「還有什麼？」歐唐納問。

「我的想法是要更仔細向外延伸，妳知道的？如果有兩個男人走到門口，也許會有一些跡證，我們在外面的庭院裡採到另一枚與八號半鞋相符的腳印，我們在門框上還採到另一個手印。不必太興奮，沒有指紋，但是手印與第二人的手部特徵相同。」

「懂了，還有別的嗎？」

「就這樣了。」

「隨時向我更新最新狀況，」她說，她知道他期待聽到什麼，於是補充道，「太厲害了，拉森。」她掛斷電話，轉身面對兩位聯邦調查局探員。

柔伊的態度不變，不再是本來那種疲憊氣餒的模樣，語氣變得緊張又急切。「犯罪現場有兩個人？」她問。

「看起來是，」歐唐納謹慎地說道。

「這就可以解釋前後矛盾之處了。」柔伊看了塔圖姆一眼。「如果格洛弗與其他人搭檔犯罪——」

「某個經驗不足的人，」塔圖姆說。「也許是一個很容易操控的人。」

「受制於格洛弗能提供的某些幻想，」柔伊說，「這個傢伙可能早已對凱瑟琳有非分之想，這就是為什麼他們特地鎖定她，這個人認識她。」

「而且可能正是他讓她開門的，」塔圖姆說。

「他先行動——他們事先同意過這一點，也許他甚至不知道格洛弗會殺害她，但格洛弗自己知道。」

「然後格洛弗殺了她，他的犯罪搭檔對此感到內疚，他幫她蓋上毯子，找到她的項鍊並戴在她身上。」

「而格洛弗拿走他的戰利品。」

歐唐納看著他們，陷入了自己的私人動態中，感到一陣嫉妒的火花。她曾經和她的搭檔達到過這種狀態，她成為凶殺案警探時和吉姆配對，他們搭檔了十四個月，她不知道自己有多幸運，她以為他們之間的關係——這種搭配無間——是經常發生的事，是工作的一部分。但是後來吉姆升遷並轉調，她轉而與曼尼．謝伊搭檔。真是一團糟。跟曼尼搭檔時，她要不同流合污，要不視而不見，當曼尼見不得人的勾當最終崩盤時，她付出了代價，而當然現在她沒有搭檔了。

看著塔圖姆和柔伊幫彼此講完想說的話，交換她讀不出訊息的表情，就像回到童年，看著其他孩子在校園裡玩耍，而她自己卻形單影隻。

「我不想潑你們冷水，」歐唐納說，「但是沒有證據表明你們要找的那個叫格洛弗的傢伙涉入了這起案件，而且我不希望你們有任何先入為主的想法，然後將偵辦過程搞亂。」

「妳說得對，」塔圖姆迅速說道。「但是我們很樂意提供協助。」

「我不需要你們側寫這名凶手，然後告訴我這聽起來肯定像你們在搜捕的那個傢伙。」歐唐納質疑地說道。她想得到他們的幫助，但他們的計畫很明顯。

「我們可以從側寫第二個人開始，」柔伊說。「那個飲用受害者血液的人，可能是幫她蓋毯子的人。」

「妳無法確定這一點。」歐唐納說。

柔伊迎上歐唐納的目光，她的眼神使歐唐納想起一隻貓猛撲前的凝視。「但我們可以幫忙。」

老實說，她能幫上任何忙，歐唐納都會很高興。

第七章

處於控制之中的人不喜歡睡覺，至少最近不喜歡，自從他停止服藥以來，從未喜歡過。在此之前，這根本不是他要思考的問題，他服用的各種藥丸會輕鬆將他擊倒，一天能睡個十、十二，有時是十四個小時，深層睡眠的感覺就像被濕水泥淹沒。就他而言，他不會作夢，他知道每個人都會作夢，但如果他不記得作了夢，那又何足掛齒呢？

但是如今他停藥將近一週，他的睡眠時間愈來愈少了。

他現在可以記住他的夢境，就像站在恐懼、憤怒和慾望的風暴中，他醒來，毯子扭曲成奇異的形狀，有時被拳頭壓皺，好像他在睡覺時掐住了床單。

當他睡覺時，他失去了控制，他知道這是當前最重要的事，控制，他過去的生命都失去控制，而且一切總是以慘敗告終。再也不會了。

控制這檔事，他知道不是一件你能擁有的真實事物，它更像是一套服裝，是你穿上的衣物，偽裝給其他人看的表相，只要表現得好像在控制中，就可以算是真有其事。人們說披著羊皮的狼，彷彿這是在形容一件壞事，但這不是每個人都想要的嗎？想要成為其中一隻羊？

他起床了——白天的小睡幾乎沒有做夢，並且能幫助他在夜間保持清醒。他看了一眼鏡中的倒影，他的襯衫上有污點，處於控制之中的人不會穿著髒衣服，他於是換掉襯衫，梳理一下頭髮，禮貌對著倒影微笑，倒影也對著他笑。

下次要少露一點牙齒，一個處於控制之中的人不會那樣露齒而笑，他抿嘴微笑。

他想像自己為代表控制力的那套服裝扣上鈕釦，他深吸一口氣，然後離開臥室。客房的門關著，他猶豫了一下，差點去敲門，然後決定先去廚房。

他幫自己煮了一杯咖啡——咖啡是他的新朋友，現下他已將睡意拋在腦後，也許他該幫自己做個三明治，他打開冰箱，掃視冰箱架上是否有他上週五買的奶油乳酪。

裝滿猩紅色鮮血的五個小瓶子立即吸引他的注意力，在丹尼爾抓走她之前，他設法從她身上收集了這些血，他單是看見這些小瓶子就垂涎三尺，他想起那種金屬鹹味，如此振奮人心，與動物的血液截然不同，如此充滿生命力。他經受得住只喝一小瓶嗎？甚至不用喝掉整瓶，只喝小小一口來讓自己緩解一些。

控制。這些小瓶子不是他該喝的。

他找到奶油乳酪，然後關上冰箱，一份美味的三明治和一點咖啡就能使他感覺良好，好像他甚至不需要鮮血，他現在正常多了。

三天前的情況大相徑庭，那時他病得像隻狗，頭痛、喉嚨痛、想吐、心跳加快，醫生說他沒事，但是Google的說法大不相同，搜尋顯示是敗血症或心臟病，他幾乎可以肯定，醫生不關心這種事，就像丹尼爾說的那樣，在這個國家，如果你沒有百萬美元的健康保險，那麼沒人會管你的死活。

沒關係，他很早就發現真相了，他們當然不希望任何人知道，但當你仔細思索就會發現這是完全合理的，只要別人的一點鮮血，就能協助治療幾乎各式各樣的疾病，這是一種增進自己白血球的方式，一種支持免疫系統的方法。如果血液是純淨的，真的很純淨的話，那就更好了。

只是如果是其他人就好了，但就像丹尼爾說的，你想要的是盡可能最純淨的血液，對嗎？

此外，他要擔的心不只有自己。

它奏效了，從那天晚上開始，他一直感覺很好，確實比很好更好，他的身體健康得無與倫比，他不得不少睡一點，夢境變得更糟，但這是可預期的，且他不像能夠有什麼選擇。

他意識到自己正站在打開的冰箱旁，手中已經拿了一小瓶。真有趣，他迷失在自己的思緒之中，無意識就拿了這瓶，他拔開瓶塞，只是聞著當中的內容物，別無其他。

聞起來就像生命。

他在唇間輕抿，味道冷冷的不太一樣，未必更差，但有所不同。沒關係，他還有四瓶。

他洗完小瓶，然後走到客房門口，敲敲房門。

「什麼事？」丹尼爾的聲音聽起來心煩意亂。

他打開門，房裡很黑，百葉窗拉了下來，丹尼爾坐在桌旁，筆電放在他面前，螢幕白色空靈的光線反射在丹尼爾臉上，使他的凹陷的輪廓和蒼白的皮膚看起來比平時更加病態。

「我想知道你是否想吃點或喝點東西。」

「不了，謝謝，老兄。」丹尼爾看了他一眼，疲憊地笑了。「你看起來好多了。」

「我覺得好多了。」

「療效很神奇，對吧？」

丹尼爾一直這樣指稱，療效。他是那個懂他的人。

他舔舔嘴唇。「是，確實很神奇，你確定你不要——」

「謝謝，沒有必要，」丹尼爾說。「你知道我無法。」

「如果你試看看，感覺會好很多。」

「嗯，我不會試的。」

「好吧，」處於控制之中的人在短暫的靜默後說道。「你如果改變主意再跟我說。」

「你對我們做的事感覺如何？」丹尼爾問。「覺得好多了嗎？」

他吞嚥了一下。「我們做了我們必須做的事，對嗎？」

「這不是我們的錯，」丹尼爾說。「是那些該死的保險公司害的，對吧？如果他們為像我們這樣的人提供適當的醫療保健。」

「對啦，對啦。」

「你確定你沒事嗎？因為你昨天在哭，說我們應該去自首，你嚇壞我了，老兄。」

「那只是一時失控，我現在很好。」

「嗯哼。」丹尼爾迎上他的眼神。

「我，嗯，待會再談吧。」他關上門，試圖使自己跳動的心臟平緩下來，如果控制是一種偽裝，那麼丹尼爾是唯一可以看穿的人。

他突然感到精疲力盡，完全放棄睡眠不是個好主意，也許他應該睡個好覺，就一次，他一旦睡著，就會擁有更多自制力，然後他就不會像前一天那樣，帶給丹尼爾如此的恐懼。

他走去浴室，打開藥櫃，藥丸都裝在一個小容器裡等待他，上面貼著日期標籤，他跳過將近一星期沒有吃藥。也許他應該只服用今天的藥，吃完就不吃了。他打開標示著週日的容器，然後從容器裡撬出其中一顆藥丸。

「你在做什麼？」傳來的聲音使他大吃一驚，他差點把藥丸弄掉。

他轉身，丹尼爾站在他身後的浴室入口。

「我在想要吃掉今天的藥，然後睡個好覺，」他說。「我想我昨天只是累了，你知道的？」

「當然當然。」丹尼爾點點頭。「也許這不是一個壞主意。」

「你這麼認為嗎？」

「可能是，睡眠很重要，但是你確定？你告訴過我，你討厭這些藥丸給你的感覺。」

「但是只吃一天藥不會怎麼樣吧。」

「而且你不喜歡藥在你喉嚨裡的感覺，對嗎？感覺就像藥丸在喉嚨裡刮過。」

沒錯，他已經忘記那種感覺了，但現在經丹尼爾一提，他就回想起這可怕的感覺，而且他得吞下六顆藥丸，六顆。

「我覺得你看起來好多了，比如說你現在就能夠控制，」丹尼爾說。「但是今天吃個藥也許是個好主意，只是為了保持控制力。」

「我是能夠控制。」他看見丹尼爾臉上多疑的表情，在突如其來的慫恿下，他將整個容器裡的藥丸倒進馬桶，並沖下馬桶。

丹尼爾微微一笑，處於控制之中的人也笑了。很高興能看見他的朋友笑。

「你可真了不起，你知道嗎？」丹尼爾拍拍他的肩膀，轉身離開。

他看著丹尼爾回到自己房間，他對自己點點頭，他真的不需要吃藥，他能夠控制自己。

第八章

柔伊透過大房間遠處盡頭的窗戶看出去，這是一個下雨天，為街景帶來某種沮喪的氛圍，再加上窗戶面對庫克郡少年觀護所，即便是陽光普照的天氣，鳥兒在樹上鳴叫，也不是令人愉快的地方。

她和塔圖姆一在這座城市降落，美國聯邦調查局芝加哥外勤辦事處四樓就分配了兩張辦公桌給他們，他們初抵達時是兩個局外人，受到禮貌中帶著疑心的對待，有一些小圈圈笑話她和塔圖姆都不懂，有些探員有祕密的綽號暱稱，她不關心這些綽號的來歷。來芝加哥的第二天是其中一位探員的生日，她正要無視一切，塔圖姆卻拖著她加入冗長的蛋糕和賀卡形式，她發現自己站在那裡，聽著她已經忘記他叫什麼名字的探員在那邊感謝大家送他的禮物，而那個禮物她根本沒有幫忙分攤費用。二十分鐘寶貴的時間過去了，蛋糕也屬二流。

如今在一週後，她仍是局外人，但塔圖姆不是，他知道所有的綽號，探員們會跟他開玩笑，他似乎很了解他們聊的事，有一位分析師肯定在和他調情。

顯然這些事都不重要，他們將在幾天後離開，而且她不想浪費時間談論像政治、天氣或芝加哥小熊隊這類瑣碎之事。

但是不知何故，週末的辦公室大多是空無一人，這點讓她鬆了一口氣。這兩三天只有塔圖姆和她在這裡。

她回到她的工作上，已經對自己放縱思緒漫遊感到惱火，他們終於有線索了，有他們能追逐的氣味，她承受不了再浪費任何時間了。

首先最重要的是，她可以放一些音樂，她猶豫了一下，看著自己的音樂庫，泰勒絲、凱蒂和碧昂斯都在等待她選播，在突如其來一股及時行樂的衝動下，她選了這三位歌手的全部專輯，片刻之後，她又加入莉佐的《大女孩小世界》和愛黛兒的《25》到歌單，感覺有點頭昏眼花。她設定成隨機播放，第一首歌透她的耳機傳來，這是凱蒂．佩芮的〈孔雀〉，她的頭隨著節奏晃動，強迫自己聽到副歌時不要跟著唱，畢竟塔圖姆在聽力範圍內。

照片貼在她辦公隔間的低隔板上，她一張一張將照片拿掉，這些都是格洛弗過去謀殺案的犯罪現場照片，柔伊希望她的臨時辦公室不受格洛弗的影響。歐唐納說她必須避免對此案抱持成見，這是正確的，證據表明有兩名男子涉入凱瑟琳．藍姆謀殺案，尚未發現關於他們身分的結論。

摘下所有照片後，她收集散落在桌上的文件，大多數都是筆錄——他們花了很多時間訪談認識格洛弗的人，其中大多數是同事，還有各式各樣的文件指出他的下落：三份公寓租賃合約、丹尼爾．摩爾的超速罰單、丹尼爾．摩爾名下的銀行帳戶記錄。柔伊一直想知道格洛弗如何設法編織出如此牢靠的偽造身分，一定有人幫助過他。

但現在不是想這件事的時候，對新案件不能有任何假設。

她的手機突然發出嗶聲，來自她Instagram應用程式的通知。除了對臉書進行為期兩週的短暫突襲，以及幾乎沒有維護的LinkedIn個人檔案之外，柔伊之前從未費心經營過社交媒體，她現在做了，因為安德芮亞有一個Instagram帳戶，自從她搬走後，柔伊就申請了自己的帳戶來追蹤她妹妹，她從不貼文，沒有個人檔案照片，她的顯示名稱是——ZBentley，她只追蹤了安德芮亞一人。

她妹妹告訴她，這行為令人毛骨悚然，雖然柔伊完全不懂理由為何。

她輕觸手機的通知，然後開啟應用程式，顯示出安德芮亞的新貼文，她拍了一張自拍照，並加註照片說明：**想起過去在姊姊房裡睡覺的日子**。柔伊眨眨眼，認出背景中的海報，這是她最喜歡的電影《女生向前走》（Girl,Interrupted）中薇諾娜．瑞德的臉部特寫，看完電影的第二天，她買下這張海報，便將海報掛在床的上方，如今房裡的其餘家具都清晰了起來——熟悉的書桌、舊床頭燈和小床頭櫃。安德芮亞在照片中微笑，但她的眼神悲傷，似乎看起來年少了一些，幾乎又像個孩子，柔伊突然心中一陣拉扯，覺得想家。

她差點要用挖苦的語氣回覆貼文，提到安德芮亞現在本來可以在「姊姊」的公寓裡睡覺，但是她沒有，她寫下：**想妳了**，並加上一個愛心的表情符號。

在過去兩週她們幾乎沒有交談，柔伊不確定為什麼，她們之間的幾通電話都很難聊、節奏遲緩，安德芮亞試圖找話題，柔伊努力接球不要讓話題中斷，這是因為格洛弗對安德芮亞的攻擊嗎？與柔伊交談是否使她妹妹想起那天晚上？還是她們之間的交談實際上會使柔伊想起安德芮亞是如何因為她差點被強姦和謀殺？

也許兩者都有一些。

她放下手機，開啟她的案件資料夾。

歐唐納寄送了當前案件檔案的數位副本給他們，柔伊列印了初始報告和八張犯罪現場照片，她將照片一張緊挨著一張放置，一行四張照片擺兩行：凱瑟琳．藍姆蓋著毯子和未蓋毯子的照片、一張血腳印的照片、一張臥室的照片、一張浴室的照片，洗臉槽有血跡。

這是野蠻的行為，兩名男性闖入一名女性的公寓，強姦並謀殺她，乍看之下就是如此，暴力橫流的犯罪，這正是凱瑟琳所遭遇到的。

但仔細深究的話，她發現這不是單單一個行動；這是一系列較小規模的行動串聯在一起，每一個小行動都是由其中一人所發起。

誰選擇了受害者？誰策劃了襲擊？誰用針頭扎她？每個行動都說明了攻擊者的情況。通常犯罪的細節會互相串連，構成一個凶手的形象，但是在這個案件上，她首先不得不費盡苦心將這些行動分成兩個不同的小組。

小時候她有一個她很喜歡的拼圖盒，盒子裡裝有兩種不同的米老鼠拼圖，每種各一百片，有高爾夫米奇和滑雪米奇，但這些拼圖片無可避免會在盒中混合在一起，當她開始拼拼圖時，她總是不得不將拼圖分類為兩堆，然後才能真正開始拼。這些拼圖片的背面都有標示，因此她可以區分它們。滑雪米奇的標示是叉叉，高爾夫米奇則是圈圈。

這個案件在某方面是相似的，在不了解凱瑟琳謀殺案中兩位凶手分別擔任何種角色的情況下，她無法側寫凶手，她不得不對其進行分類，不幸的是，沒有背面標示可以區分他們的行為。

她抓起筆記本，開始列出清單。

認識受害者
選擇受害者
計劃犯案
造成針傷
強姦
勒殺
覆蓋受害者
血腳印

戰利品
項鍊

她看著清單，思考這兩名殺手，還有他們之間的關係。是有過幾起凶手成對作案的謀殺案，有些是情侶聯手犯案，但她懷疑這個案子不是這種類型，在這些行動間有太多不一致。不，在這個案子中，有一名凶手是主導者，另一名是追隨者，這是共同行動的暴力罪犯間常見的密切關係。她將未知對象命名為不明嫌犯阿爾法男和不明嫌犯貝塔男。

犯罪計劃是由阿爾法男策劃的，可能不僅是策劃，而是提出整個構想，他是掌控全局的人，他也負責挑選受害者，但未必表示他是那個認識受害者的人，也許另一人，那名貝塔男，才是認識受害者的人，但是阿爾法男選擇了她並說服他的同夥，或者透過操縱的方式。

儘管她決心將關於格洛弗的假設擱置一旁，但她仍無法避免注意到屍體的姿勢和繩索痕跡與她在格洛弗謀殺受害者身上看到的一致：在強姦過程中被勒斃的女性，謀殺和強姦同時發生，那種行動說明了對權力和統馭的執念，這也是阿爾法男的傑作。

她咬著嘴唇，圈出自己認為是阿爾法凶手犯下的所有行動，背景中愛黛兒溫柔的嗓音要求某人溫柔地放下她。有人輕拍她的肩膀，引起她一陣惱怒，她討厭在曲間被人打斷。她暫停音樂，轉身看著塔圖姆。「怎樣？」

他咧著嘴笑，在她尖銳的語氣中抬起眉毛。「歐唐納剛剛打電話給我，法醫用顯微鏡做了那個什麼檢驗。」

「哪個什麼？」柔伊跟隨這首現在被按下暫停而聽不見的歌曲節奏，反覆咔嗒按壓她的筆。

「妳知道我在說什麼，檢驗唾液。」

「螢光光譜儀。」

「就是那個。」

「不會用到顯微鏡。」

「妳有興趣聽她發現了什麼嗎？還是妳想繼續嘲笑我的無知？」

「她發現了什麼？」咔嗒、咔嗒、咔嗒。她的拇指一直在折磨她的筆。

「大面積刺傷周圍的人類唾液痕跡，妳說對了。」

柔伊點點頭，拇指的動作暫停下來。「他吸了她的血。」

「看起來像是這樣沒錯，她說他們仍在等毒物學報告，還無法確定他沒有使用針頭幫她注射了一些物質。」

「嗯哼。」柔伊轉向她的清單，並劃掉「針傷」字樣，在該字眼旁邊寫下飲用血液。

「聽著，我餓了，妳會想吃晚餐嗎？」

「有一點，」她心不在焉咕噥著說。「我手頭還在處理一些事。」

「不要等太久啊，我可能會吃掉我的鍵盤。」

塔圖姆走開後的第二秒，愛黛兒恢復歌唱，但柔伊沒有加入她，甚至連副歌也沒跟著唱。飲用血液，表示其中一名凶手吸了受害者的血，也許抽了一些血供往後使用。

與一般人的合理想法相反，單純飲用人血並非精神錯亂的明確徵象，它表明了一種非常極端、非常規的幻想，有些案例中的人會吃人肉、喝人血，但從醫學上來說，他們沒有發瘋，且並非所有這種人都是殺手。

臨床吸血鬼行為或倫斐爾德症候群[1]是一神話迷思或是真實情況，心理學界仍然莫衷一

---

1 Renfield’s syndrome，以布藍姆斯托克小說《德古拉》中的食蟲人物命名，主要徵狀為食用人類血液的渴望。

是。肯定有一些喝血的實例，但是許多心理學家聲稱這不過是其他疾病的徵兆，像是思覺失調症等，實際上不是獨立的疾病。儘管柔伊不確定爭論的進度如何，以及倫斐爾德症候群病例的文獻資料有多廣泛，但她認識亞特蘭大的一名研究員，他在過去七年中對這種現象進行了研究。

她在網路上找到他的電子郵件地址，並迅速草擬了一段訊息，她解釋自己在一起調查中可能遭遇臨床吸血鬼行為的案例，並詢問他是否知道在芝加哥罹患這種症狀的任何人。

她回到她的清單上，到目前為止，她已將所有具有侵略性的行為都歸因於阿爾法男，貝塔男可能只是一名旁觀者，所有事情都是由阿爾法男完成的，但柔伊對此表示懷疑，蓋住屍體的人，把項鍊戴在她身上的人，與拿走戰利品的不是同一人，那是一個感到內疚的人，這表示他所做的不只是旁觀，他參與了襲擊行動，這可能表示他就是那名飲血之人。

艾伯特告訴他們，凱瑟琳幾乎總是戴著那條銀項鍊，這表示將項鍊戴在她身上的人就是那個認識受害者的人：他看見項鍊不見了，於是去尋找項鍊，然後戴在她身上。

她一直在對清單進行分類，偶爾看一眼照片，試圖看出任何跡象來支持她的推論，終於，她完成兩列較小的清單。

阿爾法男——選擇受害者、計劃犯案、強姦和謀殺、戰利品

貝塔男——認識受害者、消耗血液、覆蓋受害者、項鍊

那血腳印呢？查看案件報告後，她發現臥室裡有多個九號鞋碼的血腳印，可能出自於貝塔男去拿取項鍊，好吧，大多數的血腳印也屬於貝塔男，他是那個在血跡中跌跌撞撞的人，他在屍體周圍多次走動。

在整個公寓裡都發現另一雙鞋的部分腳印，阿爾法男注意到自己踩到受害者的血，擦了擦

自己的鞋底，謹慎、冷靜，留意自己留下的痕跡，表示阿爾法男過去可能幹過這種事，而貝塔男則是第一次犯案。

她的肚子發出飢腸轆轆的聲音，她餓死了，她暫停音樂，摘下了耳機。

「嘿，」她呼叫鄰近的小隔間。「你還餓嗎？」

「必須……吃飯。」塔圖姆用粗嘎的聲音說道，聽起來像沙漠中一名乾渴的男子。

柔伊翻了個白眼。「好吧好吧，但我們要找家不錯的餐廳，我需要換換風景。」

第九章

男人的肚子很善變。

料理談判進行了很長時間，塔圖姆不得不承認這主要是他的錯，他突然渴望去漢堡店，並拒絕了柔伊的一些提議，她的提議中沒有一個是漢堡，然後她覺得很煩，要他決定，突然他就不再想吃漢堡了。

他們最終決定吃一家名為尼可小酒館的餐廳，這家餐廳在Yelp上獲得良好評分，包括一則五星評論說道：**在這裡與我親愛的東尼訂婚，他是我此生摯愛！！！！烤肉串很好吃**。

這家餐廳人滿為患，但在最遠角落有一張可供兩人用餐的空桌，窗戶面向熙熙攘攘的街道，餐廳裡頭很吵雜，有數十個人的聲音在說話，廚房用具噹啷響，頭上的喇叭發出布祖基琴演奏的歡快背景音樂。

他們的服務生是一名圓胖的男子，灰白髮色，一臉濃密的鬍鬚，咧著大大的笑容，他建議他們嘗試「尼可情侶特餐」，餐點是由各種小菜搭配而成，足以讓兩人吃飽。儘管他們不是情侶，但很快同意餐點內容聽起來很完美，並點了這個套餐，塔圖姆還幫自己點了一杯茴香酒。

「這音樂我聽了會發瘋。」柔伊說。

「我認為很好。」塔圖姆笑了。「很有氣氛。」

柔伊搖搖頭，他們沉默了一陣子，音樂繼續播放。鄰近用餐的桌子有個女人笑了起來，聲音太大了，聽起來有點像鬣狗。在餐廳另一側，有一群人唱著「生日快樂歌」，這首歌與音樂並不協調。塔圖姆希望這裡的餐點值得這次造訪。

「馬文還好嗎？」柔伊問。

塔圖姆嘆了口氣，一個多小時前，他祖父傳了一段謎樣的文字給他。**我們有鋼鋸嗎？**儘管塔圖姆確實有一把，但他下意識回答他們沒有，只收到了第二段文字——**大騙子，我找到了**。他每次感受到這種輕微的恐慌感，總是伴隨著他與祖父的互動，他小心翼翼問了馬文找鋼鋸要做什麼，他的祖父沒有回覆，也沒有接聽塔圖姆的三通電話。塔圖姆仍在與自己交戰，是否要讓請鄰居確認馬文沒有誤將自己的手鋸斷。

「他很好，」他說。「把自己搞得很忙，他參加了一個黃色讀書會，每週聚會兩次，大部分在我公寓聚會，有他和大約十二個女人。他還試圖學習演奏口琴，我懷疑他這麼做是存心想嚇貓。噢，他還在學太極拳。」

「太極拳是一個好主意，」柔伊說。「確實是很好的運動，而且非常有冥想性。」

「他不是那樣打拳，」塔圖姆咕噥道。馬文打太極拳好像他是李小龍，在與一群持雙節棍的惡棍打架一樣。「妳有打過太極拳嗎？」

「沒有，但是安德芮亞有一陣子有打，她每天早上都去，打了整整一年。」

「她還好嗎？」

「她很好，我媽可能把她逼瘋了。」

塔圖姆點點頭，被人逼瘋這件事幾乎涵蓋了他們與工作無關的生活。

他知道柔伊終會在談話中使用平和的態度來開始談論案情，他寧願將話題輕輕推離這個主題。一方面，過去一週柔伊對羅德．格洛弗的全神貫注已經近乎於執念，她幾乎每個醒來的時刻都在思考凶手，分析其過去的行為，並試圖預測他的行動。隨著他們回匡提科的截止日期愈見逼近，她每天也變得愈來愈瘋狂。此外，談論謀殺案往往會毀了他的胃口。

「那麼，妳對歐唐納警探有什麼看法？」他問。

「她似乎很有能力，但她不喜歡我，」柔伊說。

「妳為什麼這麼說？她似乎對妳的意見很感興趣。」

「我跟她說話的時候，她顯得非常不耐煩，她打斷我說話好幾次，每次我表達意見，她看起來都一副很煩的樣子。」

「我認為那只是她的風格，她對我的態度也一樣。」

「好吧，她的風格讓我覺得她不喜歡我。」柔伊聳聳肩。

塔圖姆正要問另一個問題時，他們的服務生現身，沒有使用托盤，而是用手臂平衡十幾個盤子，這動作在一間人滿為患的餐廳裡似乎是驚險動作，只要一步踏錯，一名無辜的食客就會有一碗青瓜酸乳酪醬翻倒在頭上。他們的桌面很小，所以得要用上相當程度的俄羅斯方塊相關知識，才能把所有盤子都放在上頭，當服務生這麼做的時候，還一邊宣讀他放下的菜色。「魚子沙拉，是魚卵做的，這裡這道是朝鮮薊搭配馬鈴薯和檸檬，葡萄葉捲優格……」他不斷宣讀一系列菜色，直到桌面被完全覆蓋，服務生便離開。

柔伊似乎不知所措，她總是對自己的飲食方式、要先吃什麼，以及哪些部分可以一口吃下進行很多思考，似乎大量的可能性使她的大腦功能暫時短路了。

塔圖姆將叉子插入一個葡萄葉捲，咬了一口。

有人說氣味可以觸發記憶，但塔圖姆不知味覺也會起同樣的作用，突然間他回到了維肯堡，坐在餐桌旁，他的母親試圖再一次教他如何握刀，她的語氣惱火，而他的父親則跟她說「不要煩那個孩子了。」

「我媽也會用這種料理方式做葡萄葉捲，」他說，嘴裡塞了半滿。

柔伊設法使自己擺脫兩難的困境，現在她將一塊烤花椰菜浸入一碗青瓜酸乳酪醬中。「我不知道你媽是希臘人。」

「她不是，但她喜歡嘗試新食譜，她廚房的架上放了幾十本食譜。」塔圖姆笑了。「食譜上有很漂亮的照片，我過去經常會去翻那些食譜，想像這些菜色的味道。」

「味道可能很好。」

塔圖姆哼了一聲。「對孩子來說不太好，我大多數朋友的晚餐都吃牛排配薯條，我們則是吃北京烤鴨或中東蔬菜球，我曾經懇求我媽換做點正常的食物。」

柔伊以核子物理學家處理鈾元素的專注態度，切下一片番茄配上一塊朝鮮薊叉在叉子上。「孩子的味蕾幾乎是成年人的三倍，因此他們的味覺不同，喜歡簡單的味道。」

塔圖姆笑了。「隨便啦，我只想吃點薯條。」

柔伊咬下一口，閉上雙眼，用鼻子吸氣。塔圖姆啜飲一口茴香酒看著她，一時半刻無法移開他的視線。當柔伊的眼睛睜開時，總是看起來像個致命的掠食者，隨時準備猛撲出擊，但當她閉上眼睛，她整張臉蛋突然變得如此精緻，幾乎像個瓷娃娃。

「那你爺爺奶奶家的食物怎麼樣？」她問。

塔圖姆的笑容閃爍。「嗯，該算是讓我很快樂的食物，馬鈴薯泥、烤牛肉、漢堡、薯條，我奶奶每週末都會幫我買香草冰淇淋，因為她知道那是我的最愛。當然，我有點混帳，我告訴她，她煮的菜像狗屎一樣難吃，我媽過去做的菜更好吃。」

「好吧，你失去父母，你可能很掙扎。」

「那不是藉口。」

她聳聳肩。「我並不是說這是個藉口，但是你不應該為此感到內疚。」

「誰說我感到內疚的？」塔圖姆問，他的語氣變得生硬又生氣。「就算是又怎樣？」他拿起叉子，注意到自己的手在顫抖，於是放下叉子，然後尷尬地將手掌攤在桌子上。

她瞠目結舌地凝視著他，然後她把手放在他手上，她的肌膚溫暖乾燥，碰觸使他的顫抖消退。「你應該吃朝鮮薊的，真的很好吃。」

塔圖姆眨眨眼，盯著盤子，盤子裡放了一塊朝鮮薊，其餘的顯然已經被柔伊吃光了。「謝謝，我不是很餓。」

「你應該吃吃看，」柔伊語氣緊張地說。「吃掉會讓你覺得好一點。」

「好。」他拿起叉子，把叉子叉入剩餘的那塊朝鮮薊。

「沾點青瓜酸乳酪醬，沾青瓜酸乳酪醬最好吃了。」她指著碗，好像在懷疑他識別她在說什麼的能力。「就沾一下吧。」

他將朝鮮薊浸入青瓜酸乳酪醬中，順從地放進嘴裡。「很好吃。」

他咀嚼時，她似乎放鬆下來，他不得不笑了出來，他吞下朝鮮薊，真是太好吃了。

「我青少年時期曾對我媽說過很可怕的話，」柔伊過了一會兒說，她叉了一塊烤茄子。「從沒對我爸說過，只有對我媽，我們曾陷入這種長期用大吼大叫表達的爭吵，我父親去上班，安德芮亞會躲在她的房間裡，而我們會……」她搖搖頭。

「妳們在吵什麼？」塔圖姆問，他心不在焉地將一塊麵包浸入青瓜酸乳酪醬中，柔伊幾乎從未談論過她的父母。

「噢，一切，我選的衣服，我看的書，我看的電視節目，以及為何我不多出門……她會用一種微妙的語氣開啟每次討論。」柔伊用力抓住她的叉子，瞇起眼睛。「呃，現在想起來……

『柔伊，妳為什麼不放下那本書去見見朋友呢？』」她的最後一句話用甜美、高頻、抨擊的語氣說。

「大多數父母都喜歡孩子讀書。」

「我認為她不滿意的是我的品味：連環殺手傳記、法醫學書籍……」柔伊的眼神看起來很遙遠。「也有一些煽情的羅曼史。」

「真的？」

她吃下茄子。「我還是個青少女啊，你知道的。然後我會說出討人厭的話，只是為了讓她停止跟我說話，好像我是個白癡一樣，然後她就生氣又尖叫……」她在空氣中旋轉叉子。「從此之後一切就每況愈下，她把我惹得很火大。」

「我想大多數青少年都會對父母生氣。」

「不僅如此，我因為格洛弗而責怪他們，責怪他們不相信我，責怪他們那天晚上讓我和安德芮亞兩個人落單在家。」

當格洛弗與柔伊比鄰而居時，她發現他是梅納德鎮的連環殺手，她告訴警方和她的父母，沒有人相信她。不久之後他就來找她了，格洛弗隔著門咆哮尖叫，試圖闖入，她將自己和妹妹反鎖在房間裡，最後是另一個鄰居打電話報警的，而他則逃跑了，塔圖姆甚至無法想像這個創傷如何影響柔伊的成長過程。

柔伊說話的聲音變得沉靜，幾乎像是耳語，塔圖姆要俯身傾聽她說話才能蓋過音樂聲。

「而且我因為之後的事責怪他們。」

「後來發生了什麼事？」

她悔恨地笑了笑。「沒有發生什麼事，格洛弗消失無蹤了，無論我告訴警方什麼，都沒有人認為他是凶手，他們掌握了一名可靠的嫌犯，他們認為我只是嚇到格洛弗，他就跑了。消息傳開了，那是一個小鎮，而我是個瘋狂的女孩，把鄰居嚇跑了，孩子們開始在學校迴避我，我的意思是，我還是有一個好朋友，但是我認為她父母告訴她要遠離我之類的。」

她咬著嘴唇，眼神迷離。塔圖姆感到一陣揪心。

「所以無論如何，我把這一切都歸咎於我父母，」柔伊說，她說話的聲音大多了，她搖搖頭。「青少年，對吧？」

「對吧。」塔圖姆輕聲說。「青少年。」

「你知道我怎麼想嗎？」柔伊說。

「怎樣？」

「我想我可以吃個甜點了。」

第十章

保持控制的問題在於，壓力會不斷上升，他一直都知道，失控一詞具有誤導性，你不會像消耗牛奶或燃料那樣慢慢耗盡控制力，相反地，你如此小心維護的控制可能在你內部累積的巨大壓力下突然瓦解。人只是一台會走路的壓力鍋，如果偶爾不排出一些蒸汽，鍋子就會爆炸。

通常，處於控制之中的人在睡覺時會排放蒸汽，但這最近並沒有發生，他必須承認，某些壓力曾受他過去服用的那些藥物調節，這些物質雖然有害，甚至有毒，但把藥物沖入馬桶可能有點輕率。

他感到壓力逐漸累積，當他與人交談時，他的皮膚發癢，有時似乎再幾秒就要尖叫出聲，或者淚流滿面，甚至將頭髮成堆拔掉。人們可以看出壓力在他體內堆積嗎？也許他把牙關咬得太緊了？或者他的皮膚潮紅了？

他不能讓這種情況繼續下去，他需要某種減輕壓力的方法，答案就在那裡，他喝凱瑟琳的鮮血時最為平靜，他冰箱裡不是還有幾小瓶嗎？

這些血不該供他自身使用，但這是緊急情況。

他急忙走去廚房，狂奔過客房，他不能和丹尼爾說話，現在不行，在瀕臨爆炸時不行，血才是第一要務。

他差點扯開冰箱門，然後他停下，驚愕地看著門上散發出的光，只剩下一小瓶了，怎麼會這樣？

朦朧的回憶重現心頭，他一整天來自己喝了四瓶，他回想起那種感覺：他的雙手顫抖，鬆開蓋子，急急喝掉全部三瓶，鹹鹹的金屬味令人感覺昇華。他怎麼會忘記？

他伸手拿了最後一小瓶，然後停住，這小瓶子不該由他喝。

他應該和丹尼爾談談，告訴他他們需要更多血嗎？他已經可以想像到他朋友的失望表情，丹尼爾會問他是否已經把小瓶裝的血都喝光了，他能對他說些什麼呢？

他得自己去多弄點血回來，他穿上外套，默默溜出房子，反正丹尼爾不會注意到；他已經習慣他經常溜走。

在戶外使他的感覺更糟，室內是他的地盤，出去走到街上，他就暴露在外了。街上的房屋窗戶端詳著他，彷彿黑暗中的黃色方形眼睛，他的鄰居們可能就站在那些窗戶後面，他們會知道他有點失常；他們一定看見了使他們感到吃驚的事。他抵抗衝回室內的衝動，轉而大步走在街上，用看似不可疑的方式走得愈快愈好，匆忙的人和驚慌的人之間只有一線之隔，他不想給任何看見他的人任何懷疑的理由。

起初，他只看見一個人遛著他那隻具威脅性的狗，但是當他接近購物中心時，街道上到處都是人。他的鼻孔張開，他聞到了。

血味。

這些人平均每人擁有九至十二品脫的血液，這數量使他飄飄然，他想像冰箱裡有十五罐啤酒瓶，都注滿了鮮血，當然這不切實際。他無法真正有效排空人體的血液，他只需要足夠的血來撐過幾天就好。

一個女人與他擦身而過，散發出濃烈的香水味，她試圖掩蓋血液的氣味，就像被捕食的獵物數百萬年以來的行為一樣，但是他沒有上當；他仍然可以輕鬆嗅到底下的味道，一旦你知道鮮血的味道如何，就無法忽視，那味道揮之不去。他小心翼翼地轉過身，開始跟蹤她，她穿著高跟鞋走路，一聲一聲敲擊著人行道。

他跟蹤了她大約五分鐘，保持距離。他垂涎三尺，她回頭看了一眼，腳步加快了。她注意到他了嗎？他驚慌失措，僵住不動。她不見人影。

真可惡，他一個旋身，想著要回家，然後屏住了呼吸。

是兩名不超過十四歲的少女在街道的另一邊漫步，她們聊天談笑，他可以在交通的惡臭中聞到血的味道。

她們的血聞起來更好、更新鮮、更純淨。

如此純淨的血液，他每天只需要幾滴即可。

＊＊＊

凱蒂後悔吃了巧克力蛋糕，當然玫爾也吃了一塊，但玫爾看起來每天都能承擔得了吃蛋糕這件事，凱蒂知道她沒有那麼幸運，她一旦吃了蛋糕，就會留在體內變成贅肉。

此外，那根本不算很好吃的巧克力蛋糕，太甜了，有點乾，現在她感到一股噁心想吐。玫爾一直在談論咖啡館裡那個可愛的服務生，凱蒂在適當的時機點會點頭微笑，並試圖不吐出來。

「我們來看看有沒有人在我們的照片上留言。」玫爾拿出她的手機，她們在玫爾的 Instagram 帳戶上發了自己的自拍照，背景是蛋糕。自拍照中的蛋糕看起來不錯，尤其是在玫爾套用了 Ludwig 濾鏡之後，玫爾什麼照片都會套用 Ludwig 濾鏡，她把這個濾鏡當成動詞使用——「我剛剛 Ludwig 了這張照片，」或「我們來 Ludwig 一下吧」。

「有二十七個人喜歡這張照片，」玫爾滿意地說道。「帕特說她很嫉妒，但我有告訴過她我們要去，她自己說太冷了。」

凱蒂越過玫爾的肩膀看去，已經對自己在這張照片上擺的姿勢感到遺憾，和玫爾一起自拍是強調她所有缺陷的另一種方式——她怪異的耳朵、圓潤的臉頰、前排的大顆牙齒。玫爾在照片裡面總是很完美，無論有沒有套用Ludwig濾鏡都一樣，而且世界上所有的Ludwig濾鏡都無法讓凱蒂變美。

玫爾輕觸螢幕回覆，而凱蒂的注意力失神亂飄，街道上幾乎空無一人，只有一個人在她們身後走路，他不是一直跟在她們後面有好一段時間了嗎？她回想第一次聽見他的腳步聲是什麼時候，她偷偷向後看了一眼，是一個男人，而且她一轉頭，就對上他的眼睛。

她迅速回頭，心跳不已，那個傢伙似乎……怪怪的，他笨拙移動的方式，姿勢和臉色都不太對勁。

「噢，妳看。」玫爾笑了。「現在她說——」

「我認為那邊那個傢伙在跟蹤我們，」凱蒂輕聲說道。他距離大約十碼遠，他能聽見她說的話嗎？

玫爾突然回頭看了一眼。

「不要！」凱蒂對她嘶聲說。

「他只是在走路，」玫爾隨性地說。「這裡是大街上，凱蒂，大家都可以在這裡走路。」

但現在她們倆開始安靜地大步走路，全身緊繃。街道上幾乎沒有車輛行經，他走得更快了嗎？他肯定是走得更快了，他正在逼近她們，街道上真的沒有其他人了，怎麼會這樣？時間有這麼晚了嗎？

玫爾抓住凱蒂的手，她試圖微笑，但她的眼睛睜大了，嘴唇在顫抖。她們倆一語不發，但是都開始走得更快，呼吸困難。她不敢回頭看，但聽見了他的腳步聲，甚至是他的呼吸聲，深沉、粗暴，不太對勁。

她們現在跑起來了，玫爾回頭看，發出一聲尖叫，凱蒂感到自己的心臟好像卡在喉嚨。夜晚的空氣很冷，她快速大口吸氣然後吞嚥，肺在燃燒。

然後她看見街道對面的巴迪藥妝店，她使勁拉扯玫爾的手，將她的朋友拖過馬路，穿過停車場，穿越玻璃門，所幸那扇玻璃門沒有鎖上。她們一走到室內，凱蒂便把玻璃門猛然關上，透過玻璃凝視著室外，玻璃立刻因她的呼吸而起霧，遮蓋了黑暗的街道。

「嘿，妳們兩個是在搞什麼鬼？」巴迪從櫃檯後面問，臉上的表情因憤怒而扭曲。「妳們是想破門嗎？」

玫爾抽泣著，褲襠上有隱隱的污跡，凱蒂擦拭玻璃，凝視著外頭，外頭沒有半個人。

***

他低下頭走回家，心臟在耳裡跳動，他的思緒一片混亂，難以專心，隨著距離愈來愈逼近，他一直在想像這兩個女孩，他的拳頭緊握又鬆開，需求腐蝕著他的內在，使他的思緒蒙上陰影，使他的動作飄忽又踉蹌。他需要回家，讓自己處於控──

有一個女人懷裡抱著一個嬰兒朝他走來，他可以聞見嬰兒的血味，氣味像花蜜一樣甜。他想不起自己要去哪裡了，因為嬰兒無法抵抗，無法逃脫，他只需要在他離得夠近的時候抓住嬰兒，並帶著嬰兒跑到安全的地方就好。他知道，只要和嬰兒獨處幾分鐘，他就會好多了。

女人和他擦身而過，離他只有幾英尺遠，他差點就要出手去抓了。

差點。

但是他設法及時阻止自己，想清楚吧，女人會反抗，她知道他長什麼樣子，他沒有住很遠，警方會找到他。

他轉身看著她融入黑暗之中，他這是怎麼了？他本來應該是可以控制自己的。

他得回家跟丹尼爾談談，他會知道該怎麼辦。

但怎麼走回家？他一時迷路了，周圍的環境看起來奇怪又陌生，他驚慌失措，呼吸又急又淺，頭暈眼花使他感到困擾。汽車行經他身旁按著喇叭，他張著嘴正要尖叫，他眨眨眼嚇了一跳，這條街搖晃著重新聚焦，他當然知道自己在哪裡，走不遠就是他住的地方。

但在街道對面是一家他熟到不能再熟的商店，他過去無數次在展示窗前駐足停留，心蕩神馳。

右側是一落巨大的魚缸，裡面滿是粼粼發光的魚，魚缸的藍色光在水中蕩漾，照亮了左邊幾個籠子。一對白兔關在一個籠子，另一個籠子裡是幾隻倉鼠，還有一個很大的籠子裡關了四隻拉布拉多幼犬。

他曾經進去過商店，想買兩三隻小狗，但是當櫃檯後面的女孩問她是否需要協助時，他卻失去了勇氣。現在櫃檯後面沒有女孩，除了魚缸的藍光之外，這家商店漆黑一片。

這家商店位於一條小巷的轉彎處，小巷那側有一扇小窗戶，但是窗戶還夠大，足以讓一個成年男子爬過去。

而且窗戶可以用磚頭砸碎，在車來車往的交通噪音之下，幾乎聽不見玻璃碎裂的聲音。

***

當丹尼爾打開門，他才剛剛開始清理房間，丹尼爾的眼睛睜大。

「這見鬼了是怎麼回事？」丹尼爾問。

處於控制之中的人舉起手比出要他放心的手勢。「只是幾隻倉鼠。」他說。

丹尼爾的臉塞因厭惡而扭曲。「倉鼠？」他的眼睛掃過一桶肥皂水、地板上的血跡，骯髒的切肉刀和砧板，還有骨頭和皮膚碎片。「你做了什麼？」

「我只是需要一些血來緩解症狀，沒什麼大不了的。」

「你大半夜是從哪裡抓到倉鼠的？倉鼠有夜間配送的嗎？」

「我闖入一間寵物店。」他的聲音煞有其事，他又再次讓一切處於控制之中，「牠們的籠子很小，很容易拿走。」

「在哪？」丹尼爾突然臉色發白。「你在哪裡幹的？」

「離附近不遠的一家寵物店。」

丹尼爾將他的手掌猛地砸在門上，聲音使那個處於控制之中的人退縮了一下，這是他第一次看到丹尼爾發脾氣，他人總是那麼好又開朗，那是他最大的優點之一。丹尼爾一語不發，轉身離開了房間。

他決定給丹尼爾一些空間。他專注於清理血跡，當他完成時，水桶裡的水面浮有一束束骯髒的粉紅色皮毛，他拿著切肉刀和砧板走去廚房，開始在水槽裡面清洗。他感覺到丹尼爾走進房間，看著他清洗。

「聽著。」丹尼爾說，他的聲音柔和又溫柔。「你不能做那種髒事，警方在找我們，你不能闖入家裡附近該死的寵物店，好嗎？」

「我必須這麼做，」他開始說。「我需要——」

「我知道你需要什麼，我懂，你不能單獨行動，好嗎？你找上我，我們在同一條船上——這點你是知道的。」

「當然，但我需要快速補充一些血液，只是幾隻倉鼠，沒什麼大不了的。」

丹尼爾似乎仔細思索了一下，然後低下頭。「凱瑟琳的整件事情給你帶來太多壓力，我……對不起，你不應該為了我冒險，我應該去自首。」

「沒有！絕對不行！」他驚呆了。「你不能那麼做，我很好……我真的很好。」

「你顯然不好，我能理解你經歷過的事，警方調查為你帶來很大的壓力，難怪你會有這些無法控制的衝動。」

「不會再發生了！我發誓，我會重新控制住自己的。」

「是嗎？」

「這下不為例，而且這麼做很愚蠢，如果我又產生任何衝動，我會馬上先想到你。」

有一刻他們都保持沉默。他洗完切肉刀，雙手發抖，把刀放在一旁晾乾。

「我們會再去狩獵，」丹尼爾突然說。「我的需求和你一樣高漲。」

「什麼時候？」他感到一陣解脫的浪潮席捲而來，不用再談丹尼爾要自首的事。

「很快，我需要你明天在回家的路上買些東西。」

「什麼樣的東西？」

「白色油漆和一把刀，也許買幾根蠟燭。」

「要用來做什麼？」處於控制之中的人問。他感到困惑，他們從未討論過。

「我們下次會需要用到，」丹尼爾說。「你能做到嗎？」

「可以，但是——」

「很好。」丹尼爾仔細看著他，然後似乎做出了決定。「把東西準備好，我們明天晚上就去狩獵。」

第十一章

二〇一六年十月十七日，星期一

歐唐納決定當天早上別進警署，自凱瑟琳·藍姆的屍體被發現已經過了四十八小時，她的隊長羅伊斯·布萊特將這個數字賦予了幾乎神秘的意義，若有謀殺案四十八小時內懸而未決，他就會召集被指派的警探來開會。可怕的四十八小時會議可能要耗費兩小時，因此讓本來很可怕的四十八小時懸案變成五十小時，通常會議中會充斥典型雜亂無章的建議、威脅，偶爾還有些老掉牙的故事。

她不必開會也可以辦案，她無法永遠閃避他，但她希望在他把她逼入絕境之前掌握到實際的線索，看來派崔克·卡本特身上似乎就有線索。

走進西奈山醫院，她看見葛雷探員和柔伊·班特利已經在大廳裡等她，她查看了時間——九點五分。不得不佩服聯邦調查局探員：他們很準時。

「不好意思我遲到了。」她走過去。「塞車。」

「沒關係，」塔圖姆說。「妳在電話中說派崔克·卡本特想在這裡見我們嗎？」

「他太太在這裡住院。」歐唐納帶領他們去搭乘電梯。「他問我們是否可以在這裡跟他見面，這樣她就不會在醫院一個人待太久，我認為在這裡見面可能可以使他更合作。」

他很有可能沒有跟他太太提過凱瑟琳的謀殺案，以免使她感到不安，如果是這樣，他會希望能盡快打發他們，而做到這一點的最佳辦法就是讓他回答他們的問題，希望他在過程中能提供他們一些名單。

「妳之前跟他談的時候，他不合作嗎？」柔伊問。

「他有合作，直到我開始問他教堂的會眾成員。」歐唐納走進電梯，其他人尾隨她。「然後，他就開始說這是侵犯隱私、破壞信任關係，我希望你們花俏的聯邦調查局徽章能讓他更幫得上忙。」

電梯門開啟，面對一條長長的走廊，護理站就在他們右手邊，有一位豐滿的護士下巴上長著一顆大痣，滿懷熱忱地在裝訂許多文件。

歐唐納走近護士。「對不起，我們在找卡本特太太的病房？」

護士沒有抬眼，她疊起六頁紙，將紙放在釘書機下，然後用手猛砸在釘書機上，好像在拍蟲子一樣，她檢查了成果，對自己點頭表示讚賞。「你們是家屬嗎？」

「我們需要和她先生談談。」歐唐納秀了一下她的識別證。

護士似乎沒有太大反應，她又拿了一疊紙放在櫃檯上，當護士肉肉的手落在釘書機上時，歐唐納發現自己有些畏縮。這是濫用文具的明顯案例，但不在芝加哥警署的管轄範圍之內。

「三〇九號房。」護士開始準備下一堆紙。

歐唐納匆匆離開，另一聲拍擊在她身後迴盪。

三〇九號房的房門敞開，但歐唐納禮貌地敲敲門。

「是？」開朗的女性聲音從房內傳來。

「卡本特太太？」歐唐納窺視房間。「嗨，我們希望跟妳先生派崔克談談。」

「噢，派崔克幾分鐘內就來，」這個女人說。「請進。」

「我們可以在大廳等他，」歐唐納不安地說道。

「胡說，大廳裡沒有椅子，我這裡有一些餅乾，請進——我堅持。」

他們三人拖著腳步走進病房，在卡本特太太病床旁的椅子上坐下。卡本特太太是個臉頰紅潤的女人，長著一頭長而光滑的栗色秀髮，儘管她躺在醫院的病床上，但仍穿著一件亮綠色的襯衫，這件襯衫在孕肚上隆起，醫院的毯子披在她腳上。他們進來時，她放下她的書《為未出生的孩子祈禱》，並熱情地對他們微笑。

「你們在跟教堂合作嗎？」她問。

歐唐納摸索著思索答案。「不定期，但我們對某些會眾感興趣。」

「我認為那太好了。」卡本特太太說，她顯然誤解了他們三人的「興趣」，而同樣明顯的是，歐唐納早先的直覺是正確的，派崔克沒有告訴他太太凱瑟琳的事。

「我是黎諾。」

「我是荷莉，」歐唐納猶豫地說道。「這是柔伊和……塔圖姆，很高興認識妳，你知道派崔克多久會回來嗎？」

「他在路上，但我耽誤了他的時間，因為我需要他去拿家裡的一些東西，」黎諾說。「我已經在這裡待了將近一週，你可以想像派崔克要為我來來回回跑多少趟，不只要回我們家，我要他把衣服送去我父母家洗，派崔克是個神隊友，但是洗衣服，更別提說疊衣服了，這超出了他的能力。」

「他人真是太好了，」塔圖姆搭腔。

「確實是，他為我做了很多，我冗長的清單讓他發瘋，但你們能想像在醫院的病床上待上一整個星期，在沒有護士看顧的情況下甚至都不能起身嗎？我需要自己的衣服才能感覺正常，我本來要回家的，但是派崔克堅持要我待在這裡，有人監控，你知道男人有多愛操心，至少我有書，如果我沒有這些書，我會開始算地磚有幾塊。」她裝模作樣地低語說。「有五十二塊。」

黎諾顯然話很多，而歐唐納可以想像自己被困在那個病房裡一個星期，會使她迫切想要人陪，難怪她這麼堅決要他們在裡面坐坐。儘管如此，歐唐納還是情不自禁想著這女人要一個真正的活人幹什麼，對話完全是單向的，可以用盆栽來代替他們三個，而不會顯著改變對話內容。她現在正在談論自己懷孕的事，歐唐納心不在焉。

「……我們是第四次懷孕，前三胎是早期流產。」她的聲音微微顫抖。「但是這一胎來報到了，且孕期似乎很順利！上帝獎勵純潔無私的靈魂，我們一直在努力做人，上週開始出血時，我感到非常恐懼——我覺得自己會失去寶寶，但是當我們抵達醫院時，我感覺到他在踢我，我大大鬆了一口氣。他們說我必須在這裡住院一段時間，我一開始以為他們是指住個幾小時——」

有人在歐唐納身後禮貌地咳嗽，她轉身，一個男人站在門口，一個行李袋掛在他肩膀上，手裡還拿著一個大塑膠杯。他穿著白襯衫和黑長褲，臉刮得很乾淨，但是他的黑髮蓬亂，眼睛腫脹，充滿血絲。

「你們好。」他咬緊下巴。

「我告訴你的夥伴們，他們可以在這裡和我一起等，」黎諾說。

黎諾說夥伴時，他的肩膀放鬆了，他可能擔心他們會告訴她他們的身分，或者更糟的是告訴她關於凱瑟琳的事。

「好。」他試圖微笑。「我幫妳帶來妳要的書和一條新的牙膏，我希望我收的衣服都是對的。」

「我確定你收對了。」她傾向一側，彷彿要下床。

他立刻走到她身邊，輕柔地把她推回去，他親吻她的額頭，遞給她塑膠杯。「來，」他說。「新鮮的果昔。」

她發出一聲輕笑。「你和你的果昔，全年無休。」她用吸管啜飲一口，略微有些畏縮。「懷孕的時候，所有食物吃起來都有點奇怪，你知道嗎？」她對著歐唐納微笑。

「我記得，」歐唐納說。「我不能忍受甜椒，我之前曾經很愛吃。」

派崔克轉頭再次看著他們。「你們想到外面談嗎？」

「當然，」歐唐納說。「真的很高興認識妳，」她告訴黎諾。

他們步入走廊，走到一個僻靜的角落，派崔克轉身，依次看了他們每個人一眼。

「有任何進展嗎？有找到是誰……」他眨眨眼，移開了視線。「這樣對待凱瑟琳嗎？」

「我們掌握了一些線索，」歐唐納說。「卡本特先生，這位是葛雷探員和他的搭檔班特利，來自聯邦調查局。」

「聯邦調查局？」派崔克困惑地張口瞠目。「聯邦調查局跟凱瑟琳有什麼關係？」

「我們想再問幾個問題，」歐唐納略過他的詢問。

「你們需要知道什麼？」

「你能再覆述一次，上次你跟凱瑟琳交談的內容嗎？」歐唐納問。他們之前在電話上談過這段，但她想看到他們談論這件事情時他當場的表情。

「當然，呃……那是三天前，大約正午時間，凱瑟琳打電話給我，說她生病，不去教堂了，她想知道我是否可以代理她的職務，會晤一些想要談談的成員。」

這項說法與凱瑟琳手機中的通聯記錄相符。「你們經常互相代理嗎？」她問。

「偶爾，不太經常，但有時有緊急諮詢理事會，如果我們當中其中一人不太舒服，就會互相代理。」

「那一天有緊急理事會嗎？」

「我不這麼認為。她只是想讓我幫她代理。」

「那你有嗎？」

「我告訴她我會幫她，但是後來我太太又開始出血。」派崔克看了大廳一眼。「所以我忘了，後來我想起來，打電話給凱瑟琳想告訴她，但她都沒有接聽。」

「那你是留在這裡嗎？」

「有，整晚大部分時間都留在這裡，有個時間點我出去幫太太拿東西，當她入睡，我便離開了。」

「那是什麼時候？」

「我不記得了，大概在午夜左右。」

「你能告訴我們凱瑟琳那天約見的人的名字嗎？」

「不行，那是機密。」

歐唐納揚起眉毛。「你和凱瑟琳所諮詢的成員中，有任何人過去曾有犯罪前科嗎？」

派崔克的下巴收緊。「我不想在這裡談論會眾成員，我不會對妳洩露他們的祕密來破壞他們的信任。」

「我不一定需要知道這些祕密，給我名單即可。」

「絕對不行。」

「這是謀殺案調查，卡本特先生。」

「沒錯，我們幫助過的人絕不會去傷害凱瑟琳，我可以為每一個人擔保，與其浪費時間去追逐和騷擾那些竭盡全力擺脫往事的人，為何你們不去找真正幹了壞事的傢伙呢？」

柔伊清清嗓子。「你怎麼能這麼肯定為他們擔保？」

派崔克皺眉。「我非常了解這些人，我花了好幾小時跟他們談話，跟他們一起祈禱，這些人正在盡最大的努力去改變自己。」

「怎樣改變？」

「他們擁抱了上帝，他們想成為更好的人，他們——」

「他們當中有人犯過性侵案嗎？」柔伊問。

派崔克驚訝地眨眨眼。「就算當中有人犯過，他們也已經向社會付出應有的代價了，他們告解並乞求寬恕，他們——」

「凱瑟琳．藍姆被殺害前遭到強暴，」柔伊說。「無論殺害她的人是誰，他過去都幹過這種事，如果你的會眾中有性侵前科犯，我們需要知道。他們可能已經告解過、道歉過，諸如此類，但是性侵累犯是不會改變自己的。」

「每個人都能改變，」派崔克說。

「他們可能會害怕被逮到。」柔伊聳聳肩。「但是他們仍然想強暴別人。」

派崔克交疊雙臂。「關於這點我不想再多說了。」

「卡本特先生，」塔圖姆說。「人們普遍誤解警方的工作就是找到犯罪者。」

派崔克看了塔圖姆一眼。「嗯，不是嗎？」

「當然是，但是他們還需要確保他在法庭上被判決有罪，」塔圖姆說。「你告訴我們你可以為你教堂的每一個人擔保，假設我相信你，但當我們逮到這個人，並將他帶到法官和陪審團面前，你認為他的律師說的第一句話會是什麼？」

派崔克保持沉默。

一秒鐘過去，塔圖姆回答了自己的問題。「他會說，『我的當事人無罪，我知道誰有罪，是凱瑟琳·藍姆諮詢過的那些前科犯中的其中一人，警方甚至完全沒有費心約談過那些人，只是一直追著我的當事人跑。』」

「他將圍繞著這一點窮追猛打，」歐唐納補充道。「而凶手會全身而退。」

派崔克猶豫了一下然後說，「我會跟藍姆牧師談談，我們將共同決定我能夠透露的內容。」

歐唐納點點頭。「好吧。」這算是個開始。

「還有一件事。」柔伊遞給派崔克她的手機。「你認識這個人嗎？」

他凝視著手機，眼睛微微睜大。歐唐納看了一眼螢幕，那是一張男人的照片，他的手臂搭在一個女人的肩上。歐唐納可以輕鬆看出照片中的女性和柔伊之間的相像之處。

「你認識這個人嗎，卡本特先生嗎？」歐唐納見他沒有回答，便如此問道。她知道他已經回答了；他將視線移到照片的那一刻表現得很明顯。

「認識，」他說。「那是丹尼爾·摩爾。」

歐唐納幾乎可以感覺到三人之間那陣突如其來的震驚能量。

「他是你們教會的成員嗎？」塔圖姆問。

「他是，」派崔克說。「他幾個月前離開了。」

「你有電話號碼嗎？有什麼辦法可以聯繫到他？我們真的很想和他談談。」

「沒有，他從來沒有給過我他的電話號碼。」

「他有跟會眾當中的誰比較親近嗎？任何朋友？」

「我不知道，這是怎麼了？」

「丹尼爾・摩爾的真名是羅德・格洛弗。」柔伊從派崔克手中拿走手機。「他因姦殺五名女性遭到通緝，他有告解並乞求寬恕嗎，卡本特先生？他擁抱上帝了嗎？」

「妳搞錯了，丹尼爾是個好人——」

「不，他不是，他是個殘酷的殺手，但是個很高明的騙徒。」

第十二章

柔伊幾乎沒有意識到週遭，她周圍的世界閃爍、朦朧又無形，有人發出朦朦的聲音，含糊不清。

她的大腦彷彿著火，思緒、想法和理論以驚人的速度在腦海中點燃，她的注意力集中在腦中進行的精神暴風雪上，就算塔圖姆和歐唐納警探跟她說話，她也完全無視。過了一會兒，她心不在焉地注意到他們三人在走路，她跟她走在一起，後面跟著塔圖姆，主要出自於本能反應。

她現在確信羅德·格洛弗就在這裡，就在芝加哥，他是謀殺凱瑟琳·藍姆的兩個凶手之一，他就是她先前暱稱為阿爾法男的那個。

這可能是一個巨大的巧合，但是柔伊漠視這個選項，犯罪手法和特徵已經直指向他，他肯定本來就認識受害者，這個事實更是有力。

她凝視著車窗向外看，隱約想知道他們要開往哪裡，她的嘴裡充滿苦澀的味道。她的心臟狂跳，是因為害怕嗎？還是興奮？也許兩者皆有一些。她一直以來都在尋找梅納德鎮的連環殺手，現在她與他的犯罪傑作面對面了，她可以逮住他，安德芮亞會沒事，他會停止殺戮。

汽車引擎停下，塔圖姆下車，柔伊待在車裡凝視著擋風玻璃，被思緒所淹沒，幾秒鐘後，劇烈的敲擊聲打破了她的注意，是塔圖姆正在敲車窗，看起來很惱火，她打開車門，試圖下車，只是被猛地一扯，噢，對了，安全帶，她解開安全帶，然後下車，跟著塔圖姆走進一個地方，叫做……鹿角兔？

「我們在哪？」她問。

「噢，妳回神了啊，」塔圖姆說。「這裡是鹿角兔咖啡館，我剛跟妳說我們要來這裡，講了兩次。」

「我們為什麼會在這裡？」柔伊跟著塔圖姆進去，鹿角兔咖啡館內部充斥了鮮豔的色彩，普普藝術畫作掛滿了牆壁，牆上裝設有幾顆長了鹿角的兔子頭——可能就是傳說中的鹿角兔。

「歐唐納說這是一個不錯的地方，離警署近，我們可以在這裡談事情，還記得嗎？我們問妳有沒有任何意見，妳就只看著我們，口水都流到下巴了。」

「才沒有流口水。」

「我還真的跟妳說把口水擦一擦。」

「這是你捏造出來的。」

歐唐納坐在一張桌子旁等待他們，塔圖姆走向咖啡師，點了杯咖啡。

「妳想點什麼？」他問柔伊。

「我不知道，」柔伊不耐煩地說。「當然，咖啡聽起來不錯。」

塔圖姆付錢給咖啡師，他們在歐唐納旁邊坐下。

「好吧，」歐唐納說。「所以妳要找的那個叫羅德·格洛弗的人，肯定認識凱瑟琳·藍姆，他很可能是其中一名凶手。」

「不只很可能——是千真萬確，」柔伊說。「他認識她，他一定對她產生了迷戀，或者是另一人對她產生了迷戀，格洛弗對此做出反應，我需要徹底思考一下，另一個人也認識她，我想他認識——不，他絕對認識，因為項鍊，格洛弗不會在乎她有沒有戴項鍊，他拿走珠寶實際上是要當成戰利品，我見過他這麼做至少一次，所以他不會把項鍊留在那裡，是另一個人，不明嫌犯貝塔男，是他做的，而且——」

「柔伊，」塔圖姆說。「我們是在認真說，這得是一場真正的對話。」

「這確實是一場對話啊。」

「不是，妳這是在向我們發表妳的想法。」

歐唐納以一種明顯的打趣態度看著他們倆，然後咖啡師說，「歐唐納？妳的點單已經好了。」

當歐唐納前去領餐時，柔伊試圖將自己的思想構築成具體的語句。格洛弗的同夥跟他上同一間教堂，格洛弗是在那裡認識他的嗎？格洛弗難道有宗教信仰嗎？她回想小時候在教堂見過他一次或兩次，但她從未有印象——

「妳的咖啡冷掉了，」塔圖姆說。

「喔！」她驚訝地發現面前擺著一杯咖啡，她啜飲一口咖啡，咖啡還不錯。

「我剛剛告訴歐唐納關於妳妹的事。」

「我妹的什麼事？」

「她和格洛弗合照，」歐唐納指出。「我認為這很詭異。」

柔伊點點頭。「對，那就是格洛弗……妳在喝什麼？」

「熱巧克力，」歐唐納說著啜飲一口。

柔伊的目光熱切地跟隨杯子移動，熱巧克力表面有鮮奶油，可可粉撒在上頭，突然間柔伊自己的這杯咖啡似乎味同嚼蠟，她注意到歐唐納也點了一個三明治。天哪，她餓壞了。

「等一下，」她脫口而出，走向咖啡師，她點了一杯熱巧克力和一個名為「人馬」的三明治，她在櫃檯旁等待，試圖整理自己的思緒，偶爾瞥一眼塔圖姆和歐唐納。他們傾身靠近，塔圖姆在低聲說話，可能是在更新格洛弗過去的犯行讓她知道，還有他與柔伊的關聯性。

幾分鐘後，咖啡師將柔伊的熱巧克力和三明治交給她，柔伊端著餐點回到桌子那邊，坐下，試飲一小口熱巧克力，突然的奶油甜味充滿她的嘴鼻，周圍的世界變得更加銳利，使她一團亂的腦子前所未有地專注起來。她讓巧克力順著喉嚨流淌而下，讓她全身都暖了起來。

「我認為兩名凶手都認識凱瑟琳．藍姆，」她說。「我們知道是格洛弗幹的，但他不是那個飲用她血液、蓋住她屍體，或是將項鍊戴在她脖子上的人，那是另一個人，我們可以稱他為貝塔男。」

「那是假設格洛弗真的殺害了凱瑟琳．藍姆。」歐唐納說。

柔伊咬下一口三明治，人馬三明治的肉要不是吃起來像火雞肉，或者這本來就是火雞三明治。「警探，在某個時候，妳會需要限縮並鎖定在實際的嫌犯身上，我不是在教妳怎麼做妳的——」

「我只是說還沒有最後定論。」歐唐納皺眉，微微歪了一下頭。

柔伊看了塔圖姆一眼，抬眉以確保他有看見這個場面，他無視她的示意。

「格洛弗大概是在教堂認識了貝塔男。」柔伊說。

「要不是這樣，要不格洛弗之前就認識貝塔男，然後貝塔男將他介紹給教會，」塔圖姆提議。

歐唐納喝完了她的熱巧克力。「所以，羅德．格洛弗幾週前從戴爾市返回芝加哥。據我了解，他受傷了，身患絕症，需要一個地方收留他。」

「所以他至少有一位朋友可以幫助他。」塔圖姆說。

「他可能實際上就跟他住在一起。」柔伊從她的熱巧克力上舀走一些泡沫。「格洛弗重返芝加哥非常合理，這是他感到最安全的地方，過去十年他一直在這裡生活。現在他病了，沒有工作，他回來尋求朋友的幫助。」她舔了湯匙，但是當歐唐納皺眉困惑地看著她時，她停止這個動作。

「他可能正在接受癌症治療，」歐唐納說。「我們可以取得搜查令，確認醫院是否有名叫羅德．格洛弗或丹尼爾．摩爾的病人。」

「我們已經做過這件事了，」塔圖姆說。「我們取得了搜查令，讓人去醫院記錄中尋找他，一無所獲，我們還到處展示他的照片，但是芝加哥有超過一萬名癌症患者，因此就像大海撈針，更別提醫院並不熱衷於洩露病患資訊，我們有一位匡提科的分析師仍在追蹤那些文件線索。」

歐唐納深思熟慮地點點頭。「如果他在這裡住了十年，那對我們有好處，我們可以利用媒體把他的照片登出來，也許最近有人見過他，這可能會使他所謂的朋友挺身而出。」

柔伊考慮了這一點。「我認為這是個好主意，」她緩緩說。「即使沒有人挺身而出，也會增加他的壓力，可能導致他一步踏錯。」

「如果媒體的興趣促使他再次殺戮怎麼辦？」塔圖姆問。

「這不太可能，格洛弗從未表現過以這種方式回應媒體的傾向。」柔伊說。「他對名氣不感興趣。」

「我會確保媒體界拿到他的照片，」歐唐納說。「我也會再次找派崔克．卡本特和艾伯特．藍姆談話，看看他們還能不能多告訴我些關於丹尼爾．摩爾的訊息，看看我是否能夠拿到關係人名單。那另一個人呢？這個貝塔男？」

「他的犯罪紀錄很可能始於竊盜或騷擾，」柔伊說。「竊盜可能包括奇怪的物品，例如女性的內衣、鞋子或化妝品。」

「這被稱為戀物癖竊盜案。」塔圖姆說。

「格洛弗不會跟為他帶來嚴重風險的人合夥，他不會找會引起懷疑的人，因此這個殺手既不是胡言亂語的瘋子，也不會是嚴重的吸毒者，他可能有一定的收入來源讓格洛弗榨取。」

歐唐納揚起眉毛。「我希望能得到更具體的側寫，在電視上你們這種人會說出一些像是『對象為二十五歲，白人、瘦削、跛腳，可能口吃』的描述。」

柔伊對此思索了一下。「我看不出為何其中任何一項描述會特別具備可能性。」

「我們將努力對另一名凶手提供更準確的側寫，」塔圖姆說。「我們必須在他們再次一起出擊之前快速採取行動。」

「再次？」歐唐納說。「你認為他們可能會襲擊另一名受害者？」

「格洛弗快要死了，」柔伊說。「他知道自己沒剩多少時間了，這減輕了他被抓到的恐懼，只要他足夠健康，他就會再次犯案。至於他的同夥，現在判斷還為時過早，但他在那裡有喝受害者的血，就表示他對血液有強烈的執念，他可能會想重複犯案。」

「不必有壓力之類的。」歐唐納說。

柔伊眨眨眼，警探沒聽見他們剛剛說的話嗎？「壓力很大。」她強調。

歐唐納翻了個白眼。「我懂了。」

柔伊看了塔圖姆一眼。「我們需要跟曼庫索更新狀況，我們還不能離開。」

塔圖姆深深嘆了口氣，一副殉道者的模樣。「好吧，我會跟她說。」

「我們會確認一下ViCAP系統[2]，看看是否還有其他類似犯罪活動當中出現飲用血液或取走血液的情形。」柔伊說。

歐唐納站起來時哼了一聲。「祝妳好運了，我們部門裡沒有人費心登錄過你們的ViCAP系統。」

柔伊厭煩地咬咬牙。「如果你們花時間將你們的案件輸入ViCAP系統，將大大簡化此類謀殺案的偵辦過程。」

「好吧，」歐唐納反駁道，「也許如果你們聯邦調查局的夥伴們讓系統更易於使用，讓我每次嘗試輸入一個案件時，不必回答一百多個該死的問題，我就會開始輸入案件，妳知道的，在這座城市，在下一起謀殺案落到我頭上之前，我調查謀殺案的時間很有限。」

柔伊啜飲一口熱巧克力，看著歐唐納離開。「她不喜歡我。」

「她只是精神緊繃罷了。」塔圖姆對著她微笑。「要走了嗎？」

「我正在考慮要再外帶一杯熱巧克力。」

「好吧，別急著做決定，等等妳會後悔的。」

「真的很好喝。」

「我確定很好喝，去外帶妳的熱巧克力吧，我們還有連環殺手要抓。」

---

2 暴力犯罪緝捕計劃是聯邦調查局記錄暴力犯罪事件的資料庫，用以分析、追蹤連環犯罪者。

第十三章

那天下午，哈利・巴里處於一種幸災樂禍的情緒之中，芝加哥南部進行了一次規模龐大的古柯鹼掃蕩，每個人都在談論這件事——這是頭版題材，是誰拿到這則報導？是《芝加哥每日公報》的資深犯罪記者尼克・強森嗎？不！再猜，是哈利・巴里。他是那個掌握掃蕩團隊中消息來源的人，掌握目擊者敘述的那個人，他是那個排定與嫌犯辯護律師交談的人，而尼克・強森和他二流又沉悶的文章只能在哈利沐浴於榮耀之中時在一旁乾瞪眼。

哈利的媽媽在他小時候經常告訴他，幸災樂禍和自吹自擂是「小男人」才會做的事，但是哈利很快得出結論，似乎小男人才能得到所有的樂趣，此外，他的母親會不停吹噓自己的銀製餐具，以及她有次曾親眼見過李察・吉爾。雖然他當時還小，哈利很快就發現了母親的偽善。

就在昨天，尼克晃來哈利的辦公桌，告訴他關於凱瑟琳・藍姆的報導經《紐約郵報》一則網路文章引用，該篇報導是由尼克執筆，但現在，凱瑟琳・藍姆已成為一則舊聞，一個沒有具體線索的兩日舊案。尼克今天能寫的只有只有藍姆父親的訪談，哈利無意間聽見他們要尼克將採訪縮短為三百字，他考慮走過去尼克的辦公桌那邊問問他後續的狀況如何。

這聽起來絕對像是小男人會做的事，沒有人比哈利更小心眼了。

他的話機響了，他接起電話。「我是哈利。」

「我是中央區的警探歐唐納。」電話另一頭的一名女子說。「我想和負責藍姆案報導的記者談談。」

「喔，是嗎？」哈利心不在焉地說。「你找錯——」

「我們正在尋找一個可能與此案有關聯的人，一個名叫羅德．格洛弗的男性，我希望——」

「你找錯人了，」哈利說，打斷她的話。「來吧，我幫你轉接。」他用力按下尼克的分機，然後掛斷電話。

由於某種原因，他的好心情消散無蹤，這通電話打斷他內在的幸災樂禍機制，留予他一種無法安心的空洞感，這感覺愈陷愈深，他搖搖頭，準備回到工作上。

羅德．格洛弗。

他怎麼會沒想到？他的腦子有洞嗎？羅德．格洛弗是柔伊．班特利童年時期遇到的連環殺手，他明知這件事；他正在寫一本關於這件事的該死的書，而且他剛把電話轉給了尼克．強森，就像個笨拙的外行記者。

羅德．格洛弗與藍姆案有關嗎？

哈利凝視著寫到一半的古柯鹼掃蕩報導，這篇報導突然看起來既無聊又平庸。他引用消息來源的說法，說這是「針對主要販毒集團行動另一起成功的執法成功。」成功的執法成功。寫這個的尼安德塔人是誰？現在他看著文章，意識到他消息來源所說的話之中有一半是措辭不佳的胡扯。

真正的重要報導是藍姆案，在他內心深處、甚至在接到這通電話之前就已經知道了，而現在他需要這個案子，但如果他直接提出要交換報導，尼克會嗅到哈利的絕望。

相反地，他大步走進編輯室，關上身後的門。

丹尼爾．麥格拉思坐在辦公桌後面，皺著眉頭看著電腦螢幕，他簡短地瞥了哈利一眼，然後轉回他正在閱讀的內容。「怎樣，哈利？我很忙。」

「我認為古柯鹼掃蕩的報導可以請一位在販毒集團這類主題上更有經驗的記者來寫。」

丹尼爾驚訝地眨眨眼，將注意力全神貫注於哈利。「你在說什麼啊？你在一個小時以前還對撰寫這則報導明確表達過興奮之情。」

「我很願意寫，但是——」

「你站在這裡反覆一直說，『誰最厲害啊。』

「不，我沒有。」

「你說了四遍，我數過了。」

「我認為應該由尼克來寫。」

「就在上週，你告訴我尼克的風格……讓我看看我能否準確引述你的話：『像四年級歷史老師說話一樣單調無趣。』」

「我話可能說得有點苛刻，尼克很棒，他絕對該得到這則重要的報導。」

「你的動機是什麼，哈利？」

「沒有動機。」

「尼克正在研究藍姆案的報導，你想要藍姆案的報導嗎？」

「藍姆案的報導是舊聞了，這則新聞可是明天的大事。」

丹尼爾向後靠在椅子上。「所以你想要藍姆案的報導。」

「我想做最有利團隊的事，還記得我們睿智又慷慨的老闆那封關於團隊合作的電子郵件嗎？」

「依稀有印象，是說我們今年不會加薪的同一封信嗎？」

「我在乎團隊合作，魚幫水，水幫魚，我幫你擦背，你也幫我擦背。」

「這句話與團隊合作無關，這句話是關於利益交換，說的是不一樣的事。」

「好吧！我幫所有人擦背好了，這是一個團隊——為什麼我們所有人不互相幫忙呢？我、你、尼克，在我們的手上加些泡沫，一起用力幫對方擦背吧。」

「這個比喻讓我愈聽愈不舒服。」

「團隊合作！包括所有人，我們也可以邀請會計艾伯特，也來幫他擦擦背。」

「噢，天啊。」

「不僅是背，還有其他地方淋浴洗不到，我們可以互相擦對方的——」

「好了！如果尼克想交換報導，那我沒有問題，好嗎？閉嘴，不要再講我們共同參與的這場公共淋浴，我有很強的寫實想像力，我覺得我需要漂白我的大腦。」

哈利對他笑了笑。「謝了，丹尼爾，你最棒了。」

「你徹底毀了淋浴這件事，離開我的辦公室。」

哈利離開了丹尼爾的辦公室，深吸一口氣，抹去臉上的笑容，然後他走到尼克．強森的辦公桌旁喃喃自語地咒罵，聲音大到任何人都聽得見。

「有事情不太對勁吧，哈利——巴里——家裡？」尼克問。這就是這個人的機智笑話，在哈利的名字上加上額外的押韻，一個字面上沒有任何意義的押韻。哈利的幼稚園同學還比較會嘲笑他。

「我剛剛和丹尼爾談過，」哈利惡言相向。「他說我應該把古柯鹼掃蕩的報導給你，我得幫藍姆案的報導收尾。」

「真的？」尼克從椅子上旋轉過來，他笑了。「他有說為什麼嗎？」

「他認為你的經驗更豐富。」哈利用手指做了雙引號手勢。「等你明天寫了爛報導時，我們再來看看他有什麼想法吧。」

尼克哼了一聲。「隨便你，把你目前掌握到的轉寄給我，也許其中一些素材根本用不上。」

「對啦對啦，藍姆案的報導進行到什麼程度？」

「我有死者父親的採訪，但已經寫完，我已經把稿子交給丹尼爾了。負責的警探剛剛寄了一張照片給我，是他們正在找的人，你知道規定的程序：警方正在尋找這個人，如果有任何人知道關於他的訊息，等等等。我會將詳細訊息轉寄給你，應該有一個模板吧，甚至連你這種人也很難搞砸的報導，哈利——巴里——那裡。」

「也把警探的聯繫電話寄給我，我可能會有一些後續問題。」

尼克已經轉過頭去無視他，哈利回到自己的座位上，他稍早的幸災樂禍被更好的情緒取代了。

躍躍欲試。

第十四章

塔圖姆坐在聯邦調查局外勤辦事處的辦公桌旁，從他的筆電登入ViCAP系統，並開始檢閱涉及血液飲用或任何異常性血液互動的案件。

實際上涉及飲用血液的暴力犯罪案件很少，且案件之間彼此間隔很久，塔圖姆首先確認了已結案的案件，檢閱了犯罪者的身分和犯罪地點。他甚至追蹤看似遙不相關的案件，並致電負責該案的警探，幾名落網的罪犯仍在監禁當中，兩人已死亡，但他最終得到四個名字，儘管他們之間沒有任一人的最後已知地址在伊利諾伊州。他寫下筆記，確認那些人的當前地址，看看他們是否符合嫌犯身分。

他使用較泛用的詞彙擴大芝加哥案件的搜尋範圍，芝加哥有兩個未結案的案件，凶手用受害者的鮮血留言，兩個案件之間沒有關聯性——DNA樣本和指紋肯定指向兩個不同的人。塔圖姆坐在辦公椅上滑出自己的小隔間，用摩登原始人風格滑進柔伊的小隔間裡。

她的耳機塞在耳朵裡，他從耳機聽見流行樂的模糊聲音，柔伊播她的爛音樂是播了有多大聲？他祖母過去一直警告他，如果他聽音樂太大聲，會把他的鼓膜撕成碎片，她生動的描述慢慢灌輸了他對此事的焦慮感。

柔伊咬著筆，筆記本放在她面前，她在桌面下把鞋子踢掉，盤腿而坐，她的左腳在音樂中快速抖動。撇開周圍散布的恐怖照片，她看起來幾乎像個無聊的青少年，試圖思考她的下一篇日記要寫什麼。儘管如此，她的模樣還是讓塔圖姆笑了。

她一定感覺到他的目光在她身上，因為她轉過頭，眼睛盯住了他，她青少年的表情瞬間消失了，她摘下耳機。「幹嘛？」

「我稍早跟曼庫索談過，她給了我們幾天時間，我們要每天寄工作報告給她。」

「好。」她轉回電腦，已經塞回耳機。

塔圖姆清清嗓子。「我在納悶這裡的兩個案件，用受害者的鮮血在牆上留言，妳怎麼看？有相關性嗎？」

她再次摘下耳機。「這要看情況，不明嫌犯貝塔男飲用了受害者的血液，法醫說，他得非常用力吸吮才能製造出這種痕跡，問題是他為什麼要這麼做。」

「因為他瘋到有剩。」他這麼說主要是故意要激怒柔伊，柔伊超恨調查人員將凶手的行為簡化為「瘋狂」。

她沒有上當。「嗯，有一種可能性是某種精神疾病，會導致人暫時失去控制，在這種情況下，一切行為皆有可能，不只是用血在牆上寫字。幻覺或妄想會刺激他的行動，而我們無法預知。」

「但妳說格洛弗不會和那些胡言亂語的瘋子一起作案。」

「沒錯，但是這當中有程度差異，許多精神病患者能夠正常在社會中發揮功能，我們不能排除這一點，但就像我說的，如果是這種情況，那麼仔細研究任何特定案件都是沒有意義的，因為可能根本沒有任何模式，過去的案件可能涉及血液、食人，或此外的其他任何事。」

「還有哪些其他選項？」

「性偏離[3]，執著於血液。」

性偏離，這是柔伊對那些「用超怪異方式引發性興奮」的專業說法。塔圖姆仔細思索了一下，「如果他是性偏離份子，可能會鎖定於飲用血液，而非用血傳達訊息。」

「我得說，這要看他用血寫下什麼，」柔伊說。「用受害者的鮮血寫字可能是一個更早期的幻想，此後逐漸轉變為吸食血液，但如此我會預期這些訊息是情色訊息，且現場可能會留下精液。」

「這案件不是這樣，」塔圖姆說。「在一個案例中，凶手在牆上寫下婊子這個字，另一個案子，是寫了聖經中的一節，他們在這兩個現場中都沒有發現精液。」

「對。」柔伊用手指數了選項，她提出第三種選項。「第三種選項稱為倫斐爾德症候群。」

「倫斐爾德？他是《德古拉》裡面的怪人，對吧？」

柔伊的眉毛猛然揚起，塔圖姆笑出一聲。「幹嘛？」他問。「很驚訝我也念過書嗎？」

「我……不是，我是說……」

她顯得很慌亂，以至於他再次大笑。「不用擔心，沒差，所以什麼是倫斐爾德症候群？」

「倫斐爾德症候群，或臨床吸血鬼行為，是一種疾病，患有該疾病的人除了對喝血有執念以外，沒有其他原因造成他沉迷於此，沒有性方面的理由，也沒有幻覺或妄想。」

「因此，我們現在談論的是那些就是喜歡喝血的人，就像一種飲食選擇？」

「我並不完全確定，」柔伊承認。「我對此抱持懷疑態度，我其實寫了一封信給我一個認識的人，他在研究這個主題，等等，我來看看他回覆了沒有。」她開啟她的電子郵件信箱。

「但如果是這樣的話，牆上寫的訊息也無關緊要了對嗎？因為據我們所知，該案沒有涉及飲血行為。」

---

3 Paraphilia，性偏離行為包括：戀物、易服、偷竊、磨擦、露體、施虐或受虐、戀童……

她從螢幕上挪開目光。「確實如此，倫斐爾德症候群的患者沒有理由用血在牆上留言，這沒有道理。」

「所以可以排除了。」

「這些案件可能不相關，因為那些可能的原因。」她皺眉看著螢幕，閱讀一封電子郵件。

「看來我與吸血鬼有約。」

塔圖姆措手不及。「等等，什麼？」

「臨床吸血鬼，我認識的人回覆了我的電子郵件，就像我說的，他專門研究臨床吸血鬼行為，他四處詢問，結果發現芝加哥有一個所謂的吸血鬼社群，他跟其中一人約了見面。」

「今天？」

「他說她六點會過去，剩下的時間不多了。」

「妳不會是要一個人去吧，」塔圖姆不敢置信地說。

「她有特別要求我一個人去，是去一個公共場所。」

「想都別想，我不會讓妳自己一個人去面對一個吸血鬼，那是恐怖電影的題材，接下來是什麼？妳是要說我們得分頭進行比較有效率嗎？」

「你太荒唐了，她不是真的吸血鬼。」

「她喝人血嗎？」

「他是這麼說的。」

「好，妳絕對不能一個人去。」

第十五章

「妳確定是這個地方嗎？」塔圖姆問，他用細微的聲音說。

「這是我認識的人說的，芝加哥公共圖書館理查・J・戴利分館，」柔伊說。

「為什麼要約在圖書館見面？」

「我想在公共場所見面，她建議在這裡碰面。」

「咖啡館不行嗎？」

「你知道的，你本來根本不應該來，所以我不知道你為什麼會認為自己有資格抱怨這件事。」柔伊的低語變得愈來愈大聲，一名生氣的讀者皺眉瞄了他們一眼。

「是，好吧，我們要怎麼在這裡找到她？」

柔伊聳聳肩。「人不多，我想應該看得出來她是哪一個。」

塔圖姆搖搖頭。「我就說我們應該帶一根木樁來的，」他低語道。他們開始從擺滿書的高聳書架橫越室內。

他在過程中獲得許多樂趣。他建議他們接下來要去教堂拿點聖水，然後重複指出他們真的要去夜訪吸血鬼了。柔伊幾乎沒有搭理他。

塔圖姆吸氣，享受著氣味，圖書館散發出別具一格的氣味，這僅是舊書頁、灰塵、黏著劑和墨水的混雜氣味嗎？還是這些故事都有自己的味道？如果你將紙張、書本膠水和墨水混合在一起，味道聞起來會一模一樣嗎？他確定不會。他轉身問柔伊她在想什麼，但她卻飄到另一個走道上。

見到那個女人時，他站在圖書館的盡頭，她站在走道上，那條走道排滿特別古老的厚重書籍，她翻閱著大型書冊，又瘦又蒼白，蒼白到近乎慘白，嘴唇像是……好吧，像血一樣紅，她長長的烏黑秀髮似乎在陰暗的燈光下發出奇異的光芒。塔圖姆發現自己停下腳步，猶豫不決，雖然圖書館是公共場所，但這個區域卻像墳墓一樣安靜，儘管他顯然比她更高大且佩有槍械，她身上卻有種超脫塵俗的感覺。

他慢慢接近她，他走近時，她瞥了他一眼，然後回頭看自己的書。

「抱歉，」他說。

她抬起眼睛，但一語不發。

「你是卡梅拉．凡．哈根嗎？」

她皺眉。「不是。」

「噢對。」柔伊告訴他，這個女人有一個詭異的綽號，叫什麼？「呃……夜妖？」女人的眼睛因憤怒而睜大，她從走道走出去，幾乎是把他推開，她離開時喃喃說著：「走去哪都有變態騷擾我。」

塔圖姆眨眨眼，跟著她步出走道，他正要去追她，柔伊才說，「塔圖姆。」

他看了她一眼，她站在圖書館員的桌子旁，揮著手要他過去，他過去找她。

「我想她剛剛離開了，」他說。

「這才是她。」柔伊示意桌子後面的圖書館員。塔圖姆皺眉看著那個女人，她很矮，戴著一副方框眼鏡，頭髮是捲曲的棕色，她穿著一件黃色花朵圖案的連身裙，噘著嘴，不滿地看著他。

「妳是卡梅拉·凡·哈根？」他說。

「是的。」圖書館員尖聲說，聲音有點高。

「夜妖？」

「那是我的線上暱稱，我不會到處用那個名字來自稱。」她看了柔伊一眼，輕蔑地說。「妳應該一個人來。」

「他堅持要跟，」柔伊說。「我認為他擔心我的安危。」

「你以為會怎樣？」圖書管理員用刺耳的聲音問他。「妳以為我會用蝙蝠的形體俯衝向她，朝她的喉嚨撲過去嗎？」

「我不確定，」塔圖姆弱弱地說。

「好吧。」卡梅拉轉回柔伊。「不管了，我們真的要這麼做嗎？」

「做什麼？」塔圖姆問。

「你女友同意成為我的獻血者，」卡梅拉說。

「我不是他女友，」柔伊急忙糾正。

「好吧，隨便啦，在這上面簽名。」卡梅拉在柔伊面前擺了一張表格。「這說明妳是自願捐獻。」

「等等，這到底是在搞什麼鬼？」塔圖姆不可置信地略讀了表格。「妳同意讓這個女人喝妳的血？」

「否則我不會見妳的，」卡梅拉說。「妳認為任何一個陌生人想找我，我都會露面嗎？」

「妳不是認真的吧，」塔圖姆說。

柔伊閱讀了表格，額頭因專注而皺起，好像在簽署一份簡單的銀行對帳單。「這沒什麼大不了的，塔圖姆，不要煩人了，我想看她是怎麼做的。」

「絕對不行！」

「妳男友真的很討厭，」卡梅拉說。

「我不是她男友，她也不是妳該死的食物，」塔圖姆厲聲道。

「這很安全。」柔伊惱怒地看著他。「我認識的人替她擔保過了。」

「我可以喝你的血，如果你覺得這樣比較好的話。」卡梅拉細細看著他，好像在一家肉舖裡檢查肉品一樣。「老實說，我更喜歡你的血。」

「沒有人可以喝我的血。」

柔伊簽好表格。「好的，我準備好了，」她說。

「我們去科幻小說走道，」卡梅拉建議。「通常在這個時段，那裡不會有人。」

塔圖姆跟著這兩個女人，感覺像在一個超現實的夢境中迷失了自我，科幻小說走道的氣味不同於圖書館的其他區域，幾乎像是汗臭味，目見可及的書本封面展示了太空飛船、星球和紅眼機器人。

「妳是左撇子還是右撇子？」卡梅拉問柔伊。

「右撇子。」

「伸出妳的左手。」卡梅拉在她的手提包裡尋找，取出一盒拋棄式解剖刀，她拿出一支，撕開無菌包裝。

柔伊猶豫了一下，塔圖姆立即上前，將手搭在她的肩膀上。「我們走吧。」

她怒瞪他一眼，向卡梅拉伸出手，卡梅拉接過手，小心翼翼刺入柔伊的拇指，做出一個小切口，長約半英寸，大量的血液突然湧出，卡梅拉用拇指按壓皮膚，湧現更多的血液開始滴流。然後她彎身向前，舔了柔伊手指上的鮮血。

塔圖姆屏住呼吸，全身緊繃，他的右手就擺在他外觀看不見的手槍皮套上，好像正要抽槍射殺圖書館員吸血鬼一樣。他強迫自己放鬆，深呼吸，這個怪人怪到有剩，但她並不危險。

她抽身，咂了一下嘴，看著柔伊的拇指再次湧現鮮血，她又舔了一次，然後點頭表示滿意。「不錯。」

「食物有符合妳的喜好嗎？」塔圖姆嘲弄地問。

「我這麼說你會很驚訝——有些人的血液味道像狗屎一樣，」卡梅拉說。她從包包裡拿出一盒OK繃和一小瓶消毒劑，然後交給柔伊。

柔伊用消毒劑輕塗切口，然後從盒子裡撬出一片OK繃，當她把OK繃放在拇指上時，她的手指在發抖，儘管她試圖掩飾，但這毛骨悚然的經歷讓她驚恐不安。

「來吧，」卡梅拉說。「我還有工作要做。」

她走回櫃檯，塔圖姆跟著她，擔心地看著柔伊。她皺著眉頭，咬著嘴唇，腦中可能還在處理這段奇異的苦難。卡梅拉抓起一堆書，一次一本開始掃條碼。

「所以，」她說。「內特說妳有一些問題，你們兩個是記者嗎？」

「我是心理學家，」柔伊說。

塔圖姆靠在櫃檯上，決定讓柔伊主導這場表演。

「好的，所以這是要做什麼？妳在寫某種學術論文嗎？」卡梅拉問。

「類似的事，我們對一個特定案例感興趣，一個住在芝加哥的人。」

「嗯哼，妳想從我身上得知到什麼？」

「妳有沒有聽說過其他跟妳有一樣……症狀的人住在芝加哥？」

卡梅拉揚起眉毛。「妳的意思是，其他吸血鬼？」

柔伊猶豫了片刻。「是的。」

「當然，這裡有一整個社群。」她說得斬釘截鐵，塔圖姆不確定她是語帶諷刺還是認真的。

「吸血鬼社群？」

「是的，有九十六人，我上次確認過了。」

「妳認真？」塔圖姆脫口而出。

她聳聳肩。「我為什麼要說謊？你認為吸血鬼很稀有嗎？全世界有超過五千個自稱吸血鬼的人，而這數字只是我們已知的。」

「這些人全部都喝血嗎？」柔伊問。

「不，有些是精神性吸血鬼。」

塔圖姆努力不翻白眼。「精神性吸血鬼？」

「你知道你現在說話的語氣聽來如何嗎？不太上道。對，精神性吸血鬼，他們吸的是精神能量。」她聳聳肩。「或者至少他們是這麼說的，我不會四處去打擊他人的信念，不想五十步笑百步之類的。」

「但是妳以人類的血液為食，對吧？」柔伊問。

「嗯，廢話。」

「而且妳認為自己賴此生存？」塔圖姆問。

「我需要血來保持健康，」她說。「我會頭痛，頭暈目眩，有時所有的關節都會疼痛，只要喝一點血，就全部痊癒了。」

塔圖姆對上柔伊的目光。

「噢，對，我知道你們在想什麼，」卡梅拉說。「安慰劑效應，對嗎？你們認為我患有某種捏造的心理疾病，我喝血時就會好起來，是因為我相信這對我有幫助。」

「妳怎麼看？」柔伊問。

「我希望情況確實如此，」卡梅拉說。「見鬼了，我很想發現自己不需要血液，這不像他們會在超市賣的那些東西，有時要弄到血真的超麻煩，但我沒找到其他有幫助的東西。」

「是什麼情況讓妳首度認為血液對妳有幫助？」柔伊問。

「我一直都有頭痛和頭暈的問題，有一段時間了，甚至從小時候就開始了，」卡梅拉說。「然後，我十三歲的時候鼓起勇氣喝了我朋友的一點血，你猜怎麼了？唷呼——不會再頭痛了。」

「回到眼前的個案吧，」塔圖姆說。他懷疑柔伊可以整日與卡梅拉談論吸血鬼習性，他對此並不特別感興趣。「妳能給我們一個，呃……全芝加哥自稱是吸血鬼的人士名單嗎？」

「見鬼了，不行。」卡梅拉皺著鼻子。「你認為我就像這樣在所有社群進進出出嗎？他們中的大多數人完全在棺材裡見不得人，甚至不會告訴父母，更別提兩個隨便冒出來的人了。」

在棺材裡。塔圖姆不得不笑出來。

「這非常重要，」柔伊說。

「是嗎？我們的祕密也很重要，如果我們周圍的人發現我們喝人血，妳覺得會發生什麼事？妳認為他們會想要自動獻血嗎？他們會把我們私刑處死。」

「我們不會告訴任何人。」塔圖姆說。

「老兄，我沒有冒犯的意思，但我才剛認識你們，顯然你們兩個剛剛就被我的身分嚇壞了。」

嗯，妳是真的在喝人血啊，塔圖姆閉上嘴，但是從卡梅拉看著他的目光來判斷，他在掩飾自己真心話方面做得並不好。

「我們可以申請搜查令來拿到這份清單。」塔圖姆說。

她盯著他看。「你們不是說你們是心理學家嗎？」

「她是法醫心理學家，」塔圖姆斜倚在櫃檯上，從口袋搜尋他的識別證。「我是聯邦探員。」

好吧，至少現在三個人全都被嚇壞了。卡梅拉看起來好像他剛剛宣布自己是凡赫辛，或是《魔法奇兵》的女主角吸血鬼殺手巴菲一樣。

「你們兩個該走了。」她脫口而出，向後倒退一步。

「幾天前妳的一個朋友殺害了一名女性，」塔圖姆說。「我們需要知道是誰幹的。」

「我不認識任何人會殺……我們所有的血都是自願提供，我們靠的是獻血者！」

「直到你們其中一個人失控，為了血殺害了某人。」

「我告訴你吧，我們社群中沒有成員會殺害任何人。」

「妳那麼了解全部的人嗎？全部九十六人？」

她閃現了一抹猶豫。他們兩個都靠在櫃檯上，目光對準卡梅拉。

「聽著，」卡梅拉說，聲音顫抖，眼眶濕潤。「我對他們根本不了解好嗎？我不參加派對或活動？而且我既不是什麼風格人士，也沒有什麼奇怪身分，我家沒有斗篷好嗎？」她的語氣變了，每個句子都以一個問題結尾。「我只是時不時需要一滴血才能感到好一點好嗎？不表示我口袋裡有很多墓穴清單之類的好嗎？」

「但是妳有門路，」塔圖姆說。「電子郵件，可能是某種推特用戶，會下『為勝利而來的芝加哥吸血鬼』這種標籤的人？妳是不是真的要我們去申請搜查令來查妳的電腦和手機？」

他們不能；他明知這一點，沒有法官會簽署的。如果她有點腦子，那麼她一定也已經知道這一點，但知道是一回事，真的明白則是另一回事。當你害怕時，即使是通常認為理所當然的事，也會突然被再次檢視。他看著她因瘋狂而淚水滿盈的雙眼，想像著她腦海中正在發生的事，他們真的可以這麼做嗎？如果我是嫌犯怎麼辦？如果他們像電視上演的那樣，把我帶去偵訊室怎麼辦？所有新聞報導中關於警察的暴行、非常規的調查手段，以及不遵守偵訊規則的骯髒警察都在發揮作用，擴大了她的恐懼。

「我是有認識一個人，」她終於脫口而出。「他也是吸血鬼，但他認識這裡的每個吸血鬼，幾乎每一個人，他一定能幫助你們兩個。」

「給我們他的名字。」

她搖搖頭。「不行，我要先和他談談，如果不先確定他同意，我是不可能讓他在你們兩個面前露面的。」

稍微施加壓力就能讓他們拿到這個人的名字、電話、地址和喜歡的顏色，但是他們也想要合作，而且這個女人看起來是走投無路了。

「好吧，」他說。「跟他約見面，但如果我們沒有盡快收到妳的回覆——」

「你會的。」她驚叫。「我保證會的。」

第十六章

柔伊從盒子裡翻出另一塊披薩，眼睛盯著螢幕，著迷地注視冗長的文件。

當卡梅拉談到自稱是吸血鬼的人數時，她一直感到半信半疑，他們一回到辦公室，她就開始在網路上搜尋，進行研究，並迅速找到某個名為亞特蘭大吸血鬼聯盟的網頁，該聯盟發表了一些調查結果，由吸血鬼社群超過一千多人填寫的，數據量龐大，柔伊對其品質感到驚喜，她對數據和圖表成癮，很高興看到至少有一名吸血鬼似乎跟她一樣對數據和圖表有同樣的熱愛。她向塔圖姆宣讀了她的發現。

「自我認同的吸血鬼與自我認同的歌德次文化之間存在高度相關性。」她從披薩上咬了一口。

「這點不太讓人意外。」塔圖姆咕噥了一聲。

「是的。」柔伊必須同意，她向下滾動了幾張圖，她貼著ＯＫ繃的手指微微刺痛了一下，她對讓圖書館員喝血的決定感到後悔，這有點令人毛骨悚然，她一直想起那女人的嘴巴吸在手指周圍的感覺，她的背脊一陣寒涼，好噁心。

青少年時期，她喜歡關於吸血鬼的節目和書籍，他們天生性感，但是無論其魅力為何，圖書館員卡梅拉都不具備。

塔圖姆坐在椅子上滑到她的小隔間，從盒子裡拿出最後一塊披薩。「我從ViCAP系統裡查到一些線索，但沒有線索恰好吻合，」他說。「而且所有案件都不是發生在芝加哥，明天我會打幾通電話，追蹤一下那些名字，看看是否能找到他們。」

「好。」柔伊關閉該文件，儘管她對吸血鬼社群感興趣，但她懷疑這些統計數據是否有助於他們加強殺手的側寫。「有一個芝加哥警署的本地犯罪資料庫，我在奧斯通案中有使用過。」

「好吧，我明天會跟歐唐納談談這個。」塔圖姆呻吟著說。

「為什麼我們現在不一起處理呢？」她問。「我們可以在幾個小時內完成。」

「妳是說真的嗎？」

她看了他一眼，他看起來很疲倦，眼睛充血，襯衫皺巴巴的，他們馬不停蹄處理此案已經超過一個星期，試圖從他們待在芝加哥的這段期間榨取每一分鐘，但卻付出了代價。她張嘴要告訴他沒關係，時間真的很晚了，此時有人在她身後清清嗓子，那是其中一名探員，一個名叫約翰的傢伙，還是傑瑞？她幾乎確定是約翰。

「嘿，」約翰或傑瑞說，他大踏步走著，就像《歡樂時光》的方西一樣低沉洪量地說。「你們兩個都還好嗎？」

「很好，」柔伊回答。

「要下班啦，約翰？」塔圖姆問。

她是對的——是叫約翰沒錯。柔伊隱隱感到滿意。

「是的，我想告訴你們，我們當中有些人要去喝一杯，看看你們想不想來。」

他這句話是對他們倆說，但只看著塔圖姆。

「聽起來不錯，」塔圖姆說。他看了她一眼，給了她一個微笑。「妳怎麼樣？我可以休息一下。」

她很驚訝地意識到自己腦中有一個小小的聲音說著她想要去，不是因為她需要喝酒，或是因為她累了，而是因為和一群人一起出去聽起來不錯。

但這是一個很小的聲音，被這其實是浪費時間的事實所淹沒，那個格洛弗還逍遙法外，如果不是塔圖姆，他們也不會邀請她，她必須跟人閒聊，而且音樂會很大聲。

「你去吧，」她對塔圖姆說。「我過一會兒可能會加入你們，我想專心處理一些事情。」

「妳確定？」

她點點頭。「把車留給我，我處理完會打電話給你。」

塔圖姆和約翰一起離開了，她聽見他說了些難以理解的話，約翰痛快地大笑，她考慮要起身跟上他們。

相反地，她打電話給歐唐納。

警探幾乎立即接聽。「你好？」

「我是柔伊．班特利，我想問──妳那邊有某個本地犯罪活動的資料庫，對嗎？」

「對，」歐唐納回答。「CLEAR系統。」

「對了，」柔伊說，想起這個縮寫詞。「我可以登錄CLEAR系統嗎？」

「妳會需要用戶名稱和密碼，但這沒什麼大不了的；聯邦探員可以得到帳密，妳需要提交有你們單位負責人簽名的安全表格。」

「我希望今天登入。」柔伊咬住她的下唇。「妳能給我妳的用戶名和密碼嗎？」

「算了吧，我不會給妳我的帳戶，如果有人發現我將我的用戶名稱和密碼給了未經授權的人，我甚至無法想像我會遇到什麼鳥事。」

柔伊也預期聽到這個答覆。「妳能幫我搜尋一些資訊嗎？」

「聽著，班特利，我這麼說可能會讓妳感到驚訝，但我有我自己的線索要追。」她聽起來很煩躁又精疲力盡。「如果妳願意，可以到我這裡一趟，辦公室幾乎是空的——我們幾乎可以獨佔整間辦公室，我會讓妳用我的電腦來使用系統，怎麼樣？」

「去一趟警署？」柔伊問。

「妳在聯邦調查局辦公室對嗎？只需要十分鐘車程，妳到了就打電話給我。」

柔伊已經把外套穿上。「待會見。」

＊＊＊

歐唐納說她們會獨佔辦公室，這不是在開玩笑，柔伊發現這裏安靜到幾乎令人毛骨悚然。警署的暴力犯罪科是一個偌大的開放空間，有三排L形桌面，每張桌面都有自己有趣的個性，有一張桌面上有一堆花盆，下一張貼滿便利貼，便利貼上寫著活潑卻難以理解的潦草筆跡，第三張桌面則貼滿全家福，但這些桌面全都空著，主人早已離開去度過他們的夜晚了。當柔伊到達時，另一名警探仍在這個空間的角落工作，但是當她跟著歐唐納走到她的辦公桌時，他幾乎不願費心看柔伊一眼。那名警探離開時，嘴裡咕噥著一句可能是晚安的語句，歐唐納也以晚安回應，然後就僅剩她們兩人，辦公桌剛好夠寬，因此她們可以並排而坐，兩個人的肩膀只有幾英寸距離。

歐唐納正在瀏覽一疊厚厚的列印文件——凱瑟琳．藍姆的通聯紀錄——要將這些通聯紀錄跟聯絡人比對，標出重複出現的號碼。柔伊坐在她旁邊的電腦前面開啟CLEAR系統。她仔細檢視涉及咬痕、針頭或奇怪切口的謀殺案或暴力犯罪案件，記下似乎值得進一步調查的任何案件，並記下地點、日期、負責的警探。柔伊做這種系統性工作通常會聽音樂，但在這片將她們兩人封印的沉重寂靜之中，她懷疑即使戴上耳機也會打擾到歐唐納。

她搜尋遇到的問題是，當犯罪案件與毒品相關時，針頭痕跡經常會出現在案件檔案中，這讓搜尋結果增加了很多干擾，使搜尋犯罪模式幾乎不可能有效果，她想知道是否該完全略過涉及針頭的案件，畢竟法醫曾提到凱瑟琳手臂上的針頭痕跡表示經驗不足，即使不明嫌犯貝塔男過去曾攻擊過某人，更有可能他是用咬的或者割傷他們來喝血，另一方面，她也不想錯過任何重要線索。她咬著嘴唇，思索自己的兩難困境。

「我需要用一下電腦，」歐唐納喃喃道。

「當然。」柔伊試圖移開，但她無法將椅子向後退個幾英寸，而不撞到身後的桌子。當歐唐納靠向柔伊，抓住電腦的滑鼠時，她正要站起來做曳步舞的動作——擠在歐唐納後面讓她過去。柔伊尷尬地將椅子推到角落，讓歐唐納可以使用鍵盤。警探聞起來有薰衣草的味道，她穿的襯衫與那天早上不是同一件，她一定在警署洗過澡了，在這漫長的一天後，這使柔伊想到自己身上的氣味。

歐唐納專心盯著螢幕，一縷金色髮絲垂落她臉頰上，她的睫毛很長。注意到睫毛是很奇怪的事——柔伊從來不太關注睫毛。

「再一下，」歐唐納說。她正在檢視一些名字，看看這些人是否有警方紀錄。

「當然，沒問題，」柔伊說。

這兩個名字均顯示空白結果，歐唐納抽身。「謝了。」

「這畢竟是妳的電腦。」

歐唐納心不在焉地點點頭，她在頁面上劃出一行。「葛雷探員去哪了？」

「我想他出去喝一杯了。」

歐唐納揚起眉毛。「真的？把壞事都留給妳？」

她的語氣中帶有一種隨性的取笑，但柔伊厭煩地皺眉。塔圖姆為這個案子竭盡全力，實際上是自願參與此案的，他們在週末工作到深夜，歐唐納暗示塔圖姆在混水摸魚惹火了柔伊。「我們一直努力處理此案有很長一段時間了。」

「沒關係，我只是——」

「我沒看見妳自己的搭檔坐在這裡，為調查做出任何貢獻吧。」

她們之間的空氣彷彿立即籠罩上一層冰霜，停留在歐唐納唇上的淺笑消失了。「對。」她的聲音尖銳又憤怒。她回頭去處理她的文件。

柔伊回頭去搜尋，當她想掩飾她的罪惡感時，感覺到一陣憤怒襲來。

接下來的二十分鐘，她一直在不斷搜尋，她決定繼續尋找有針頭痕跡的案件，如果這個決定使今晚更加漫長，那也沒辦法。

她飢腸轆轆，她們已經在那待了好幾個小時，她還沒有真正吃一頓像樣的晚餐——僅吃了兩片披薩。但房裡幾乎沒有任何聲音，她的肚子在這個空間中叫到像雷電轟鳴，聽起來幾乎像是遠處的雷聲隆隆。她不舒服地動來動去，清清嗓子，又傳來一陣轟鳴。歐唐納的嘴唇微微顫動，她打開抽屜，從中拿出一個罐子放在她們之間，裡面裝滿各式堅果。

「自己拿。」她打開罐子，拿了一把。「這是我的宵夜。」

「謝謝。」柔伊拿了幾顆堅果，吃了一顆，享受著鹹味。「很好吃。」

「是我能來拿請客人最好的食物了。」她的語氣仍然冷酷。

「妳的搭檔可能有充分的理由沒在這裡，」柔伊如此提議，作為和解。

「我沒有搭檔。」

「噢，妳所在的部門裡，警探必須強制搭檔工作不是嗎？」

「有例外。」

「妳是例外之一嗎？」

歐唐納沒有回答，而是翻閱通聯記錄。柔伊等待一下，但似乎她們的對話已經結束了，她嘆了口氣，轉回電腦，對話對其他人來說似乎很容易，但是對於柔伊來說，談話就像一隻纖弱的蝴蝶，而她總是把蝴蝶壓扁。

十分鐘後，隨著一聲巨響，歐唐納將一疊文件放在桌面上。「好吧，凱瑟琳・藍姆肯定和很多人通過電話，跟一大堆不同的人。」

「有什麼特別的嗎？」柔伊問，瞥了一眼頁面，最上面那張頁面上有幾行用螢光綠標記出來。

「有一些重複的電話號碼，最頻繁的通話是她父親的來電和去電，她有兩個女性朋友偶爾會和她聊天，儘管最近所有通話都是她們發起的，但時間都很短。她每三到四天會與派崔克・卡本特交談一次，這裡還有其他一些重複的電話號碼。她既是教會的管理人又是宗教顧問，所以我想各式各樣的電話也不足為奇了。」

「所以妳今晚的工作結束了嗎？」柔伊問。她只查了大約一半的案件，她想知道歐唐納是否會讓她留下。

「還沒，還有她的銀行和信用狀況，我還要待個一個小時吧。」歐唐納看起來精疲力盡，她看了一眼時間。「噢，不會吧，已經十一點了，我忘了打電話給我女兒。」

「妳有個女兒？」

歐唐納點點頭，拿起她的手機。「奈莉，她五歲。」

「噢，真好。」柔伊其實不確定這是否很好，但她想不出其他話可說。

歐唐納點點頭，手機放在她耳邊，然後她說，「嘿，親愛的，抱歉，我沒有注意到時間，她什麼時候睡的？噢，不用，沒關係，對不起，我應該……是。」

柔伊試圖將注意力集中在螢幕上，但她無法集中注意力，歐唐納在電話中交談時語氣是如此不同，溫柔得多；這語氣令人分心。

「她今天在學校怎麼樣？」歐唐納問，她聽了幾秒鐘，臉色變得僵硬。「她們做了什麼？那她怎麼做？」

一段漫長的停頓，柔伊迅速瀏覽另一例被槍擊的吸毒者，他的雙臂上有多處針孔，她甚至沒有費心記下這起案件，並不相關。

歐唐納嘆了口氣。「明天我會和她說，謝謝，晚安，親愛的。」她掛上電話，迅速爆發。「那些婊子！」

柔伊眨眨眼。「一切都還好嗎？」

「奈莉有一個朋友……曾經有一個朋友叫薇諾娜，結果薇諾娜跟一群女生成為朋友，她們不想讓奈莉加入她們的貼紙收集團體，好像是……藍色小精靈貼紙之類的，所以今天薇諾娜告訴奈莉她不會再跟她說話了。」歐唐納的語句因憤怒而發抖。「奈莉整個晚上都在哭，這是她這個月第三次哭著回家。」

「這件事會過去的，孩子都會吵架，」柔伊說。

「奈莉不跟人吵架的，她總是很可愛，去年薇諾娜沒有任何朋友，她很高興奈莉當她的朋友。」

「這可能是一個階段。」柔伊只想結束討論，歐唐納反應過度了。

「妳知道我想做什麼事嗎？我要大步走過去，揮舞著我的槍，也許對空鳴個幾槍，告訴她們我要逮捕她們所有人，讓她們領教一下該如何敬畏上帝。」

柔伊想知道自己是否誤判歐唐納了，這個女人剛開始看起來像個理性的人，但現在聽起來精神錯亂。「也許奈莉需要交別的朋友，」她弱弱地建議。

「嗯，對，但是她不想要別的朋友，她希望薇諾娜當她的朋友，我應該讓她開始去參加另一個貼紙收集團體，帶更好的貼紙去，這將是一場貼紙戰爭。」

「妳應該不要介入，讓奈莉自己釐清思緒。」

「妳有孩子嗎？」歐唐納威脅性地看著柔伊，語氣尖刻。

「沒有，但研究指出，當父母開始愈介入自己孩子的生活時，會導致——」

「我不在乎研究人員怎麼說，班特利！我女兒今天哭著睡著，只因為那些……那些……」

「五歲的孩子？」

「那些恐怖……收集貼紙的妖怪。」

柔伊決定脫離這個瘋女人，她專注於下一起謀殺案，專注於她能理解的凶手。

歐唐納兇暴地翻開銀行對帳單的頁面，撕破其中一頁，有時她會喃喃道，「我給她們貼紙。」或者，「她突然成了人氣王，然後就不再想要奈莉了。」然後過了一會兒，她變得沉默下來。

柔伊即將結束查詢案件檔案的工作，她掌握到少量可能的線索，但僅此而已。

「凱瑟琳將她的銀行帳戶提領一空，」歐唐納突然說道。

柔伊轉頭看著她。「什麼？」

「她當時開始每週提領資金，總數不是特別高——一週兩百或三百，但她一直在清空自己的帳戶。」

「她父親有沒有提過這件事？」

「沒有，沒有提過。」

「有吸毒習慣？賭博？」

「她家中沒有發現毒品，但我會確保毒物學檢驗包含她可能使用過的一般性毒品，她的網頁瀏覽歷史中沒有發現線上賭博網頁，截至目前為止也沒有現實生活中賭博的證據，即便這還是存有可能性。無論如何，她的現金要用光了，她帳戶中有一百七十五美元和零錢，我會向附近銀行索取有關ＡＴＭ提款機的監視錄影畫面。」

「為什麼？」

「看看當她提領現金時是否有人在她旁邊，也許可以看見她提款時的狀態，看看她有在哭嗎？有在顫抖嗎？」歐唐納聳聳肩。「看到我就會知道了。」

聽起來像是不太可能會成功的嘗試，但柔伊認為這麼做也不會有什麼害處。「好主意。」

「我不會真的去逮捕五歲的孩子，或發動一場貼紙戰爭。」

「很高興聽妳這麼說。」

「我只是感到疲倦又沮喪，而且有點討厭吃堅果。」歐唐納把堅果罐從身上推開。「我不小心沒吃正餐，最後吃了那些該死的堅果。」

「這才是妳真正的問題，」柔伊說。「這顯然是吃巧克力的好時機。」

「我真的不喜歡吃巧克力。」

柔伊試圖採取一種打趣的語氣，就像安德芮亞開玩笑時一樣。「妳是外星人嗎？火星人？」

歐唐納皺眉歪著頭。「嗯。不是。」

開玩笑不是柔伊的強項，但她再次嘗試。「一講到這個，就算連來自火星的外星人也會喜歡巧克力，因為嗯……有種巧克力叫火星巧克力。」她可以感覺到自己講的笑話在她嘴裡垂死，也許其他人可以用好笑的方式說這種俏皮話，但到了柔伊嘴裡，最終就會像放了一年的餅乾一樣無聊又了無新意。

「噢，真的嗎？」歐唐納交叉雙臂，露出淡淡的微笑。「好吧，我來自士力架星球，且我們鄙視巧克力。」

柔伊皺眉，試圖弄清楚歐唐納是否在取笑她，她最終決定不是。「來吧，我示範給妳看。」她站起身。

「妳要去哪裡？」

「到走廊的零食販賣機，或者我稱之為緊急巧克力機。」

她迅速走去販賣機處，從裡頭取出兩根奇巧巧克力，然後走回歐唐納的辦公桌遞給她。歐唐納撕開奇巧巧克力的包裝，咬了一口。

「妳在做什麼？」柔伊驚駭地問。

「吃巧克力，」歐唐納說，吃得滿嘴巧克力，門牙上也沾到巧克力。「幹嘛？怎麼了？」

「妳不能那樣吃奇巧巧克力！妳要一塊一塊掰開。」柔伊撕開自己的巧克力，示範怎麼掰開奇巧巧克力。

「這太不可思議了，妳連吃巧克力都要指揮別人。」歐唐納搖搖頭，仍然微笑著。

柔伊聳聳肩咬了一口，她閉上眼睛，甜蜜與堅果中殘留的鹹味混合在一起，超好吃，她讓餘味繚繞，吃了兩顆腰果，然後吃下更多的巧克力。「這混合起來的味道真的很好。」

「妳真的很怪，班特利。」

「妳可以叫我柔伊。」

「好吧。」歐唐納又咬了自己的巧克力一口。「妳真的很怪，柔伊，但妳是對的，我需要巧克力。」

第十七章

廂型車的內部聞起來有菸味和腐爛食物的氣味，處於控制之中的人用嘴淺淺呼吸，試圖忽略惡臭。儘管夜晚寒冷，他們還是降下車窗，為了讓等待更堪忍耐，但要擺脫這種氣味，所必須做的不只是小口呼吸而已。

他想租輛好車，但丹尼爾堅持要用現金租這輛二手廂型車，盡量減少留下的行跡，而他相信丹尼爾的直覺。

他的朋友坐在副駕駛座上，咬著指甲，他整個下午都緊張不安，幾乎要取消這次狩獵。丹尼爾的照片已在一些當地媒體網站上流傳開來，他們打錯他的名字，稱他為「羅德．格洛弗」，這點本來應該是個好消息，但這只是讓丹尼爾發火，他甚至在他們準備好時厲聲斥責了他一次，儘管他很快就道歉了。

處於控制之中的人明白，當一切公開時都會變得很困難。

火車站停車場現在幾乎一片空蕩；大多數的車輛都在傍晚駛離，他們過去四個小時一直待在那裡，因為丹尼爾曾說過在繁忙時段進入停車場很重要，如此可以避免引起任何人的注意。當晚上十一點的火車到站，他們兩人都精神緊繃，但所有行經停車場的乘客都成群行走，除了兩個男人，此外人也太多。

夜班車更好，當他看著幾個人影穿越停車場時，他的心跳個不停。其中有一個人落單——是一個女人。但丹尼爾搖搖頭，一語不發，她是錯誤類型的女性，丹尼爾自有他的一套方法，能知道哪種類型是正確的。

處於控制之中的人感到焦躁不已，一點三十分的火車即將到站，秒針緩慢地滴答作響，丹尼爾似乎並不介意；他坐在座位上，幾乎沒有眨眼，他的嘴唇做出一種介於鬼臉和微笑之間的表情。

他一直在想那個嬰兒，抓住那個嬰兒是如此容易，那時他失去了膽量，但是風險真的有那麼大嗎？天已經黑了；他應該要抓住嬰兒，然後在女人還沒反應過來之前溜之大吉。沒有什麼比嬰兒的血更純淨的了，人們長大後會將無止盡的廢物塞入體內，垃圾食物、糖、香菸、毒品，使他們的血變了，被污染了，但是嬰兒的血將會有所不同，會——

他在座位上坐立難安，試圖打破思路，他們來這裡不是來抓嬰兒，他們是來找女人的。

「如果失敗了怎麼辦？」他問丹尼爾。

「那我們就明天再來，」丹尼爾說。「這是一個守株待兔的好地方，相信我。」

他是相信他，除了他即刻就需要一個人，他需要鮮血。「好吧，但是——」

「專心在計畫上，你還記得計畫嗎？」

「記得。」

「你走在她身後跟蹤她，不要太近，如果她尖叫，一切就結束了，你懂了嗎？如果你看見她打電話給某人，你要在她有時間說出一個字之前就拿到她的手機。」

「我記得。」他做到了，他處於控制之中，他記得。

「我知道你知道。」丹尼爾轉向他，給了他一個微笑。「你像冰一樣冷靜，你知道嗎？」

處於控制之中的男人慶幸自己身處於黑暗之中，因為他感到自己的臉上一陣溫熱。

他們身後的火車發出刺耳的聲音，使他緊咬下巴，他總是很害怕火車，小時候，每當他的母親試圖將他帶上火車，他都會暴跳如雷。長大之後他完全避免搭火車，在認識丹尼爾之前，他從未想過火車還會有其他用途，你不必搭火車，可以等火車駛向你。

火車在駛離時隆隆作響，處於控制之中的人四處搜尋乘客，黑暗中只有一個人影在移動。有一會兒他的身體緊繃，但隨後他看見那是個大胖子。

「該死，」丹尼爾輕聲說。

他們要等下一班火車嗎？廂型車上冷得要命，他需要小解，車上臭死了，而且——

「你看。」丹尼爾在座位上向前俯身，眼中有興奮之色。

是另一名乘客，走得很慢，身形瘦小，留著一頭長捲髮，她的眼睛盯著走在她前面的那個胖子，她一定是故意等待，因為她不想讓這個男人走在她身後，她認為他有危險性。

處於控制之中的人抓住車門把手，丹尼爾攫住他的手臂。

「等等，」他說。「還沒。」

「但是如果她開到車——」

「她不會，那是她的車，停在那裡。」丹尼爾指著最遠的其中一輛車。「有看到她是如何看著那輛車的嗎？我敢打賭她現在現在很後悔車停這麼遠。」

處於控制之中的人等待，屏住呼吸，他的心臟狂跳，牙齒幾乎打顫起來。

「好了，」丹尼爾說。「上吧，不要忘記包包，記住，不要太快。」

處於控制之中的人把包包背上肩，從廂型車下車，沒有如他們計劃的那樣在身後關上門。他跟蹤那個女人，步伐很大又匆忙，他試圖盡可能少發出聲響，腳踩在停車場地板上的聲音在耳朵裡砰然作響，彷彿聲音放大了。這個女人還沒注意到他，她輕快地大步走路，可能既冷又怕，丹尼爾是對的：他可以看見她如何專注看著她的車，她的庇護所。她在包包裡翻找，他準備好一看到手機的形狀就猛撲向前，但是她只拿出了車鑰匙，她一心想要達到她唯一的目的——上車。

然後她向後看了一眼，她看見他，如果她尖叫，那就結束了。

但是她沒有。丹尼爾告訴他，她們一開始幾乎不會尖叫，她們會走遠，心中翻騰著否認，希望尾隨她們的人只是一個隨機的人，她們很害怕，但他們不想引起騷動。

她走得更快，擺脫了他，他需要跟上步伐，丹尼爾告訴他不要追她，那並非他們的計畫，他必須遵守計畫，他處於控制之中，計畫是他只要尾隨她，讓她走離道路和車站。他處於控制之中，他處於……

他現在跑了起來，嘴裡垂涎欲滴，他可以在空氣、香水、洗髮精和汗水中聞到她的氣味，而在這一切之下是溫暖的血液。他幾乎要追上她了，她回頭看了一眼然後尖叫。

如果她尖叫，那就結束了。

他不在乎，他一直在跑，追著她——她幾乎觸手可及，但她已經走到她的車旁，即將開鎖，然後駕車離開。

丹尼爾的身影現身，他繞了停車場一大圈，在車後等待她，現在他抓住了她，在她大叫救命前蒙住她的嘴，她在他的懷裡扭動掙扎，發出朦朦的尖叫聲。

「我抓住她了，」丹尼爾嘶聲說。「該死，你為什麼——」

女人肘擊他的腹部，讓他上氣不接下氣，丹尼爾抓住女人的手一鬆，她用手抓他，抓耙他的手臂，丹尼爾發出痛苦的咕噥聲，把她一推，她倒在地上。空氣中瀰漫著血液的香氣。

她跌跌撞撞從他們的身邊逃跑，但方向錯誤，她應該朝向道路奔跑求援，朝著火車站方向奔跑尋求庇護，相反地，她跑了另一個方向，她現在尖叫了，但是她喘不過氣來，因恐懼而聲音顫抖。她在一個空無一人的停車場裡，周圍的幾棟商業大樓在夜間空蕩無人。

處於控制之中的男人追趕著她，追逐的快感使他充滿純粹的狂喜，這就是他的天職，當他奔跑著離道路愈來愈遠，地面改變了，沙礫在他的腳底下嘎吱作響，月光照在人行道縱橫交錯的裂縫上，前方樹木的陰影隱約可見，她看見了，向右轉，朝著建築物跑，奔向文明。

太遲了。

他撞倒她，他們倆都跌到地上，他咬到舌頭，感到一陣劇烈眩目的痛楚，然後他能嚐到自己的血，這只會使他為即將到來的事更加興奮。她在他的身軀下掙扎，試圖將他推開，但她的動作遲緩，她看起來暈頭轉向，也許她撞到頭了；沒關係。

他的包包裡有一個針筒，但是他不需要，他是掠食者，而她是獵物。他把她的頭摔到地面上，把圍巾從她的脖子上扯下，彎下腰，她的香味籠罩著他，令人陶醉。

他一口用力咬下。

她的尖叫聲如此之大，讓他的耳朵都嗡嗚作響，但他根本不在乎尖叫，也不在乎被抓到，她的味道充滿他的嘴裡，帶有鹹味且美味無比，他吸食著流血的傷口發出咕噥聲，周圍的世界漸次消失，僅此一事重要。

然後他被推開了，他困惑地眨眨眼，抬起眼睛。丹尼爾站在他上方，看起來很生氣。

「天啊！」丹尼爾啐了一口。「你是怎麼回事？」

這句話毫無意義，他們來這裡不就是為了這個嗎？他舔舔嘴唇，這女人濃郁的味道簡直升天，他想要更多。

「不行！」丹尼爾將他推開。他猛撲，往丹尼爾臉上灌了一拳，丹尼爾跌跌撞撞向後一倒，在驚訝中眨了眨眼，幾秒鐘內他們倆都沒有動。

然後那個女人發出呻吟。

「我們要把她帶去樹那邊，」丹尼爾說，聲音清澈有力，那個聲音不容爭論。

處於控制之中的男人點點頭，感覺自己飄飄欲仙。

他們把女人拖到樹邊，他瞥見他們身後那條黑暗通道的暗影，月光在微鹹的水面上閃閃發亮。

「這裡可以了，」丹尼爾說，處於控制之中的人從朋友聲音中聽見自己狂喜的回音。

「記住你的工作，」丹尼爾說。

當下他記不住自己的工作，他的工作是什麼？但隨後他回憶起計畫、計畫的細節，還有他們為什麼要做這一切。他確認了一下他的包包，向丹尼爾點點頭。

丹尼爾把那個女人推倒跪下，在她的喉嚨上圍了一條領帶，處於控制之中的人之前曾在凱瑟琳家中見過他的朋友這樣做，當時他嚇壞了，幾乎失去了膽量，但現在他準備好了，丹尼爾剪開女人的褲子時他甚至沒有退縮。

不太對勁。他的朋友喃喃自語，聽起來很生氣，那個女人窒息，試圖要呼吸，丹尼爾捅她、揍她，聽起來愈來愈生氣。

處於控制之中的人一下才明白問題出在哪裡，丹尼爾正在努力勃起，處於控制之中的人尷尬地移開視線，但隨後他又想起自己的工作，他要扮演重要角色，他解下包包打開，開始執行任務。女人的雙眼凸出，現在不再發出聲音了，她的手指在喉嚨周圍的領帶上抓耙。丹尼爾艱難地猛拉，一邊咒罵，聲音嘶啞。

然後她躺在泥濘裡。

「該死的！」丹尼爾咆哮。「該死的婊子！」他踢了她。

「丹尼爾，」處於控制之中的人說。

「這都是你的錯！」丹尼爾對著他大吼。「你他媽的幹嘛像一隻該死的禽獸一樣咬人、吼我，然後還揍我！」

丹尼爾是對的，他低眉斂目。

「該死，」丹尼爾說。「不管了，我們還有工作要做，跟她待在這裡，我去開廂型車過來。」

處於控制之中的人點點頭，不敢爭論。

丹尼爾離開了，仍然在喃喃咒罵。

處於控制之中的人跪在被折磨殆盡的女人身旁，拿出針筒，他有工作要做——他知道這一點——但他想先試著取點血，如果只有他一人，他本來可以喝到飽，但他不是唯一需要血的人。

第十八章

二〇一六年十月十八日，星期二

比爾．費許朋在半夜醒來，嘴巴很乾，他在床上輾轉難眠，試圖再次沉入睡眠，因為他知道如果他起身去喝水，就需要花上很長一段時間才能入睡。

但是他的口渴讓他不得安眠，最終他屈服了，輕輕地坐起身，不想吵醒海莉。

那時他才意識到她不在床上。

她晚上打過電話給他，告訴他必須加班到午夜過後，現在還不到午夜嗎？感覺好像晚了許多。他嘆了口氣，摸索著他的手機，然後點亮螢幕。

時間是凌晨四點七分。

一陣擔憂使他立刻清醒過來，他的大腦倉促拼湊，並立即找出一種解釋——海莉一定是回到家，然後繼續用電腦工作，她每一陣子都會偶爾這樣做，每當有大案子時。為了讓自己放心，他站起來，將腳滑進拖鞋，然後躡手躡腳走到臥室窗戶，從窗戶可以看得到街景，並且可以輕鬆看見停車位。

海莉的車不在那裡。

他檢查屋內的其餘房間，甚至偷看了雀兒喜的房間，他看到廚房的時鐘，證實時間確實已經超過凌晨四點之後，他感覺到內在有股焦慮感油然而生。

最終他一把抓起手機，打電話給海莉。

她的手機打不通。

他可以為這所有一切想到一個簡單的解釋，海莉一直加班到半夜，而沒有注意到自己的手機已經沒電了，這種事過去從未發生過，但她偶爾會提到事務所中的其他律師助理整夜都在工作。他打了她的辦公室電話，等待電話響起，數著秒數，當他數到三十，他中斷了通話。他對她的事務所——也對她很不高興，她應該先發訊息給他。他幫自己倒了一杯水，喝水時他的手在顫抖。

他不是真的不高興，他是害怕，海莉永遠不會加班到這麼晚卻不打電話或發訊息給他，她會注意到自己的電池沒電了。

感覺非常、非常不對勁。

他再次嘗試打她的辦公室電話，和她的個人手機。打不通。

他在聯絡人中找到吉娜的電話號碼，他猶豫了一下，因為他知道在凌晨四點打電話給任何人都違反了所有可能的禮節，但他心臟跳動得如此猛烈，感覺快要在他的肋骨中爆炸。他點擊撥號，等待她接聽。

十秒鐘後，她接聽了。「你好？」她的聲音睏倦又困惑。

「吉娜，我是比爾，很抱歉這麼晚把妳吵醒，但是——」

「比爾．費許朋？」

「是的，對不起，但是我剛醒來，海莉耶塔不在家裡，她還沒有從辦公室回來。」吉娜和海莉在同一間辦公室工作，事實上，是海莉讓她得到這份工作的。

「現在是幾點？她想必是加班到很晚吧。」

「現在超過凌晨四點了。」

停頓了很長時間。「你打過她手機嗎？」

「轉接語音信箱，而且辦公室電話也沒人接，妳認為她整晚都待在辦公室嗎？」

「沒有！我離開時，她說她大約會在一個小時內完成工作，那就是十點三十分。」吉娜也聽起來也很清醒了，她的聲音反映出比爾的恐懼。「等等，她和另一位律師助理一起工作……傑夫，我會打電話給他，看看他是否知道發生了什麼事。」

「好的，謝謝。」

她掛斷電話，比爾在廚房裡走來走去，等待吉娜回電，時間一分一秒過去，他偶爾會拿起手機，然後又放回去。

一個小小的人影輕手輕腳走進廚房，是雀兒喜，她困惑地眨著眼睛。「爸比？」

「嘿，小南瓜，現在是半夜——回去睡覺。」他耗盡所有的自制力來掩飾他聲音裡的顫抖，好讓自己能輕聲說話。

「我聽見有聲音。」

「我只是在自言自語，來吧——我們回床上去。」他走近她，把一邊手臂搭在她的肩膀上，輕輕將她轉過來，她乖乖和他一起拖著腳步走回去，他扶她爬上床，把她塞進被窩。當她舒服地依偎，抱著她的獨角獸娃娃時，深色的捲髮在枕頭上散開。比爾彎下腰，親吻她的額頭，然後走出了房間。他回到廚房，將手機設定為震動，以免手機鈴聲響起又將她吵醒。

吉娜掛斷電話已經過了十三分鐘了，她是怎麼——

手機亮起，發出震動，他用手指滑過螢幕，因為顫抖得太厲害，所以不得不滑了三次。

「你好？」他小聲說。

「比爾，聽著，我剛剛和傑夫談過，他說他們兩人都在十二點三十分完成工作，一起離開了辦公室，他將海莉耶塔載到火車站，然後就開車回家了。」吉娜的聲音嘶啞，她處於哭泣邊緣。「你確定她不在家嗎？也許她太累了，在雀兒喜的房間裡睡著了？還是浴室？還是……或者……」

「她的車不在，」他空洞地說。他心裡一沉，就像一塊厚重的冰塊。

「也許她去了其他地方？或者可能——」

「我得掛了，吉娜，我一查到她在哪裡，就打電話給妳。」他掛斷電話。

他想衝出屋子去找她，看看她的車是否停在火車站的停車場，但當然他不能留雀兒喜一個人在家。他打算打電話給海莉的母親，請她在他出去找她的時候過來看著雀兒喜，但他不想嚇她，而且她會在無意中吵醒雀兒喜，這只會使事態變得更嚴峻。

他做了他唯一能想到的，他撥了他知之甚詳的電話號碼，他一直希望可以不需要撥這個號碼。

對方立刻接聽。「九一一，你的緊急情況是？」

***

報警後，比爾在闃暗的屋裡有段時間獨自等待，他大部分時間都在想像無數種海莉失蹤的原因。

他很難回想起他一生中還有比現下更恐懼的時刻。

雀兒喜還在蹣跚學步的幼兒時期，曾接受過一次手術，這簡直令人恐懼萬分，但是他有海莉和雀兒喜來安慰他，並且有位醫生一直告訴他這是例行手術，而且護士會一直悉心照料她。

如今他所有的只有恐懼，沒有人可以跟他說話。

也許發生了火車相撞事故，從火車站開車回來時，海莉可能出了車禍。也許她回想起自己忘記帶某件辦公室裡的東西，又跑回去拿，在途中被酒駕的駕駛人撞到，現在在某處的溝渠裡流血。

他編造出的一個理論是她把自己反鎖在火車站的洗手間裡了，他緊抓住這個可能性，就像在暴風雨海中溺水的人一樣，他想像她在洗手間裡哭泣，等待早晨有人能將她救出，因為這個理論的美好之處在於她隨時會走進他們的家，雖然心理受到創傷但人很安全，除了幾年內會成為他們可以說笑的軼事之外，這對他們的生活沒有任何影響，雀兒喜會在早晨醒來，甚至不知道她的母親失蹤了一整晚。

警察終於現身，他在警察敲門前就打開了門。

「謝謝你們來。」他對站在門口的那個警官低聲說。「請盡量保持安靜，我五歲的女兒正在睡覺。」

他們是兩個穿著制服的警察，年輕的是黑人，這使比爾感到更加放鬆。他比他的搭檔高，臉色嚴肅，眼神警戒。他的搭檔是個白皙且胖乎乎的矮子，似乎至少年長十歲。

「你是費許朋先生嗎？」年輕的警察問。

「是的，請進，但是請安靜。」如果警察在家裡的時候雀兒喜醒了，她會嚇壞的。

他們兩人都走進屋內，比爾在他們身後關上門，將夜晚的寒冷關在門外。

「我是埃利斯警官，」這位年輕的警察說。「這是我的搭檔伍德羅警官，據我了解你太太還沒有下班回家嗎？」

「是的，」比爾說。他脫口說出了整件事，竭盡全力使他們覺得這是真正的緊急事件，而不是一個愚蠢的女人忘記打電話給丈夫報平安的案例，他多次提到她是律師助理，她的電話打不通，她的同事把她載到火車站——

「你說他的名字叫傑夫？」埃利斯問。

「是的，他是另一位律師助理——」

「你跟他有多熟？」

「不太熟，我在一場派對上見過他一次，但他看起來像個好人。」

「你太太有沒有提過他？她有跟他講過電話嗎？」

「呃……不，我記得是沒有。」

「她經常加班到很晚嗎？」

比爾突然意識到，警察是根據他們自身的經驗來編造理論，一個女人因一時放縱在愛人的床上睡著了，卻沒有注意到時間，或者也許是一個出去喝酒的女人，在深夜派對不醉不歸，這可能是他們最常看到的案例，電視上的警方不是總是在二十四小時過後，才對失蹤人口報案進行調查嗎？

比爾感到迫切需要說服警察事實並非如此，海莉耶塔永遠不會做出這種事，這完全超乎可能性的範圍，他從未懷抱過這些想法。

「海莉耶塔永遠不會就這樣子……不回家好嗎？她不會離開我，她沒有跟另一個男人在一起，她不會在拘留所喝得醉醺醺的，有事情不太對勁。」

「費許朋先生，」埃利斯說。「我懂，我們會去找你太太。」

「也許她把自己反鎖在火車站的洗手間裡，」比爾無助地說道。「而且她的手機沒電了。」

「我們會找找看，」埃利斯說。「你能給我們你太太同事的姓名和電話號碼嗎？那個跟你談過的人？還有她事務所的地址，麻煩你了。」

他照辦了，他給他們看了她的照片，他目送他們離開，他們駛離時紅藍燈閃爍著。

超過凌晨五點了，他在一個小時內就得叫醒雀兒喜，而海莉仍然沒有回家，他必須找個理由解釋為什麼今天早上沒有媽咪抱抱，以及為什麼是由他來幫雀兒喜梳頭髮。

第十九章

早晨的寒意冷到刺骨，但柔伊並不介意，一旦開始慢跑，她大多就不會再感到寒冷，她戴著帽子蓋住耳朵，用輕薄的手套包住手指。跑完之後，她的鼻子仍感覺像根冰柱，但這只是慢跑需要付出的小小代價。

她曾經討厭慢跑。

她們住在波士頓時，安德芮亞把她拖去慢跑好幾次，而柔伊覺得那段經驗很可怕。她不得不承認，部分原因是因為安德芮亞在慢跑過程中一直說話，而柔伊所能做的只有在一次吃力的呼吸和下一次呼吸之間偶爾發出「嗯哼」的聲音，她的肺感覺快要塌陷進黑洞。

但是自從上個月在德州歷經苦難以來，她需要新鮮的空氣，並且需要大量的新鮮空氣。一開始她步行很長一段路，但這並不足以遏制一整天隨時會爆發並襲擊她的幽閉恐懼症，但她一旦開始慢跑，那些感覺幾乎全部消散了。

安德芮亞一遍又一遍向她解釋她需要先伸展，她妹妹羅列出好幾百種伸展技巧，有些動作過於複雜，讓柔伊想起《印度愛經》中的插圖。柔伊的耐心足以應付二十秒的例行伸展運動，安德芮亞曾威脅她如此會造成嚴重的運動傷害，但在沒有任何證據支持的情況下，柔伊判定她的身體不是跑步時會受傷的那種體質。

因此她做了三種伸展運動，然後開始跑步。他們一週前抵達芝加哥時，她很快就發現了這座城市最好的資產之一——湖畔步道。這裡比戴爾市的任何慢跑路線都要好。

她開始跑時天色仍然很暗，湖上有一抹藍色的曙光，幾乎看不出海岸線，薄薄的雲層屹立在湖與天之間，呈現出千變萬化蓬鬆山脈的遠景。

跑步時她的思緒會用不同的方式運作。

一整天她的大腦劇烈攪動沸騰，就像一鍋熱湯，冒著由想法、理論、未解之謎所構成的泡泡，但是當她跑步時，她的思緒會平靜下來，她可以專注於一條思路，仔細檢視，徹頭徹尾地思考。

她想到凱瑟琳・藍姆的慘案，但是這次她沒有鎖定在實際行為，而是思考慘案發生之前的時刻。這兩個人接近凱瑟琳的房子，他們是步行前往還是開車去那裡的？他們在路上有交談嗎？當他們走進門，他們是並排走向門口，還是其中一人帶頭，另一個在後面跟著？

這很難想像，格洛弗與另一人合作的整個想法很奇怪，格洛弗是一個獨自跟蹤並下手謀殺的人，他躲藏在他精心維護的友善好人表相之下，他是那種你可以找他喝一杯的人，當他卸下那副表相，他不會允許別人看見他的模樣，顯然他不想被逮捕，但還有重要的理由，格洛弗想要大家都喜歡他。

多年以前，當他是他們的鄰居時，他竭盡全力與她們一整家保持友好，他會與她的父母談政治，他的觀點總是與她的父親一致，但是如果她父母因政治問題吵架，他會很快在雙邊找到正面觀點，使他們倆都滿意。他會要求鄰居幫忙，他很狡猾，很清楚一件事：當有人幫你忙時，那些人通常會開始愈來愈喜歡你。而且他絕對讓柔伊迷上了他，他給了她青少年最想要的，一種不帶評判的傾聽。他以一種病態的方式希望自己受人喜愛，這不是因為對他人不感興趣，而是因為當有人喜歡他時，也同時肯定他對自身的正面看法，他看著他人對他的反應就像在照鏡子一樣，可以確認自己看起來很好。

同時也因為觀察人際關係對他來說是很有用處的，他的看法正確，畢竟警方和她自己的父母不是更願意聽信他的話，而非柔伊的說法嗎？

但他向同夥現出他的真面目，是什麼讓他願意這麼做？怎麼會發生呢？

太陽從雲層間升起，瞬間以明亮的橙色在天空中揮灑，光線使湖中的波浪微微閃爍。柔伊掏出手機拍下一張晃動的照片，在心中記下要把照片傳給安德芮亞。

她跑過俄亥俄州街海灘，目光瞥了一眼光滑的沙灘，在三個月前，克麗絲塔．巴克陳屍於該處，屍體經過防腐。她和塔圖姆當時抵達犯罪現場時在拌嘴吵架，打從心裡互相討厭對方。感覺就像是上輩子的事。

她轉身，開始往回跑，同時將自己的思緒推回正軌。

她決定這麼想：格洛弗沒有現出他的真面目，甚至沒有向他的犯罪同夥展示，格洛弗希望得到所有人的崇拜，唯一看過他真面目的人就是他的受害者。除了她和安德芮亞之外，看過他真面目的女性無一倖免。也許他對她執念這麼深的主要原因，是她與其他人不同，在許多年以前，她真正看過他的真面目。

不，無論格洛弗向他同夥展示的是什麼面目，都是另一種偽裝，他相處起來會友善、親切又有趣，就像與其他所有人在一起時一樣，當他最終提出他的需要、提出這個話題時，他會非常謹慎，用某種似乎根本不是他的錯的方式來表達，他會說得像自己也是受害者，他會怪誰？女人？社會？他自己的父母？無論是誰，都會是使他同夥最同情的一件事，同情他並與之合作。

而且他必須找到合適的同夥，某個他肯定知道不會被他說的事嚇到或感到不安的人，他是怎麼找到他的？他是否在網路上搜尋同道中人，並幸運找到住在附近的人？這感覺不太對。儘管她不願承認，但格洛弗的個人魅力很大部分來自面對面，他一派輕鬆的笑容、使人消除敵意的體型、隨和的肢體語言，毫無疑問這一切都是偽裝，但他偽裝得很好。當他想尋找可以信任的人時，就會運用這種偽裝。

她可以看見遠處的停車場，她放慢腳步用走的，氣喘如牛。她將雙手包成杯狀蒙住臉龐，輕輕地往手心呼吸，讓凍僵的鼻子解凍。

格洛弗是面對面認識他的同夥，就像塔圖姆所說的那樣，他們要不在教堂認識，要不就是在某個地方認識，然後他的新朋友將他引介給教堂的人。但是格洛弗去教堂做什麼？懺悔自己的罪過？祈禱？

缺少了什麼環節，她需要了解關於河濱浸信會的更多訊息。

第二十章

河濱浸信會乍看並不起眼，紅磚結構的單塔，入口處是簡單的拱形深紅色大門，但塔圖姆停車時，柔伊注意到一件小事，外牆排列著盛開的花床，墓園的草坪照料得簡潔俐落，邊邊有三座簇新的木凳，與街道的其餘部分不同，教堂周圍的區域乾淨整潔，沒有枯葉掉落，這個地方被悉心照料得很好。

塔圖姆熄火，她的手機響起，是歐唐納。

她示意塔圖姆等她一下，並按下接聽。「我是柔伊。」

「班特利。」歐唐納的聲音銳利又冰冷。「妳為什麼告訴媒體妳正在協助我們辦案？」

柔伊困惑地皺頭。「我沒有告訴任何人。」

「嗯，那肯定不是我說的，這裡有一篇詳細報導概述了妳參與此案，等等，不要掛斷……」

一陣短暫的停頓，然後歐唐納大聲讀出。「根據與這起調查關係密切的消息來源指出，知名側寫專家柔伊．班特利和聯邦調查局針對此案提供諮詢，班特利之前在『勒喉禮儀師』一案中曾協助過芝加哥警署，並發揮了關鍵作用——」

「我沒有告訴任何人，昨天在警署看到我的那個傢伙呢？也許是他洩漏的？」

「他甚至不知道你是誰，也不在乎，還有，昨天下午有一個記者向我問起關於妳的事，他告訴我他認識妳。」

柔伊的心裡一沉。「他叫什麼名字？」

「是很很蠢的名字，好像是喜歡……尼克·布里克，不是……是吉米·金米——」

「哈利·巴里？」

「就是他，他想知道柔伊·班特利對於此案的看法，我說我無法透露任何資訊，並詢問他如何得知妳參與此案，他說他認識妳，妳不該告訴他任何事的；我不在乎你們是不是好朋友，我們有共識——」

「他不是我的好朋友，我沒有跟他說，妳被他耍了。」柔伊想揍人，她忘記在芝加哥的兩百五十萬人口中，有一個人叫哈利·巴里，令她懊惱的是，他正在寫一本關於她的書，她自己甚至給了他很多素材，如今他唬弄了歐唐納警探，讓她承認柔伊也參與這起調查。該死的，這表示格洛弗也會知道，他會更加小心，可能會更加危險。

「妳是什麼意思，我被耍了？」歐唐納的音調變了，憤怒仍然存在，但失去了憤怒的對象。

「他在釣魚，他不知道我參與此案，直到妳告訴他。」

「去死，但是他怎麼——」

「哈利·巴里是個討厭的傢伙，」柔伊厭煩地說。「聽著，我稍後回電給妳——我們再決定如何處理這件事。」

「好的。」

柔伊掛斷電話，並在手機上查看《芝加哥每日公報》的網站，她很輕易就找到報導；這是H·巴里的經典下標：知名側寫專家在牧師之女謀殺案擔任警方顧問。哈利肯定會在一句話中同時提及柔伊、教堂和謀殺案。她輕觸連結並瀏覽其中的內容，看到她的照片被放在格洛弗的照片上方，感到一陣惱火，他至少可以先放格洛弗的照片，那才是重要的部分。

「曼庫索看到這個不會高興的，」塔圖姆說，越過她的肩膀看著手機。「而且歐唐納的老闆看到也不會太高興。」

「嗯，木已成舟，」柔伊喃喃道。「我更擔心的是格洛弗的反應，這可能會使他的行為更沒有規律性。」

「嗯，他最終可能會一步踏錯。」

「是吧。」柔伊不覺得這個想法有說服力，她上上下下滑動報導，在自己的照片和格洛弗的照片之間滑來滑去。

塔圖姆從她手裡拿走手機。「來吧，」他說。「擔心這個也沒意義，我們去看看教堂。」

＊＊＊

空蕩蕩的教堂裡空氣並沒有溫暖多少，入口的右手邊是一個公告欄，上面釘著一張凱瑟琳・藍姆的大型肖像照，照片上方有題詞寫著「愛的記憶」，字體是精緻的花體，圖片下方以相同字體寫著凱瑟琳・藍姆，一九九一——二〇一六，周圍釘了數十張照片，難以在昏暗的光線下分辨出這些照片的細節。公告欄下牆上靠著一張桌子，上頭架著一個大花圈，周圍擺放許多花束、點燃的蠟燭和手寫的便條。

柔伊檢查公告欄上的照片，全是凱瑟琳和其他人的合照，可能都是教會的成員，在一些照片中有一群人站在一起，對著鏡頭微笑，而在其他照片中，攝影師捕捉到他們參與各種活動：有張照片是在粉刷一堵牆，凱瑟琳拿著一把大刷子，臉上抹到白色油漆。有張照片是在照料一片雜草叢生的草坪，凱瑟琳雙手雙腳跪地，肘部沾到泥土，正在和一個在她身邊工作的青少年交談。有張照片是一間大廚房，凱瑟琳對著一個正在煮一大鍋菜的女人微笑。這些照片之所以被挑選出來，顯然是因為凱瑟琳在照片當中看起來很吸引人，而無論是誰選了這些照片，那個人都沒注意到其他被攝者，在許多照片中她周圍的人都很模糊，或者在眨眼，或者有些是交談到一半被捕捉到一個怪異的表情。無所謂，因為這是為了凱瑟琳，但這讓整張拼貼帶有一種怪異的效果，彷彿凱瑟琳比其他人更鮮明、更真實、更有生命力。

「教堂現在看起來空無一人，但蠟燭是最近才點燃的。」塔圖姆看著桌子說。「也許在有人在今天稍早上班時間之前，為她舉行了某種追思會。」

他是對的，花也很新鮮，桌上擺放著白色的百合花和康乃馨，柔伊感覺大部分的花都是由同一家花店所提供，也許會眾中有人開花店。

凱瑟琳紀念碑旁邊掛著另一個公告欄，上面張貼著月行事曆和其他公告，貼有一張手寫的姓名清單，柔伊近一點看，意識到那些是志工的名字，他們自願報名在接下來的艱難時日裡為藍姆牧師做飯，還有一則因凱瑟琳之死而取消一場野餐的公告，另一則是關於街友募捐活動延期。掃視這張月行事曆，柔伊看見每週二舉辦一次的「銀髮族街頭繪畫」活動，以及捐贈衣服給婦女之家的活動。

她在這間教堂感到很深的團體意識。

「格洛弗會像飛蛾撲火一樣被吸引到這個地方。」她說。

「這是什麼意思？」塔圖姆問，環顧四周。

「嗯……他在梅納德鎮生活了許多年，那是一個小鎮。」她回想起自己的童年。「走在街上的每個人都叫得出對方名字，你一出家門就會遇見你認識的人，我曾經很喜歡這樣，當我成為青少年時，就變得很討厭。」她逕自笑了。

「我想在維肯堡也是如此。」塔圖姆說。

她記得總有各說各話的隨機八卦漫天飛舞，她幾乎可以聽見母親與鄰居的談話：某某人的女兒從阿拉斯加來拜訪——她一開始怎會搬到那裡？那裡那麼冷，妳有聽說上週在理髮店發生的事嗎？他們還在清理泡沫。教三年級的老師歌弗里太太又病了；那些可憐的孩子應該有個合適的老師。有許多關於熟人和親戚的趣聞。

「這是一個真正的社區團體，」她說。「每個人都是梅納德部落的一份子，格洛弗熱愛這樣，他對每個人總是超級友善，很能聊，會傳播他聽說的事。」

「傳播什麼，像是八卦嗎？」

「或者是新聞，有時他會扯謊，將謊言編入真相，讓談話更加有趣，讓自己變得更有趣。」小時候的她接受這就是他，現在她更加了解精神病態者通常擅長模仿，他們會觀察周遭的人，弄清楚什麼行為有效、什麼無效，怎麼做會讓人們更喜歡你。

塔圖姆看出她接下來要說什麼。「然後他到了芝加哥，而這個地方不一樣。」

「對，這是一座人口太多、步調快速的城市，一開始，這裡也許是他想找的地方，易於躲藏，能夠混雜在人群中，但過了一陣子，他開始想念那些隨性的談天，親密的寒暄。」

「他從工作中也得不到，」塔圖姆說。

「不，他得不到。」他們去過他工作過的辦公室，人們在分隔的小隔間裡工作，這是一間規模龐大的科技公司，他所在部門的每個人都經常與憤怒的客戶通話。「然後他發現這個地方，這個教會團體充滿了親切感，他可能經過一到兩次——一次會眾野餐，或者一群人站在教堂外面聊天。就這樣，他看見他的獵物。」

柔伊走離公告欄，在長椅間走來走去，環顧四周。格洛弗會在週日來這裡，週日是教堂最人滿為患的時刻——可以認識更多人，認識虔誠的基督徒。首先只是露面，然後加入談話，加入他們的活動，到處當志工，成為派崔克．卡本特所謂的「好人」。

人們會擠在這個空間裡聽牧師講道，格洛弗也會來，環顧四周，打量年輕女性來打發時間，一邊幻想著。凱瑟琳會坐在哪裡？會坐在一目了然的地方嗎？他有多少次靠著悠閒地看著她、想像她的裸體、想像領帶環繞她喉嚨的樣子來消磨早晨？

這裡還有其他人，不明嫌犯貝塔男。柔伊咬著嘴唇。他也迷戀凱瑟琳，或許想知道她的血味道如何。

教堂和十字架無法讓你遠離現實世界的吸血鬼，至少無法遠離這一位。

他和格洛弗是怎麼認識的？是什麼讓他們發現他們共享一致的黑暗興趣？這不會是正常教會團體的聊天內容：我覺得今天的講道很震撼，你覺得呢？我沒有真的在聽；我在幻想殺了坐在我面前的那個女人。噢，我也是。

不知何故，格洛弗找到了他。她得知道這是如何發生的。

「柔伊，」塔圖姆說。「看一下這個。」

他指著其中一張照片，柔伊走回去並研究一下照片。

是一張臉，模糊不清，沒有聚焦，幾乎辨認不出。

是格洛弗。

他正在和站在照片外的人聊天。柔伊俯身皺眉，試圖從照片中收集訊息，但找不出什麼。有一張照片裡，凱瑟琳和其他會眾在野餐，所有人都在談笑，無視相機的存在，凱瑟琳舉起雙手，向她正在交談的男人展示些什麼，艾伯特・藍姆坐在她身邊傾聽她說，表情安詳。格洛弗站在照片的角落。

教堂的門打開時，她正要伸手去拿照片，她轉身看到一個男人正看著他們，拿著一束紅玫瑰，他長了一頭棕色捲髮和厚唇。

「你好，」他說，聲音輕柔而隨和。

「你好，」塔圖姆回應。

「你們兩位是要找人嗎？」

「我們只是四處看看。」

他走近，皺了皺眉，清清嗓子。「最近來了好幾個人只是來四處看看，你們兩位也是警探嗎？」

塔圖姆看了柔伊一眼，她聳聳肩。

他轉回面對那個男人，掏出他的識別證。「葛雷探員。」

「噢，我是艾倫．史文森，」他說。「你們來是為了凱瑟琳的事嗎？」

「是，你跟她很熟嗎？」

「嗯，我上這間教堂已經十二年了，跟她說過好幾次話，我們曾經一起舉辦過一次慈善活動，她是個很好的人。」

「那些花是要放在她的紀念碑嗎？」柔伊問。

他舔舔嘴唇，看起來很困惑，然後低頭看了手中的玫瑰花束一眼，彷彿方才想起花束。

「是，我今天早上錯過了追思會，但我想就順路過來，把花放在這裡。」

他走向桌子，輕輕將花束放在另一束花旁邊，然後轉身看著柔伊。「妳又是哪位？」

「史文森先生，」塔圖姆插話。「你介意我們問你幾個問題嗎？」

他稍微停頓一下。「不介意，請儘管問；我很樂意提供協助。」

「你是何時得知凱瑟琳過世的事？」

「星期天早上，我過來參加禮拜，遇到一些會眾，他們告訴我的。」

「星期天有禮拜嗎？」

「沒有，牧師不在，派崔克也不在。」

「派崔克？」

「派崔克・卡本特，如果藍姆牧師來不了，他有時會主持禮拜。」史文森再次清嗓子。「調查是否有進展？」

「我們未經許可無法透露，」塔圖姆回答。「在凱瑟琳・藍姆死前一週，你有沒有發現異乎尋常的地方？」

「我不常在這邊，我主要是星期天來參加禮拜。」

「你上次見到凱瑟琳是什麼時候？」

「嗯……她在上一個週日沒有去教堂，我覺得這很不尋常，大約一個半星期前我開車經過教堂，有在街上看到她。」

「她看起來怎麼樣？」

「還好吧，我想，我正在和一個朋友聊天，所以並沒有真的去注意她，但是我對她揮手，她看到我，也對我揮手。」

「還有別的嗎？」

「沒有了，就像我說的，我在開車，我沒有停止聊天。」

「你能想到在會眾中有誰跟凱瑟琳特別親近嗎？」

「很多人，她舉辦教堂的很多活動。」

「有人跟她特別親近嗎？」柔伊問。

他似乎猶豫了一下。「好吧，她和派崔克比較親近，但我想這是因為他們倆都真的很投入教會團體，雖然過去幾週他們之間沒那麼親近了，我以為他們可能有過爭執。」

「是什麼讓你想到這件事？」

「只是小事，他們之前在禮拜過程中都會坐在隔壁，但最近兩次我注意到他們分開坐了，而且他們不太跟對方講話。」

柔伊和塔圖姆等待他說更多，因此讓沉默延伸，史文森的眼神一直在四處張望，但他沒多說什麼。

「你認識這個人嗎？」柔伊輕敲照片，指著格洛弗。

他皺眉仔細看著照片。「噢，認識，我見過他，呃……摩爾，對嗎？」

「他自稱丹尼爾・摩爾，」塔圖姆說。

史文森緩慢點點頭。「嗯哼，是的，我見過他。」

「跟他說過話嗎？」

「也許見過一兩次吧，隨便聊過。」

「你注意到他有和別人說話嗎？」

他皺眉。「他就是犯下這起案件的人嗎？」

「我們只想和他談談，」塔圖姆說。「你有注意到他特別和任何人說話嗎？」

他思考了一下。「沒有，只是在這邊看過他，他是個普通人。」

「從何時起？」

「我不確定。」史文森後退了一步。「聽著，我很樂意提供協助，但我得去上班，你們有名片之類的嗎？」

塔圖姆將他的名片遞給他，史文森把名片放進口袋，用一個意味深長的眼神看著柔伊良久，然後他轉身離開。

「他認識格洛弗，」柔伊說。「他不只是見過他而已。」

「絕對不止，」塔圖姆說。

柔伊再次仔細觀察照片，尋找格洛弗的身影。凱瑟琳的父親是牧師，當然出現在很多張照片中，他總是表情嚴峻。派崔克・卡本特出現在其中的七張照片中；他太太黎諾出現在五張照片中，黎諾在所有照片中都在對某人說話或微笑，總是在跟人互動，另一方面，派崔克似乎顯得比較安靜細心。史文森也出現在兩張照片中，其中一張照片只有他和凱瑟琳，他們在教堂外面，坐在其中一張木凳上交談。

塔圖姆拿出手機，拍下幾張有羅德・格洛弗的完整照片，還有近距離的特寫。「我們去找艾伯特・藍姆談談，聽聽他對丹尼爾・摩爾的看法。」

第二十一章

比爾努力幫雀兒喜打點好準備上學，並且在混亂和恐慌的迷霧中將她載到學校。他不覺得她有注意到，但無法確定，她可能恐懼地察覺了，他告訴她媽咪那天早上必須早點去上班，這個謊言立刻將罪惡感注入他內心深處翻攪的情緒颶風裡。當她下車揮手時，他也對她揮手，臉上掩飾著微笑。她轉身，他把車開走，過了一會兒他停在某個街區，下了車，然後狂吐。

現在，他坐回車裡呼吸，試圖控制自己，他不能這樣開車，他以這種狀態開車載雀兒喜去上學，突然顯得不負責任且徹底愚蠢。

整個早上，他一再嘗試撥打海莉的電話，但電話仍舊處於打不通的狀態，有三通吉娜的未接來電，還有她傳來的一封簡訊，要求他一有消息就通知她。

警方正在找她，無論發生什麼事，他們都會釐清。

除非警方基於某種原因要為此負責。

這是一個突然又反射性的想法，這想法一出現，他開始想到違法槍擊、不實指控和警方暴行，也許埃利斯警官和他的搭檔現身時，早已知道海莉在哪裡，也許他們只是在敷衍了事。

他很無助，不確定該如何自處，他在手機上搜尋「有人失蹤該怎麼辦」。

第一個搜尋結果實際上是有幫助的，他可以做很多事，他可以向警方提供更多訊息，他可以打電話給芝加哥的所有醫院，他可以拜訪當地的監獄，打電話給他太太的所有朋友，可以在社交媒體上發文，可以印傳單，他還發現有個叫做「全國失蹤暨身分不明人士系統」的東西。

現在他感覺更糟了，他有很多事要做，不知從何開始，且他必須在中午回家，才能幫雀兒喜做午飯。

他可以先開車去火車站，看看海莉的車是不是在那裡，這將有助於他釐清她何時失蹤，這將對警方有所幫助。

簡單的動作對他而言也很難執行，例如開車。因為雀兒喜，他可以逼自己開車，但是他站在懸崖邊緣，距離黑暗的深淵只有幾英寸的距離，他所做的一切都可能使他一個踉蹌就墜入深淵，他耗費了比一般要長許多的時間，才抵達火車站的停車場。

但是現在他人在那裡，事情變得更容易了，他所要做的就是在兩排停放好的車輛之間行駛，尋找海莉的車，他發現完成這項需要全神貫注的簡單任務令人輕鬆了一些，他有條有理地從停車場西南側開始找，緩慢蜿蜒地穿過車道。

他找了四條車道，停車場遠處有東西引起他的注意，是一輛警車，燈光仍在閃爍。他改變了方向，朝著那台警車行駛，看到使他心涼到底的景象，一條黃色封鎖線封鎖住停車場的一部分，在封鎖線後方，是海莉的車。

他踩下煞車，離開駕駛座，朝黃色封鎖線衝刺，一名警察站在他的行進路線上，他立即認出他。是埃利斯。

「發生了什麼事？」他問，他的聲音響亮而顫抖。「海莉發生什麼事了？」

「費許朋先生，」埃利斯說。「你不能進去。」

「她在這裡嗎？她出事了嗎？她受傷了嗎？」

「我們還沒有找到海莉耶塔，」埃利斯說。「她不在這裡。」

他鬆了一口氣，然後是一陣慌亂，如果海莉不在這裡，他們為什麼要封鎖她的車？發生了什麼事？

細節搖晃著聚焦起來，有一名戴著手套的男子在海莉的汽車附近刮擦地面，將成果放在一個小塑膠袋中。另一名男子正在用深色小刷子在汽車其中一個門把上掃刷。

然後他看到停車場遠處有三個人小心翼翼穿越樹林，他們的眼睛看著地面。

「發生了什麼事？」他輕聲說。

「我還沒有答案能給你，我們正在調查。」

「但總有什麼理由讓你呼叫那些人來吧？你找到了什麼。」

埃利斯猶豫一下。「什麼都還不確定，但有跡象表明這裡曾發生過激烈的爭鬥。」

「還有那邊那些人……他們在找我太太嗎？」

「費許朋先生，我保證我一掌握到進一步消息，就會盡快向你更新，但你不能待在這裡。」

埃利斯輕輕將他推離黃色封鎖線，比爾順從，意識到埃利斯護送他回車上的方式，與幾小時前他帶雀兒喜上床睡覺的方式並沒有太大差異。

第二十二章

艾伯特．藍姆的家是一條安靜街道上的白色小房子，塔圖姆爬上階梯時，木製階梯發出空心的咚咚聲，柔伊緊隨其後。塔圖姆沒有按電鈴，而是敲了敲門，彷彿門鈴的響聲會以某種方式玷污了屋中的悲傷氣氛。

一陣響亮的吠叫聲在門後爆發，幾秒鐘後艾伯特的聲音傳來，「等一下。」隨後經過更漫長的等待，直到艾伯特．藍姆打開門。他穿著西裝，但皺巴巴的，稀疏的頭髮凌亂不堪，眼睛因失眠或流淚或兩者兼有而浮腫，一隻大型黃金獵犬從他身旁經過，搖著尾巴，嗅聞著塔圖姆的腿。

艾伯特茫然地看著他們，看了片刻，直到眼中閃現一道光，終於認出他們。「噢，你們是跟歐唐納警探合作的人，對嗎？塔圖姆．葛雷？」

「沒錯，」塔圖姆說。「我們可以進來嗎？」

艾伯特在屋內示意他們進門，房內漆黑而沉靜，甚至連灰塵的微粒也似乎徘徊在空氣中，動也不動，因悲傷而凝結了。艾伯特帶領他們走到客廳，用奇怪的方式拖著腳步走，塔圖姆懷疑他可能喝醉了。狗跟隨他們，低著頭，尾巴垂落，他顯然對空氣中懸宕的那股沉重悲傷無動於衷。

客廳出奇地色彩鮮豔——圓形的地毯是藍色的，配上灰白色沙發，與幾把相襯的椅子，房間中央擺著一張玻璃茶几，角落有一盆盆栽，與凱瑟琳．藍姆家中的植物是同一種。塔圖姆猜想她買了兩棵，一棵給自己，一棵送給父親。艾伯特・藍姆的盆栽沒有疏於照料的跡象，還沒有。

「請坐。」艾伯特在沙發上示意。「稍等我一下。」

塔圖姆坐了下來；柔伊則保持站立，艾伯特走出房間，塔圖姆斷定自己判斷錯誤：這個人沒有喝醉——他離崩潰僅一步之遙，每一個動作似乎都深深傷害著他。

柔伊立即開始在房間裡走動，查看書架，看著凱瑟琳的照片掛在牆上，也檢查窗戶。塔圖姆不知道她是正在試圖為這位老人建立某種側寫，還是只是對把這房間壓得喘不過氣來的悲傷感到神經過敏，那隻狗到處跟隨柔伊，期待地抬頭望著她。塔圖特數著秒數，直到艾伯特端著一只小托盤回來，上頭放著三杯水和一碗餅乾，他將托盤放在茶几上，坐在其中一張椅子上。柔伊到沙發上與塔圖姆同坐。

「我要如何協助你們？」艾伯特問，他的聲音疲憊又了無生趣，沒有要求他們提供關於此案的訊息。人們會不同的方式來應對悲傷，他們中有許多人會希望揪出有罪的一方，希望這能為他們帶來正義感或一種結束的暗示，艾伯特・藍姆似乎不是那種類型。

「藍姆先生，我們希望你能告訴我們關於你們其中一位會眾的事。」

艾伯特嘆了口氣。「派崔克告訴我，你們正將調查重點放在我們的教堂成員上。」

「不是所有人，只有一個人，你是以丹尼爾・摩爾這個名字認識他。」

艾伯特拿起一杯水，啜飲了一口。「他有別的名字嗎？」他問。

「他的真名是羅德・格洛弗。」

艾伯特若有所思地點點頭。「所以那才是他的名字。」

「你知道他改過名嗎？」柔伊突然問。「你怎麼會知道？」

「因為他告訴過我。」

一段時間沒人說話。塔圖姆眨眨眼，試圖整理思緒。「他還告訴過你什麼？」

「不多，他說他想重新做人，他的童年不順遂，有一段暴力的過往，他說有人在找他，他來芝加哥是為了擺脫過去，他想改變，想做點好事。」

「或許吧，你有請他詳述他暴力的過去嗎？」柔伊語氣嚴厲地說。

「他說他還沒有準備好談論過去，而我尊重他的隱私。」

柔伊張開嘴正要回話，塔圖姆向她投以警告的眼神。她閉上嘴，緊咬下巴。

「你知道要去哪裡找他嗎？你有他的電話號碼嗎？」塔圖姆問。

「沒有。」

一陣粗厲的嘎嘎聲傳來，他們三個轉頭看，艾伯特的狗站在房間的角落，嘴裡咬著一顆大橡膠球，牠把球在嘴轉來轉去，球又嘎嘎作響，狗期待地走近艾伯特，但牧師文風不動。

「你能告訴我們他跟誰走得很近嗎？」塔圖姆問。

「他對所有人都很友善。」

「有跟誰特別熟嗎？」

「據我所知沒有，但是我沒特別留意。」

那隻狗把球扔到艾伯特腳上，開始發出哀鳴，艾伯特和那隻狗都凝視著球，幾秒鐘沒有動彈，塔圖姆忍住將球撿起來扔給狗接的衝動。

「那麼你就讓這個男人加入你的會眾嗎？進入你的教會團體？」柔伊唐突地問。「讓一個你明知有可疑過去的人加入？而且甚至沒有費心留意他？」

塔圖姆清清嗓子，對她揚起眉毛，無論柔伊心中所想為何，這都掩蓋了她的判斷力，他希望她閉嘴，讓他繼續接受訪談。

艾伯特看了柔伊一眼。「我不是在經營企業或學校，我經營的是一間教堂，如果最需要我們的人來時，我關上門——」

「羅德．格洛弗不是那種人。」

「你們認為他和凱瑟琳的死有什麼關係？」

「我們無權透露有關調查的任何訊息。」塔圖姆說。

「好吧，如果你們這樣認為，那就錯了。」

「你怎麼知道？」塔圖姆問。

「我跟他談過幾次，我見過他幫助有需要的人，與孩子們玩耍，支持教會團體中的人們，這個人絕不會做出發生在我女兒身上的事。」

柔伊再次張嘴，塔圖姆舉起手指，瞪著她要她沉默。他等待幾秒鐘，看著那隻狗，那隻狗瞪著斗大憂鬱的眼睛看著艾伯特，尾巴夾在兩腿之間，最終那隻狗輕輕走到房間角落，倒在地板上，耳朵垂落。

「如果他是無辜的，他也不需介意我們，」塔圖姆說。「我們只是想問他一些問題，如果你知道我們在哪裡可以找到他——」

「就像我剛說的，我不知道，」艾伯特疲倦地說。「他兩個月前離開，說是家裡有急事，他說他不知道什麼時候會回來。」

「我們有理由相信他在你的教會團體中有個好朋友，」塔圖姆說。「你知道是誰嗎？」

「我想不到。」

「那看這張照片呢？」塔圖姆問，拿出手機，找到格洛弗模糊臉孔在角落的那張照片。

「你還記得他在跟誰說話嗎？」

艾伯特從他手中接過手機，好像拿著一只精美的瓷娃娃，塔圖姆懷疑凱瑟琳坐在中間，他是否還能看到照片中的其他人。「我記得那天，」他說。凱瑟琳和黎諾辦了這次野餐，我對這個主意不太熱衷，本來應該會下雨，聽起來好像是件麻煩事，但她們兩個人可以化腐朽為神奇，結果成為完美的一天，凱瑟琳做了一個蘋果派，一直招來蜜蜂。」

「那次野餐還有誰參加？」柔伊問。

艾伯特搖搖頭。「我不知道，數十名會眾吧，你們在哪裡看到這張照片的？」

「掛在你教堂的紀念牆上，」柔伊說。「你沒看到嗎？」

「噢，不，我沒有，我一直想去，但是……」他放下手機。「我累了。」

「你不記得他和誰說話了？你對那一天的印象似乎很鮮明，他離你只有幾英尺遠。」

「我記得凱瑟琳。」艾伯特搖搖頭，彷彿凱瑟琳的存在使他記憶中野餐那一天的其他細節都相形失色。

這個男人有點怪異，有些支離破碎。塔圖姆感覺艾伯特．藍姆是個習於發表大型演講、活力十足、措辭生動，肢體語言能震撼人心的人，在教堂的廣闊空間裡說話還能確保所有人都能聽見他的話語和信念，但現在由於悲傷，他的字句簡短倦怠，聲音單調。塔圖姆仍然可以瞥見這個男人過去的影子，手臂戲劇化的動作，一個突然強調的詞彙，但全是緊張、痙攣性的本能反射，過去的藍姆牧師已死，也許永遠消逝了，現下這個人是艾伯特．藍姆，失去獨生女的一名鰥夫。

「你知道是誰製作了紀念板嗎？」塔圖姆問，做紀念板的人可能會有那次野餐的其他照片，也許他們可以在那些照片上看見格洛弗在和誰說話，也許會有格洛弗的另一張照片，任何格洛弗在這個團體中留下的線索，都可以幫助他們鎖定他的同夥。

「一個會眾，叫泰倫斯。」

「你能給我們他的電話號碼嗎？」

艾伯特從桌上拿起手機，輕觸了幾次螢幕，然後遞給塔圖姆，塔圖姆抄下泰倫斯的電話號碼。

柔伊堅持追問。「你能想到任何與格洛弗親近的人嗎？你是否有可能看過他在教堂時坐在同一個人旁邊？也許他和某個人一起現身？和某個人一起離開？有想到誰嗎？」

艾伯特聳聳肩。「就像我剛說的，他幫助了很多人。」

「什麼樣的人？」

「可以從他經歷中獲益的人，跟他一樣想重新做人，有相似背景的人。」

塔圖姆感覺反胃，他瞥了柔伊一眼，看到她的眼睛也睜大，她也開始理解了。「曾有暴力經歷的人？」他問。

「是的，他加入教會團體不久，他告訴我如果可以帶領像他這樣的人重新做人，他會很高興，在暴力中成長並且曾經使用暴力的人，來找我或派崔克談的話，可能會覺得不太適應。」

「或者凱瑟琳？」塔圖姆建議。

「嗯，凱瑟琳那時還很年輕，還沒有真正提供諮詢，因此，我告訴所有人，如果他們曾接觸過暴力，且希望獲得無法從我身上獲得的支持，他們可以聯繫丹尼爾，他可以幫助他們成為更好的人。」

這位牧師讓殺害他女兒的凶手登堂入室，甚至可能把他介紹給他的同夥。「我們需要跟丹尼爾聯繫的所有人的名單。」

「我沒有名單，重點在於這是保密的，他們可以不跟我或其他任何人說，直接聯絡丹尼爾。」

他們在艾伯特的客廳裡又待了十分鐘，柔伊僵硬地沉默下來，塔圖姆問了一些問題，牧師靜靜回答，幾乎是心不在焉。如果他對凱瑟琳的謀殺案或羅德．格洛弗有所了解，也藏在他那無法穿透的悲痛心牆之後。

最終，他們自行離開，柔伊走向車，步伐輕快，好像她需要盡快離開艾伯特．藍姆的房子，塔圖姆也跟上他的步伐。他太了解她了，可以輕易看出她嘴唇扭曲，眼睛瞇起時的憤怒。如今他應該已經習慣她的憤怒；柔伊總是不耐煩，很容易怒火會突然爆發，例如有蠢人蠢事、有人不同意她的意見，或者更糟的——無視她的意見，都很容易會讓她覺得惱火。但現在她的舉止中有種感覺讓他不寒而慄，這不是柔伊平常的脾氣，像在乾燥田野中燃起的一把火，燃燒迅速，幾分鐘之內就燒完了，這次是一種慢燉的情緒，可能會滾燙沸騰很久。

「如果我們知道格洛弗那天在和誰說話，那就好了。」她說。

「為什麼特別針對那天？」塔圖姆問。

「我不在乎那天。但這是一次真實拍到他的鏡頭，是我們可以相信的證據，相機不會說謊。」

「你認為艾伯特對我們說謊？」

「我認為格洛弗對他說謊，而他傳達了他的謊言，這是同一件事，而且他對教會團體中的每個人說了相同的謊言，只是不同版本，無論我們跟誰談，都是模糊的說法。但這張照片說的是實話，可以向我們展示真相，我想看格洛弗如何與那些會眾互動，他與誰交談過，以及他會被哪種人吸引。」

「好吧，」塔圖姆說，掏出手機並找到泰倫斯的電話，現在該看看還有沒有更多照片了。

第二十三章

泰倫斯・芬奇是一位專業攝影師，他告訴塔圖姆他會在他的工作室待到晚上，工作室位於南亞什蘭大道，距離艾伯特的家只有很短車程。柔伊顯得激動又反覆無常，塔圖姆很希望自己有一張凱蒂・佩芮的專輯，或是她會聽的其他恐怖音樂，以便讓她冷靜一點。

工作室位於洗車坊和看起來很可怕的漢堡店中間，有人在工作室牆上用黑色噴漆噴出一顆愛心，然後試圖在當中寫上名字，但是愛心太小了，這個愛情宣言最終變成「blob＋難以辨認的亂塗鴉」。塔圖姆想知道Blob和亂塗鴉是否還在一起，是否有了孩子，也許叫污點、污漬和污跡。

柔伊壓住門鈴的時間太長，引起一陣銳利憤怒的嗡嗡聲，使塔圖姆畏縮了一下，他們等待了十秒鐘，然後柔伊又按了一次門鈴。

門被猛力打開了，是一個憤怒的男子，留著山羊鬍站在門口。

「泰倫斯・芬奇？」塔圖姆問。

「噓！」這男子將手指放在嘴唇上並示意他們進入，他們跟隨他，門在他們身後關上。

工作室是一個非常大的房間，角落裡有高高的燈，都對準中央，一大塊白色布料在後牆和地板上展開，上面散落著玩具，一個嬰兒在布料上爬行，追逐一顆橙色的球，一位攝影師圍著場景旋轉，幫那個完全被球迷住的小孩拍照。

開門的那個男人無視他們，走向一個站在房間角落的女人，他們兩個都以純潔的憐愛目光看著嬰兒。塔圖姆推測那個留山羊鬍的人不是泰倫斯．芬奇；他是孩子的父親，雖然看不出父子真正的相像之處，但也許嬰兒也曾經留過山羊鬍，他們只是將鬍子剃光以利拍照。

攝影師暫停一秒鐘，看了塔圖姆和柔伊一眼。「我是泰倫斯，我等一下就過去找你們，」他說，已經將目光轉回嬰兒身上，球滾開，嬰兒正在沮喪地尖叫。

塔圖姆看著泰倫斯在佈景周圍移動，他的相機重複發出喀嚓聲。他年約四十歲，一頭棕髮，頭皮有一塊禿掉了，身形瘦長，手臂彎曲的角度令人不適，因為他試圖幫嬰兒的臉蛋拍下一張好照片。

嬰兒拿起一個立方體，放在另一個立方體上面，然後再疊上第三個，但立方體的排列不正確，那座小小的塔倒塌了，他因地心引力放肆的行徑而發出一聲憤怒的尖叫。

「再試一次，里歐，」母親鼓勵地說。里歐的父親看起來很沮喪，蓄勢待發，好像隨時可能進去接手，並向里歐示範如何真正使用三個立方體建造一座塔。

拍攝繼續進行了幾分鐘，母親要泰倫斯拍攝里歐抱著一隻大泰迪熊，除了里歐沒心情之外，每當有人向嬰兒揮舞泰迪熊，他都會慌忙爬到佈景的另一端，驚恐地睜大眼睛。塔圖姆批准這個孩子的自然反應良好，他永遠不會讓自己被一隻兇猛的泰迪熊傷害。

最後在父母的指示下，里歐疑惑地坐在佈景中央開始哭泣，泰倫斯停止拍照，可能意識到此刻不是里歐父母想要裱框並放上壁爐架的那一刻，母親抱起里歐，一家人離開了，泰倫斯承諾會把照片寄給他們。

他們一離開，泰倫斯就緊張地走近塔圖姆和柔伊。「嗨，抱歉，你是跟我在電話上談過的探員，對嗎？」

塔圖姆點點頭，亮出他的識別證。「葛雷探員，這是我的搭檔柔伊．班特利。」

「是關於凱瑟琳吧。」他的眼睛睜大且悲傷，他說出她的名字時聲音啞了，最後聽起來像是嘶啞的低語。

「你跟凱瑟琳有多熟？」塔圖姆問。

「很熟，我上教堂有十年了，」泰倫斯說。「我們會眾中的每個人都認識她，這下她過世了，我不知道教會以後要變成什麼樣子。」

「那他呢？」柔伊問，給泰倫斯看她的手機，上面是格洛弗與安德芮亞的合照。「你認識他嗎？」

泰倫斯看了一眼。「他也有上教堂，他的名字叫丹尼爾。」

「你對他有多了解？」

「我跟他聊過幾次，看起來像個好人。」

「你有看到他特別跟誰說話嗎？他有比較密切的朋友嗎？」

「我沒去注意這件事。」

「我們今天早上在教堂，有看到紀念板。」塔圖姆說，然後拿出手機，找到野餐的照片，格洛弗模糊的頭部在照片角落。「是你拍下這張照片嗎？」

泰倫斯看了照片一會兒。「是，」他說。「紀念板上的所有照片都是我拍的。」

「你知道這張照片裡面，丹尼爾正在跟誰說話嗎？」

「不知道，我甚至沒有注意到他在那裡，這張照片的重點是凱瑟琳。」

「你有野餐剩下的照片嗎？」塔圖姆問。「還有教堂其他活動的照片嗎？」

泰倫斯聳聳肩。「當然，什麼其他活動？」

「紀念板上還有更多照片，」塔圖姆輕掃手機螢幕說道。「園藝、整理衣服、幫街友做飯……任何你有的照片。」

「那可是好幾千張照片，」泰倫斯說。「你可以描述得更詳細點嗎？」

塔圖姆和柔伊交換目光，柔伊的眼中閃耀著興奮。「任何你有的照片，」他說。「我們很樂意得到一份副本。」

泰倫斯皺眉，塔圖姆正要提及這些照片對找到殺害凱瑟琳的凶手至關重要，攝影師就說，「當然，我要花點時間才能整理好所有照片，照片存在後面房間的備份檔案裡面。」

「我們可以等，」柔伊說。「在你去拿其餘照片副本的同時，我們能夠查看其中一些照片嗎？」

「當然，」泰倫斯說，他的語氣絲毫無動於衷。「我另外還印了一些凱瑟琳的照片，但這些照片最後並沒有放在紀念板上，你們暫時可以先看那些照片。」

他走到房間角落的一個塑膠抽屜架，打開最上方的抽屜，抽屜中裝滿了信封，他翻了翻，最後拿出一只信封。

「如果你們需要什麼，就大聲喊一下，」他說著，將信封遞給柔伊。「我會在後面的房間。」

他離開了，柔伊從信封裡拿出厚厚一疊照片，她開始翻閱照片，塔圖姆俯身過去看，他們的頭幾乎靠在一起。

格洛弗第一次出現在照片中，他們倆盯著照片看了良久，吸收照片的細節。在那張照片中，他們可以看見他當時正在說話的對象，是一名魁梧的非裔美國人。幾張照片之後，格洛弗再次露面，這次是和一對女人在聊天，其中一人笑著用手掌摀住嘴唇。然後他再次出現，又出現。

「慘了。」柔伊喃喃地說。

塔圖姆也有同感，他模糊地希望格洛弗在野餐聊天的那個人是他的同夥，他的密友，如今很明顯，格洛弗在會眾當中不只和一個人親近，他溜進教會團體，散佈他虛假的魅力，確保他與每個交談的人都熟識，也受到每個人歡迎。

他的同夥可能是會眾中的任何人，任何人都有可能。

第二十四章

柔伊的腦中如有靜電爆裂，她的身體緊繃，好像準備出擊。車在街上開到某個地方，有輛車按了兩次喇叭，她咬牙切齒，刺耳的聲音使她光火。

他們回到他們下榻的汽車旅館，塔圖姆開車，柔伊瞪視著窗外，塔圖姆好幾次嘗試要說些什麼，但柔伊的單音節反應使他沉默了，她知道此時的任何對話都不會有什麼好收場。

如今在她的房間裡，她在褪色的地毯上來回走動，感覺就像有螞蟻在她的皮膚下爬行，或者指甲有什麼不對勁，或者衣服太緊，她不知道自己是覺得太暖還是太冷，也許兩者兼有一些。不斷有咯吱作響的刺耳噪音，就像在柏油路上拖著很重的東西一樣，她知道是她的牙齒，她在磨牙。

她坐在床上，強迫自己集中注意力，試圖側寫出會接觸格洛弗的人是什麼類型：曾經有過暴力過往，希望有人幫助他們變得更好，而且當中至少有一人讓格洛弗考慮過他，看出他有成為盟友的潛力，某個內心更邪惡腐敗的人。如果她專心，可以釐清那個人的特徵，使他更容易被識別出來。

她一把抓來她的筆記本，還有一支筆，用筆在紙上輕敲了幾次，在空白頁面上造成連續一串憤怒的墨水點。她推開筆記本，開啟筆電，滑動瀏覽泰倫斯提供給他們的某幾張照片，這裡有數千張室內和室外活動的照片，有些只有少數參與者，有些則有數十人參加，到處都是格洛弗的照片，他將有益身心健康的教會團體紀錄變成扭曲版的尋找威利遊戲。

她開始分類照片，泰倫斯是個有條有理的人——資料夾註明了日期和場合的簡短說明。她建立這些資料夾的副本，只保留格洛弗有出現的照片，她進行這個工作時播放了一張凱蒂・佩芮的專輯，但音樂只會使她煩躁，於是她關掉音樂。

有人敲門，她打開門，塔圖姆站在門口，雙手插在口袋裡。

「我認為我們可以談談我們已知的線索，然後腦力激盪一下，才知道下一步怎麼走。」他說。

「當然。」柔伊讓到一旁，好讓他走過門，塔圖姆走進去，抓住房間裡的一把椅子，坐在上面。柔伊走來走去，咬著嘴唇，不知道如何開始。

「很可能不只一個人依照牧師的建議去接觸格洛弗，」塔圖姆說。「妳認為格洛弗真的幫助了他們中的任何一人嗎？」

柔伊咳嗽著發出一陣不自然的笑聲。「噢，我敢肯定他會製造出煞有其事的樣子，跟他們談，讓他們敞開心房，向他坦白他們骯髒的小祕密，感覺好像有人在支持他們，讓他們覺得不寂寞。」

「為什麼要這樣？」

「也許是因為他覺得這很有趣，或者他想知道他們的弱點，他可能一直在尋找同夥。」柔伊試圖思考透徹。「他加入了這個基督教團體，但是他可能會感到不適，一個又一個週日接連去那裡，聆聽關於罪的講道，也許他想看看那個教堂是不是還有其他像他一樣的人，這會讓他更加放鬆。」

「妳是在跟我說格洛弗有冒牌者症候群嗎？」

柔伊握緊雙拳。「他本來就是一個冒牌者，如果是真的，那不是症候群，格洛弗千方百計要潛入這個團體，但他舉目所及都是人們在祈禱，談論善行和良善意圖，他知道自己是誰，即使他假裝自己是一個好人，他之前也殺害過幾名女性，一直對再次殺人充滿幻想，某部分的他一定覺得這種不協調令人不適，於是他去找那個白癡牧師——」

「不要這樣叫他。」

「好吧！那個容易受騙的牧師，然後告訴他一個關於他暴力過往的悲慘故事，這達到他的兩種目的，首先——這是某種告解，所以現在他不覺得自己在躲藏掩飾了，再者，他接觸到一長串的前科犯：家暴加害者，暴力罪犯，所有人都樂於跟他談，好讓他們從自身的罪惡感中解脫。格洛弗很走運，浸信會沒有在告解，或者這種伎倆可能行不通，現在他可以在每個週日坐下來聽講道，舒舒服服地意識到自己被暴力分子所包圍，那個智障艾伯特．藍姆相信他會——」

「不要再這樣說了！」塔圖姆的聲音中的反應很強烈，柔伊停頓了一下，一頭霧水。

「幹嘛？」

「不要叫說艾伯特．藍姆是個白癡了。」

「為什麼？」

「因為這麼說會讓我聽得很煩。」塔圖姆提高聲音。「沒有必要講廢話——」

「塔圖姆，他讓那個人進入他的團體，並將他介紹給其他潛在的殺手。」

「艾伯特．藍姆是個好人，他看到一個試圖改變自新的人，決定幫助他。」

「那個人強暴並殺害了五名女性！」

「但他又沒有真的把履歷交給艾伯特．藍姆，他有嗎？艾伯特怎麼會知道——」

「他是沒有！但是他本來可以更小心的，有個陌生人找上你，告訴你他有暴力的過往，你不能幫他開歡迎會，當整個團體都信任你的時候，你更不該如此。」

「妳想要怎樣？要全世界的人對他們認識的每一個人都疑神疑鬼嗎？妳怎麼會覺得可以期望人們那樣做？」

柔伊沮喪地握緊拳頭。「抱持一點懷疑可能會大有幫助！」

塔圖姆睜大眼睛，揚起眉毛。「妳現在是在生誰的氣？」他問。

柔伊的拳頭握到刺痛了。「什麼？」

「這與艾伯特無關，他無從得知格洛弗是什麼人，妳明明知道，因為妳做了同樣的事情，對吧？妳不是告訴我妳曾經邀請羅德．格洛弗到妳房間嗎？」

「是我小時候！」塔圖姆很遲鈍，這之間的區別很明顯。「我還不懂事，艾伯特．藍姆有責任吧。」

「像你父母一樣有責任嗎？」

「不，不是——」

「妳告訴我羅德．格洛弗在妳家吃過很多次飯，對嗎？事實上，他有妳們家前門的鑰匙，因為他是一個很好的鄰居。」

「塔圖姆，閉嘴，你不知道——」

「那梅納德鎮的警察呢？即使妳把事實明擺在他們眼前，他們也無視事實的真相？」

柔伊的耳朵嗡嗡作響；她就要尖叫出來，無聲地嘶吼，直到塔圖姆閉上嘴。她咬緊下巴，阻止尖叫聲出現。

「那所有那些後來認為妳只是嚇跑了一個無辜好人的那些人呢？」塔圖姆將語氣放軟。「所以妳孤零零地長大，而羅德．格洛弗卻發現自己找到一個友善又愛他的新團體。」

柔伊意識到自己靠在房間的角落，她的身體想迴避塔圖姆的話。

「艾伯特・藍姆、格洛弗的同事和老闆、警察、妳父母，還有妳。」塔圖姆用指頭數。「這不是誰的錯，妳無法為格洛弗這樣的人做好準備，沒有經過我們培訓的人，甚至無法想像會認識像他這樣的人。感謝上帝，否則沒有人會敢踏出家門一步。」

「你把他說得像是地震和洪水一樣，格洛弗只是個凡人。」

「一個扭曲邪惡的人，完美偽裝成一個誠實、好相處的好人，除了我們，沒有辦法能了解他的內心，沒有辦法。」

柔伊感到精疲力盡，幾乎站不直，塔圖姆看起來也很累。

「聽著，」他溫柔地說。「這是漫長的一天，我需要休息，我認為我無法再度過另一個漫長的夜晚了。」

「我想工作。」她覺得自己做不到，但她也不覺得自己能夠休息。

他站起身嘆了口氣。「妳當然想工作，但是我無法，今晚不行。」

他走到門口停下，轉身面對她，有一刻，柔伊好想要他走向她，將她擁在懷裡，也許那樣，她可以休息片刻。

但是他沒有。「晚安，柔伊。」

「晚安。」

門在他身後關上，柔伊擺盪在哭泣的邊緣。

她回頭去整理那些照片。

第二十五章

塔圖姆的疲倦感覺連睡眠也無法緩解，實際上，他根本不確定自己是否能夠入睡。他坐在床上，脫下鞋子和褲子，然後停頓下來深思。

在洛杉磯的時候，他有一個搭檔叫巴比・奧利里，他聲稱他在洗手間坐在馬桶上時最能思考。是因為褲子，巴比說，褲子會阻礙任何主要的思考過程，因此塔圖姆和巴比討論案情，探討案情，徹底思考案情時，巴比會突然說，「這很棘手，我去大個便，好好想一想。」他會去上二十分鐘，回來之後帶著聰明的見解和想法回來，塔圖姆經常懷疑，如果調查局讓巴比只穿內褲工作，他很快就會升任主管。

塔圖姆希望這個方法對他有效，他想要得到頓悟，要不能偵破案件，要不就想出辦法讓柔伊冷靜下來，但當他穿著內褲和襪子坐在床上時，唯一發生的事是覺得好冷。

他丟到一旁的褲子口袋裡傳出手機鈴響，他努力在口袋裡翻找，納悶著為什麼從沒穿上的衣物口袋裡拿出東西總是比較困難，這是另一個未解之謎。是馬文的來電。

「嘿，馬文，你好嗎？」

「我很好，塔圖姆，芝加哥怎麼樣？」

「基本上一個樣，冷。」

「是嗎？幫自己買些保暖的襪子，那是最好的保暖方式，塔圖姆，襪子。」

明智老人的睿智建議。「我會記住的。」

「你要記好，塔圖姆。你的搭檔還好嗎？」

塔圖姆皺眉，老人家是有心電感應嗎？他感受到神祕力量的干擾嗎？「她全神貫注，這個案子有點磨人，但她會沒事的。」

「她妹妹的說法可不太一樣。」

「你和安德芮亞聊過？」

「你為什麼會這麼驚訝，塔圖姆？有人覺得我很好聊啊，你知道為什麼嗎？我懂得傾聽，你可以不時嘗試一下。」

塔圖姆嘆了口氣。「今天我們在跟一個人問話，她很生氣……」他停頓，試圖想清楚要如何解釋。「當我們在偵辦一起案件時，我們需要保持一定的距離，我們需要保持客觀，不該涉及個人情緒。」

「但這個案子對她來說就是涉及她個人，塔圖姆，你能拿她怎麼辦？」

「你要我怎麼做？把她拖回匡提科，任憑她又踢又尖叫？」

老人家咕噥了一聲。「這不是一個壞主意。」

「聽著，柔伊承受了很大的壓力，但她正在調適，下次你可以這樣跟你新交到的好友安德芮亞說。」

「當然，她應對得很好，塔圖姆，你的搭檔一個月前被活埋，現在她在追捕一個小時候住她隔壁的殺手，我確定她是一流的。」

「你打電話來只是來對我說教的嗎？」

「我打來是要你照顧你的搭檔——這就是我全部的要求，她妹妹在擔心她，你應該要知道這一點，塔圖姆，不要遷怒傳話的人。」

「我有照顧她啊，我保證。」

「好吧。」馬文咕噥一聲。「聽著，我想問一下，貓零食在哪裡？」

「什麼在哪？」

「貓零食，你聽得到我的聲音嗎？哈囉？貓零食，塔圖姆，貓零食放在哪？」

「我有聽到，我有聽到，為什麼要貓零食？」

「我認為芝加哥讓你變遲緩了，塔圖姆，我要給貓吃貓零食，不然你以為我拿貓零食要做什麼？」

「貓？斑斑？」

「當然是斑斑，你以為你不在時我又養了一隻貓嗎？我給你的印象是我渴望有更多貓作伴嗎？」

「是說……你為什麼要給牠吃零食？你討厭斑斑吧。」

「該死，塔圖姆，我問你一個簡單的問題，我希望得到一個簡單的答案，不是接受聯邦調查，那是你在那邊做的事嗎？在貓零食這件事情上騷擾你的嫌犯？難怪你要花這麼長時間才能逮到你要抓的人。讀書會的女士們在這裡，她們認為這隻貓很可愛，她們想餵牠吃零食，這樣可以嗎，塔圖姆？可以請你告訴我貓零食在哪裡嗎？還是我需要自己去買一些回來？」

「冷靜下來，馬文，不要讓血壓升高，貓零食放在最頂層左邊的櫥櫃。」

「沒有放在那裡，我看了，唯一放在那邊的是那些奇怪的鹹餅乾。」

塔圖姆皺眉。「我們沒有餅乾啊。」

有片刻的沉默。「最頂層左邊的櫥櫃？」馬文說。「對，好吧。」

「馬文，你吃了貓零食嗎？」

「我……聽著，我很確定這些是餅乾，吃起來味道不太好，但我吃過更難吃的。」

「包裝上有一張貓的照片，吃起來應該像雞肉，你不覺得很奇怪嗎？」

「你知道嗎，塔圖姆？你年輕一點的時候，不會用這種語氣跟我說話，你當時比現在對我尊重太多了。」

「那是因為我不知道你吃了貓糧。」

「你真好笑，塔圖姆，我要回去找我的客人們了，跟她們在一起比跟我自以為聰明的孫子說話要好太多了。」

「再見，馬文。」

「好啦，好啦。」

塔圖姆把手機放在床頭櫃上，笑了。馬文坐在廚房裡，喝著茶，心不在焉地咯吱咀嚼貓零食，那幅景象是他想要珍惜的。然後，他想到柔伊。馬文雖很煩人，但他是對的，柔伊不太好；塔圖姆知道，不只是因為她今天一直脾氣暴躁，還有對艾伯特・藍姆發怒，他整個禮拜都隱約可見她的狀況，她看似飄忽的時刻，長時間失去注意力，突然間她緊繃起來，睜大恐懼的雙眼，他能問問她怎麼了的時刻似乎轉瞬即逝。

他差點決定再去敲她旅館房間的門，他將一條腿滑進褲子，然後停頓。走進她的房間的想法，那劍拔弩張的氛圍，消耗了他的決心，在目前的狀態下，這麼做對柔伊不會有任何好處。他需要休息一晚。

第二十六章

處於控制之中的人很早就回家了，他無法長時間戴著假面具，他一直感覺好像有人在看著他，好像知道他幹了什麼事，他們不知何以能夠看穿他，感知到他的病態和罪惡感。他每隔幾分鐘就去檢查一下鏡中的臉，從各種角度進行檢查，確保自己與過去別無二致。他沒有變，除非鏡子說謊。這本身就是一種不舒服的想法，不是實際的恐懼，還不是，而是未來焦慮的暗示。如果鏡子對他說謊怎麼辦？

他以為自己會感覺好些，像上次一樣，他好轉了幾個小時。他們完成那天晚上的工作後就回家了。他的睡眠深沉而無夢。

但當他早上醒來，他已經可以感受到抓扒他內心的緊張感，他看見丹尼爾時，這種感覺更增強了，他感覺到他朋友冷淡行為底下即將爆發的憤怒，彷彿被困在冰河中的一座火山。他喝掉其中一小瓶血——這次他收集了八瓶，但是幾乎沒有帶來緩解。

如今在飽受折磨的一天後，他回到家中，就像一頭受困的動物一樣在自己的房間裡走來走去，滿腹都是一股醜陋的感覺，丹尼爾在生他的氣，他甚至不再費心掩飾，他對他前一天晚上失去控制感到憤怒。

這好像重回童年被逮到犯錯之後躺在床上的時刻，他母親對他大吼大叫之後，他保證自己永不再犯，他躺在床上，聽見她透過薄薄的牆跟他父親說話，告訴他老師又打電話來，說他們逮到他用鈍掉的剪刀割自己，或者他又畫了那幅有黑色和紅色形狀的畫。他的母親會抽泣，而他的父親會試圖讓她消除疑慮，告訴她他們會找另一位醫生，有人會釐清問題所在。

接下來的一週他知道父母對他很生氣，所以他像老鼠一樣安靜地在屋子裡走來走去，在學校裡安靜地坐著，竭盡全力不引起任何注意，不愉快的罪惡感和擔憂像一隻貪婪的腸道寄生蟲一樣咬嚙他的五臟六腑。

而現在這種感覺又重現了，他屏住呼吸傾聽，也許他會聽見丹尼爾與父親正在靜靜交談。「昨晚他咬那個女人的樣子就像某種動物，我不知道該拿他怎麼辦。」

但他提醒自己，父親已經去世了，而丹尼爾是他的朋友。

實際上，他們相識的這些年來，丹尼爾從未生過他的氣，他一直都很開明，很溫柔，丹尼爾是唯一一直相挺他的人，當他有壓力時，丹尼爾會很樂於跟他談談，使他消除疑慮，確信自己的思想和慾望是正常的，每個人都有。

他的朋友正在改變，是腫瘤，腫瘤正在改變他。

他突然想起丹尼爾在新聞中看到羅德．格洛弗這個名字時非常生氣，好像這名字代表了什麼意思，也許是。

也許那正是腫瘤的名字。

怪不得丹尼爾的行為丕變，有東西在吞食他，那顆貪婪又腐敗的腫瘤，羅德．格洛弗。他想像癌症會擴散到大腦中，摧毀大腦，直到丹尼爾僅剩一具空殼，由腫瘤操控的一具空殼。

身為丹尼爾的朋友，他必須在這場戰鬥中提供幫助，幫助丹尼爾守住他自己。

他再次檢視鏡子，深吸一口氣，想像自己穿上裝備，他的臉部放鬆，嘴唇揚起一抹隨性的微笑。他走進廚房，打開冰箱，拿走一個小瓶，上一瓶可能有問題，他搖一搖，然後快速又飢渴地一飲而盡。

沒有感覺，沒有短暫的解脫，沒有精神一振。

在他身後，他聽見丹尼爾走進廚房，他的朋友走過來靠向他，手伸進冰箱，拿了一瓶啤酒。

「我要為昨晚的事跟你道歉。」他告訴丹尼爾。

「你可以停止為此道歉了嗎？」丹尼爾咆哮。「你道歉十遍了。」

他有嗎？也許他有。「我只是不希望你生我的氣。」

「並不是所有事都跟你有關。」丹尼爾一邊大口喝下一口啤酒。

「那你在生什麼氣？」

丹尼爾搖搖頭。「沒什麼，不用擔心，跟你無關，好嗎？我完全沒有在生氣，一切都很好。」

「好的。」他懂事，他了解羅德·格洛弗，但是他什麼也沒說，這可能會使丹尼爾難為情。

「我的狀況愈來愈糟了，」丹尼爾說。「我以為我現在會好一點，但更痛了，而且昨天……」

他緊緊握住啤酒瓶，那瞬間他彷彿要把啤酒瓶砸在檯面上，但是他沒有這麼做。「沒關係。」

「冰箱裡有幾小瓶。」

「謝謝，我不用。」丹尼爾又喝了一口。「他們還沒有找到屍體，晚間新聞沒有播報，任何尋常的新聞網站上也沒有。」

「也許他們找到屍體了，但還沒有告訴媒體。」

丹尼爾咕噥著，沒有被說服。「嗯，我沒有時間等他們了，我們需要打電話。」

處於控制之中的人感到突如其來的一陣恐懼。「你要我打電話嗎？」

「不要，有人可能會認出你的聲音，我明天打，一早就打，他們已經知道我涉案了。」

「好。」

丹尼爾的嘴唇展開一抹冷酷的微笑。「我們將在幾天後再次出發狩獵，你準備好了嗎？」

處於控制之中的人點點頭，他早就準備好了，他需要，他們倆都有需求。

第二十七章

二〇一六年十月十九日，星期三

「噢，該死。」塔圖姆將汽車開進吉佳寶森林公園的停車場時，柔伊喃喃道。她計算了一下，有十一台新聞車停成一排，圍繞黃色犯罪現場封鎖線的圍觀群眾發出咯咯聲，看起來像是搖滾演唱會的群眾，所有人都互相推擠著要衝到前排。

這個犯罪現場與凱瑟琳．藍姆相對隱私的謀殺案相距甚遠。封鎖線延伸跨越通往河流的小徑，並包圍了大片圍繞著水域的樹林區，除此之外，塔圖姆還看見身著制服的警官在灌木叢中緩慢移動。

「歐唐納來了。」柔伊指著正在下車的警探。

歐唐納示意他們開過去，有一個區域是專門讓警官、救護人員和現場鑑識技術員停車的地方，塔圖姆把車停在一輛救護車旁邊。

柔伊下車，弓起肩膀來抵禦早晨的寒意，空氣聞起來有潮濕泥土和木頭的味道，但有另一種氣味混入其中，是死亡和腐爛的惡臭。

「很高興你們能來，」歐唐納說。

柔伊點點頭。「感謝妳打電話給我們。」

「目前已經掌握了什麼？」塔圖姆問。

「我接到芝加哥南區埃利斯警官的電話，」歐唐納說，「有個名叫海莉耶塔・費許朋的女人在星期一晚上失蹤了，一名巡邏警官今天早上根據簽派員呼叫，去追蹤進入此片樹林的可疑人士，於是發現了她的屍體。」

「他們為什麼打給你？」

「法醫看出此案與藍姆案的相似性，建議他們與我聯繫。」

「那麼這位埃利斯就是負責的警探嗎？」塔圖姆問，他們走到犯罪現場封鎖線周圍的群眾聚集之處了。

歐唐納負責開路，從吵雜的圍觀群眾之間開出一條路，朝著黃色封鎖線前進。「不，他是收到失蹤人口通報的警官，輪班後他一直持續調查，在距離這裡約一英里的一四七街火車站停車場找到她的車輛，車輛附近有血跡，但無確鑿證據，屍體被發現後，他又輪班執勤，便直接開車去犯罪現場。這裡有一位來自芝加哥南區的警探負責現場，但要靠高層才能弄清楚由誰來領導調查工作。」她聳聳肩。「目前，每個人都客客氣氣。」

柔伊跟著歐唐納和塔圖姆走向站在封鎖線旁的警察，歐唐納亮了她的識別證，但他似乎無動於衷，她解釋了他們是誰，結果沒人告知他他們會來，他不得不與負責的警探報備。

柔伊仔細檢視周圍環境，等待警官讓他們進入犯罪現場，這似乎是個棄屍的好地點，任何人都可以開幾百碼的車進入公園。樹葉長得很狂放，形成了一個濃密的隱蔽處，免於窺視，一個殺手可以選擇他想棄屍的地點，穿越十碼長的灌木叢和樹木，然後掩藏屍體，她瞥見樹木之間河流的片段。

「那是什麼河？」她問。

「這是小卡盧梅特河，」她耳邊傳來熟悉的聲音。「真是個大驚喜哪。」

她轉身，看到那雙擺動的濃眉，心裡一沉。

「哈利．巴里，」她冷冰冰地說。

「柔伊．班特利！真是巧啊，我們老是在最奇怪的地方碰面。」

「這不是巧合，你到處在跟蹤我。」

他睜大眼睛，表情因受傷而扭曲。「我？我沒有到處跟蹤妳，我住在這裡。」

「你住在吉佳寶森林公園？」

「好吧，不是，」他承認。「但是當我聽說在藍姆謀殺案發生後不久，有一名年輕女性遭到殺害，讓我感到疑惑，畢竟有妳在這裡，可能只意味著一件事。」他用嘴唇無聲地說道：連環殺手。

柔伊仍然一副木然的表情。「我來這裡只是出於同行禮節，據我所知，此案與我正在調查的案件無關。」

「我只是想知道，幾年前在小卡盧梅特河不是有發生另一起謀殺案嗎？」

她感到噁心，她知道他會提起這件事。他們認為格洛弗在芝加哥可能犯下的兩起謀殺案之一就發生在小卡盧梅特河，幾個月前當哈利在撰寫一篇關於她的長篇報導時，她就告訴過他了。這討厭的傢伙過目不忘。

「柔伊，」塔圖姆說。「我們可以過去了。」

「沒有先跟我討論，不准寫任何報導，」柔伊咬緊牙關說。然後在他來得及回應之前，她轉過身，在犯罪現場封鎖線的下方蹲下。

她在犯罪現場日誌上簽名，拿了歐唐納遞給她的一副乳膠手套戴上，然後跟隨警探沿著小徑行走。

一名身穿制服的年輕警官走近他們，手上也戴著乳膠手套。「妳是歐唐納嗎？」他問。

歐唐納點點頭。「正是，埃利斯，對嗎？謝謝你聯絡我們。」她介紹了他們，艾利斯示意他們跟著他轉向樹木走去。

「你掌握受害者的確切身分了嗎？」歐唐納問。他們走出小徑，走進灌木叢，樹葉和樹枝在他們腳下劈啪作響。

「我們採集了她的指紋去進行驗證，但這就是海莉耶塔・費許朋，她符合我們手上拿到的照片，左腳腳踝上有兩個小傷痕，與費許朋小時候騎腳踏車發生意外時留下的傷疤相符。我們沒有找到她的包包，也沒有找到手機。」他暫停下來看了他們一眼。「他們告訴我這可能與另一起案件有關，那起案件有什麼跡證指向惡魔崇拜嗎？」

「惡魔崇拜？」柔伊困惑地問。

「你們還是親自看看吧。」他繃著臉說道，然後繼續走路。

有幾個人在樹旁轉來轉去，全都戴著手套。如今這條河在他們面前一覽無遺，碧綠的河水在陽光下閃閃發光，水流表面有幾道小漩渦，兩岸樹木羅列。一名犯罪現場鑑識技師蹲在泥濘的岸邊，放置了另一個證據標記，對岸也有警官，他們分散開來以阻止大膽的媒體人員和好奇的圍觀民眾靠近，他們試圖想看一眼蒐證程序，他們愈靠近時，死亡的惡臭更加劇烈，柔伊淺淺地呼吸。

柔伊向前走，第一眼瞥見了屍體，是一隻黑腳。她又走了幾步，難以置信地睜大了眼睛。屍體以粗暴的方式生動記錄了這個女性生命的最後時刻，她赤裸裸地仰躺，捲髮散落在泥濘和污穢之中，肋骨、臉部、大腿、擦傷的膝蓋上都有黑色瘀傷，一把刀深深插在她的腹部，蒼蠅在屍體周圍嗡嗡作響，柔伊竭盡全力避免看到眼睛，她瞄到該處有蛆在蠕動。

屍體被框在一個巨大不規則的白色圓圈內，污點四處散佈，線條在地面上縱橫交錯，柔伊花了一些時間才意識到那是什麼，是五芒星，用油漆畫在粗糙的地面上。

她已經感覺到因痛苦一瞥之後要付出的代價，她的理智之後有一股黑暗在翻騰，試圖獲得自由，她在腦中將這股黑暗隔起來推開，然後朝屍體走去，集中精神。法醫特雷爾醫生蹲在受害者身旁，將紙袋套在她的一隻手上，動作緩慢而謹慎，幾乎是輕柔的。

柔伊跪在特雷爾身邊，小心避免碰到地面上的白色油漆，並仔細檢查屍體。凶手並不在意要蓋住這具屍體，反而花力氣在她死後幫她擺姿勢，這與藍姆案不符。這是怎麼回事？

女人的膚色很黑，很難看出瘀傷，但確實有瘀傷，她被某種帶狀物勒斃，相同角度，相同寬度，但這足以將兩個案子聯繫起來嗎？

歐唐納在柔伊身後清清嗓子。「目前為止我們掌握什麼跡證了？」

特雷爾看了他們每個人一眼，絲毫沒有放慢動作。「完全長出屍斑，但幾乎沒有死後僵直，因此死亡時間可能在二十四至三十六小時之前，完成驗屍後，我才能夠提供更準確的死亡時間估計。屍斑呈現的模式表示屍體在死亡後不久就被移動了。」

「死亡原因？」歐唐納問。

特雷爾抬頭看了她一眼。

「我不會把妳說的告訴別人，」歐唐納低聲說。「講一下妳的預感。」

「目前還無法確定，但我猜這把刀是在死後刺入她的腹部，」特雷爾說。「或者他們把血跡清得非常乾淨，你們能看見脖子上的瘀血，這表示她被帶狀物所勒斃。」

柔伊再次檢視那把刀，入刀處的傷口乾淨，周圍幾乎沒有血跡，如果受害者在被刺傷時還活著，那鮮血會泉湧而出，在晚上要清潔血跡清到這麼徹底是很困難的事，這表示正如特雷爾所說，這傷口並沒有致死。

她可能像凱瑟琳一樣被勒死。

「這就是為什麼妳打電話給我嗎？」歐唐納問。「因為她是被勒死的？」

特雷爾指著受害者的手臂，柔伊俯身仔細看，有兩個小孔刺破皮膚。「另一隻手臂也有，」特雷爾說。「這看起來像針筒留下的痕跡，我無法確定針孔尺寸是否相同；我會等驗屍時再進行驗證。」

柔伊皺著眉頭，站起來看著受害者脖子的另一側，那裡的皮膚受傷撕裂，細細一道乾掉的血液沿著脖子流下。「知道那個傷口是什麼嗎？」她指著問。

「依我看來，這是一個咬痕，」特雷爾說。「我會從傷口提取唾液樣本，與上次謀殺案中的樣本進行比對。」

「聽起來像是一種升級，」塔圖姆說。「一開始他只使用針筒，現在他會咬受害者了。」

柔伊皺眉，她不確定此推論。「但他仍然使用針筒。」

「也許他要儲存一些血液，這就是他使用針筒的目的，」塔圖姆提議，「但是幻想進化了，他想咬她，像個掠食者。」

柔伊想起受害者汽車旁噴濺的鮮血，正如歐唐納提到的那樣，屍體只有兩個可見的深層傷口——刀傷和咬傷，刀傷是死後造成的。「他可能是在車子旁邊咬了她，」她緩慢地說。「那是他攻擊她的地方，但這不是他們的計畫。」

「誰說有計劃的？」歐唐納問。

柔伊指著地面上的圖。「這形狀不容易畫，這裡有很多油漆，他們帶著油漆來，由於某種原因花了點時間畫出這個形狀，這出於一個計畫，一組程序，但是出了錯。」她站起來。「其中一人失去了控制，咬了她。」

「我在這邊看出另一項失控，」塔圖姆陰陰地說道，他指著受害者受傷的肋骨。「我過去看過類似的痕跡，她被擊倒時有人踹了她。」

柔伊點點頭。「這顯然是憤怒的跡象。」

「或者說是支配的跡象，」歐唐納提出。「用來展現力量。」

「不是，」塔圖姆和柔伊立刻說道，柔伊看了塔圖姆一眼，對著他點頭示意，你先說吧。

塔圖姆清清嗓子。「為了力量或統治而進行強姦和謀殺的，被稱為主張權力的犯罪者，他們通常會計劃強姦受害者，而實際造成的謀殺則是意外。這場謀殺肯定是有計劃的，他們帶來油漆和針筒，然後他們……」他皺了皺眉。「等等，我們假設他們星期一在火車站停車場襲擊了她，對吧？」

「這聽起來像是一個有邏輯的的假設，」歐唐納說。

「他們可能殺害她，然後開車來這裡棄屍。」

「很可能，所以他們能這樣幫她擺姿勢，而火車站的安全人員不會看見他們，」柔伊說。

「那打電話的人看到的那些可疑人士是誰？」塔圖姆問。「打電話給簽派員說看見可疑人士的電話是今天早上打的，不是昨晚。」

「也許這只是個巧合，」歐唐納提議，「他看到一群青少年進入公園參加派對，並決定履行公民責任並破壞他們的樂趣。」

「嗯哼。」塔圖姆半信半疑地凝視著她。「我來確認一下好了。」他走開，拿出他的手機。

「車上有油漆並不表示他們計劃了所有一切，並不表示他們有犯罪程序，」歐唐納告訴柔伊。「我曾經在後車廂放了一罐油漆放了放兩個月，但是除了粉刷我的客廳之外，我沒有打算用在任何惡意的行動上。」

柔伊感到洩氣。屍體的氣味即使在戶外也很強烈，使她感到噁心想吐，且她難以忽視頭顱裡持續不斷的重擊。她咬緊牙關，忍耐著不說出尖銳的回應，她轉頭看著陰鬱的河水，直到情緒夠平靜，她回答，「一切皆有可能，身為側寫員，我們的工作是指出可能發生的情況，就像特雷爾醫生精明地注意到這場謀殺案與凱瑟琳·藍姆謀殺案有許多相似之處。我認為這起謀殺案是預謀性的，但他們偏離最初的計畫，且我也認為格洛弗和他上一起謀殺案中的同夥殺害了這名女性。」

「好吧，」歐唐納說。「那五芒星和刀又怎麼解釋？根據妳告訴我的內容，這兩點不符合任何推測。」

沒錯，她稱其為計畫，但計畫什麼？這不符合這兩人中任一位的側寫，她搖搖頭。「我不知道，我們仍然遺漏了某些東西。」

「柔伊。」塔圖姆走過來，把他的手機遞給她。「我剛請簽派員寄電話錄音給我，聽聽看這個。」

柔伊在螢幕上點擊播放，簽派員的聲音從手機喇叭發出。「九一一，你的緊急情況是？」然後是另一個聲音——沙啞低沉，陰森又耳熟——說道，「我想通報吉佳寶森林公園的可疑活動，我看見兩個人走進去，搬著什麼很重的東西，我認為他們有槍，他們看起來像恐怖份子。」

簽派員要求提供確切位置，來電者開始解釋確切的細節，但柔伊不再專注於他說的字詞，當她聽著他說話，只有那聲音和作嘔的感覺在她的腹中擴散。

她瞠目結舌地看著塔圖姆。「那是羅德·格洛弗。」

第二十八章

比爾坐在電腦前，茫然地盯著螢幕，他本來打算準備要打傳單，印出來貼在整個街坊，但是他需要先選擇一張照片，向下滑動照片，他找到那個完美下午在海灘拍攝的照片，海莉耶塔和雀兒喜抱在一起，雙頰緊貼，沙粒散佈在她們的臉上和髮上，兩人都對著他笑，她們那雙相仿的眼裡有同一種淘氣和喜悅。

這不是適合印在傳單上的照片，但他無法從照片上移開視線。

雀兒喜那天早上很難搞，他發現解釋媽媽去哪裡愈來愈困難了，當他聲稱她在工作時，她要求要打電話給她，在他發脾氣或開始不受控制地抽泣之前，他必須把自己關進洗手間。

一聲巨響使他嚇了一跳，他站起來，步履艱難地踏著沉重的步伐到門口，沒有查看是誰就打開門。

埃利斯警官站在門口，他身後是一個穿著灰西裝的陌生金髮女子，他們的表情嚴峻，是帶來壞消息的表情。

「費許朋先生，這位是歐唐納警探，」埃利斯說。「我們可以進來嗎？」

「當然，」比爾啞聲說，讓到一旁，也許他應該問是否有任何消息，但是只要他不問，他就可以延長這一刻，活在可能性的範疇裡。

他們進屋，歐唐納關上她身後的門。

「費許朋先生，」她說。「你太太過世了，今天早上發現她的屍體，請節哀。」

他走到客廳，坐在沙發上。「發生了什麼事？」他低聲說。

「星期一晚上，她在火車站的停車場遭到殺害。」歐唐納說。

「謀殺？」

「是。」

「你們……你們知道是誰……」他連一句話都說不完整。

「還不知道，但我向你保證，我們將盡一切可能找到犯案的人。」

「她是怎麼……」他正要問出口，但意識到自己並不想知道，還不想。「她有受苦嗎？」

「我們相信過程非常快。」

他們回答前有一點停頓嗎？他沒有沉湎於這件事，他看了時鐘一眼，雀兒喜將在四個小時之內回到家，他將不得不告訴她，他不知道該如何開口，媽咪過世了？媽咪上天堂了？他們並不虔信宗教，從來沒有詳細談論過天堂，但如今他希望他們談過，告訴雀兒喜，她的母親在一個美好的地方，在天上看著他們，這麼說會容易得多。

然後他隨機一想，想起海莉應該要在兩個月內籌辦雀兒喜的生日會，現在是他得做這件事了。

他必須學會幫她綁辮子。

他們會怎麼說他？得知太太去世後，他的第一個念頭竟是集中在他需要做的事情上？而不是想到他們共享的回憶和時刻？

「我是不是該……你們需要我指認她的屍體嗎？」

「不必，」歐唐納輕聲說。「不需要指認，你太太從上一份工作開始必須提供指紋，我們用這些指紋識別出她的身分。」

「喔。」他不知道還能說些什麼。

歐唐納談到一些關於驗屍的事，並解釋了步驟和時程，他全記下了，他需要把太太的遺體領走，她想被火化；他只知道那麼多，他得處理葬禮的事。

他不得不用某種方式告訴雀兒喜，這似乎是不可能的任務。

「費許朋先生，你介意我問你一些問題嗎？」

「不介意，請說。」

他的太太有與人結怨嗎？她最近有表現得很怪異嗎？與他交談的電話上，她的聲音聽起來如何。他空洞麻木地回答她，這些問題將海莉的存在降低為一系列未加渲染的事實。他想告訴歐唐納，海莉是多麼好的母親，是一個多麼好的朋友，被她擁抱的感覺如何。想告訴她他們曾有過的談話，想告訴她雀兒喜出生前的流產，以及海莉在流產幾天後是如何無法停止哭泣，雀兒喜出生時她有多高興，她有多喜歡吃櫻桃，汗濕襪子的味道會讓她火冒三丈。

但是所有這些歐唐納都不感興趣，這無濟於事，無法協助她的工作，讓她找到殺害海莉的凶手。那個將海莉從他和他的女兒身邊奪走的人，讓他們從一家三口變成家庭破裂的兩個人。

第二十九章

柔伊走進轄區警署的會議室，手裡拿著一大杯星巴克熱巧克力，她不確定這場會議要開多久，但她有預感可能會花上好幾個小時，大多數與會者都已經就坐，塔圖姆和一名警察隊長之間有一個空位。

她坐下來，啜飲一口熱巧克力，讓甜味留在舌頭上。她想起格洛弗的電話，一開始她聽見格洛弗報案可疑活動的音檔時，她感到一陣驚恐和激動，只有在聽過數十遍之後，她才能客觀地分析，她已心知肚明他要說的字詞和語調，他在錄音中聽起來很緊張，但她不認為他在演，格洛弗很不安，在緊張的氣氛下，她可以聽出她熟知的那股暗流：憤怒。

「每個人都到了嗎？」坐在她身旁的警察隊長問。「開始吧，快速自我介紹一下——我是中央區暴力犯罪科的羅伊斯．布萊特隊長。」

然後他介紹了其餘與會者，埃利斯警官坐在歐唐納旁邊，瓦倫丁探員代表聯邦調查局芝加哥調查處出席，而柔伊認出他是與塔圖姆成為朋友的其中一名探員。來自芝加哥南區的庫奇和賽克斯警探……柔伊幾乎沒有聽見他們的姓氏，因為奇怪的氣味分散了她的注意力，有一刻，那氣味幾乎使她想起了家畜，但伴隨著潛在的化學氣味，像燒塑膠的味道，她花了幾秒鐘才意識到那來自坐在她旁邊的羅伊斯．布萊特隊長，現在她意識到為什麼另一邊的椅子也空著了。

柔伊把杯子放在鼻子旁邊聞著熱巧克力，這麼做能夠合理掩蓋布萊特的氣味。

「你們大多數的人都認識法醫特雷爾醫生，」布萊特說。「最後，是來自聯邦調查局行為分析小組的塔圖姆．葛雷探員和柔伊．班特利博士。」

大家完全理解他介紹的人，然後他請歐唐納簡短報告對海莉耶塔．費許朋謀殺案的初步調查。

歐唐納清清她的嗓子。「昨天凌晨四點三十二分，比爾．費許朋打電話給芝加哥警署，報案他的太太海莉耶塔．費許朋尚未下班回家。埃利斯和伍德羅警官到場收集他的陳述，他們將所有相關訊息轉給失蹤人口部門，並進行輪班，輪班結束，埃利斯警官決定確認海莉耶塔．費許朋的車是否停在火車站裡，他在停車場的遠處發現車輛，並在附近的人行道上發現幾處血跡。他通報這個發現，庫奇和賽克斯被指派調查。犯罪現場鑑識技師發現從車輛向停車場北邊的樹木還有更多血跡殘留，有跡象表明可能曾經發生掙扎，但他們沒發現更多跡證。」

她持續說明，一邊將筆電連接到室內的投影機上。「今天早上六時零三分，簽派員接到一通匿名電話，通報吉佳寶森林保護區的可疑活動，巡邏警員去該處進行調查，發現一名約三十歲的女性屍體。」當大螢幕上突然出現一張照片時，她停頓一下，每個人都轉頭看著躺在白色五芒星中央的受害者。

「屍體上沒有任何個人物品，因此無法快速識別她的身分，然而簽派員正確假設她是海莉耶塔．費許朋，埃利斯和伍德羅警官正在值班，便被派往該地點。埃利斯在特雷爾醫生的協助下進行非正式的身分識別，後來我們用指紋進行了驗證。」

然後歐唐納輪播了幾張照片，有火車站停車場、費許朋的車輛，以及通往樹木的血跡，柔伊頓時感到頭暈目眩，腦海中閃爍著那些影像。朝黑暗中一瞥，海莉耶塔逃離攻擊者的襲擊，一個踉蹌跌在不平坦的人行道上，脖子上搏動著痛楚——柔伊壓下她的思緒。等等再想。

「屍斑表示屍體在死亡後約兩個小時就被移動了，」歐唐納說。「我們在火車站停車場中發現十三處不同的血跡，而在發現屍體的森林保護區中則沒有發現任何血跡。屍體的背部和四肢上發現有顏料的痕跡，這表示當有人將屍體拖到油漆上時，油漆還未乾。這導致一個假設，即她在火車站停車場的北邊被殺害，然後被車輛載往森林保護區。犯罪者將車輛停妥，停在一個適當的地點，將五芒星畫在地上，然後他們將屍體抬到該地點，擺好姿勢，然後離開。」

她說話時，螢幕上的照片不斷變換，為眾人提供她所說細節的特寫鏡頭，以及在森林泥濘地面上拍攝的多張腳印照片。

「我們認為受害者的個人物品被扔進河裡，一隊潛水員正在搜尋該區域，我們檢查過監視錄影鏡頭的畫面，在估計的死亡時間內，共有四輛車離開火車站停車場，其中一輛是廂型車，我們正在嘗試追蹤這些車輛，尤其是那輛貨車，但不幸的是，攝影鏡頭的解析度不足以識別車牌，且駕駛人和乘客在黑暗中也無法看見，受害者遭受攻擊的停車場北邊沒有監視錄影機，但是我們有她下一點半火車的鏡頭。」螢幕上出現一張模糊的照片，是一名女性走過空蕩蕩的火車站，那是海莉耶塔活著的最後一刻。

「實驗室針對用於繪製五芒星的油漆進行採樣，」歐唐納繼續說，「這是水性漆，一般性的油漆，他們正在嘗試找出品牌。凶刀是簡單的廚刀，通常用於切肉，刀柄上沒有留下指紋，而且似乎並不常使用，手柄上殘留有黏性物質，可能是標價標籤的黏膠，他們也在查證這一點。」

她點擊滑鼠，螢幕上的圖像再次變換，變成看起來像是可樂罐的圖像。「這是在離犯罪現場十碼處發現的，這是一個臨時的古柯鹼吸食器，發現它的鑑識技師認為這個東西是最近才遺留在那裡的，如果是這樣，我們可能會有證人。」

布萊特精神一振。「有指紋嗎？」

「被塗抹過，但他們會看看能查到什麼。」歐唐納說。

埃利斯清清嗓子。「我們也許能夠追蹤到把它留在那裡的人，有一個古柯鹼毒蟲經常睡在南哈爾斯特德街的橋下，非常靠近犯罪地點。」

歐唐納向他點點頭，繼續說。「那通報警的匿名電話號碼目前關機，我們正在調出那個電話號碼的記錄。」

幾乎可以肯定這是一支拋棄式手機，但即使如此，他們仍然可以得知他的發話地點。

「聲音經柔伊．班特利博士鑑定為可能屬於羅德．格洛弗，他是聯邦調查局最高通緝名單上的一名男子，他強姦並謀殺了五名女性，我們有充分理由假設羅德．格洛弗涉及海莉耶塔．費許朋和凱瑟琳．藍姆的謀殺案。」

「在繼續之前，我希望有人簡報一下這名羅德．格洛弗是誰，」布萊特說。

柔伊清清嗓子，卻驚訝地聽見瓦倫丁探員說，「我相信我能進行簡報。」

「我更有資格簡報格洛弗的背景，」柔伊冷冰冰地說。

瓦倫丁探員對她微笑。「嗯，我徹底查閱過文件了，不過，謝謝。」

她非常了解這種語氣；她過去五年來一直不斷聽見，這種高傲態度的原因很多——也許瓦倫丁對行為分析小組老是探問不屬於他們的案件而覺得不爽，也許因為她是一般民眾，而不是真正的探員。或者只因為她是女人，可能每個原因都有一些。她已經因為她腦海中翻騰的黑暗而快要爆發，布萊特隊長身上的氣味更是雪上加霜。血液衝到她臉上使她脹紅了臉。

有人輕輕碰觸她的手心，是塔圖姆，他向她抬起一邊眉毛，眼睛略微張開。她本來正要開砲，如此做可能讓他們倆都被踢出這起案件。

她沒有開砲，反而緩慢啜飲一口熱巧克力，對著瓦倫丁露齒而笑。「當然，請繼續說。」

瓦倫丁點點頭，瞥了一眼面前的文件。「一九九七年，有三名女性在麻薩諸塞州的梅納德鎮遭到姦殺，沒有人被控謀殺——」

「事實上，有人被控謀殺，」柔伊說。「一個名叫曼尼・安德森的少年，他在從未接受審判的情況下，在監獄中自殺。」

「呃……是的，」瓦倫丁探員說，瞥了一眼他的文件。「總之，據信謀殺這三名女性的真凶是羅德・格洛弗，他當時居住在那裡，第三次謀殺後立即離開了小鎮——」

「不是立即，」柔伊甜甜地說。「是在四天後。」

瓦倫丁眨眨眼，桌子對面的歐唐納對著柔伊笑了，似乎很享受這種場面。

「所有三名女性的年齡都是二十出頭——」

「只有貝絲・哈特利才是二十出頭，準確說是二十一歲，潔姬・泰勒和克拉拉・史密斯都是十八歲。」

「班特利博士，我們最好還是讓瓦倫丁探員來簡報吧，」布萊特隊長說。「如果妳有任何要補充的內容，可以等他報告完後再說。」

柔伊的怒火沸騰，瓦倫丁探員歪了一下嘴，繼續說。「所有三名女性均在水源附近發現，遭到強姦並被勒斃。」

「她們被什麼東西勒死？」歐唐納問。

「嗯……」探員掃視他的文件。「某種布製的絞索。」

「她們被灰色領帶勒死。」柔伊說。

「謝謝妳，班特利博士，」歐唐納對她說。

「對，」瓦倫丁說。「總之，在離開梅納德鎮之後，格洛弗便下落不明，直到——」

「他為什麼離開要梅納德鎮？」歐唐納問，無辜地眨眨眼。「警察不是有拘留其他嫌犯嗎？」

「他可能擔心自己受到懷疑。」

「實際上他沒有，」柔伊說。「但有人向警方通報他在一個犯罪現場徘徊，且他的床底下藏有一盒謀殺案的戰利品，在他們逮捕他進行偵訊之前，他就跑了。」

「謝謝妳，班特利博士。」

「不客氣，歐唐納警探。」

「警探。」布萊特的聲音緊繃。「請讓瓦倫丁探員完成他的簡報，妳有任何問題可以等他完成簡報再問。」

瓦倫丁脹紅了臉。「格洛弗此後下落不明，直到他於二〇〇八年在芝加哥現身，殺害了兩名女性——」

「對不起，」柔伊語帶歉意地說。「我真的必須打斷，我們有確鑿的證據證明他自二〇〇六年以來人都在芝加哥。」

瓦倫丁探員將文件放在桌上。「班特利博士，妳要接手簡報嗎？」

「謝謝你，那太好了，」柔伊明快地說道。她迅速概述他們對格洛弗的過去、他最後的工作場所和公寓的調查，她詳述他們懷疑他在芝加哥犯下的兩起謀殺案，然後簡述他一個月前對安德芮亞的攻擊。

「格洛弗在戴爾市逗留期間，因為經常頭痛和反覆嘔吐而前往就診，」她說，「他被診斷罹患未分化性星狀細胞瘤，那是第三級的膠質細胞腦腫瘤，我們訪談醫生並諮詢了專家，他們的意見是格洛弗的壽命不會超過一年，在六個月內他可能需要持續的醫療監督和護理。」

布萊特隊長傾身向前。「這個叫格洛弗的傢伙有在犯罪現場留下五芒星嗎？或者留有其他撒旦教派相關的記號嗎？」

「沒有，」柔伊即刻回答。「在他過去的謀殺案中，我們還沒有看過類似這次的記號。」

「所以我們要假設五芒星和刀是他同夥的主意？」

柔伊猶豫了。「這是有可能的，我們對不明嫌犯的精神狀態了解不足，無法確定。」

「除了電話之外，還有什麼能將這兩起犯罪聯繫起來？」布萊特問。

「鞋印符合其中一名凶手，」歐唐納說。「鑑識技師說這點毫無疑問，在藍姆案犯罪現場，第二名凶手的鞋印我們沒有採集足夠，所以無法確認符合，但鞋碼尺寸符合。這兩個案子的凶手都戴著手套，所以我們沒有採到指紋，我認為我們有採到ＤＮＡ……特雷爾醫生？」

「我從該女性脖子上的咬傷採到ＤＮＡ樣本，」特雷爾醫生說。「此外，她的指甲底下有乾掉的血液，血可能屬於攻擊她的人之一，兩種樣本都拿去與藍姆謀殺案中的唾液樣本進行了比對。由於聯邦調查局同意讓他們的實驗室優先處理此案，因此我們將在一天內取得結果。」

歐唐納點點頭。「此外，兩名女性都是被捆勒致死，且手臂上都有針筒的痕跡，我們相信凱瑟琳．藍姆遭到謀殺時所使用的針筒是用於抽取受害者血液。」

「海莉耶塔．費許朋有遭到強暴嗎？」布萊特問。

「據我所知沒有，」特雷爾說。

柔伊眨眨眼，嚇了一跳，截至目前她一直認為這是必不可免的結局。「妳確定嗎？」

「受害者的膝蓋和手掌有擦傷，在某種意義上這似乎表示她被迫跪下，」特雷爾說。「但是，我沒有發現近期入侵的跡象。」

她被脫光衣服，被迫跪下，被從後方勒斃……但沒有被強暴，然後有五芒星，有把刀插在那個女人的肚子上，還有那通該死的電話。柔伊試圖思索這些事，想為這些事找到一些解釋，它不符合格洛弗的側寫，也不符合他同夥的側寫。

「藍姆案的進展如何？」布萊特問。

「截至目前為止，我們沒有掌握確切的嫌犯，但我們可以肯定他來自麥金利公園的一間教堂。」歐唐納說。

她概述他們到目前為止掌握的證據，並提到柔伊和塔圖姆參與嫌犯側寫。「我們已經掌握幾項陳述，確認羅德．格洛弗是會眾的一員，考量到選擇凱瑟琳．藍姆作為第一名受害者，我們認為格洛弗的同夥，即不明嫌犯貝塔男也很有可能是會眾之一。」

「這判斷真的很跳躍，不是嗎？」瓦倫丁問。「由於我們知道羅德．格洛弗認識受害者，因此這位不明嫌犯可以是任何人。」

「有跡證表明，這位不明嫌犯也認識凱瑟琳．藍姆。」柔伊說。

「像是什麼跡證？」

柔伊解釋了項鍊，並提到屍體被覆蓋的事。

「但是羅德．格洛弗也可能做了這些事，對嗎？」瓦倫丁指出。

「這不符合他的個人側寫。」

「殺手是不可預測的，我們不能憑藉沒有任何堅實證據的理論來進行調查。」

瓦倫丁跟她爭論，只是因為她讓他看起來像個白癡嗎？好吧，在她看來，他只能怪自己。

「我並不是說我們的工作僅侷限於調查會眾，但這是一個很有可能性的理論。」

「我們的資源有限，」瓦倫丁說。「我們必須決定如何分配。」

「好了，好了。」布萊特舉起了手。「那個教堂有多少會眾？」

歐唐納回答，「我們沒有確切的數字，但是在過去幾年中，已經有數百人。」

「嗯，現下我同意瓦倫丁探員，」布萊特說。「沒有什麼具體跡證能將第二名凶手——即不明嫌犯——與教堂的會眾聯繫起來，我們騰不出時間和人力來訪談數百名教區居民。」

「我們已經在處理名單了，」歐唐納說。「而且我們可以先確認那些有犯罪紀錄的人。」

「好吧，首先要先列出清單，然後我們再看看。」布萊特看了手錶，確認時間。「距離發現海莉耶塔·費許朋已經九個小時，距離她遭到殺害大約三十八小時，我希望將這兩起案件合併調查，我已經與南區的米勒隊長，以及聯邦調查局芝加哥調查處的處長進行過討論，我們同意組建一支由我領導的專案小組。」

柔伊看到歐唐納瞇起眼睛，她曾經負責偵辦第一起謀殺案，柔伊直覺歐唐納期待由自己領導調查，但天不從人願，布萊特方才接手了主導權。

「我們可以將這裡當作戰情室，」布萊特繼續說道。「我們稍後將為專案小組分配更多人力，加油吧，我們得把這些怪物從芝加哥的大街上驅離。」

第三十章

三架發光的螢幕在黑暗的房間裡閃爍，每個螢幕都顯示了憤怒的推特爭論、毒舌的論壇辯論、惡意的留言、暴力圖片。這個房間不由燈光或吸頂燈照明，而是被仇恨照亮。

這位帳號名為「笑笑伊魯康吉」的人向後靠在椅子上，大聲地吃著泡麵，不時放下麵碗，點擊連結或者快速輸入憤怒的發言。

他有一個真名，但是他不再使用這個名字來自稱，這個名字屬於他的肉身，他不再關心，他的真實生命超出這些螢幕的範圍，以光速穿梭在遍布全世界的電纜，在那裡，他是笑笑伊魯康吉。

他在他的兩個螢幕上開啟推特留言，觀看激烈的爭論，數十名憤怒的推特用戶激烈地大聲疾呼，每秒鐘就出現一條新評論。當他們大聲譴責種族歧視和厭女時，他笑了笑，閱讀精選評論，他們以為自己在和真實的人爭論，其實他們是在和五個網路機器人爭吵，有點愚笨的程式腳本語言，只是把笑笑伊魯康吉告訴他們的內容吐出來。他感到激動的滿足，幻想著所有人都咬著牙在努力回應，但其實沒有人在跟他們吵。

在任何特定時刻他都有幾百個網路機器人，他這支製造混亂的小隊會偽裝成男性、女性、民主黨人、共和黨人、青少年、中年男性和女性，他此刻最喜歡的是三個假裝是名人的網路機器人，就在那天早上，好幾千名Instagram用戶震驚地看見他們最愛的時尚名模之一宣布希特勒在很多事情上都判斷正確。

他又吃下一團麵條，不小心用牙痛的那顆牙咬到麵，他畏縮了一下，牙痛已經困擾了他好幾天，但他並沒有打算去看牙醫檢查，上一次他去看牙時，牙醫實際向他示範如何刷牙，好像他還是個孩子，他回到家之後大怒，派他的網路機器人大軍在那婊子的臉書頁面上刻意激怒她，傳給她威脅性文字和性愛訊息，直到她關閉自己的個人檔案。

這是給她一個教訓。

除了他的網路機器人之外，他還有病毒和木馬程式供他召喚，並以連他自己都吃驚的速度透過網路複製，他可以存取中國、俄羅斯、法國、英國、以色列、澳洲的電腦……這列清單還在持續增長中。在這裡，坐在他的椅子上，他的王座上，他不僅僅是一個人，他是神。

他瀏覽他最喜歡的酸民論壇，其中一位用戶破解了鄰居手機的密碼，並在手機裡面找到裸照。笑笑伊魯康吉取用了幾張精選照片，盜入那個女生的臉書帳戶，透過臉書將照片傳給她所有的朋友，這是另一種滿足感，但是只有少許，不再像過去那樣帶來瞬間強烈的快感。

如今，他需要的更多。

他檢查他的財務狀況，他運行了三種勒索軟體，軟體提供他幾百美元，他讓軟體保持低度規模，沒必要貪心，會被逮到就是因為貪心，而笑笑伊魯康吉不想被逮到。

然後，他瀏覽了喜歡的網站，他每天都會瀏覽《女性主義》、《芝加哥驕傲》、《進步思考》這些網站……他仔細閱讀文章，感受內心的憤怒。他小心翼翼培養自己的情緒，就像一個園丁，澆灌並照料他的憤怒、仇恨和怨毒，有時很難小心翼翼，但是他盡了最大努力讓怒火繼續延燒。

警告視窗彈出，他緊張起來，是「他」傳來的訊息，他點擊訊息，感到期待和激動所帶來的強烈快感。

推特留言不斷出現在其中一台螢幕上，他無視這些留言，他一遍又一遍閱讀來自用戶「開膛手傑克」的訊息，在黑暗中，他微笑著。

第三十一章

塔圖姆在座位上伸展，揉揉眼睛，過去一小時他一直在研究這兩起謀殺案的檔案，試圖勾勒出案件的相似點和相異點，試圖了解凶手的思考進程。

連環殺手會改變和適應，他們會持續沉迷上一起謀殺案，但下次他們可能會採取不同的作案方次，他們經常會改變自己的行為，因為他們的信心增強了。有時，隨著幻想和慾望變得更加複雜，他們會改變自己的行為。如果他能弄清楚為什麼這次他們以不同的方式犯案，也許他們也能夠預測下一起謀殺案的變化。

但就像預測一名凶手很困難，有兩名凶手時更是極為困難，例如，凱瑟琳・藍姆被蓋上毯子，海莉耶塔・費許朋被棄屍並擺出姿勢，且姿勢極其怪誕。這是因為格洛弗不想讓這個受害者被蓋起來嗎？是因為這兩個人都不認識這名女性，所以不在乎嗎？也許是因為不明嫌犯的幻想不知何以包含這種令人憎惡的景象？他實際列出所有他想到的可能原因，直到列出十項才停下，這完全無用，側寫的工作是鎖定凶手的特徵，縮小嫌犯的範疇，如果他解釋事情可能發生的各種方式，那只會使事態變得更加複雜。

他環顧戰情室，柔伊獨自坐在大桌遠處的盡頭，看著犯罪現場的照片，咬著嘴唇，瓦倫丁探員坐在離她幾英尺遠的地方，在筆電上打字，庫奇正在寫其中一塊謀殺案情佈告板，煞費苦心地畫出海莉耶塔・費許朋謀殺案的時間表。

佈告板貼滿犯罪現場的照片，一整張照片拍出遭受殘害的屍體被框在五芒星內，然後是勒捆痕跡的特寫鏡頭，另一張是咬痕的照片，以及受害者體內凶刀的第三張照片。

上方是從費許朋Instagram帳戶取得的照片，她微笑著，倚在橋的欄杆上，風景似乎是歐洲。他希望這張照片是在一段長假拍下的，海莉耶塔曾度過她的美好時光，微笑女子和一具殘破屍體間的對比令人難以承受。

「我們對她有什麼了解？」塔圖姆問庫奇。

庫奇花了一點時間收集自己的想法。「海莉耶塔．費許朋在芝加哥洛普區一家大型律師事務所擔任律師助理，她與丈夫和女兒住在河谷鎮——那是南芝加哥的一個社區，她是一個敬業的員工，很努力工作。」

「她習慣加班到那麼晚嗎？」塔圖姆問。

庫奇聳聳肩。「根據她丈夫的說法，在過去三個星期，海莉耶塔總是上班到很晚，但她通常會在晚上八點前離開辦公室。但是星期一晚上，她被要求和一位事務所的律師一起加班，處理重要案件，所以她在半夜十二點半離開，這表示她搭上一點三十五分在一四七街到站的火車。」

「有人知道她加班到很晚嗎？她有告訴別人嗎？」

「幾個同事和她丈夫。」

塔圖姆點點頭，感到滿意。他坐到柔伊旁邊，「費許朋通常不會這麼晚離開辦公室，」他說。「這是一次性事件。」

柔伊從桌上的照片抬起眼睛。「所以即使凶手跟蹤她，或者好幾個晚上監看停車場，他們也不會預期她這麼晚下班。」

「這次可能是隨機攻擊，凶手在停車場等待合適的人出現，等待任何符合條件的人出現，附近又沒有目擊者，海莉耶塔．費許朋剛好符合要求。」

「這與格洛弗慣有的犯罪手法相符，」柔伊說。「潛伏在水源附近的偏遠地區，耐心等待受害者現身。」

「但與凱瑟琳．藍姆的謀殺案不符。」

她點點頭。「火車站停車場一定是格洛弗的地點之一。」

「他的地點？」

她抬眼看著他。「二〇〇九年至二〇一六年間沒有謀殺案。」

他猜想自己應該以某種方式將兩句話聯繫在一起，但是與柔伊交談經常讓他感到一片茫然。「所以？」

「格洛弗在這裡住了至少十年，但是他只殺害了兩名女性，都發生在二〇〇八年，其餘時間他都在幹什麼？」

「沉迷於幻想，自慰來控制自己的性需求。」

「那就對了，但是為了讓興奮持續，他需要時不時使更新他的幻想。」

「為什麼？妳怎麼知道他不是只一遍又一遍重溫他過去的謀殺案？」

「如果真的是那樣，整個色情行業早就崩潰了，」柔伊有些不耐煩地說道。「性幻想需要多樣性，尤其對於像格洛弗這樣的妄想型性掠食者來說更是如此，而且我們知道他會對某些地點有反應，這就是為什麼他幾乎總是去附近有水源的地方。因此當他幻想他的特殊地點時，他可能會有快感，我認為他會去符合他犯罪手法和幻想的地點，就像昨晚一樣，他會等待有一個女人獨自走過去，他會在腦中捏造一個幻想，幻想他如何抓住她、強姦她，並把她勒死。」

「所以你認為他只是回到過去經常出沒的地方？」

「我幾乎確定，我敢打賭，他打從心底就知道火車的時間表。」

「但他並沒有真的強姦海莉耶塔．費許朋，為什麼呢？」

柔伊輕敲一張照片，塔圖姆仔細端詳照片，是海莉耶塔的肋骨，上面有大量的瘀青。

「他們證實這些瘀傷是踢踹所造成的，」柔伊說。「她被擊倒時，他踹了她。」

「或者是他的同夥幹的。」

「我不這麼認為，他的同夥想要的是鮮血，不管原因為何，這都是他鎖定的重點，他得到了他所需的鮮血，但是格洛弗想要某件事，卻沒有得到，所以他生氣了，他踹了她。」

塔圖姆想到了。「你認為他不能行使性功能？」

「是，也許是因為癌症，他一定很生氣。」令塔圖姆驚訝的是，她聽起來很擔憂。

「所以？」

「這可能會大大縮短下一次謀殺案發生的時間。」

他們倆讓沉默展開，塔圖姆是第一個打破沉默的人。「為什麼要畫五芒星，為什麼要用刀，為什麼要打電話？」

「嗯，就像你已經知道的那樣，他希望我們用這種方式找到她，他希望我們盡快找到她，可能是在屍體發生嚴重腐敗之前。」

「但為什麼？」

「他可能試圖要擺脫我們，」柔伊說，語氣中帶有懷疑。

「或者他這麼做是為了向妳傳達訊息，」塔圖姆提議。「也許他希望妳看到屍體。」

「那為什麼是五芒星？這是沒有意義的，五芒星對我或格洛弗來說都沒有意義。」

「這可能是為了博取注意，如今他的時間已經不多，他正在努力留下自己的記號。」

化。」

「有可能，」柔伊承認。「格洛弗過去從未表現出對成名有興趣，但他的處境發生了重大變

他們聽見瓦倫丁探員從座位上嘆了口氣。「你們顯然忽視了重點。」

塔圖姆看了那個男人一眼，他們在芝加哥調查處期間，他對瓦倫丁有些瞭解，他是一個很好的人，很有幽默感，但是瓦倫丁對柔伊傲慢的態度使他對他大為光火。「所以是？」

「這幾起謀殺有宗教的成分，第一起謀殺中，他們將十字架項鍊掛在受害者的脖子上，就掛在殺害她的絞索留下的痕跡上。在第二起謀殺案中，他們畫了一個五芒星，然後將受害者像惡魔的犧牲品一樣擺姿勢，插一把刀在她的腹部。我敢打賭這就是他打電話炫耀的原因，也許他認為他是下一位先知之類的。」

「羅德．格洛弗並非宗教狂熱者，」柔伊說。「他一點也不在乎。」

「也許，人們面對死亡時會變了一個人，就像妳說的，他的時間不多了。」

「這很荒謬，根本與他的側寫不符。」

「這個人罹患腦癌，誰知道他現在腦子裡在想什麼？他可能完全精神錯亂了，此外這可能是他同夥的想法，這傢伙都已經在喝血了，你認為惡魔崇拜超出他的守備範圍嗎？去死，也許喝血就是因為這件事。」

「好吧，」柔伊唐突地說。「你的建議已記錄在案，感謝。」

瓦倫丁聳聳肩，回到他的工作上。

「還有其他讓我困擾的事。」柔伊指著兩張照片，其中一張來自藍姆案的犯罪現場——在屍體附近走來走去的血腳印，另一張來自近期這個犯罪現場——圍繞五芒星一部分的泥土中腳印的凹陷痕跡。「我們假設他在第一個犯罪現場中失控了，這就是為什麼他一遍又一遍在屍體

周圍走來走去，但是他這次似乎也做了同樣的事。」

「這次他們在畫五芒星，幫屍體擺姿勢，」塔圖姆指出。「他們不得不反覆走動。」

「但這看似幾乎是某種步行模式，看到了嗎？三步，然後他停下來，轉身面對屍體，然後他側身走了兩步，然後走到這裡……三步，再轉身面對屍體。在另一個犯罪現場中的情況類似。我向歐唐納確認過，這兩起案件裡面都是不明嫌犯的腳印，而不是格洛弗的腳印，這起謀殺案看起來像是某種強迫行為，某種與血液無關的行為。」

「這行為告訴我們什麼事？」

她搖搖頭。「還不知道，但是我們需要尋找其他模式，也許這個人有一套妄想性強迫行為，如果是這樣，與他交談時可以看得出來。」

「我們會密切注意這一點。」

「歐唐納去哪裡了？」柔伊問，環顧四周。

「她和埃利斯一起去找那個毒蟲，並再去看一下這兩個犯罪現場。」

「我們也應該去停車場看看。」柔伊說。

「明天早上？」塔圖姆滿懷希望地提議。

「我想今晚去看，他們看到的停車場也是晚上。」

塔圖姆嘆口氣。「妳當然可以，讓我把工作收尾一下，我們一起去。」

第三十二章

柔伊走進她的汽車旅館房間，讓門在她身後咔嗒一聲關上，在造訪火車站停車場後，她本來要塔圖姆一起回警署繼續工作，但是一陣寒氣爬上她的脊椎，她不得不休息一下，因此她要求塔圖姆將她載到汽車旅館。

海莉耶塔．費許朋之死彷彿黑暗的存在，讓她心痛，她可以感覺那痛苦像是真實存在，緊貼她的頭骨，她必須釋放那種感覺。

她脫下鞋襪，滑進床單下，讓床單的重量落在她身上，彷彿一顆安全的繭。她強迫自己的身體放鬆，這一天很損耗她，尤其過去一週她幾乎沒怎麼睡，躺下是一種緩解。

她閉上眼睛，想到停車場，他們到停車場的時候，海莉耶塔的車已經不在了，但很容易想像那輛車被黑暗中空蕩的車位所圍繞，她的耳邊彷彿聽得見海莉耶塔的心臟在跳動，即使什麼事都還沒有發生，只是獨自在黑暗中穿越那座停車場。

高跟鞋輕敲著人行道，步伐輕快，天氣很冷。柔伊自己的呼吸加快，儘管身上蓋著毯子，她還是發起抖來。

她走到車旁，準備要開車門，暗影中突然有什麼在動，一隻手抓住她，拉扯她，脖子上傳來炙熱的痛楚，掙扎。

柔伊的手指緊緊抓住床單，她想到人行道上的血跡，想像出這代表了什麼：海莉耶塔被恐懼吞噬，亟欲逃離攻擊者，甚至沒有意識到自己離安全愈來愈遠，樹木隱約可見，當她把停車場的聚光燈拋在身後時，黑暗籠罩了周圍。有人抓住她，發出嘶聲威脅，布料圍繞住她的喉嚨緊束，柔伊仍然記得那種感覺，永遠不會忘記：格洛弗在她身後，在收緊絞索時她發出咕噥聲，迫切想要呼吸，一邊抓扒著自己的脖子。他粗糙的手指觸摸著她，如針刺般刮過她的肌膚。

她顫抖著，記憶與海莉耶塔經歷的一切融為一體，她涉過小溪，只是雙腳深陷，意識到那根本就不是小溪，那是一條洶湧狂暴的河流，水流把她沖倒了。

她喘著粗氣，掙脫使她驚醒的噩夢，靠手指間抓著布料的感覺把自己拉回現實，她躺在汽車旅館床上，喘著氣想要呼吸。這不是她第一次想像受害者的最後時刻，但是知道格洛弗到過犯罪現場，她自己遭他襲擊的記憶仍然歷歷在目，這使她的想像變得更加恐怖。

她把毯子扔開，她的身體因汗水而溼冷發黏，仍然感覺得到他的手觸摸她肌膚的幻覺，她脫下衣服，趕緊去沖個澡，把熱水開到滾燙。水帶來昇華的感受，她身體的緊繃感逐漸減弱，她失了神。

在黑暗中跌跌撞撞，有人抓住她，她轉過身，格洛弗色瞇瞇的斜眼笑臉在逼近她。

柔伊悶著一聲尖叫，關上水，她的思緒使她退縮。

她從經驗中知道，不讓想像的種種幻覺持續到自然結束，只會導致可怕的噩夢。她用毛巾把自己擦乾，然後回到床上。

儘管柔伊持續追蹤格洛弗的謀殺犯行已有二十年，但海莉耶塔．費許朋的屍體卻是她在犯罪現場親眼看到的第一名受害者，看到那具屍體想必刺激了她的心智，喚醒與他有關的所有記憶和創傷：他對安德芮亞的攻擊，貝絲、潔姬和克拉拉的謀殺案，她自己與他狹路相逢，只發生在幾個月前。還有當他猛敲門時，她把自己和安德芮亞堵在房間裡。

她可以合理化自己正在經歷的事，但這並無法使顫慄不再佔領她的身體。這也無法扼止海莉耶塔在黑暗中奔跑的想像，格洛弗亦步亦趨緊緊地跟著她。

第三十三章

戰情室的門突然打開，塔圖姆從筆電上抬起視線，對上歐唐納疲憊的眼神，她走進室內。她環顧四周，看見的盡是空蕩蕩的座位和丟棄的咖啡杯。「大家是跑去哪了？」

「庫奇和他的搭檔正在訪談海莉耶塔・費許朋的父母和密友，」塔圖姆說。「去看過停車場後，我把柔伊載回汽車旅館，瓦倫丁探員在法醫實驗室，埃利斯跟妳一道，一些制服警官仍在火車站鄰近地區逐戶訪談。」

她閉上眼睛，疲憊地按摩鼻梁。

「有好運找到神祕的目擊證人嗎？」塔圖姆問。

「到目前為止運氣不佳，埃利斯認為那是一個叫『好孩子東尼』的人，但他人不在他尋常出沒的地方，我們明天會再試，有什麼新消息嗎？」

塔圖姆從椅子上站起來，走向費許朋謀殺案的案情佈告板。「潛水小隊找到受害者的一些衣物和錢包。」他指著透明證物袋裡沾到泥巴的私人物品照片。「我們找到一件襯衫和一隻鞋子，錢包裡有她的車鑰匙和手機，車鑰匙符合她的銀色飛雅特，為了排除疑慮，手機已經送交實驗室。」

「他們要確保我們找到屍體，但卻把她的物品丟進河裡，」歐唐納若有所思地說。「也許她的手機裡有什麼罪證？」

「有可能，但我對此表示懷疑，她是一個隨機受害者，我認為他們只是盡力在掩飾他們行跡，意圖浪費我們的時間。」塔圖姆皺了皺眉，腦海裡閃過一個想法。「他們在爭取時間，也許只是因為格洛弗知道自己很快就會死？但似乎不止如此，他們動作很快……」很令人沮喪的是，這個想法轉瞬即逝。

「廂型車有幸運找到線索嗎？」歐唐納問，指著兩張破爛的雪佛蘭廂型車的低解析照片。

「在想辦法截到更清楚的車牌，」塔圖姆說。「但是車牌被噴到爛泥，幾乎可以肯定是蓄意為之，但是，庫奇想辦法截到他們進入停車場的那一刻，廂型車在晚上九點十七分出現，停在停車場西邊一個遠離窺視、靠近鐵道的地方，然後在凌晨兩點三十七分離開。」

「他們在那已經等了一段時間，」歐唐納說。

「剛好超過四小時，」塔圖姆點點頭。「格洛弗很有耐心，庫奇派出警方巡邏隊在麥金利公園地區和吉佳寶森林公園附近一帶尋找這輛廂型車；也許我們會很走運。」

「好。」歐唐納的眼神變得呆滯無神，他懷疑她有聽見他方才說的半句話。

「有什麼問題嗎？」

「她這張照片拍得很好。」歐唐納指著費許朋在謀殺案公佈板上的照片。「但是我今天去知會他丈夫時，他電腦裡有海莉耶塔和她的女兒在海灘上的照片，她看起來幾乎像另一個人，你知道我的意思嗎？」

「不知道。」

「我女兒年齡差不多。」

「妳是指跟費許朋的女兒年齡差不多嗎？」

「是的，」她嘆了口氣。「他問我海莉耶塔是否……他的太太去世時是否遭受痛苦。」

「他們都會這麼問。」

「我告訴他她沒有受苦。」

「很好。」

「她的死亡很可怕，塔圖姆，她死時很害怕且受了傷，她沒辦法呼吸——」

「但是妳沒告訴她的家屬。」

「沒有，」她低聲說。「不能告訴家屬，永遠不能告訴家人。」

「妳還好嗎？」

她眨眨眼。「我得打電話給我女兒，跟她道晚安。」她拿出手機，看了一眼。「見鬼！已經十點四十分了，她現在已經睡著了。」

「妳早上就會見到她了。」

「好吧，」她說著，將手機滑入口袋。

他關切地看著她。「聽著——」

「用來報案的電話號碼有任何消息嗎？」她的語氣單調，他在她身上發現的脆弱消失無蹤。

「呃……對，那個號碼是拋棄式手機，在那通電話之前從未使用過，通話後就停用了，那通電話是從洛普區的某一個區域發話。」

「那是海莉耶塔上班的地方。」

「妳認為這是故意的嗎？」塔圖姆問。

「可能是……但那個區域搭捷運很容易到達，」歐唐納說，「格洛弗可能搭上車，坐了幾站，下車，打了電話，可能把手機丟在附近的某處，然後跳上車回家。」

「聽起來很可信。」

「如果真是如此，我們可以從可能的車站提取監視攝影畫面，並查看他的下車地點，」歐唐納說。「儘管查看這些畫面將是一場噩夢。」

「妳可以和瓦倫丁談談；他也許能夠在此事上提供協助，」塔圖姆建議。聯邦調查局擁有畫面識別軟體和夠力的中央處理器來處理所有畫面，可以用來搜尋格洛弗。

「這是個好主意，」歐唐納說。「我明天會建議布萊特。」

她的最後一句話伴隨著苦澀的語氣，他同情她，單純只有凱瑟琳・藍姆案時，她一直擔任案件負責人，但如今整起調查轉由布萊特負責，儘管第一起謀殺案是她偵辦的。即使他並不深諳警方的內部政治，但聽起來她被排擠了，他知道那是什麼感覺。

「會眾成員的部分有什麼進展嗎？」他改變了話題。

「我收到一封派崔克・卡本特寄來的電子郵件，當中列出了姓名，」歐唐納說。「有三百一十二個名字，其中一百七十一名是男性，沒有提及年齡，所以我不確定哪些人士有相關，這遠不是完整清單；這些只是他記得的人，他沒有當中大多數人的電話號碼或地址。我正試圖從艾伯特・藍姆那邊拿到類似的名單，但聽起來他幾乎無法下床，這簡直太艱難了，而且瓦倫丁還告訴布萊特這是在浪費時間，要真的拿到該死的名單簡直是地獄——」

「好了。」當她的語氣提高時，塔圖姆舉起了手。「我懂，妳真的很衰。」

這麼說讓她暫停一下，「這是一種簡潔的表達方式，」她最後說。「雖然沒什麼幫助。」

「聽著，」他說。「時候不早了，妳早上六點就醒——」

「五點，我很早就醒了，然後就再也睡不著了。」

「妳最後一次吃東西是什麼時候？」

「我……有一段時間了。」

「這裡有剩下的披薩，」塔圖姆指著桌上的盒子說。

她像美洲獅追捕一隻走散的鹿一樣撲向披薩，她掀開蓋子，她那雙如掠食者般的眼睛失望地看著這隻隱喻下的鹿。「披薩有加鳳梨。」

這隻美洲獅很挑剔呢。「所以？」

「誰點了有加鳳梨的披薩？」

「我。」塔圖姆防衛性地說。

「我現在開始比較喜歡你了。」她撿起一片咬下，臉色陰沉地嚼著。「而且冷掉了，冷掉的鳳梨披薩，我人生淪落到這種地步。」

「我喜歡妳居然自憐自艾到這種程度。」塔圖姆對她笑了。「想去吃點別的東西嗎？」

她聳聳肩。「我想我女兒和老公現在都在睡了，所以我最好跟你一起去吃飯。」

「謝謝妳讓我感到如此特別。」

他的手機響了，是柔伊，他示意歐唐納等一下，然後接聽電話。

「塔圖姆？」柔伊的聲音聽起來很奇怪又支離破碎。

「怎麼了？」

「我在汽車旅館房間裡……？」句子拉得很長，幾乎好像是她不確定自己是否真的在房間裡。

「我跟歐唐納在一起，有什麼重要的事嗎？」

「噢。」長時間的停頓。「沒有，不重要，可以等，沒什麼，真的。」

「柔伊，出了什麼事了？」

沒有答案，只有呼吸聲。

「柔伊？」

「幹嘛？」她聽起來嚇了一跳，然後隔了一秒鐘後她說，「沒事，沒發生什麼事，明天見。」她掛斷電話。

塔圖姆皺著眉頭看著手機。

「所以，」歐唐納說。「我們要去吃點東西了嗎？」

第三十四章

處於控制之中的人整天都不在家裡，感覺就像一個劣等劇場演員在演出自己的人生劇本，好像一直忘記下一句台詞，或者情緒應該如何呈現，他的所有動作都顯得機械性又誇張，整個身體都像一件累贅笨拙的戲服，他迫切想脫掉這件戲服，他想放棄一切，衝上舞台，但是沒有舞台，沒有劇本，而且他知道如果自己引來任何注意力，丹尼爾會嚇壞，所以他要穩住自己。

但是到了回家的時候，他會緊咬下巴，使他的頭部開始轟然劇痛，他把門關在身後，已經可以感覺到丹尼爾今天日子不好過，當你與一個病人生活在一起，你會對他的痛苦產生敏感度，也許是因為他嘴裡和汗水散發出的異味，或者他會從關上的客房門中隱約聽見丹尼爾的呻吟聲，無所謂，疾病和病態本來就在這房子裡徘徊不去。

他跌跌撞撞地走到冰箱旁，把冰箱門拉開，他還剩下五小瓶，也許血液不知何以被稀釋了，他需要消耗更多血。他抓住三小瓶，走向櫥櫃，取出一個大的馬克杯，他將所有小瓶的血一瓶接著一瓶倒到杯子裡，幾乎裝滿一整杯，在濃稠腥紅色的表面出現一個氣泡，然後氣泡破掉了。

他把杯子湊到唇邊，貪婪地喝下，感覺黏稠的液體從他的喉嚨滑落，覆蓋他的舌頭、牙齦、牙齒，鹹又帶有金屬味。

見效了，突然的平靜淹沒了他全身，這就是他一直以來需要的，他怎麼能忘記——

他的五臟六腑突然一陣搖晃，他跌跌撞撞衝到浴室，膽汁從他的喉嚨根部湧起，他剛好趕上，兩手抓住馬桶開始狂吐，他邊咳嗽邊作嘔，眼睛流出眼淚，他擦乾淚痕，看著馬桶，水裡冒著紅色嘔吐物的泡泡，曾經白色的陶瓷表面散落粉紅色和棕色的污漬。

那女人的血被污染了，這就是為什麼她的血幾乎無濟於事，這就是為什麼他喝不下去。

他移到水槽，打開水，把水潑到臉上，他用一點水漱口，然後在水槽裡吐出淡紅色的殘餘物，看著殘餘物盤旋並消失在排水管中。

他重新穿好外套，走到室外，還在咳嗽和吐口水，試圖擺脫自己嘔吐物的味道和氣味，他東倒西歪地向前走，跟隨著路上交通的喧囂，感覺街道傾斜，或者是他自己在傾斜。

他不確定自己在尋找什麼；他只是想逃離，但走了一會兒，他環抱自己的身軀顫抖，他看見了她。

帶嬰兒的女人，是他幾天前遇見過的同一個人。

這次，他不會失去膽量了，他需要純淨的血。

***

每個人都一直在建議喬安要怎麼養兒子，她預期自己的母親會提供建議，因為她以為自己比較懂，還有她的大嫂也會，她有三個孩子，並自詡為教養大師。但事實證明她的鄰居有意見、超市的店員，還有她丈夫的單身漢朋友都有意見，似乎每個人都比喬安更懂怎麼養育嬰兒，還覺得需要跟她分享。他們最愛分享嬰兒睡眠的秘訣，具體來說是分享應該怎麼讓寶寶入睡，寶寶醒來時該做什麼，並指出喬安做錯了多少事。

一開始她很抗拒，她試圖解釋不是所有寶寶都一樣，有些寶寶就是不會睡得那麼好，有些是因為有長牙問題，因為很痛所以醒了過來，而且，不要，把兒子丟在嬰兒床裡哭好幾個小時不是她會想做的事。但經過無休止的翻白眼和嘆氣，並用一種優越的態度給予她「隨便妳」評論之後，她現在只能點頭稱是，這似乎能讓每個人都高興，他們給建議；她負責點頭，然後繼續自行其是。

只要帶她兒子去散步，兒子便很容易入睡，午餐後和晚上各散一次步真的沒什麼大不了。

寶寶現在睡著了，她對他天使般的表情微笑，當她抬起眼睛，她的腳步踉蹌了一下。

有個男人走向她，臉上露出一個奇異的怪表情，他披頭散髮，動作奇怪又笨拙，令她屏住呼吸的是他那雙圓睜又熱烈的眼神，直盯著她兒子的嬰兒車。

她本能地將嬰兒車轉向，迅速檢查道路上是否有來往的車輛，沒有人，她穿過馬路，步伐更快，她想給打電話給丈夫，但他如常工作到很晚，而且他上班時從不接聽她的來電。

無論如何，她要說什麼？我在街上看到一個奇怪的傢伙？他會笑掉大牙，而且她並不想——

那人跟著她，她從眼角餘光看見他過了馬路，現在他跟著她後面走，他轉身是為了跟蹤她。

她加快了步伐，現在離家只有幾碼遠，她再次穿越街道，聽到他在靠近。她現在用一隻手推著嬰兒車，另一隻手顫抖地伸進外套口袋裡尋找房子的鑰匙。他很接近她，太近了，她將無法及時開鎖並進入屋內。

她一個轉身說，「如果你再靠近，我就尖叫了。」她的聲音顫抖，但是她用大聲兇狠的語氣說話。

他放慢腳步，嘴裡說了些什麼，但他並不是真的在和她說話，他喃喃自語，漫無章法咕噥著說話，下巴有一種奇怪反光的光澤，她噁心又恐懼地意識到他下巴上沾滿了口水。

她轉身向她家衝刺，把她兒子弄醒了，她兒子開始大叫。她把鑰匙用力插入門鎖，轉動，然後打開門，他們進來屋內了，門在她身後關上，她卡住門鎖插門，深吸了一口氣。

寶寶哭了。

「噓，」她說，眼淚卡在喉嚨。「噓。」她在推車掛袋中摸索著手機，她通常很喜歡這個掛袋，袋子似乎可以容納她所需的所有物品，包括奶瓶、奶嘴、尿布、嬰兒濕紙巾——但現在她痛恨這些雜亂無章的東西，放得一團亂。她該死的手機在哪？

找到了！她迅速撥通她丈夫的電話，她等電話響了八聲才掛斷電話，感到沮喪，她看了窗外一眼。

那個男人還在那裡，在她家門口來回走動，仍在自言自語，現在他的聲音更大了，她聽出幾個字。控制……寶寶……門……

她撥了九一一。

「九一一，你的緊急情況是？」

「我家外面有一個男人，」她小聲說。她兒子在背景尖叫，她想抱起他，但她的掌心是如此濕滑；如果抱他，手機會掉落。「他追著我追到門口。」

「門鎖好了嗎？」

「是……是的。」

「他還在門口嗎？」

「是的，我可以透過窗戶看到他，他在自言自語，請派人過來——我很害怕。」

「妳能告訴我妳的地址嗎？」

她有一度幾乎記不起來，但後來她想起來了，驚慌失措地衝口而出。

「好吧，小姐，妳叫什麼名字？」

「喬安。」

「喬安，我需要妳保持冷靜，我剛派遣巡邏車過去了，妳還有看到那個男人在門口嗎？」

喬安妮透過窗戶看了一眼，街道上空無一人。「沒……沒有了，我想他離開了。」

「警官會過去看看，並確保妳沒事，好嗎？喬安？」

但是喬安無法回答；她已經失聲了。她剛看見廚房窗戶晃過一道影子，就在後門旁邊，她一直忘記鎖同一扇門，又是一件因睡眠不足使她逐漸疏於留意的事。

這次她有記得把後門鎖好嗎？

她清楚記得那天早上有開門幫後院的植物澆水，但是她不記得自己有鎖門。門把轉動，電話裡的聲音說，「喬安？妳還在嗎？」

第三十五章

門鎖上了，他喀噠喀噠轉動門把好幾次，不太記得自己在那裡做什麼，嬰兒在裡頭嚎啕大哭，他眨眨眼，嚇了一跳。他已經呆站在陌生的後院裡好幾分鐘了，只是盯著門看，他有試圖要打開嗎？他轉動門把，似乎已經上鎖，噢，是的，他已經試過了。

有人在說話，他停下來聽，但是聲音變得小聲，只有嬰兒繼續在嚎啕大哭，然後他意識到是自己的聲音，是自己一直在說話，一直在自言自語。

他試圖拼湊晚上的事件，他真的意圖從嬰兒車中抓走嬰兒嗎？

他放任自己失去控制。

這點讓他最是害怕，這曾經發生過一次，在很久以前，自那以後他竭力控制住自己，但是今晚，沒人駕駛他這輛火車，火車脫軌了。

他轉身逃離，不是逃到街上——他擔心有人會看見他，相反地，他從後院的籬笆逃走，奔跑著穿越私人庭院，踩過花圃，撞倒露台的椅子，褲子被多刺的玫瑰花圃扯破。他的眼角餘光看見警車的藍光行經，他們是在找他嗎？有一刻他感到困惑，想著他們在凱瑟琳死亡後就逃離她家了，但是後來他回想起已經過去一天了，或者也許過了兩天？還是四天？

他跑到一道無法翻越的圍牆，決定返回大街上，街上很黑，沒有警車的行跡，沒有路人，只有他和許多暗影。

他強迫自己深呼吸，冷空氣使他的頭腦清醒過來。夜晚最是難捱，白天他沒事，與人交談，上班工作，敷衍了事，他幾乎可以肯定沒人懷疑過什麼，但是到了晚上，一切變得非常困難，一直都是這樣。

他找到回家的路，鎖上了門，並將大門閂在他身後，到處都留下他失去控制的證據：廚房檯面上丟棄了兩個小瓶，一瓶滾落到地上摔碎了，流出一些殘留的血滴在地板上。他用來喝血的馬克杯放在櫃檯上，殘留物已經凝固。他看了浴室一眼，可以看見馬桶中依然有他嘔吐物噴濺的痕跡。

他清理四處，然後好好沖了一下澡，他如往常般深呼吸，試圖讓腦子清醒過來。他處於控制之中。他處於控制之中。他處於控制之中。

第三十六章

柔伊的呼吸又快又淺，房間的牆壁向她聚攏，每一次心跳都使她周圍的空間減小，她感到幽閉恐懼症毛骨悚然的效應時，她會出去散步，走很長一段路，但是她一走出戶外，走進夜深人靜的黑暗中，她可以感覺到格洛弗的幻影在附近的某處存在，就在她身後。

且誰敢說他不會在？他過去就跟蹤過她，什麼能阻止他再這麼做？知道他可能潛伏在暗影中，還在晚上踽踽獨行，這是多麼愚蠢的一件事。

她循原路回到房間，鎖上門，試圖冷靜下來。

但她無法抵擋不斷襲來的恐慌浪潮。

即使她處於目前的狀態下，一部分的她仍在繼續分析，她可以理解發生了什麼事，她最近睡不太著，再加上她的創傷後壓力症候群，引發了鋪天蓋地的恐慌症發作。她的想像力在情緒的刺激之下，以生動的情節猛擊她，刺激她內心的恐懼煉獄。

理解這個狀況並沒有幫助，如果有任何幫助，那就是使情況更糟了。

她打電話給塔圖姆時是希望得到幫助，但他說他跟歐唐納在一起，他的語氣有些不耐，突然之間，她不知道自己為什麼要打給他，他可以做什麼事來幫她？

只有她可以幫自己，她知道，她一向都知道。

她又在床上發抖，依戀著她周圍床單的感覺，她不在室外被格洛弗追捕，她沒有被埋在地下棺材中，她在汽車旅館的房間裡，她沒事。

她覺得不太舒服，她需要嘔吐。

她衝出被窩，試圖把纏住她的毯子解開，床單纏著她，她掙扎，嘔吐物升到喉嚨口，她反胃了幾次，嘔吐出來，喘著氣抓扒著枕頭，有一度她只是咳嗽又反胃，嘴裡酸酸的，然後她精疲力竭地發抖，感到心臟劇烈撞擊。

還有別的聲音在撞擊，是門。

「柔伊？」塔圖姆透過門大喊。「妳還好嗎？」

「我……沒事。」她哽住的聲音在顫抖。中斷了一下。「開門。」

「不要，早上見。」

「開門，柔伊。」

她絕望地閉上眼睛，蠕動著離開床單，心臟還在快速跳動，她跌跌撞撞地走向門，將門解鎖，迅速擦拭下巴的嘔吐物，然後拉開門。

塔圖姆看到她時睜大了眼睛，她看起來一定跟她的感覺一樣糟。

「只是做噩夢，」她啞聲說。「我沒事，真的。」她開始要把門關上。

他用腳擋住門。「妳看起來好糟。」他慢慢推開門，以免打到她，然後他掠過她進入房間。

她跟隨他的目光看到床，凌亂的床單，她髒掉的襯衫，她顫抖的手。

他抓住她，將她拉近他，他壯碩的手臂吞沒了她，她掙扎著，不想把嘔吐物沾到他的衣服，但是他只是緊緊抱著她，直到她在他的懷抱裡停止蠕動，變得柔弱無力。恐懼消失了，儘管她仍然可以感覺到恐懼在徘徊等待。她現在主要是覺得很沒面子。

「我覺得我是吃壞肚子了。」她喃喃道。

「也許全是因為熱巧克力，」他提議，仍然擁著她。

「是吧，但是我現在覺得好多了。」

「去沖個澡吧。」

她照辦，跌跌撞撞地走到浴室，厭惡地脫下骯髒的襯衫，熱水使她感覺好多了。塔圖姆可能已經離開了，她明天會因為自己的一團亂跟他道歉，她花了時間刷牙，好擺脫嘔吐物的刺激味。

她包著汽車旅館的浴巾走出浴室，他還在那裡，他一定是已經要求旅館送乾淨的床單過來，他現在正在仔細舖床，舊床單皺成一團丟在房間角落。

「我可以自己來。」她說。

「我快鋪好了。」

她迅速從行李箱拿出內褲、針織衫和瑜伽褲，然後到浴室穿好衣服。她能聽見塔圖姆在另一個空間裡走來走去，她希望他離開，但要他留她獨自一人待在房間裡的想法導致她內在刺骨的冰冷恐懼。

她深呼吸一口，她現在很容易做到，很奇怪，她發現自己過去做不到。然後她再次打開門，塔圖姆坐在床旁邊的椅子上。

「感謝你的幫助，」她說。「我想我睡一覺就會好多了。」

「我確定妳會的。」

她拖著腳步走向床，坐在床墊上，床單清新又潔淨，這突然讓她鬆了一口氣，塔圖姆把床單攤得很牢靠，幾乎像是旅館客房服務的人員鋪的床單。

「晚安，」她告訴他。

他沒有讓步，一語不發。

「我恐慌發作，」她終於說。「我一直太認真工作了，但是，現在恐慌結束了，我會節制一下。」

他揚起眉毛。「嗯哼。」

「我會！」

「不，妳不會，我明天會打電話給曼庫索，我會告訴她需要把妳抽調走。」

「不行！」她嚇壞了，曼庫索無法讓柔伊離開芝加哥，但是她可以抽走她，確保她不參與調查。「如果你這樣做……」她尋思威脅的字眼，想找到某種恐嚇他的方式，她想不到。

「我需要知道妳今晚發生了什麼事，」他說。「我是妳的搭檔，我擔心得要命，但是，如果妳不跟我說——」

「只是恐慌發作。」

「不是，妳好幾天以來行徑一直很詭異，我的意思是，妳老是有點怪怪的，但妳一直表現得……不像妳。」

她閉上眼睛，不斷咬著下唇，她想知道他是否在虛張聲勢，他真的會把她從這個案子抽走嗎？他知道這會對她造成什麼影響。她睜開眼睛，看了他一眼，看見他的表情。

他沒有在虛張聲勢。

「我身上會發生這種狀況，」她最後謹慎地說道。「我想像受害者經歷了什麼的時候就會發生這種狀況。」

「我們都會想像，這是工作的一部分。」

她沮喪地搖搖頭。「不是，不是這樣，我的想像會……更生動。我躺在床上，可以看見並感覺到一切在上演，幾乎像是我變成了她……變成受害者。」

「像是妄想嗎？」

「不是！」那將使她永遠被逐出行為分析小組，更別提這個案子了。「我知道自己在哪裡，自己是誰，我知道這只是我的想像，但非常生動，我無法停止，也許這就是為什麼我如此擅長側寫，我可以進入每個人的腦中，可以進入受害者和凶手的腦中，這是同時出現的。」她縮在毯子裡，她開始說就停不下來了。「我幾乎可以感受到恐懼，和痛苦，我的身體對這一切都會產生反應，所以我呼吸會有點困難，脈搏加速，通常這會在半小時後結束。」

「這發生過多少次？」塔圖姆問。

「我不知道，很多次。」

「天啊，柔伊。」

「如果你告訴任何人，他們不會懂的，他們會把我踢出行為分析小組。」她已經後悔告訴他了。「這真的不是什麼大不了的事，我已經控制住了。」

「我出現在這裡時，妳看起來肯定處於控制之中。」

「這次不一樣。」

「為什麼？」

「其中部分是因為發生在聖安吉洛的事，我有時候幽閉恐懼症還是會發作。」她沒有繼續說。

「部分是因為這個案子嗎？」塔圖姆說。「如果妳對海莉耶塔．費許朋的遭遇身歷其境，感覺到妳自認是她的感受……那妳就是在重溫格洛弗對她的攻擊。」

「部分是，會感覺到一些斷片，但我無法阻止。」她發起抖來，然後咬緊牙關，強迫自己靜止不動。「我從未把這件事告訴過任何人，你不能……拜託不要……」

「我不會告訴任何人，」他語氣沉重地說。「但是妳不能這樣下去，妳知道的對嗎？」

「不會再發生了。」

他沒有回應她，她明知自己顯然無法以任何可能的方式為這個說法背書。

「他現在很粗心，還有一個狀態不穩的同夥，這個夥伴變得愈來愈容易失控，他被逮到只是時間問題。」

「或許吧。」

「一旦他被逮，我再也不必擔心他，他已經生命垂危！只剩不到一年的時間可以存活，安德芮亞會很安全，我會安全，總有一天一切都會結束，但我只是需要看清這一點。」

沉默在他們之間蔓延，塔圖姆一直看著她，眼神溫柔又滿懷憂慮，直到柔伊撇開頭，無法再承受。她應該閉上嘴，不應該打電話給他，她不該這般信任他，這太超過了，她早該知道只能相信自己，她一直都深知這一點，永遠不該——

「好吧，」塔圖姆說。

「你不會要求曼庫索把我抽調走吧？」

「我不會。」

她閉上眼睛，把淚水眨落。「謝謝。」

「晚安，柔伊。」

他站起身，走向門，她已經可以感覺到黑暗正在潛伏等待。

「妳想不想要我在這裡再待久一點，我只是想確定妳沒事？」他問。

她聳聳肩。「我沒差，如果你想的話。」

她緊張起來，豎耳傾聽，她背對他，等待門打開，等待他離開，不確定自己期待什麼。

「我再待一會兒吧。」

一陣解脫感如海浪般刷洗過她全身，她因自己的反應感到尷尬，因此退縮了一下。「你可以躺在這，」她轉身說。

他嘆了一口氣躺在她身邊，床吱吱作響。

她保持沒睡彷彿有好幾個小時，最後她終於確定他不會起床離開，才放鬆下來陷入沉睡。

第三十七章

二〇一六年十月二十日，星期四

光線喚醒了塔圖姆，同時映照出他還穿著襪子的事實，其實也還穿著褲子。他的腦袋遲鈍地想知道關於他醒來的三個W問題，不是指網際網路（World Wide Web），而是什麼？何時？在哪裡？（What? When? Where?）

他身邊傳來輕微的打呼聲，他往旁邊看了一眼，看見柔伊，她蜷縮著面對他，臉頰上披著凌亂的髮絲，目前的狀態下，她的平靜和溫柔是如此令人驚訝，以至於他一時半刻之間只是怔怔躺在那裡，他的目光落在她的鷹鉤鼻，她小小張開的嘴唇，還有她修長的脖子上，他停下來，意識到她的姿勢讓她的衣領很鬆，露出一大片白皙的肌膚。他別開眼睛。

他試圖安靜地起身，但是汽車旅館很喜歡使用這種會嘎吱作響的床，似乎像是故意的，他站起身時，床發出一聲驚人的嘎吱響聲，彷彿被他無禮的離開所冒犯了。

柔伊的眼睛立刻睜開，她對他眨眨眼，似乎顯得比他還要專注又警戒。「現在幾點？」

「呃……」他環顧四周搜尋手機，他把手機放在口袋裡睡著了，這解釋了他大腿上隱隱的規律震動，他取出手機。「八點十五分。」已經很晚了，他們通常七點就出門了。

柔伊眨眨眼。「我睡得很好，」她說。

「很好。」

「這是好幾個禮拜以來我第一次沒有作噩夢，至少我自認沒有。」

塔圖姆回想自己作的夢。「我夢到我在北極，跟一群企鵝百米賽跑，我表現還不錯，因為我的腿比牠們的腿長很多，除了因為我裸體把屁股凍僵了，我一直在想這是全國性的電視直播，我認識的所有人都在看比賽，這很尷尬。」

「北極沒有企鵝，只有南極才有。」

「確實如此，我應該把這件事告訴企鵝，現在輪到誰尷尬了，對吧？」他需要刷牙。

「昨晚那個樣子，對不起。」

「沒有什麼好道歉的，」他說。「但是從現在開始，我們需要放慢腳步。妳需要更多睡眠。」

「好吧。」她在床頭櫃上摸索。「我的手機在哪？」

「就在那裡，妳的手旁邊……現在妳弄掉在地上了。」

柔伊彎腰撿起手機，差點從床上摔下來，塔圖姆移開視線，尋找鞋子。

「噢，該死，」柔伊喃喃道。「他發表了報導。」

「誰發表？」他找到右腳的鞋，但沒有找到左腳，這太荒謬了，他是一起脫掉的，是有什麼偷鞋小精靈住在汽車旅館裡，偏愛左腳嗎？也許是他夢中的企鵝幹的，他們試圖把他的腳綁起來，害他跑輸了。

「哈利．巴里，他昨天在犯罪現場看到我，便自行根據現有狀況推論了，這個人是公眾威脅。」

「我認為這麼說太看得起他了，比較像公眾煩惱吧。」

「費許朋謀殺案可能與藍姆謀殺案有關。」她在手機上閱讀了報導標題。「噢，看在上帝的份上，聽聽這句話，『神秘氛圍籠罩了這兩起謀殺案，而警方仍然拒絕評論為何請才華洋溢的側寫專家班特利博士針對該案提供諮詢。」

塔圖姆嘆了口氣。「妳需要幫妳的寵物記者綁一條狗鍊。」

「他不是我的寵物記者。」柔伊放下手機。「這可能對我們有利，兩名殺手都承受了很大的壓力，將這則報導放在頭條可能會增加壓力，其中一個會出錯，尤其是不明嫌犯，他可能已經快不行了。」

「希望他不要完全脫軌，開始大肆殺戮，」塔圖姆幽幽地說，他找到左腳的鞋子，把兩腳都穿上。

「我真的很希望他會崩潰然後自己向警方自首，」柔伊說。「這之前發生過幾次。肯珀[4]、韋恩．亞當．福特[5]，斯帕哈斯基[6]……」

「還有一個來自英國的傢伙，」塔圖姆說。「麥可．科普蘭[7]，還有那個畫了一張恐怖笑臉的叫什麼名字。」

「凱思．傑斯彭[8]，他對媒體有執念。」

「噢，還有麥克．雷伊．愛德華茲[9]。」塔圖姆在手機上滑動瀏覽自己收到的訊息。

「愛德華茲之所以認罪，是因為他的一些受害者設法逃脫了，他知道自己會被逮到。」

「好吧，我們希望我們的不明嫌犯也能有同樣的感覺，更有可能的是有人會看到格洛弗，並從照片中認出他來，或者打電話報案，提供相關訊息。」

「我只是希望哈利停止使用我的名字配上那些形容詞，知名、才華洋溢、著名。」

「那個傢伙迷上妳了。」

「不要說這種荒謬的話了，他之所以這樣做，是因為他即將出版一本關於我的書，他希望增加自己的銷量。」

「可能兩者皆是。」

「我需要和他談談。」柔伊放下手機。「讓我們去喝杯咖啡吧，之後我要去《芝加哥每日公報》找人單挑，在我們去警署之前。」

塔圖姆盯著一個陌生號碼傳來的訊息消息。**我和彼得・達米恩聊過，他是家族長老，他想和你談談**。他對那些荒謬愚蠢的文字皺眉，手機發出咯噠一聲。

「我們外帶咖啡，」他告訴柔伊。「我們的吸血鬼圖書員有個朋友想找我們聊聊。」

***

大門漆成黑色，商店的名字漆成紅色，名稱叫「夜牙」，字母上的油漆流淌而下，好像用鮮血寫成，下方有人用歌德字母寫了字：和尖牙一起出去約會。塔圖姆推開門，翻了個白眼。

---

4 Edmund Emil Kemper III，美國的連環殺手，殺害了包括其祖父母和母親在內的十人，終於在殺害從小精神虐待他的母親後自行向警方自首。

5 Wayne Adam Ford，美國連環殺手、強姦犯、有食人癖和戀屍癖，殺害分屍了至少四名女性，顯然還試圖煮食過屍體，他選擇自首，以免殺害前妻害自己的兒子變成孤兒。

6 Robert Spahalski，患有精神疾病、嚴重的毒癮，還從事非法性交易，謀殺四人並自行自首。

7 Michael Copeland，六〇年代英國第一名連環殺手，專門謀殺同性戀男子。

8 Keith Hunter Jesperson，加拿大裔美國連環殺手，謀殺了至少八名女性，他因在寫給媒體和檢察官的許多信件中都畫了笑臉而被稱為「笑臉殺手」，他寫了一封匿名信供認他的犯行，並提供證據，沒有引起回應時，他開始寫信給媒體和檢察官。

9 Mack Rey Edwards，美國連環殺手，謀殺了至少六名兒童。

這家商店的內部品味出奇地好，塔圖姆半是期待會看見一兩具棺材，或者架上可能擺了一些假頭顱，且到處都有蜘蛛網，但並沒有，這是一個明亮的小房間，牆上掛著幾張照片，還有一張大木桌。一個身形瘦長的年輕人，留著一頭長金髮坐在桌子旁邊，對著手上的東西皺著眉頭。塔圖姆走近一些，看見那名男子正小心翼翼在牙齒模型上塗抹一種黏土。

「歡迎光臨夜牙，」這個男人說道，看了塔圖姆一眼，然後看了柔伊，他的眼睛似乎睜大了。「噢，哇，我知道妳說過妳想要巨魔的毒牙，但是我可以建議你重新考慮嗎？」

「什麼？」柔伊不可置信地說。

「妳男友啊，他絕對是扮成巨魔的料，但妳的話，我會推薦扮成誘惑人的吸血鬼，相信我，妳這對眼睛配上小尖牙，妳會像吸血鬼德魯西拉再現，如果妳願意，我可以幫妳打折——」

「我們不是客戶。」塔圖姆翻翻他的識別證。

「噢，」男人說，他嚇了一跳。「你們是卡梅拉提過的聯邦調查局的人，我以為我們會通電話。」

「我們認為面對面談會更好。」塔圖姆說。被標籤為扮成巨魔的料令他感到惱怒。「你姓彼得？」

「對，但是你可以叫我達米恩。」

「我會叫你彼得。」塔圖姆環顧四周。「你賣尖牙？」

「訂製的尖牙和爪子，吸血鬼、巨魔、獸人、狼人，我剛正在幫中國的一位客戶製作一些龍的尖牙。」

塔圖姆走過去看牆上的照片，每張照片上都展示了彼得的一位客戶，他們對著相機展示他們的尖牙。一個男人咆哮著，滿口尖利的牙齒。一個穿著黑色斗篷的女孩神祕地微笑著，露出笑容邊緣的少許尖牙。另外有個女孩有兩根長到下唇和下巴上的獠牙。「你真的靠全職做這個維生嗎？」他感到驚奇地問。

「對，我想是吧？我有來自世界各地的訂單，有一些很有名的客戶。你知道血腥黑雁嗎？」

「不知道。」

「我幫他們做所有的尖牙，現在每次他們要開演唱會，我都會拿到一些訂單，三月之前我總是完全被國際漫畫展塞單，我幫所有尖牙迷妹做尖牙，你知道的？哈哈，角色扮演者佔了我一半的訂單。」

塔圖姆對這個男人在說什麼至多只算有個模糊的概念，但是他讓他繼續說，彼得顯然很緊張，塔圖姆希望他放鬆。

「所以你是吸血鬼嗎？」塔圖姆問道，努力使他的語氣聽起來不帶挖苦之意。

「我，就像個精神上的吸血鬼，所以我沒有真的喝血，你知道的？但我有點像是家族首領，我的意思是類似，這很複雜。」彼得用手耙過頭髮。「我覺得跟……執法人員說這個很怪，你不是來這裡逮捕我的，對吧？」

「聽起來可能令人難以置信，但吸血鬼行為不是聯邦罪行，」塔圖姆說。「但是卡梅拉說你有事要告訴我們，對吧？」

彼得不自在地移動。「你們正在調查上週末那個女人的謀殺案，對吧？卡梅拉說你們認為是我們其中一個人幹的。」

「她提到你認識芝加哥所有的吸血鬼，」柔伊說。

「我的意思是，我想我認識，畢竟我是長老之一，對吧？」

這名長青春痘的二十五歲年輕人自稱自己為長老，塔圖姆的撲克臉很難保持面無表情。

「我們需要芝加哥所有吸血鬼的名單。」

「我不能給你。」

塔圖姆靠向桌子，靠近彼得的臉。「聽著，達米恩，有一名女性被殺害，如果你不給我們那份名單——」

「我發誓不是我們的其中一人！」彼得粗厲地說。「但是我想我可能知道是誰。」

塔圖姆的眼睛睜大了。「是誰？」

「我們有個論壇，對吧？我們都在哪裡聊天，但是，就是說，有些成員不是吸血鬼，他們其中有些人只是想了解更多，所以他們會潛水，或者會問個問題，有些人是獻血者，我們正在盡力培養吸血鬼和獻血者之間是平等的概念。總之，其中一名用戶不久前開始提出一些問題，要吸血鬼描述血的味道是什麼樣子，他說的是非自願獻血，那是我們完全反對的事，我的意思是，現在是二十世紀，又不是十九世紀的外西凡尼亞，對吧？」

塔圖姆看了柔伊一眼，她在聽彼得講話時，甚至幾乎是屏息聆聽。

「總之，有些成員抨擊他，他停止發文了，但我擔心，就是說，他會做些奇怪的事？因此我用私訊聯繫他，跟他解釋大家有意見的點，並建議他也許可以去找一個願意假裝自己非自願的獻血者，有些獻血者會對此感到興奮。」

「他有興趣嗎？」柔伊緊張地問。

「沒有，他完全沒興趣，他說不管用什麼方法都行不通，然後我好一陣子沒聽到他的消息。然後，兩個星期前，他又開始跟我說話，他問我是否認為喝血能治癒所有一切，我就有點，嗯……不是這樣說，如果你需要的話，對某些事是有好處，對吧？但是如果你摔斷了腿，或者，我不知道啦，罹患糖尿病，就要去看醫生啊，然後他問我是否認為喝血可以取代抗精神病藥物。」彼得停下，搖搖頭。

「你怎麼跟他說？」塔圖姆問。

「我跟他說不可能啊！然後他就繼續說如果血液真的很純淨，例如獻血者的心地光明還什麼的，所以我就直截了當地告訴他很蠢，然後他沒有回答。所以我就有點覺得，感謝上帝，我幫助他找回理智了，對吧？然後，兩天前，我從他那裡收到一則簡短的私訊。」

「他說什麼？」

「他說我的判斷錯誤了。」

「然後呢？」

「沒下文，我回覆了，問他是在指什麼，但他沒有回覆，我又發了幾封私訊給他，但完全石沉大海。然後卡梅拉跟我聊的時候，我想，該死，他可能是你們要找的人。」

「我們需要他正在使用的電子郵件信箱，」塔圖姆說。

「論壇不使用電子郵件，只使用用戶名稱和密碼，他的用戶名稱是德古拉二號。」

「好吧，我們需要存取你們論壇的管理員權限，以及能夠與使用該論壇的任何人交談的權限。」除非德古拉二號先生是技術專家，否則調查局的分析師可以在五分鐘之內定位出他的位置。

「這是一個只能用洋蔥瀏覽器上的匿名論壇，」彼得說。

塔圖姆咬牙，洋蔥瀏覽器的網頁通常稱為暗網，幾乎完全保證了數位匿名性，這就是為什麼戀童癖者或像絲路這種販賣毒品或槍枝的黑市經常會使用這項技術的原因，且顯然，芝加哥的吸血鬼社群也使用了這種技術。

「彼得，如果這個人就是我們要找的那個人，他可能會殺害更多人，」塔圖姆說，略過不提他已知的事實。「我們需要盡快找到他。」

「聽著，我有什麼都會盡量提供給你們，好嗎？我只是說我們使用這個論壇是有原因的，有些吸血鬼不想被發現。」

「這個德古拉二號……他最後一次傳訊之前是否曾提及血液的純淨度？」柔伊問。「在他更早之前的訊息或貼文中有沒有提到這個詞彙？」

彼得思考了一下。「我不這麼認為，我的意思是，我得確認一下，但是我覺得第一次提到是在兩個星期前。」

「這點是你們在論壇上會例行談論的事嗎？」

「不是，我不記得有人談過血液的純淨度，我的意思是，我們經常談論性傳染疾病，所以就是這樣。」

柔伊迎上塔圖姆的目光，她的眼神告訴他，他們已經找到人了。

「你能找到德古拉二號的貼文讓我們看看嗎？」塔圖姆問。「還有論壇的詳情。」

「嗯，當然，等等，我的筆電在後面的房間裡，不要碰桌子上的尖牙，好嗎？」他離開房間，把他們單獨留下。

「妳怎麼看？」塔圖姆問。他從柔伊咬住下唇的方式，可以看出柔伊眼中的火花，她認為這就是他們要找的人。

「很符合，」她說。「時間表符合，他告訴我們的一切都符合個人側寫，他對角色扮演不感興趣的事實表明他的飲血不是因性偏離而引起的。」

塔圖姆花了幾秒鐘來跟上柔伊的思路。之前他們分析消耗血液的各種可能原因時，柔伊曾說過性偏離是一種可能的原因，一種性戀物癖。「什麼意思？」

「好吧，如果這是性幻想，我會預期他對角色扮演感興趣，實際上，我認為這會讓他很興奮，但是他一點都不感興趣，他說這行不通。」

他可以看出其中的邏輯。「所以可以撇除……精神病疾患或倫斐爾德症候群，對嗎？」

「我不認為這是倫斐爾德症候群，我甚至不完全信服倫斐爾德症候群是真的，」柔伊說。「但是無論如何，這聽起來並不像他只是在追逐血液，對嗎？他談論的是在對方非自願的情況下飲血，他的慾望中有更難分析、更暴力的成分，他的用戶名稱取了德古拉二號，這個事實很有趣。」

「因為這是一個愚蠢的用戶名稱？」

「嗯……是，這表示他並不真正在乎吸血鬼傳說或吸血鬼文化，這些人當中大多數的人都可以眼也不眨地背出電視節目或安．萊絲書中所有吸血鬼的名字。但是他為了論壇取用戶名，卻選擇了德古拉，這個用戶名稱已經有人取了，然後他沒有選擇黎斯特[10]、愛德華．庫倫[11]、史派克[12]或其他任何名字，而是取了德古拉二號，德古拉是他唯一知道的吸血鬼；他對成為家族一員或採納他們的生活方式不感興趣，因此他不想成為社群的一分子，他對單純規律地飲血不感興趣，再加上他提到抗精神病藥物此一事實，我會說他患有精神疾病，會導致妄想，可能是一種形式的思覺失調症。」

「那將使他無法預測，」塔圖姆說。

10 電影《夜訪吸血鬼》中由湯姆．克魯斯所飾演的吸血鬼名字。
11 電影《暮光之城》中由羅伯．派汀森所飾演的吸血鬼名字。
12 美劇《魔法奇兵》中由詹姆斯．馬斯特斯所飾演的吸血鬼名字。

「無法預測……且易受壓力影響。」

「妳為什麼要問彼得關於純淨度的事？」

「兩個禮拜前，這個傢伙開始到處詢問純淨的血液是否可以取代抗精神病藥物，他過去從未提到過，你覺得這裡邊有巧合嗎？」

塔圖姆皺了皺眉。「妳認為是羅德・格洛弗給了他這個想法。」

「我確定是他。」

第三十八章

歐唐納坐在方向盤後面，目光看向前方，埃利斯坐在她旁邊，喝著他剩下的星巴克咖啡，外頭除了偶爾經過的車輛外，街道一片寧靜，他們正在等待好孩子東尼露面。

「所以，他為什麼叫好孩子東尼？」歐唐納問。

「這是個老綽號了，」埃利斯回答。「他幾年前曾和母親住一起，每當我們最後去敲她的門尋找他時，她都會告訴我們他沒有做錯任何事，而且他是個好孩子，所以我們就卡住了。」

「他沒再和她住在一起了？」

「她去年過世了。」埃利斯喝完咖啡，環顧車輛周圍。「妳車上沒有地方可以丟垃圾嗎？」

「沒有。」

「為什麼沒有？」

「因為如果我有，垃圾就會丟在那裡，然後開始發臭，不放垃圾桶的話，我的車裡就不會有垃圾了。」

「但我現在手裡有這個杯子，這是垃圾，我想要找地方丟。」

「等等我們可以到附近轉一轉，找垃圾桶，」歐唐納說。「我不認為他會來。」

「我們再給他十分鐘吧，這是美好的一天，而且是星期四。」

弗蘭妮的廢金屬商店會在星期一、星期二和星期四營業，根據埃利斯的說法，弗蘭妮的店是好孩子東尼的主要收入來源之一，而且他幾乎從未錯過星期四，因為錯過星期四表示他得等到星期一才能將他撿來的東西賣給她，那意味著一個難捱的周末。

「就一個古柯鹼毒蟲而言，東尼相當可靠，」埃利斯說。「他會出現的——妳等著看。」

歐唐納打呵欠，後悔決定跟埃利斯來盯哨，她的時間最好耗費在那些捷運站的監視錄影畫面，就像在前一天跟塔圖姆討論過的，埃利斯本來可以把東尼帶去警署接受審訊，但是埃利斯認為東尼不會那樣合作。

埃利斯把空杯放在汽車地板上。

「不要忘記拿走，」歐唐納說。

「我不會忘記。」

「我不想讓我的車聞起來有咖啡味。」

「好，我知道。」有人在他們面前過馬路，推著裝滿垃圾的購物推車，埃利斯指著，「就是他，跟妳說吧，可靠。」

他們下車走近那個人，他是如此瘦弱，歐唐納不知道他是如何設法推著那台推車，他穿著一件髒兮兮的毛衣和沾滿污漬的藍色牛仔褲。當他們走近時，她可以看見他是毒蟲的其中一個明顯跡象——他嘴唇上有兩個醜陋的燒傷痕跡。

「早安，好孩子，」埃利斯開心地說。「今天早上的量怎麼樣？」

東尼的眼睛四處張望。「還可以，我撿了二十三個罐子，大部分是可樂罐，然後我找到一些電線，我不是偷來的，我知道看起來很像是我偷來的，但是我沒有，電線就躺在大街上，這些電線也許能夠讓我賣個好價錢，通常我撿不到那麼多罐子，但我想學校是有開會還是有什麼活動，也許有發可樂給人當飲料喝。我想如果我事先知道會議的事，也許我可以一直在活動之後去撿罐子，那是一個商機，對吧？」他說話時一直推著推車，車輪嘎吱作響，伴隨著他的獨白。

「這聽起來是個好主意，」埃利斯說。「而且我看到你那裡還有一根長長的金屬桿，你沒有鋸掉一根交通號誌吧？」

「不是，那是我找到的，我不會偷交通號誌，我知道有些人會偷，但我不會，這對車輛不安全，我只撿我找到的東西。」

埃利斯對歐唐納示意。「這位是歐唐納警探，她正在調查一起兇殺案。」

這名男子的眼睛四處張望。「好。」

「東尼，我有種感覺，你已經知道這是怎麼回事。」

「我不認識有誰死了，」好孩子東尼說。「而且我不認識任何會殺人的人，我盡量不惹麻煩，別人大多不理我，我有一個朋友兩個月前死了，但他死掉不是因為謀殺還什麼的，而是冷死的，一到晚上真的會很冷，那天晚上他睡在外面，所以死於失溫，他們找到他時他是半裸的，你知道當人體溫過低時，有時會感覺很熱嗎？所以他們會脫掉衣服，蘭迪就是這樣，蘭迪是我朋友，死掉的那個。」

「我們要談的是三天前，你在南哈爾斯特德街的橋下，對吧，東尼？」

這個男人似乎想了一下，他氣喘吁吁，車輪嘎吱作響，歐唐納放慢腳步走路，好跟上他的步伐。

「對，」他最後說。

「你在那邊有看到什麼人嗎？」歐唐納問。

他沒有回答。

「這很重要，」埃利斯說。「我知道你不想惹麻煩，但我們知道你在那裡，如果你不告訴我們發生了什麼事，我們就得帶你去警署約談。」

「那我的東西怎麼辦？」東尼問。「我需要賣掉我的東西，弗蘭妮四點就會關店，如果我四點之前沒到那裡，就要等到禮拜一了，有人可能會偷走我的東西，夏天的時候我有一些東西被偷了，他們揍我然後拿走我的東西，那時警察都沒有出聲。」

「告訴我們你看到什麼，我們就不會再耽擱你的時間了。」

「我可以不必去警署說明嗎？」

「現在不必，」歐唐納說。「但我們會記錄下這段對話。」她拿出手機開始錄音。

「而且我不必去法庭作證嗎？」

「我們之後可能會需要你去作證，」埃利斯說。「但是如果我們會需要你作證的話，距離現在還有幾個月，我們沒有要管你有沒有嗑古柯鹼，現在跟這件事無關。」

他停止行走，輪子停止嘎茲作響，歐唐納鬆了一口氣。

「我在找一個嗑藥的地方，」他說。「通常我會在購物中心後面嗑，但是被保全發現，所以我才去橋那邊，不會有人在乎我是不是在橋下嗑藥，所以我嗑完，走出去，走進樹林裡小便，我離開橋的時候，我可以聽見有兩個人在說話，但是像是安靜的悄悄話。」他停下來，盯著購物推車的把手。

「他們在說什麼？」歐唐納提示。

「一開始不知道，我在嗨，那個貨嗑起來不錯，所以我沒有專心聽，其中一個人說話時，是悄悄話的音量，但是他很生氣，所以他有點像是在用悄悄話的聲音在大吼？你知道我的意思嗎？所以他說的話聽起來都像嘶嘶聲，這讓我覺得不太舒服，因為那是一種讓人不高興的聲音，而且我在嗨，所以我閉上耳朵，迷失了時間，不斷看到閃光，我想吐……但是我嗨完的時候，他們正在談論某人，他們說要搬走她然後丟掉她的東西，然後我聽到河上面有什麼東西濺起來的聲音。」

「你有看見他們嗎？」歐唐納問。

「沒有，那時候很黑，總之，你不會想在半夜到樹林裡找人陪，你們懂我在說什麼嗎？」

「然後怎麼樣了？」

「其中一個人一直在自言自語，聽起來好像在祈禱還什麼的，然後後來他說這不好，因為她太黑了。」

歐唐納和埃利斯交換了眼神。

「你確定他是這麼說的嗎？」

「對，他一直在說，『她太黑了，這不好；她太黑了。』過了一會兒他們就離開了。」

「你能描述他們的聲音嗎？」

「他們……我不知道，很一般，就像我說的那樣，他們大多都是在竊竊私語。」

「你有注意到口音嗎？他們有任何特殊口音嗎？」

「沒有。」

「你認為如果你聽見其中一個人說話，可以辨別出來嗎？」

「我懷疑我可以。」

歐唐納嘆了口氣。「然後呢？」

他的眼神飄忽不定。「我不……聽著，我不知道，我那時候在嗨，對不起，我在嗨，我發誓我想要戒毒，埃利斯知道，我會戒掉的，這個週末之後就會戒，在我賣完這些東西之後，我會夠錢買兩塊磚，但就這樣，我不想要這個樣子。」一滴眼淚滑落在他的臉頰上。「我就是需要兩塊磚，因為這是非常難熬的一個禮拜，然後我就會洗心革面，我有一個表哥可以幫我找個垃圾處理的工作，他可以幫我找一個住處，我計劃要跟他談已經有一段時間了，我有跟埃利斯說過了，對吧？」

「對，」埃利斯說。「你住在普爾曼的表哥。」

「沒錯。」

「然後怎麼了，東尼？」歐唐納問。「我保證你不會惹上麻煩，好嗎？」

「我……我走去那邊，只是想看看他們是不是有留下什麼東西，然後我看見有一個女人，但是她死了，我敢肯定她已經死了，她身上插了一把刀，即使我報警或送她去醫院，他們也沒辦法幫她了，對嗎？對嗎？」他的語氣愈來愈絕望。

「她已經死了，東尼，」埃利斯說。「你無能為力。」

「我也是這麼想，我想報警，但是首先我得先去某個地方，把我這些破爛放在一起，你懂嗎？所以我去了我有時晚上會夜宿的地方，我真的很害怕，因為有時候我嗑藥之後……我開始認為那些傢伙可能在找我，因為我聽到他們的聲音，所以我躲了起來，後來我聽說警方發現了屍體，所以就這樣了，有點像是，我無能為力，對吧？」

「對，」埃利斯再次說道。

「你無能為力。」

第三十九章

哈利絕不會對任何人承認，甚至在臨終前都會發誓要保密的事，就是他對自己所寫的任何文章都很自豪。

甚至是最垃圾的文章，有時尤其是最垃圾的文章，關於名人出軌，或者前傾時從領口露出來的乳頭，或者關於芝加哥小熊隊教練踩到狗屎的荒唐文章。他寫這種文章是因為他知道自己比美國其他任何記者都更精於此道，當然，鮑伯．伍德華出色地報導了水門事件，但鮑伯能否寫出一篇五百字的文章，敘述超模蒂芬妮．吳下巴上沾到乾掉的牙膏走來走去一整天？不，他不能。

但他最自豪的是撰寫關於柔伊．班特利的文章，這不是因為這些文章是適當的新聞報導，也不是因為他寫了一些重要的報導，或任何腐敗的事。

這是因為在充滿殺人犯、殘酷暴力和英勇警察工作的骯髒世界中，他這位記者了解真正的故事在柔伊身上，他讓她大放異彩。

他的手指在鍵盤上飛舞，文字揮灑在螢幕上，一支未點燃的香煙垂垂地叼在他嘴唇之間，他不想到外面抽煙休息一下，所以他徒勞無功地試圖從香煙中吸出尼古丁，好像在吸棒棒糖一樣，濾嘴隨著每分每秒變得愈來愈潮濕。

「哈利．巴里。」

有一會兒他以為她那跋扈的聲音只是他想像中的虛構人物，畢竟，他剛剛花了好幾個小時在腦中回憶前一天早上的簡短交談，想從中榨取有價值的素材。但來他意識到並不是，柔伊就在他身後，他旋轉椅子，從嘴裡抽出濕掉的菸。

「班特利博士！真是太驚喜了，我沒想到在會這裡見到妳。」她熾烈的目光迎上他。「你寫了凱瑟琳・藍姆和海莉耶塔・費許朋謀殺案之間可能存在關聯，我跟你說過在我跟你談過之前不要寫這篇報導，這是不負責任且誤導大眾的，再者——」

「我們以前經歷過這種事，」哈利插話。「事實上，有好幾次，妳不必決定我要發表什麼內容，我的編輯會決定，如果妳想要一家妳可以發號施令的報紙，妳幹嘛不叫聯邦調查局成立一家呢？可以命名為《調查局公報》，我敢肯定會很受歡迎，畢竟聯邦探員以創造力著稱。」

「沒有任何證據可以將這兩個案子明確連結起來，而且——」

「當然有。」

她眨眨眼。「什麼？」

「是妳把這些案件聯繫起來的，」他說。「而且，如果你參與了這兩起案件，我只能假定案件之間有關聯。」

「我想和你的編輯談談。」

哈利笑開了。「請，他辦公室在那邊，他叫麥格拉思。」

柔伊猶豫地看著門。

「妳應該要先敲門，妳不說一聲就進去，他會很不爽。」

她咬著嘴唇，越過他肩膀看了他的螢幕一眼。「那是關於謀殺的另一篇報導嗎？」

「那個？」他轉身把視窗最小化。「不是，那是我正在寫的別篇報導。」

「標題寫，『麥金利公園居民因警方無能而感到憤怒』。」

「對。」

「警方並非無能，他們正在盡力破案。」

「嗯哼，當然是了，過去五年其他三起謀殺案怎麼說呢？只有一起破案，那個在購物商場裡對著女人發噓聲的怪異醉漢呢？那怎麼說呢？警方為什麼不對他想想辦法？」

「什麼奇怪的醉漢？」柔伊難以置信地問。

「如果妳住在麥金利公園那一帶，就會知道了，那個寶寶差點被抓走的女人？塗鴉的盛行？闖入學校？麥金利公園的居民覺得很不安全。」

「你從哪裡得到這些訊息？」

「主要從我其他報導的留言。」

「而你正在撰一篇新聞報導，關於……另一篇文章的讀者留言？」

「我不會教妳要如何做妳的工作；所以妳也不必對我說教。」

柔伊難以置信地搖搖頭。「隨便，我不在乎，關於你那些跟謀殺案有關的文章——」

「告訴我，」哈利說。「妳倒底為什麼要擔心這篇報導？」

「連環殺手經常會執著於關於自己的新聞報導，這些文章會使他們加快腳步，有時會改變他們的犯罪模式，尤其是當那些文章很譁眾取寵時。」

「妳在抬舉我，在妳看來，這個殺手是會受媒體影響的殺手嗎？我這麼問是因為向媒體流傳格洛弗照片的是警方。」

「這些報導也污染了陪審團，你在散播歇斯底里——」

「柔伊，妳不懂嗎？」哈利說著失去了耐性。「妳需要我寫這些報導。」

她皺眉，什麼也沒說。

「妳希望羅德．格洛弗的那張照片繼續流傳，妳不希望嗎？」哈利問。

「我希望。」柔伊在一秒鐘後承認。

「那麼，妳就需要讓這則報導留在頭版，讀者對凱瑟琳．藍姆謀殺案失去興趣了，如果我將謀殺案與海莉耶塔．費許朋的報導聯繫起來，將能引起更多關注，會有愈來愈多人積極尋找格洛弗露面。沒有其他任何一家媒體對藍姆案的報導篇幅有到我們家的一半，但是到明天，當我發表下一篇報導時，大半芝加哥的人都會知道格洛弗的長相，我們將再次用上他的照片，以及凱瑟琳和海莉耶塔的照片。」

她停頓了一下，然後說，「好吧，但我需要你使用迄今為止沒使用過的照片。」

哈利聳聳肩。「妳想登什麼照片就給我吧，我會看看我能做什麼。」

柔伊在包包裡翻找，拿出外接硬碟。

「這裡有格洛弗和凱瑟琳．藍姆的照片，」她說。「你能改登那些照片嗎？」

哈利將外接硬碟插入USB插孔，打開的檔案夾中包含兩張照片。她是有備而來的，他一時納悶著這是否是她一直以來的真實意圖，他雙擊第一張照片，這是羅德．格洛弗與某人交談，正在微笑的特寫鏡頭，這張照片在一個糟糕的時間點拍到他，他的微笑變成了冷笑，使他的臉龐變得陰險又殘酷。

「這張照片沒有另一張好，」他說。「我認為他在這張照片裡比較認不出來。」

「也許吧，但是他的看法會有所不同。」

這是事實，在上一張照片中，他就像人人都愛的鄰家叔叔一樣，對著鏡頭開心微笑。

他檢視第二張凱瑟琳的照片。「噢，我們不會用這張。」

「為什麼不？」

「因為我們有她的照片，而且好很多，妳沒看到嗎？看起來很幸福，陽光照在她的頭髮上，背景是美麗的景色，這是完美的受害者照片，美好的人生太早擱淺之類的。」

「但這張會令人難以忘懷，」柔伊堅持道。

「讀者不希望受害者難以忘懷。」

「我不在乎，我希望。」

哈利更仔細研究了這張照片，凱瑟琳坐在室外的花園裡，臉上有一棵樹的影子，她微微笑著，但這是一個悲傷的微笑，充滿了痛苦。她以一種難解的神情注視著相機，看起來有點神秘、心照不宣的感覺。

「妳為什麼希望照片讓人難以忘懷？」

柔伊一語不發。

「如果妳不告訴我，我不會用這張照片。」

「如果我告訴你，你就會引用我的話。」

「我不會，這不列入記錄。」

柔伊猶豫了一下，然後說道，「有跡象表明，殺害凱瑟琳的凶手很在意她，他有罪惡感，我希望他看見這張照片。」

哈利哼了一聲。「你認為他會因為有罪惡感就自首嗎？」

「是的，或者犯錯，」柔伊說。「自首發生的次數比你想像中要多，凶手是會感到內疚的，不是全部，但其中一些會。」

「你認為格洛弗會有罪惡感嗎？」

她聳聳肩。

「我會用這張照片，」哈利說，他開始喜歡這個點子了。「兩張我都會用。」

第四十章

芮亞．狄隆第三次當著病人的面打呵欠，打了一個很大又失禮的哈欠，是對孟克的畫作《吶喊》的真實模仿。

「噢，天哪，對不起。」她說，抑止自己打另一個呵欠。

她的病人是一隻名叫糖漿的哈巴幼犬，牠歪著頭，棕色凸起的眼睛看起來很著迷，糖漿今天早上被他的飼主留下，一個女人抱怨「狗看起來隨時像喝醉一樣」，與其說擔憂，她似乎更是羞愧，好像她的親友會因為她養了一隻酗酒的狗而對她退避三舍。

「你看起來根本沒喝醉，是嗎？」芮亞關懷地問糖漿，一邊搔搔牠的脖子。

他搖搖尾巴，舌頭伸出在外，那就是問題所在——即使收起舌頭，牠的舌頭仍會稍微從嘴裡伸出，這讓牠呈現一種可愛但微帶蠢笨的感覺，這稱之為伸舌症候群，芮亞希望確保這不是由神經系統問題引起。

「好吧，也許你起來是有點醉，」芮亞承認。「但是喝醉很可愛。」

糖漿搖搖尾巴。

她慢慢檢查牠，一切都令人感覺困難，最近疲倦是常態，她起床時很疲憊，一整天下來情況變得更糟，咖啡似乎幾乎沒有幫助，這已經持續一段時間，但是她花了幾個月才終於鼓足勇氣去看醫生。

這是有史以來最蠢的事，一名獸醫，實際上也是一名醫生，居然害怕看醫生，如果她長了一條尾巴，那麼當她走進醫生診間時，她會把尾巴夾在兩腿之間。

「但人類的醫生真的很嚇人，」她告訴糖漿。「他們會很不耐煩又易怒，做檢查時從來不會給我零食吃，甚至不會搔搔我的耳後。」

糖漿打了兩個噴嚏，轉過身試圖離開，就他而言，檢查已經完成。芮亞輕輕將牠拉回。

這可能只是因為焦慮，她的診所瀕臨破產，最近她發現自己得同時應付好多帳單，試圖找出哪一張可以再延長幾週時間，上週她收到電費賬單時哭了出來，她每天好幾個小時計算她診所的收入支出，試圖找出方法解決這不可能解決的財務狀況。為了用更少的資源做更多事，她增加了網路廣告，也許這麼做行得通，但真的很難說。她一直在與呵欠恐慌搏鬥，是因為不斷將金錢投入網路的深淵中，就像對某位喜怒無常的神祇的某種原始獻祭一樣。

「你知道我需要什麼嗎？」她說。「我需要一隻有錢的貓小姐，某個養了四十隻貓，口袋又深的人，也許你有認識這種人？」

糖漿嘆了口氣。

「你不認識，是嗎？」她拿起手電筒。「讓我們來檢查一下眼睛。」

由於某種原因，手電筒使糖漿情緒失控，他從她手裡扭走，脫逃躲在桌子底下吠叫。

診所的電話響了，芮亞正要去追狗，她接起電話。「快樂爪診所，我能為你提供什麼協助？」

「這裡是布魯克斯醫師，芮亞．迪隆在嗎？」

「嗨，我是。」她已經能感受到一陣恐懼，她為何這麼怕醫生？

「我這邊有妳的血液檢查結果。」布魯克斯醫師的語氣聽起來嚴厲又不悅。「妳患有嚴重的缺鐵性貧血。」

「噢，好的。」還不算太壞。

「我希望妳盡快過來，我們將討論治療方法，我們現在應該預約看診嗎？」

「現在不是個好時候……我再回電給你可以嗎？」她已經知道自己不會回診了，她會服用一些鐵劑，希望症狀會消失。

醫生強調這個問題不容忽視，彷彿她可以透過電話讀出芮亞在想什麼一樣，然後她們結束通話。

芮亞拿了一顆狗零食到桌子底下引誘糖漿，當牠津津有味地大嚼零食時，她又打了個哈欠，並搔搔他的背。

「有兩個貓小姐我就心滿意足了，每個人養二十隻貓就好了。」她告訴哈巴狗。「快去幫我昭告天下吧。」

第四十一章

隨著時間流逝，專案小組戰情室經歷了變化，這種變化塔圖姆在類似的情況中看過，白板上寫滿字，字再被擦掉，然後重新寫上新資訊，留下角落殘存的過往紀錄，長長的桌面上擺滿皺巴巴的紙、空杯子和偶爾出現的三明治包裝紙。房間的味道也發生變化，混合了體味、咖啡味和白板筆氣味。

「你一定要吃的解藥是什麼？」賽克斯問塔圖姆。「中菜還是披薩？」

塔圖姆從筆電螢幕上抬起眼睛，這個問題無論如何都毫無意義。「什麼？」

「食物，」賽克斯解釋。「我正在幫大家點餐，你喜歡哪個？」

「嗯，中菜，我猜吧。」

「麵條？白飯？素食？你對花生過敏嗎？」

「賽克斯，隨便你想點什麼都好，我不在乎，」塔圖姆不耐煩地說，然後轉向柔伊，她在她的筆記本上瘋狂寫字。「柔伊，瓦倫丁剛把ＤＮＡ報告寄給我們了。」

她看了他一眼。「然後？」

「在費許朋指甲中發現的ＤＮＡ與格洛弗的ＤＮＡ相匹配，」他上個月攻擊安德芮亞，使他們掌握到格洛弗的ＤＮＡ來進行比對，但塔圖姆沒有指出這一點。

柔伊緩緩呼了一口氣。「所以就是這樣了，這是直接證據。」

「對。」

「咬傷的樣本怎麼樣？」

「沒有比對到資料庫的任何資訊，但符合從凱瑟琳屍體取得的ＤＮＡ樣本。」

「柔伊，妳要中菜還是披薩？」賽克斯問。

柔伊沒有一絲遲疑。「我想要春捲，如果他們有肉加炒雜碎我也要，但是我要炒麵不要炒飯，然後告訴他們可以加香菜——這很重要。」

賽克斯給塔圖姆一個表情，然後悠悠走開。

「有人有瓦倫丁的私人電話嗎？」歐唐納從房間的另一頭大喊。「我在辦公室找不到他。」

塔圖姆找到電話號碼，並把手機交給她，在走回去座位的路上，他注意到庫奇正在細看五芒星的多張照片。

「你在照片上看到什麼？」塔圖姆問庫奇。

「嗯……我試圖找出畫五芒星的原因，最初我們認為這可能是撒旦的儀式，對吧？」他移動了幾張，然後拿起了一張。這是一個男人穿著教士裝束，站在一個裸體女人身旁的插圖，男子手持一把雕刻刀。「這幅圖畫出自，呃……《撒旦崇拜與魔法》，這是黑彌撒。」

「那裡沒有五芒星。」塔圖姆指出。

「沒有，但五芒星在不同的參考文獻中出現，但還有另一種解釋。」庫奇在桌上散置了一些圖片，這些是描繪各種象徵符號的塗鴉照片，每張上面都有一個五芒星。「這些是幫派標籤，國家人民幫會使用五芒星，拉丁國王幫尤其會使用。」

「所以……你認為這些謀殺案與幫派有關？」塔圖姆問，他的聲音很勉強。

「不是直接相關，而是其中一個殺手可能是幫派成員，對吧？」

「格洛弗不隸屬任何幫派，不明嫌犯的ＤＮＡ沒有比對相符結果，表示他沒有被監禁過。」

庫奇聳聳肩。「這點值得商榷。」

塔圖姆點點頭，走向柔伊。「怎麼樣了？」

「我正在研究不明嫌犯的初始側寫，我認為我可以提供他們一些能夠執行的線索。」

塔圖姆坐下，向後一靠。「這一切是怎麼發生的？」

「發生什麼？」

「格洛弗和不明嫌犯？他們如何開始一起共謀犯案的？」

「嗯……我認為不明嫌犯像格洛弗一樣上河濱浸信會教堂，然後當格洛弗向他們表達關於想要幫助有過暴力生涯的人的說法時，不明嫌犯就去接觸他了。」

「是的，我是這樣想，這個傢伙對飲血有一些暴力的想法——」

「我們當時不知道那是他妄想的本質。」

「但我們可以猜測。」當柔伊沮喪地看著他時，塔圖姆對著她挑眉，然後笑了。柔伊討厭猜測這個詞彙。

「格洛弗很會看人，」柔伊說。「他能看出一個人處於施暴邊緣，容易被操縱，且他的幻想與格洛弗的幻想一致。我懷疑格洛弗並未在當時就認定他是同夥，但是他一定認為他也許能在某個時候用得上他。」

「所以格洛弗跟他交朋友，使他更信任他。」塔圖姆聽見歐唐納在背景的聲音，她告訴賽克斯她的披薩不要加鳳梨。

「也許他當時甚至試圖鼓吹不明嫌犯行動，看看是否可以讓他將暴力付諸實行，」柔伊建議道，「測試看看這傢伙的底線。」

「聽起來很合理，他當時不能讓他採取行動，但格洛弗知道那傢伙在服藥，而且他可能想到停藥後他會更容易操縱。」他很喜歡這次討論，感覺自己一次就跟上柔伊的思路，他們在同一波長。

「然後，去年夏天，格洛弗消失了一段時間，」柔伊說。「他去了戴爾市，在那段時間他得知自己將死於癌症，他也中槍了。」

「拜馬文之賜，」塔圖姆說。

「他逃回芝加哥，受傷了，資金短缺，他知道自己來日無多，他需要幫助。」

「因此他聯繫了一個他能夠信任的人，他詭異的神經病朋友，你認為格洛弗當時已經認定他們可以成為連環殺手二人組嗎？」

她咬著嘴唇，思索這一點。

「最後一次改變主意的機會囉，」賽克斯大聲說。「我現在要訂外送了。」

「他可能有想到，」柔伊最後回答。「我認為一開始，格洛弗只是迫切希望獲得幫助，但是當他好多了，他開始計劃生命的最後幾個月，而且無論出於什麼原因，他都覺得自己需要同夥。」

「他可能正因癌症症狀所苦，他的腫瘤可能讓他很慘，發昏、困惑、運動功能出現問題。」塔圖姆聳聳肩。

「有道理，格洛弗發現自己應該讓他的朋友加入，這代表得要讓他擺脫藥物，他建議用血液代替藥物，純淨的血液。」她皺眉。「他當時已經決定他們的第一名目標是凱瑟琳·藍姆，為什麼？」

塔圖姆思考這一點，可能是格洛弗性幻想產生的結果，但這似乎也太容易解釋了，他們冒著很大的風險在凱瑟琳家中襲擊她，一定有很好的理由。

「她一定早就知道一些事了，」塔圖姆建議道，就像柔伊說的，「她知道些什麼。」

塔圖姆笑了。「凱瑟琳看見他們在一起，或者也許我們的不明嫌犯問過她是否知道老朋友丹尼爾．摩爾回來了。」

「可能是更嚴重的事，」柔伊指出。「她父親曾說過有某件事在困擾著她，也許不明嫌犯實際上徵求過她關於飲血的意見。」

「無論原因為何，格洛弗可能認為一旦他們開始殺戮，凱瑟琳都會成為問題，」塔圖姆說。「所以他們才拿她開刀，格洛弗告訴他的朋友，他們必須從凱瑟琳開始，因為只有她的血才夠好，能夠完全取代藥物。」

「他們殺害凱瑟琳……，」柔伊說。「隨後很快就是海莉耶塔．費許朋。」

塔圖姆點點頭，從這個地方，他們的說法開始逐漸淡出，有太多問題了：為什麼這麼快下手？五芒星和凶刀的目的是什麼？格洛弗為什麼要報警？

「我們需要弄清楚格洛弗的程序。」塔圖姆說。

「這點沒有異議，但是首先，我們要先提供他們關於不明嫌犯的資訊。」柔伊站起來，走向其中一塊白板，大聲拍打，圍繞室內的目光通通轉向她。

只有賽克斯一直在講電話，「沒錯，可以加香菜，還有一大瓶可樂。」

柔伊對他投去一個輕蔑的目光，他迅速離開房間，仍在對著手機小聲說話。

「我們針對不明嫌犯有一個概述。」她說。

「我們來聽聽看吧。」布萊特說。

「由於我們知道格洛弗選擇他作為同夥，因此我們可以推斷出他的某些特質。格洛弗對控制有執念，他會尋找一個他可以發號施令的人，他肯定會避開主導性人物，而且很可能不明嫌犯是一個習慣於接受他人指揮的人，格洛弗還會選擇一個有利用價值的人，這表示不明嫌犯有工作或其他收入來源，可能有房有車。」

塔圖姆看著她，享受著她統馭整個房間的方式，每個人的注意力都集中在她身上，她說話時人們幾乎是屏息以待，柔伊有一種行為模式，她的肢體語言清楚表明她所說的一切都是至關重要，她告訴賽克斯可以加香菜時，當她向塔圖姆解釋泰勒絲是個天才時，或者當她以少量證據來側寫一名殺手時，她都是一樣的。當然，她的態度很直率，甚至很粗魯，但你無法漠視她。

「根據歐唐納和埃利斯取得的目擊者證詞，不明嫌犯說了些關於費許朋的事。『這不好；她太黑了。』這點使他很可能具有種族偏好，他感興趣的是白人受害者，在犯罪現場也有儀式性行為的跡象，不明嫌犯一直在受害者周圍繞著圈子走動，這表示他可能是強迫性人格。」

她盯著塔圖姆看，然後繼續。「今天早上，我們可能找到了一個與我們的不明嫌犯線上聊天的人。」她繼續概述他們與尖牙設計師彼得的對話。

「那麼妳認為凶手是……到底是怎樣？」庫奇問。

「他自己的問題，是他正在服用抗精神病藥物，現在我們知道他對血液的渴望是由妄想引起的，他可能罹患躁鬱症，或者可能患有思覺失調症。」

柔伊繼續說。「通常妄想型的凶手會很混亂，接著變得狂暴，然後是無法預測的殺戮狂熱，由於這些症狀的發作時期大約在二十歲左右，因此年齡可能落在二十歲出頭。但是這個案子有所不同，因為他已經在服藥，這表示他已經在接受治療，因此我們無法假定他的年齡。同時，由於他可能是被格洛弗所操縱，所以他的殺戮會更有條有理，實際上，殺戮是由他人所安排的。」

塔圖姆知道這一點，這對專案小組而言既是好消息，也是壞消息，混亂的殺手是無法預測的，而且有可能繼續大肆殺戮，但是他們通常很快會被抓到，因為他們粗心大意，並且在公共場所表現怪異。

「我們也可以做出一些假設，因為我們知道格洛弗不會選擇容易吸引注意力的同夥，」她繼續說。「因此，我們要找的這個人可能對自己的行為有很大的自制力，或者至少裝得很好，在簡短的訪談中，他不一定很容易被發現，但是在長時間的訪談中他會屈服，壓力會愈來愈增長，最終他會突然發作或者行為不穩，尤其身處於陌生的敵對環境中，例如警方的偵訊室。」

「所以說，羅德．格洛弗是否像是釋放某種訓練有素的野獸般，把這個不明嫌犯放到外頭？」布萊特問。

「那是不斷變化的，隨著時間的流逝，他會失去對他的控制，不明嫌犯的妄想會變得更加強烈，他將愈來愈失去控制，我們會……」她皺眉。「呃……我們會……」她停頓。

「怎樣？」布萊特問她。

「沒事，」她過了一會兒說。「這就是我們到目前為止所掌握的。」她坐下，拿起手機。

「怎麼了？」塔圖姆低聲問她。

「哈利告訴我一件事，可能什麼都不是……但我應該確認一下，等等，不。」她把手機放在耳邊，片刻之後，她說，「哈利。」

塔圖姆感到困惑，注意到她的表情立刻變得厭煩起來，語氣唐突又充滿敵意。

「你寫的那篇關於警方與麥金利公園的報導，」柔伊說。「有一名女性投訴有人試圖要搶走她的寶寶？你有名字嗎？」

她在線等待了一分鐘，然後說，「沒有姓氏嗎？只有喬安？對，我知道，但我認為你可能實際上已經做過一些調查，並跟她談過了。好吧，她有報案找警察嗎？但是，我們已經檢查過該地區最近的案件檔案，沒有任何案件檔案是關於……對，好吧，謝謝。」她掛斷。

「那是什麼事？」塔圖姆問。

柔伊從手機抬起眼睛。「麥金利公園附近有一個名叫喬安的女性昨天打電話給警方，說有一個男人在她跟寶寶在街上走路時追逐她，她認為他想把寶寶搶走，隨後他在她家附近徘徊了十分鐘，她說他似乎精神錯亂。」

「那可能是我們要找的人。」

「可能是，」柔伊說。「地點與凱瑟琳·藍姆的家處於同一個街區，很可能接近他的住所，哈利說喬安覺得警方沒有認真對待她的投訴，沒有人過去訪視她。他們派了一輛巡邏車到附近巡邏，但僅只如此。」

「那通電話會列在簽派紀錄中，」塔圖姆說。「我們來檢查一下。」

第四十二章

塔圖姆嘆了口氣，揉揉眼睛，他的頭部抽痛。

找到相關的簽派紀錄日誌是再容易不過了，歐唐納曾打電話給該名女子以獲取更多資訊，但對於那個追她的人，除了他是白種人之外，她無法提供有用的描述。這可能是他們要找的人，或者不是。

且歐唐納指出，如果發生了一起事件，就可能會有更多，他們取得過去一週的簽派紀錄，他們過濾掉麥金利公園周邊以外的地點，然後閱讀紀錄，搜尋可能與他們案件有關的任何資訊。

「這裡有一通有趣的電話，」塔圖姆說。「是一個男的打的，他說他看見天空中有一個奇怪物體，簽派員問他是否可能是飛機，他說，『噢對，可能是』。」

柔伊從她的電腦螢幕上抬起眼睛。「那不相關。」

「妳這麼認為？」

她轉回螢幕。「我想我找到線索了，十六號有一通來電，那是……星期日，有一家藥妝店老闆在晚上十點五十一分來電，說有兩個女孩因為有人在追她們而闖進他的店，他沒有看見任何人，但女孩們不肯離開，直到她們的父母來接她們。這可能是不明嫌犯。」

他們不斷瀏覽紀錄，又發現了案例，有兩個人投訴有個人在附近走來走去，自言自語，有時會跟著路人。

「妳認為這全都是我們要找的人？」塔圖姆問柔伊。

「這是有可能的，他可能不斷地愈來愈失控，那可能就是他突然崩潰的時刻了，所有四個案例都在晚上，每個案例都是白人男性，四個案例中有三個描述他在自言自語。」

「聽起來投訴的是同一個人，」歐唐納說。「所有人都會猜測這是否是不明嫌犯。」

「我們應該找那些人跟素描畫家談談，看看我們能否得到共同的外貌描述，」庫奇說。

「我會加強該地區的巡邏，」布萊特說。「我會指示簽派員，接到有奇怪電話源自麥金利公園地區，就要轉達專案小組。」他起身離開房間。

「嘿，你們聽聽看，」歐唐納說，聽起來很興奮。「這裡有個實際案件，是蓄意破壞，有一家店的窗戶在週日晚上被打破，離那家藥妝店的位置不遠。」

塔圖姆沒有看出關聯性。「這有太多種可能性了。」

「起初，報案類型是蓄意破壞，因為沒有任何東西被偷，但執勤警官跟商店老闆談話時，他告訴他們他可能有一個籠子不見了，他不太確定，因為他說他們可能是已經賣掉牠們，而他的助理只是忘記列出——」

「牠們是誰？」柔伊問。

「倉鼠，一籠倉鼠。」

塔圖姆盯著她。「妳認為他可能偷了一些倉鼠？」

「我的意思是……他對血有執念對吧？如果他那天晚上無法取得人類血液——」

「那說得通，」柔伊說，歐唐納笑了。「他們那邊有安裝監視錄影鏡頭嗎？」

「不幸的是，他們沒有，」歐唐納說。「但是我們明天會派遣幾位犯罪現場鑑識技師過去，他們可能還能從窗台區域採到一些指紋。」

「如果我們將目擊事件和這次入室盜竊的報案羅列出來，也許我們可以對他的路線產生一些想法，」柔伊說。「如果這些報案都相關，而且確實是不明嫌犯，我們可以使用地理側寫來進一步查知他的住處。」

「我們得做這件事，明天一早就辦。」塔圖姆說。

「我們在這裡取得突破了。」柔伊說。

「我知道，妳有線索了，聽起來是個不錯的線索，但可以等到明天再追，已經十點了。」

柔伊皺皺眉頭。「這有可能——」

「柔伊。」他揚起眉毛，希望她讀懂他的意思了。

「好吧。」她沉吟道。「我們回汽車旅館。」

「時間已經很晚了，我的孩子已經睡了，」歐唐納說。「你們想在回去之前喝一杯嗎？」

塔圖姆皺眉。「很晚了，我們可能應該——」

「好，」塔圖姆驚訝地聽見柔伊說。「我想喝一杯。」

第四十三章

伯尼絲小酒館正投柔伊所好，彷彿與前一天晚上的黑暗時刻形成對比，那是一處歡樂明亮的地方，牆上閃著小小的聖誕燈，老式的酒吧佈置佈滿每一面牆——啤酒海報、樂團的裱框照片、酒吧名人老顧客的照片，還有路牌，沒有一件裝飾是俗氣或刻意的；感覺不像是在文青車庫大拍賣上買的東西。凌亂代表了這地方的歷史。

柔伊點了她慣喝的健力士啤酒，塔圖姆點了紅客啤酒，歐唐納喝了一罐名為強棒黛西的啤酒，柔伊沒聽過這種啤酒，酒吧裡有一台真的可以運作的自動點唱機，柔伊考慮走過去點幾首歌，她好幾年沒有這樣做了。

「所以說，這對妳來說算是典型案件嗎？」歐唐納問道，喝下長長一口啤酒。

「沒有任何案件真的算典型，」柔伊說。「每個案件都有其獨特性。」

「連環殺手就像雪花，對嗎？」

柔伊皺眉。「我聽不懂這個比喻。」

「沒有兩片雪花是一模一樣的。」

「嗯，連環殺手確實有一些共同特徵，」塔圖姆說。「這就是為什麼我們能夠做我們正在做的事，我們不是在構築側寫，我們是據此將其與同類人進行比較。」

「例如，飲血根本不是唯一案例，」柔伊說，「有幾起著名的案件，即便僅看美國也有，約翰・克魯奇利[13]是其中一位，當然還有沙加緬度的吸血鬼[14]，還有——」

「好了！」歐唐納舉起手來阻止她。「因此，你們了解共同特徵，並從中推知殺手的心理？」

「這是其中的一部分，」塔圖姆說。「但這不只是關乎於創建側寫，我們會嘗試並想出一個策略來抓到殺手。」

「你們做側寫多久了？」

「嗯……現在是幾年？」塔圖姆刻意看了一眼掛在牆上的日曆，「是二〇一六年，對吧？然後我一直做側寫……有三個月了。」

「真假的？三個月？」歐唐納聽起來很惱怒。「我還以為你們兩個是炙手可熱的紅人，而不是聯邦調查局的新手。」

塔圖姆笑了。「噢，柔伊是貨真價實的側寫員，她做側寫已經有一段時間了，我來這裡主要是因為我的帥和睿智。」他的手機響了，他拿出手機。「你好？是，馬文，我……是音樂，對，我知道你知道音樂是什麼……我在酒吧，對，凶手仍在芝加哥街頭大搖大擺。什麼？貓弄壞了是什麼意思？牠是怎麼拿到遙控器的？等等——我幾乎聽不見你的聲音。」塔圖姆給柔伊一個道歉的表情，走出了酒吧。

「誰是馬文？」歐唐納問柔伊。

柔伊用手指撫過杯子的邊緣。「他是塔圖姆的爺爺，他們住在一起。」

---

13 John Brennan Crutchle，美國連環殺手，涉嫌謀殺多達三十名女性，他被稱為「吸血鬼強姦犯」，因為他在多次強姦受害人時將受害人的鮮血抽乾到幾乎死亡的地步。

14 Richard Trenton Chase，美國連環殺手，他會喝受害者的鮮血，並燒掉他們的遺體。

「噢，塔圖姆在照顧他嗎？」

「我不太確定。」柔伊皺眉。「他祖父很有生活能力，據我所知，他們大多只是在吵嘴，但是我認為塔圖姆是馬文唯一的家人，所以他們關係很緊密。」

「等等……馬文是指馬文．葛雷嗎？」

「你聽過他？」柔伊驚訝地問。

「他的名字出現在格洛弗攻擊妳妹妹的案件檔案中，他對格洛弗開槍。」

「就是他，就像我說的那樣，他非常有生活能力。」歐唐納讀過安德芮亞攻擊事件的檔案讓柔伊覺得奇怪，這與當前的調查有關，在職業上她應該了解格洛弗的過去，但不知何以感覺有點私人，好像歐唐納發現了一個家庭祕密。

「所以只有塔圖姆和他祖父？」

「還有一隻貓，我想還有一條魚。」

「沒有女朋友？」

柔伊有一秒鐘的困惑，她以為她指的是馬文的女友，然後她懂了。「沒有，嗯……我不認為有，塔圖姆沒有女友。」她啜飲一口啤酒，希望塔圖姆快點回來。

「那妳呢？妳有老公？還是男友嗎？」

「沒有。」

「嗯哼。」歐唐納歪了一下頭。

「怎樣？」柔伊問，覺得很煩。

「沒有，嗯……塔圖姆看著妳和談論妳的方式，我只是在納悶。」

「納悶什麼？」

「納悶你們是不是勾搭上了。」

「當然沒有。」柔伊的臉上一陣充血，慌亂的她別過身，喝了一大口啤酒。

「為什麼不？」

「我們現在在共事，我們實際上是搭檔。」

「所以……怎麼樣，你們沒有勾搭上，是違反了調查局規定嗎？」

「對，不是！我們之所以沒有勾搭上，是因為我們沒在那方面對彼此感興趣。」

「好吧。」

「妳又用頭做那個動作了。」

「什麼動作？」歐唐納天真地眨眨眼。

「這個……動作。」柔伊歪著頭示範。

「我才不會那樣做。」

「妳一直都會這樣做。」

「聽著，我只是說：塔圖姆其實很崇拜你，我認為這是一個男人身上很吸引人的特質，還有，妳知道的，他其實很有魅力，不要告訴我妳從沒想過這一點。」

柔伊想到那天早上，醒來看見塔圖姆在身邊，想起被他抱在懷裡的感覺，她劇烈搖搖頭。

「即使我們其中一個人對對方有興趣，這也是一個可怕的想法。」

「這點我沒有異議，我只是在逗妳而已。」歐唐納對她眨眨眼，把她那杯啤酒喝完。她向酒保示意，要求再來一杯。

柔伊仍然對整個想法感到不安。「沒有男人值得妳放棄職業生涯。」

「也許妳對妳職業生涯的這個看法是正確的，最近我的工作沒有顯得那麼寶貴了，當然，我婚姻美滿。」她晃晃手指，露出她的婚戒。但有什麼使她的笑容變得消沉，她突然顯得很憂悶。

柔伊喝完自己的啤酒，決定也再點一杯，點完之後，她問，「妳不滿意妳的工作嗎？」

歐唐納哼了一聲。「我不知道妳有沒有注意到，但部門裡每個人都不是很喜歡我。」

「我沒注意到。」

歐唐納翻了個白眼。「妳不是應該更有洞察力嗎？」

「妳為什麼會認為大家都不喜歡妳？」

「我是部門的黑名單，」歐唐納說，她的語氣非常尖銳。「歐唐納，等於賤民。」

「為什麼？」

「我最後一個搭檔手腳很不乾淨，他正在接受內部調查，處於停職狀態。」她嘛起嘴唇，看著柔伊，瞇起眼睛。「我是清流，我這麼說是以防妳會懷疑。」

「好，所以呢？大家覺得妳手腳不乾淨？」

歐唐納搖搖頭。「他們認為是我打小報告的人。」

「啊。」這是一個普遍的古老規則，是小孩學會的第一件事，告密者都不會有好下場。人們可以原諒很多事，但很難原諒打小報告的人，因為你永遠不會知道他何時會把矛頭瞄準你。人生充滿許多時刻，你會需要有人睜一隻眼閉一隻眼，當規則與現實發生衝突時，沒有什麼事是非黑即白，而在這種時刻，你最不希望的就是懷疑某個挺你的人是否會在你背後捅一刀。

「他們甚至都不在乎他的所作所為，」歐唐納爾激烈地說道，「他們認為是我告密，完全是出自他們的想像，是我跟內部調查部私相授受達成的交易，我是怎樣會出賣他了，我現在還在為曼尼搞出來的事付出代價。」

柔伊點點頭，她想說她很遺憾，但覺得如果自己這樣做，歐唐納會怒到把她的頭咬掉。「事情會過去的。」她最終這麼建議。

「也許吧，如果我是男人，肯定會過去，但每個人都認為，如果一個女人會打小報告，那她一定是搞上內部調查部的某個男人，或者她是搞上曼尼，但他把她甩了，或者是她搞上了曼尼，然後為了內部調查部的某個男人把他甩了。」

「妳不知道他們是這麼想──」

歐唐納猛搖頭，做了一個怪表情，鼻孔張開。「我不知道嗎？妳認為這裡的人表達得很隱晦嗎？妳想看有人留在我桌上的便條嗎？還是我收到的一封電子郵件？」

柔伊咬住嘴唇，什麼也沒說。

歐唐納嘆了口氣。「沒關係，妳不可能懂的。」

柔伊仔細選擇自己的措辭。「我知道被憎恨的感覺。」

「嗯，好吧，也許妳懂，但是我真的試過了，妳知道的？我想被大家喜歡。」歐唐納從杯子裡啜飲一口，意識到自己說了什麼，便急忙補充道，「不是說妳沒人喜歡，我的意思是……啊，對不起──我不應該這麼說。」

柔伊揚起眉毛。「沒關係。」她喝掉半杯啤酒。

「有時我會為自己感到難過，」歐唐納說。「這不是一種有吸引力的特質。」

「我從來沒有真正試過，」柔伊承認。「我希望大家喜歡我並尊重我，但是我會變得遲鈍又麻木，這種方式會把人們推開，甚至把那些很親近的人推開。」

歐唐納擺弄著啤酒杯墊，慢慢將杯墊剝開。「塔圖姆似乎很懂妳。」

「目前是，但是有一天我會說錯話……也許不是我因為做了什麼事，也許我只是單純在損耗他。」她驚訝地感到自己的聲音在顫抖。「只是因為一句又一句遲鈍又唐突的評論，我會把他消耗殆盡的。」

歐唐納更靠近她。「柔伊，我說真的，他看著妳的方式，沒有辦法——」

柔伊搖搖頭。「算了吧，我只是在說傻話。」但是她不是；她知道，這曾經發生在其他朋友身上過，現在是安德芮亞，她幾乎無法和她說話，她覺得自己無法向任何人解釋這種感覺，除了歐唐納，她一直看著她，她嘴唇上露出一抹令人放心的微笑，也許她真的可以懂。柔伊長長深呼吸。「只是——」

「才說著呢，」歐唐納說，越過柔伊的肩膀看去。

塔圖姆走到她們身邊，噗通跳上凳子，看起來很不悅。

「一切還好嗎？」

「我可能需要修電視了，」塔圖姆說。「有人打破電視，顯然遙控器最終是掉在魚缸裡，馬文聲稱這是貓與魚之間智力競賽的一部分，貓和魚不是自給自足的生物嗎？」

柔伊清清嗓子，使自己適應新的話題。「也許是，但你爺爺不是。」

「真的，所以妳們在聊什麼呢？」

「誰還記得啊？」歐唐納說。「我們喝第二輪了。」

塔圖姆喝了好長一口把酒杯清空了，他把酒杯放在吧檯上，並示意引起酒保的注意，「那我得追上妳們。」

第四十四章

這次他們的車子不臭了，他堅持這一點，丹尼爾抱怨這最終會使他們付出雙倍的價格，但處於控制之中的人不在乎，他們負擔得起。

這次跟上次不是同一片停車場，但是過了一會兒，他坐在那裡，甚至再也不確定了，幾乎是一模一樣——成排的車輛、火車嘎嘎作響、尖刺的煞車聲，乘客來來往往。

還有等待，無止無盡的等待，他反覆在座位上動來動去，打開又關上車窗，輕拍方向盤，一條腿不斷抖動，好像腿有自己的主見一樣。

「你是怎麼了？」丹尼爾終於對他咆哮。「你就不能好好坐著不要動嗎？」

他做不到——這就是問題所在，他差點因為皮下的搔癢、五臟六腑的緊張而害怕啜泣。他需要動來動去，需要動來動去直到結束。

一點鐘的火車已經經過，有五名乘客，全都是男性，他們行經停車場，還剩一班火車。丹尼爾說了，如果那班火車失敗，他們就回家，隔天晚上再試試看，但是他無法失敗，他需要狩獵、獵物和鮮血。

然後火車停站，在暗影中行走的第一位乘客是個男人。

然後，是一個身形瘦弱的女子。

「我們要行動了，」丹尼爾咆哮著說。「你準備好了嗎？」

準備好了嗎？他就是為此而生。他已經準備行動，跟蹤她、撲過去，然後吸血，想像著血的鐵鏽味，他垂涎三尺……

「啊，該死，」丹尼爾說。

一個男人走到她身邊，他們是一對，但那個男人身形很矮小，他們可以輕易把他撂倒，他會用牙齒撕開男人的喉嚨，讓他流血至死。他打開門，一隻腳踩在人行道上。

丹尼爾攫住他的手腕。「你到底在做什麼？」

「我會處理他。」他對丹尼爾嘶聲說，他們沒有時間了，這對情侶快要走了，他需要這兩個人！

「不行！」丹尼爾拉拉他。「關上該死的車門。」

有一度他差點要揍丹尼爾的臉，他咬牙切齒，手指緊緊握拳……

他沒有，他處於控制之中，他放鬆下來了。

「明天，」丹尼爾說。「明天我們會找到一個人。」

「好。」他關上門，發動車輛，仍因緊張而顫動。「明天。」

***

芮亞一驚而起，困惑地環顧四周，她在診所裡的辦公桌睡著了，即使對她來說，這也算再創人生新低點，她記得自己在處理一些文書工作，然後以為自己只是向後靠在椅子上片刻，讓眼睛休息一下。呃，外面天已經黑了；她一定睡了超過一個小時。

她站起身，關上診所的所有窗戶，然後走到保全面板並開啟保全警報，這裝置發出刺耳的嗶嗶聲，顯示從二十開始倒數。她抓起包包，把手機塞進裡頭，困倦地拖著腳步走到門口，她滑出室外，關門，然後上鎖。她聽見裡面的警報面板發出最後的嗶聲，保全開啟。

她轉身沿著街上走了幾步，然後皺了皺眉。

太安靜了，路上沒有車流，周遭也沒有人，當然，她的診所並不在城市中最繁忙的區域，但仍然很奇怪。到底幾點了？

她檢查了手機，震驚地眨眨眼。

半夜兩點半？

她在椅子上睡了六個多小時，難怪她的身體感到如此僵硬，脖子像生鏽的鉸鏈。她的住處只有十五分鐘的步行路程，她每天走去診所，然後回家，但是她從未在這麼深的夜裡走過。

有一度她考慮回去室內打電話叫一台Uber，但是她已經鎖好診所並且開啟保全系統了，而且不到一英里的路程要搭Uber嗎？

這是芝加哥較安全的街區之一，她父母擔憂時，她不是總是這麼告訴他們嗎？她的父親幾乎以為她住在戰區。但是她住在芝加哥的所有日子裡，她從來都不是犯罪的受害者，除非把垃圾郵件也計算在內。

她開始走路回家。

闊步走在空蕩蕩的黑暗街道上有些令人毛骨悚然，而且冷得要命，她瑟瑟發抖，告訴自己這是因為她凍僵了，而不是因為害怕。她會回到家，洗個很久的舒服熱水澡，然後像其他人一樣睡在床上。早上她肯定得跟布魯克斯醫師約診，因為她在診所睡了六小時是不正常的，這不是一個可以自行解決的問題。

但是首先她要回家睡一會兒。

「不要失望，」丹尼爾告訴他，他的聲音大到可以蓋過引擎聲。「我們明天再去。」

「我沒有失望，」他回答，拳頭緊握著方向盤。他想向丹尼爾解釋，當一個人完全沒有空氣可以呼吸時並不會感到失望；當你的喉嚨乾渴，而你認為在遠方發現的綠洲不過是一攤乾沙時，也不會感到失望。失望甚至不足以描述這種感受。

***

「綠燈了，」丹尼爾說。

但他什麼也沒說，他突然意識到，就算是丹尼爾也不能真正了解他。

他們正在等紅燈，他發現有什麼在移動，是在暗影中行走的瘦削輪廓，是個女人。

她一個人獨行，街道上空無一人，視線所及看不見另一輛車，他簡直不敢置信。

「嘿，你有在專心開車嗎？該死的已經綠燈了，開車！」

他開車了，突然往左邊轉向，廂型車發出刺耳的聲音，他的腳大踩油門踏板。

「你到底要去哪裡？」丹尼爾大喊。

女人警戒地回頭，廂型車的車燈打在她臉上，她很漂亮。

丹尼爾仍在大喊。「搞什……不，不要！」

要。

***

那個駕駛人顯然是喝醉了，芮亞從道路退開，等他開車過去，但是他沒有。

相反地，廂型車急轉向人行道，猛然重擊上人行道的邊欄，煞車發出長聲尖叫，離她僅有幾英尺之遙。她震驚地呆住了，難以置信地盯著明亮的車燈。這個混蛋可能會把她輾過！

駕駛人的車門打開，當她瞥見他的臉時，她正要向他大吼。她看過那種表情，當時她不得不放下一隻得狂犬病的狗時，她曾見過這種表情：那咆哮聲、閃閃發光的眼睛，流著口水。

她反射性地轉身跑了，聽到她身後傳來的咆哮，她跑得更快，盡其所能地跑，一邊摸索著錢包裡的鑰匙，她可以用鑰匙插他的眼睛。

「救命啊！」她尖叫。「誰來救救我！」

她的頭皮傳來一陣爆發性的痛楚，他抓住她的頭髮，把她扯回去。她發出另一聲尖叫，他用手指強行壓住她的口鼻，她無法呼吸。

她的手指碰到金屬物體，是她的鑰匙！她用鑰匙朝著他臉方向刺下去，戳到物體時感覺到一陣刮擦，然後是憤怒的咕噥聲。她用力咬他的手指，嚐到汗水和鮮血的味道，但是她繼續咬住，邊搖著頭啃囓他的手指。

他推了她一把，她的身體因撞擊到金屬物爆發痛楚，是一盞街燈柱。她的視線模糊了，現在有兩個人的形體，不僅只有一人，而且他們正在拖行她，她的鑰匙掉了，她無法尖叫，無法說話，甚至動彈不得。其中一人的嘴唇又濕又黏滑地刷過她臉頰。街道昏暗，她的思緒模糊。

然後她的視線聚焦了，她看見他們正把她徒手拖向一個黑色的深淵，她知道如果讓他們把她拖到那裡，一切就結束了。她再次掙扎，其中一人摑了她一巴掌。

「不要叫了，婊子。」他咆哮道。

然後他們把她扔進那團黑影中——一台廂型車的後車廂中，他們把某種東西塞進她嘴裡，她正要再次尖叫。她在流鼻血，嘴裡塞著東西，她幾乎無法呼吸。其中一人把她翻到背面，把她的手臂向後拉，手腕突然傳來一陣刺痛，他以某種方式將她的手腕綁了起來。她透過嘴裡的破布抽泣，試圖踢他，但是軟弱無用。

「回去開車——我們離開這裡！」其中一人對另一個說。

她被翻回正面，看見他們模糊的人影。

「我們走吧！可能有人已經報警了。」

拜託，警察快來，拜託。

然後第二個人彎下腰，令她厭惡又恐懼的是，他舔了她的臉。

＊＊＊

「該死的！」

丹尼爾把他扭回去，有一度他反抗要回頭去舔她的臉，要再次品嚐她。

丹尼爾搖晃他。「控制自己！」他對著他怒吼。「我們得走了！」

他點點頭，匆匆爬上駕駛座，丹尼爾仍和她在後座，他轉動方向盤，將車開回道路上，打到最低檔，引擎發出尖銳刺耳的聲音，他們駛離了。

「你這個混蛋，你做了什麼？」丹尼爾對著他大吼。「你想讓我們倆都被捕嗎？」

他聽見了這些話，但不在乎，她的味道仍然在他的唇上繚繞不去。

這是絕頂美味。

現在他知道他所有的其他受害者都被玷污了，甚至連凱瑟琳也是。他早知凱瑟琳不純潔，已經知道這件事有一段時間了，他其實也告訴過丹尼爾。

事實證明他是對的。

這個女人貨真價實，她的血完全純淨，觸及神聖，僅僅品嚐過就能創造奇蹟，不只是為了他，畢竟他並不是唯一需要幫助的人。

「往東行駛，開到湖邊，」丹尼爾說。「我們去找一個廢棄的海灘，在那邊處理她。」

「不要，」他說，語氣充滿確定。「我們要帶她回家。」

第四十五章

二〇一六年十月二十一日，星期五

洛根廣場的街道漆黑而寧靜，距離日出僅數小時之遙，居民令人稱羨地還在沉睡當中，但隨著歐唐納轉上北斯伯丁大道，氣氛發生了變化。巡邏車閃爍著紅藍相間的燈光，多名警官的輪廓在整條街上快速移動，許多屋子的燈都打開了，窗後有人影站立，正觀看著不請自來的犯罪實境秀。

歐唐納把車停妥，走出車外，弓起肩膀抵禦夜晚的寒冷，她的呼吸呼出一團霧氣，她向一名走向她的警官翻翻識別證，然後行經他身旁，她已經看見山繆．馬丁內斯副隊長了。

他對著對講機說話，神情敏銳地環顧四周，他看見她，便示意她過去，仍然對著對講機說話。

「鑑識團隊還沒到。」他嘴裡說著。

對講機劈啪作響。「布拉沃十二，這裡是簽派員，他們在路上了，他們會在十分鐘內到達。」

「收到，叫他們打電話給我，叫他們開啟該死的對講機。」

「布拉沃十二，收到。」

馬丁內斯看了歐唐納一眼，小隊的警車車燈反射在他的眼鏡上。「歐唐納，謝謝妳來一趟。」

「這是怎麼回事？」

「這是一起綁架案，」他說。「二十九歲的芮亞．狄隆被當街擄走，幾名目擊者說在兩點四十五分時，她被兩個穿連帽衫的男人拖到一台黑色廂型車上。」

歐唐納看一下時間，是四點十分。「有描述嗎？」

「好吧，就像我說的，他們穿著連帽衫，其中一個穿黑色，另一個穿灰色，有人只是從他們的影子匆匆一瞥，所以大多數無法提供我們更多的描述，白種人，平均身高，但是我們有一名目擊者，她的房子就在他們抓住她的地方正對面，她把其中一人看得很清楚，這就是我打電話給妳的原因。」

歐唐納緊張了起來，她已經知道接下來的事。「她怎麼說？」

「她說他很瘦，很蒼白，而且看起來似乎有點眼熟，當我進一步施壓要追問她細節時，她又想起來了，她說他是她在報紙上看到的那個人。」

「羅德．格洛弗。」

「聽著，我不知道是不是他，一開始她說她不確定，他看起來有點不一樣；然後她說他的眼神是一樣的，就我聽起來這像是胡說八道，但我認為妳應該會想跟她談一談。」

有一名執勤的警察大步走過他們，手裡拿著一只證物袋，他們倆都停止交談。「在一輛停在路邊的車輛下找到的。」

馬丁內斯從他手上接過袋子，透過半透明的塑膠袋窺視，他把袋子展示給歐唐納看，裡頭裝著一只掛著幾支鑰匙的鑰匙圈。

「可能是受害者的，」馬丁內斯說。「我們找到了她的手提包；這就是我們取得可能身分的方式，但是包包裡面沒有鑰匙。」

歐唐納仔細研究了鑰匙，其中一把鑰匙似乎沾到紅棕色的污點。「副隊長，我認為其中一把鑰匙上沾有血跡。」

「妳的判斷正確。」馬丁內斯轉向那名警官。「把那些鑰匙放進紙袋，否則可能會破壞DNA樣本。」

另一輛車出現，前車燈瞬間使歐唐納眼前一黑。

「終於來了，」馬丁內斯說著轉向停在人行道上的廂型車，是犯罪現場鑑識技師。

他正要走開，歐唐納迅速攫住他的手臂。「目擊者在哪裡？」

***

她是一個穿著綠松石色長袍的中年婦人，她的金髮糾結在一起，眼睛浮腫發紅，有隻白色的貓坐在她腿上，尾巴擺動，眼睛瞇起，呈現純粹貓科動物激動時的模樣。她與歐唐納交談時，一邊心不在焉地撫摸著牠，她連珠炮般一直說個不停，只有偶爾停下來啜泣。

「也許我該對他們大喊，要他們停止，但我很害怕，那個可憐的女人——她是當地的獸醫，妳知道嗎？戴娜的疫苗就是她打的。」

「威佛太太，」歐唐納說。「妳說妳看過其中一個人。」

「是報紙上那個人——我敢肯定，他們的行為是如此暴力！那樣子撞她的頭，我以為他們要殺了她，但他們沒有；他們把她拖走時，她還在掙扎。」

「妳沒有很確定那是報紙上的那個人吧。」

「但是我現在確定了，我只是感到困惑，妳知道的？他只是瘦了點又蒼白了點，但是他有同樣的眼神，冷酷又憤怒，就像一個殺手。」

歐唐納必須同意馬丁內斯的觀點，這聽起來並不樂觀。「妳有看見那輛車嗎？有看到車牌？」

「他們把她擄走，上了一輛黑色廂型車，我跑去拿手機想要拍照，但願我能早點想到，因為他們在我回來之前就開走了。」

「那另一個男人呢？妳有看見他嗎？」

「他背對我，他穿著連帽衫，所以我看不太到他的臉，但有一度，他……他強迫那個可憐的女人，我可以看見他的臉頰和耳朵。」

「妳是什麼意思，他強迫她？」

威佛太太侷促不安，她的貓眼神變得更加憤怒了。「他……我想他強吻了她，太暴力了……看起來甚至不像在親她，但是我很困惑，那動作是如此迅速又暴力；他可能只是在親她。」

那說法有蹊蹺。「妳是什麼意思，看起來不像在親她？」

「他強吻她，她在掙扎。」

「但是妳說看起來不像親吻，看起來會像什麼？」

女人猶豫了。「看起來像他在舔她。」

歐唐納俯身向前。「他舔她的時候她在流血嗎？」

停頓了片刻。「是，她當時在流血，鮮血從她的臉上流下。」

「妳認為他可能一直在舔她的血嗎？」

威佛太太的眼睛睜大。「對，」她小聲說。「我一開始是這麼想的，但不太可能是這樣，他為什麼要那麼做？」

歐唐納沒有回答，她感到噁心。如果格洛弗和他的同夥真的綁架了芮亞・狄隆，那麼她還活著的機會就微乎其微了。

第四十六章

她渾身疼痛。其中一人對她又踹又揍，她的肋骨和雙腿都瘀傷了，透過他們塞在她嘴裡的破布尖叫，讓她的喉嚨刺痛。塑膠束帶扎進她的皮膚，把手腕磨擦得好痛。最慘的是她的頭，感覺好像有人用老虎鉗夾得緊緊。

聲音聽起來發顫，伴隨著持續的嗚響，有斑點在她眼前跳動，毫無疑問是腦震盪。呼吸也成問題，她不能用嘴呼吸，右鼻孔的鮮血結塊，她從左鼻孔呼吸，輕輕地吸氣。當她因恐慌而迅速吸氣，便傳來一陣尖刺的痛楚傳遍她的頭顱。

一切都朦朧不清；她想不起發生了什麼事，他們開車開了一段時間，其中一人對另一人大吼大叫，吼叫著一連串被忽視的指令。有一度那個男人用手圍住她的喉嚨，開始掐緊，在幾秒的純粹驚恐之後，她失去意識，她可以隱約聽見兩人朦朧地吵架。

當他們把她從後車廂拖進一間黑漆漆的車庫時，她醒了，她試圖掙扎，其中一人猛踹她好幾次，直到她用胎兒姿勢蜷縮在地板上。然後他們再次抬起她，把她帶到這裡，將她綁在水槽的排水管上。

她在一間廁所裡，隱約聞到尿的味道，地板上滴到好幾滴，其中有些已經滲進她的褲子裡。

他們還在外面吵架。

「那個婊子最後會害我們被捕的，你這個白癡！我們需要擺脫她，現在還不算太遲。」

「不要，她是貨真價實的好貨，丹尼爾，她是！她會讓一切好起來，你自己不也說過嗎？

我們需要一個純潔的人，她很純潔。」

「那我們就抽乾她，倒進該死的水桶裡，隨便你什麼時候想喝就喝。」

「不新鮮就沒有效果了，你自己說的。」

「不要告訴我……我知道我他媽的說過什麼，我不是……」聲量提高了，那個男人失去了冷靜。「我們會再找到一個的，好嗎？但是我們必須擺脫這一個。」

芮亞毫不懷疑擺脫所代表的意義，她在排水管上掙扎，也許她可以把水管支解，抓住一段，在他們進來時攻擊他們，她不得不嘗試，她掙扎著，排水發出沉悶的金屬撞擊聲。來吧，你這個混蛋，來吧……

門開了，其中一人走進來，是瘦弱生病的那人，他的臉色因憤怒而扭曲，他的嘴角有唾沫。他踹她的腹部，她呻吟著，呼吸不過來。

然後另一個傢伙大步走進來，把那個病懨懨的人向後拉。

「妳再出聲，我就殺了妳。」病懨懨的男子對她咆哮。

「丹尼爾，不要，她不會再發出任何聲音，你看？她現在安靜了。」另一個男人看了她一眼。「當我和我的朋友在說話時，妳會保持安靜，對嗎？」

她點點頭，仍在努力呼吸，盡力避免吐在嘴裡的破布上。

他們離開，關上身後的門，現在他們說話的聲音壓得很低，或者也許是因為她要失去意識了；她不確定。她吸進惡臭的空氣，一邊抽泣著。

一段時間後，她冷靜下來，開始思考。那個叫丹尼爾的傢伙，他要她死，他是暴力份子、危險人物，是個神經病，一個怪物。

但是他的朋友卻不同，他需要她還活著，也許是為了贖金，那不正是他說的嗎？她會讓一切變得更好？他指的可能是錢，也許他們認為她的父母很富有，當他們發現並不是時，會發生什麼事呢？

但後來他們又說了其他話，抽乾她倒到水桶裡，不新鮮就沒有效果了。這到底是什麼意思？

門又開了，另一個人站在門口，他對著她眉開眼笑。

「不用擔心——我們不會傷害妳的，我們需要妳活著，我待會兒會幫妳拿一些吃的和喝的，好嗎？」

她點點頭。

「但是妳需要保持安靜，如果妳發出任何聲音，我們就無法將妳留在這裡，而且我們就不得不殺了妳。」他的聲音隨性又直率，這是一個人在陳述一項無可爭辯的事實。

兩個神經病，兩個怪物。

她試圖含著破布說話，他搖搖頭。「等等，我們可以等等再說。」

然後他在她身邊蹲下，舉起了手，令她震驚的是，她看見他拿著一把小小的拋棄式手術刀，她發出朦朦的尖叫，他立即將手術刀抵住她的喉嚨。

「記住，」他低聲說。「妳保證過要安靜的，妳會安靜，對嗎？」

她點點頭，顫抖著。

他割開她右腿褲子的布料，露出她的大腿。

「這只會有一點點痛，」他說。「不要尖叫。」

手術刀插進她的皮膚，她全身緊繃，雙眼大睜，鮮血從腿上流淌下來。

那人把嘴唇埋進切口，開始吸吮。

第四十七章

「芮亞的辦公室是那個方向。」塔圖姆說著往街上望去，他拿著犯罪現場的照片，將陽光普照、平靜祥和的環境與不祥的血跡照片、輪胎痕跡和散落的物品相比對。「她下班走回家。」

「我們不知道這一點，」柔伊說，蹲下看著人行道上的輪胎痕跡。「她可能是晚上出去後返家，半夜兩點不是下班的正常時間。」

「她的辦公室有一個警報系統，他們檢查了日誌，警報系統在兩點二十九分開啟，馬丁內斯現在正在那裡，看看他是否能弄清楚為什麼她這麼晚才離開。」

柔伊站身。「看看那些窗戶，」她說。「從這裡把一個成年女性擄走，即便是在半夜，也是……」

「很瘋狂？」

「或者非常迫切。」

塔圖姆擔心地看著她，她臉上再次出現那個遙不可及的神情，她是否正在將細節存在腦中，然後在夜晚重溫這個場景？

已經超過兩點，他們在一小時前取得實驗室報告——從鑰匙上的血跡中取得的ＤＮＡ與之前謀殺案中從唾液中取得的ＤＮＡ相符，屬於不明嫌犯。芮亞．狄隆綁架案正式成為他們聯合調查的一環。

「廂型車也是從她辦公室的方向開來的，」塔圖姆說，「妳認為他們在跟蹤她嗎？」

「也許吧，」柔伊說。「但我對此表示懷疑，有輛廂型車在她身後緩慢行駛的話，她會注意到的，不，我認為他們是在去某處的路上看到了她，決定抓住她，可能是由不明嫌犯開車，我不知道格洛弗是否有意識到這將要發生。」

「這與我們的理論相符，即格洛弗的認知功能受損，他無法開車。」

「這說得通。」柔伊點點頭。「讓他的同夥掌握大局是控制上的重大屈服，對格洛弗來說並不常見，除非他別無選擇。」

塔圖姆的手機響了，他確認了一下螢幕，對著螢幕上顯示的電話號碼皺眉，不是他認識的號碼。「你好？」

「葛雷探員？嗯……我是達米恩。」

「誰？」

「彼得？夜牙那個人。」

噢，對了，那個賣尖牙的人。「什麼事？」

「可能沒什麼大不了，但是剛才我跟你提過的那個人跟我聯繫了，德古拉二號，他問了我一些事。」

「哪種事？」塔圖姆對交通的噪音充耳不聞，他全神貫注於這通來電。

「一件對吸血鬼來說很正常的事，這就是為什麼我認為這可能沒什麼大不了的，我的意思是，這跟他問關於純淨的血液、或者未經同意咬人，或者類似的事情比較起來，不算什麼毛骨悚然的屁問題，他只是想知道他每天可以從獻血者身上取多少血，這樣很好，對嗎？我想他找到一名自願的獻血者了。」

我的老天爺。「你回答他了嗎？」

「還沒，我先打給你了，但他還在線上，而且他感覺起來不太有耐性。」

「好了，聽著，我需要你幫我們爭取一些時間，問他細節，例如獻血者的體重，她的身高多高……問他是不是女性，告訴他你需要確認一下圖表——」

「沒有圖表，老兄。」

「我知道！我不在乎，你就告訴他，你正在諮詢專家，一個小時內你就會得到答案。」他看了一下手錶，是兩點半。「不！四十五分鐘。」

「呃，好，但是——」

「重要的是你要隨便跟他聊天。」如果這人是不明嫌犯——塔圖姆肯定他就是——那麼他現在可能極度偏執。「就像你平常線上聊天一樣，好嗎？不要問他任何具體的細節——不要問他的名字，不要問他的獻血者是誰，什麼都不要問。」

「但是我在四十五分鐘之內要告訴他什麼？」彼得的聲音沙啞，聽起來很慌張。

「你什麼都不用告訴他，時間到了，我們就會接手。」

第四十八章

塔圖姆對自己需要做什麼有個模糊的想法，他們會去找一位芝加哥調查處的科技宅到電腦前，然後等待不明嫌犯登入，這時科技宅會開始進行某種網絡攻擊，嘴裡喃喃說著像是，「我現在正在駭入大型主機……現在，」然後「我將重新修正路由加密，他不會看見。」最後，這位科技宅會在他的椅子上旋轉，交給他們一個網路位址。

「這沒有那麼簡單，」科技宅說。

這位名叫芭布．科利的科技宅是一名二十多歲的女性，她嚼著口香糖，偶爾會吹出一個泡泡，然後用尖銳的指甲戳破泡泡，她的咀嚼聲和泡泡爆裂聲使人分心。

「聽著，芭布，」塔圖姆說，第十次確認時間。「我們有十五分鐘，有一位女性的性命就靠這件事能不能成功了，我們需要妳追蹤他。」

「我做不到，沒有人能做到，」她說，「他使用的是洋蔥匿名瀏覽器，洋蔥瀏覽器的所有位址都無法追蹤。」

「但我們是聯邦調查局，」塔圖姆說。「我們有後門程式，對嗎？適用於緊急情況？」

「沒有。」

「那我們到底有什麼？」

「你能讓他開啟檔案嗎？」她吹了一個小泡泡，期待地看著他。

塔圖姆思索了一下。「什麼樣的檔案？」

她用指甲戳破泡泡。「任何執行檔，任何微軟辦公室軟體的檔案，讓他執行Java Script或Flash、ＰＤＦ檔案——」

「我可以讓他開啟ＰＤＦ檔案，」塔圖姆打斷道。

「好，ＰＤＦ檔案有很多我可以利用的漏洞，我可以在檔案中埋入木馬……你知道什麼是木馬吧？這是另一個良性程式中的隱藏程式，就像希臘人用木頭做了——」

「我知道木馬是什麼，」塔圖姆說。「依稀知道。」

「所以，我可以在ＰＤＦ檔案中埋入木馬，如果他開啟檔案，我便能取得他電腦的完全控制權，我就能提供你他的網路位址，瀏覽他的檔案，啟動他的視訊鏡頭……基本上，他會被我完全駭入。」

「我們開始進行吧。」

他們在網路上瀏覽，找到了一些與獻血相關的圖表，並將這些圖表貼上到文件檔案中。

「這檔案不必看起來很有道理，」塔圖姆對她說，「但需要確保他不會懷疑自己被騙了。」

「他在科技領域有懂到知道ＰＤＦ文件可以埋木馬嗎？」

塔圖姆思索了一下，「我不確定，他使用了洋蔥瀏覽器，這代表他懂一些知識，但更重要的是他可能很偏執，因此如果他覺得有些事情不對勁，可能會捏造出一種偏執性的妄想症，使他變得不可預測。」

「嘿，如果他們真的在追捕你，你就不會偏執了，對嗎？」芭布問。

「相信我，無論如何，這個傢伙可能就是偏執狂。」

她準備執行她所謂的「破壞內涵」，忘卻了要繼續嚼嚼她的口香糖，[15]同時，塔圖姆打電話給「請叫我達米恩的彼得」，以取得他論壇的用戶名稱和密碼，他採取了一些非常明確的威脅，如果彼得還不屈服，塔圖姆完全願意繼續施壓。用戶名稱是「阿尚楚」[16]，塔圖姆同時指示彼得在可預見的未來不要登入論壇。

塔圖姆以阿尚楚的身分登入，確認當前登入到論壇的用戶列表，德古拉二號目前顯示為離線，他開啟阿尚楚和德古拉二號間的聊天視窗，略微瀏覽了一下，德古拉二號告訴阿尚楚，他的獻血者是女性，體重約一百二十五磅，高五呎六吋。塔圖姆將此訊息轉發給馬丁內斯，以確保該訊息符合芮亞的特徵，然後他對德古拉二號發送夾帶圖表的訊息，並寫道，**嘿，你可以在附加的圖表中找到建議的獻血量**。他竭力抵抗想要詢問細節的衝動，*誰是你的獻血者？或你住在哪？我知道買針筒的好地方。*任何自發性的問題都可能驚嚇到德古拉二號，他需要他開啟檔案。

他確認過上線的用戶，德古拉二號仍處於離線狀態。

塔圖姆看了螢幕底部角落的時間一眼，現在是凌晨三點二十分。「拜託啊，你這個混蛋，」他喃喃道。「你跑去哪了？」

---

15 payload，指引發惡意行為的核心程式碼。

16 Abchanchu是傳奇的玻利維亞吸血鬼，會變身成無助的老年旅行者，當有路人主動要幫助他時，阿尚楚會犧牲他並進行吸血。

第四十九章

柔伊仔細檢查桌上的照片，不同角度的街道照片，一根沾血燈柱的特寫照片，一個包包被丟在人行道上，裡面的物品散落一地，芮亞．狄隆在診所網站上的照片對著鏡頭微笑，手裡攬著一隻大狗。

她向後一靠，眼神呆滯，幾乎沒在留意室內的其他人。馬丁內斯在一個角落跟布萊特隊長交談，他們倆都彎腰俯視著一堆報告，瓦倫丁探員在房間裡走走去，一邊講電話。歐唐納、庫奇和賽克斯正在爭論下一步的行動，狀態報告、指示、問題，她低眉垂目，將這些干擾過濾掉，集中注意力。

在她能針對其他問題之前，有個主要問題必須先解決，那就是誰在發號施令。

她幾乎可以確定是格洛弗計劃了頭兩起謀殺案，但這次綁架案感覺不像是格洛弗授意的，這太偶發、太危險了，離他的舒適區太遠了，就這樣在大街上抓走一個女人？

他非得是狗急跳牆才會做出這種事。

話說回來，他快死了，時間不多了，也許他不在乎了，他正在享受最後一次犯罪狂歡，盡力造成最大的損失。這是有可能的。

感覺不太對。

「我們取得輪胎痕跡的技術報告了，」歐唐納坐在她旁邊說。

「有什麼有意思的發現嗎？」

「輪胎磨損得非常嚴重，與上一次的輪胎不同，這表示他們更換了車輛，但這是一台廂型車，甚至可能是相同品牌或型號。」

柔伊心不在焉地點點頭。

「到目前為止有什麼想法嗎？」歐唐納問。

「這不是計劃內的，」柔伊說。「這是一次衝動性行為。」

「我同意，這不是一條通常在半夜會有女性走動的街道，根據她的父母供稱，芮亞．狄隆通常會在傍晚下班，他們無從得知她會出現在那裡，或者得知會有其他人出現在那裡。」

「他們開車經過，看見了她，然後把她抓住。」

「所以……這是什麼意思？格洛弗變得更加不可預測了嗎？」

柔伊皺眉。「海莉耶塔．費許朋的謀殺案是經過精心策劃的，車輛、地點、時間和裝備都是他們帶來的，他們移動了屍體，花了一小時將屍體擺成那樣是有某種原因的，一切都按照程序進行，然後僅在四天之後就發生這樣的改變？」她看著歐唐納，「這不是格洛弗幹的，是他的同夥，他愈來愈失控了，失去格洛弗的控制。」

「他在崩潰？」

「正是。」柔伊思慮了一下。「我們應該訪談河濱浸信會的一些男性會眾。」

歐唐納揚起眉毛。「現在？為什麼？」

「格洛弗的同夥正在經歷劇烈的精神病發作，從而導致這起犯罪，」柔伊解釋道，「這表示在訪談中會更容易發現是他。」

歐唐納搖搖頭。「也許吧，但是我們沒有人力或時間去做，事實上我們甚至還沒有拿到完整的會眾名單，如果我們這樣做卻一無所獲怎麼辦？」

「我們可以從名單中找出要優先訪談的對象——」

「瓦倫丁和布萊特甚至還不相信這名同夥一定在會眾之中。」

「但妳相信。」

「我認為這很有可能，但這並不夠，我們無法根據妳的直覺來進行整起調查，尤其是現在。當我們有新的線索時，芮亞的性命可能仰賴我們的速度。」

柔伊的臉脹紅了。「這不是直覺。」

「這是。」歐唐納搖搖頭。「不要給我那種表情——我不是在打發妳，我是在告訴妳這行不通，人實在太多了。」

「如果我縮小名單範圍呢？」柔伊問。「給妳一個十個名字的簡短名單呢？」

歐唐納猶豫了。「妳認為簡短訪談就可以發現了嗎？十五分鐘？」

「是。」

歐唐納點點頭。「那就這麼幹吧。」

＊＊＊

柔伊仔細檢查派崔克．卡本特提供給警方的名單時，腳不斷抽動，正如歐唐納所指出，名單並不完整，不僅如此，派崔克似乎退卻了，除了他不完整的記憶和匆匆記下的名字之外，沒有其他參考資訊，許多名字多次出現在名單中，有些只有名字或姓氏，許多會眾成員的名字寫成縮寫。這些問題也引發了一些難題，例如：約書．威爾森和約書亞．威爾森均被列為會眾成員，他們是同一個人，只是用不同的名字表示嗎？還是不同的人呢？

有些名單有電話號碼或地址，但大多數沒有，憑藉著足夠的時間和耐性，她可能可以找出其中一些人，但時間和耐性都用完了。

她取出手機，撥打派崔克．卡本特的電話，電話響了二十秒鐘沒人接聽，柔伊掛斷電話，她考慮開車去見他，但是她不能確定他是在家、在教堂還是跟她太太在醫院裡。

她改打艾伯特．藍姆的電話，他幾乎立即接聽。

「你好？」他聽起來很虛弱，自從他女兒被謀殺以來，他彷彿日漸枯槁，現在感覺幾乎已經消失不見。

「藍姆先生，我是柔伊．班特利。」

他嘆了口氣。「我能提供妳什麼資訊？」

「我需要跟你一起查看會眾名單。」

「班特利女士，我很累，這是漫長的……」他讓這個句子延伸，彷彿他試圖指出時間範圍：是漫長的一天？還是漫長的一週？

「我理解，但有一名女性被綁架了，我們有充分理由相信殺害凱瑟琳的人應該為綁架案負責，此人是你的會眾，藍姆先生——這點毫無疑問，那名女性的時間不多了。」

有一陣停頓。「我在家，班特利，妳可以過來嗎？」

她站起身，抓起包包。「我這就出發。」

第五十章

「這些人當中有一半我不知道是誰。」艾伯特說，用滿佈血絲的浮腫雙眼研讀這份名單。

他看起來比上回更糟，但是真正讓柔伊擔憂的是氣味，他聞起來有生病、腐敗嘔吐物和極度痛苦的氣味，她幾乎可以肯定他還穿著與幾天前一樣的衣服，他的狗從房間角落用一雙大大濕潤的雙眼注視著他們。

「這是我們從派崔克那裡拿到的名單，」她說。「他們是你會眾的成員。」

「我知道……我的意思是名字很熟，但我很難將名字跟人連起來，凱瑟琳才記得所有的人，如果她還活著，她會給你一份詳細的清單，每個人都會列名，包括他們的職業、他們的嗜好和他們最喜愛的食物。她就是那樣，我不知道失去她，教會要如何運作。」

如果他們可以和凱瑟琳交談，她就可以告訴他們誰殺了她，格洛弗的同夥是誰，然後一切就結束了。這個念頭不請自來，伴隨著一時的不耐煩，接著是罪惡感，艾伯特正在試圖提供協助，而且也不能怪他每時每刻都想起死去的女兒。

「如果你看到照片呢？」柔伊突然問。「那些人的照片？你能把照片跟名字聯繫上嗎？」

他猶豫地點點頭。「我很會認人。」

她拿出筆電並開啟電源，她開啟最近的文件夾，雙擊最上面的圖片，照片彈出在螢幕上，令柔伊鬆了一口氣的是凱瑟琳不在照片當中。那是教堂裡的照片，有五名會眾坐在長椅上對著鏡頭微笑，格洛弗也不在照片中，但是有一個看起來很眼熟的人，柔伊對不起來。

艾伯特發出嗝聲，有一度柔伊以為他要哭出來，但是他實際上只是微笑。「左邊的女人是哈莉特，在她旁邊的是約翰，是她的丈夫，然後——」

「約翰，姓什麼？」

「霍布斯。」

柔伊在她的筆記本上寫下了照片的編號和名字，然後，她補充上白種人、平均身高、已婚。「你知道他靠什麼維生嗎？」

「呃……我認為是道路養護，我記得他曾經因工作中所使用的一種工具而受傷，並且近兩個月無法工作。」

道路養護。「你還想到什麼？」

「他們有兩個孩子。」

兩個孩子。「好的，下一位？」

「那是艾倫．史文森。」

對了，就是他，她在教堂見過的那個人，她把他記在筆記本上。「職業？」

「會計。」

「已婚？有孩子？」

「他結過婚，現在離婚了。」

「還有別的嗎？」

「沒有什麼我能想到的。」

「下一位？」

「我不記得他們的名字了，但他們姓威爾遜。」

無所謂。威爾遜夫婦是非裔美國人，目擊者曾說她看見帶走芮亞的兩個人都是白種人。

「好的，下一位。」她點擊在教堂入口拍攝一張照片，凱瑟琳在和一個高個子說話。

艾伯特伸出手，好像要觸碰螢幕，然後他收回手說道，「這是萊昂，他姓，嗯……法雷爾。」

柔伊試圖不去看時間，但這是項很緩慢的苦差事，但是她已經進行到某個程度了。「已婚？」

「沒有，他兩年前從內華達州搬到這裡來。」

他們發展出一種節奏，隨著圖片閃過，艾伯特似乎變得更加專注，也許正在重溫過去幸福的時光。柔伊列出成員，並與派崔克的名單進行交叉比對，盡力不要催促艾伯特，並希望芮亞還活著。

第五十一章

他們的屋子裡只有一間浴室。

他過去從未想到，但把一個女人關在浴室裡帶來一些困難。丹尼爾似乎不在乎，若要說他有任何在乎的跡象，就是女人關在裡面時，他使用浴室的頻率變高了。

但處於控制之中的人無法做到，有那個女人在他做不到，即使她別開了視線，他也做不到。現在他在他房間裡的一個罐子裡撒尿，持續注意著門，但是他必須盡快找到更好的解決方案。

整個情況令他困擾，他們之間的緊張關係難以忍受，而且他擔心那個女人，她前額的傷口發炎了，他懷疑她需要看醫生，當然這是不可能的，但是她還不能死，還不能，他還需要她。

他在公寓裡潛行徘徊，去廚房，去浴室看那個女人，然後回到臥房，丹尼爾一天中大部分的時間都房門深鎖，也許是在睡覺。

處於控制之中人的又喝了那女孩的血，就一滴滴，從她右手臂的小切口擠出來的，他必須確保自己不要喝太多她的血，他稍早曾嘗試研究自己可以喝多少血，但一無所獲。

噢，但是他問了在吸血鬼論壇上的那個傢伙，不是嗎？

這嚇到他了，過去幾個小時是如此朦朧不清，彷彿他正在失去對現實的掌握，他通常每天會離家去過他的另一半人生，那種人生現在似乎顯得遙不可及，他需要那種生活；那是他賴以支撐的根基。在這裡，在家裡，他和那個女人、丹尼爾，還有鮮血一起漂流，彷彿在夢境之中。

明天，明天他會再出門。

他坐下來檢查論壇，管理員阿尚楚比上次他們聊天時要親切許多，現在他看見阿尚楚傳了一個檔案給他，他寫下在這些圖表上可以知道血液的量。

他點擊該檔案，將檔案下載到自己的電腦中，但沒有開啟。他幾乎不能專心閱讀聊天記錄，更別提理解複雜的圖表了。

他回答阿尚楚，盡力使自己聽起來很隨性。**你能給我一個這個的摘要版嗎？圖表會讓我的頭痛哈哈哈。**

幾秒鐘後，阿尚楚回覆了。**哈哈，這是一個非常簡單的圖表，最好看看，確保你不會取用太多血。**

他咬咬牙。**我之前告訴過你體重和身高，可以告訴我像是，對應的安全量是多少嗎？**

聊天視窗顯示阿尚楚收到了這條訊息，但他在花時間回覆。**我不會取用太多，但是如果你真的希望安全起見，就查看圖表，我不想為提供錯誤的訊息負責。**

他嘆了口氣，他必須集中精神閱讀那個圖表。

突然傳來的聲音引起他的注意，起初他認為那是某種奇怪的有害動物，但並不是——是那女人朦朦的尖叫聲。

第五十二章

「他一定已經開啟了，」塔圖姆又說了一次，注視著螢幕。

「他沒有開啟，」芭布被激怒，生氣地回答。「否則我們會看到跡象。」

「也許妳弄壞木馬了？」

「我沒有弄壞，」芭布咬牙說。「叫他開啟。」

「我不能叫他開啟，因為彼得不會這樣跟他說，彼得不會知道他沒有開啟。」他想把筆電砸成碎片。「該死的！我們一定是不知怎麼的嚇到他了。」

「怎麼嚇到的？」芭布難以置信地問。「我們根本沒說什麼話。」

「我跟妳說過，他現在極度偏執，任何事情都可能引爆他。」

「但是他還在線上。」芭布指著螢幕。「他不是應該要離線嗎？」

塔圖姆不知道，據他所知，不明嫌犯可能在房間的角落裡蜷縮成胎兒姿勢，哭了起來，或者逃到大街上，也許開啟ＰＤＦ檔案的概念把他嚇壞了，以至於他決意殺害芮亞並且自殺，全然不得而知。

「我會提醒一下他，也許他只是感到困惑，」塔圖姆最終說。

為了避免讓這句話聽起來像阿尚楚真的在意些什麼，想出這句話花了他一些時間。

這個圖表真的很簡單，你有看見左欄寫著「重量」嗎？

這可能會使不明嫌犯決定開啟這該死的檔案，塔圖姆幾年前已經戒菸，但他突然渴望來根菸。他看著螢幕，眼睛幾乎眨也不敢眨，祈禱出現檔案已被開啟的跡象。

第五十三章

他衝到浴室，轉動門把，女人的尖叫聲漸漸消失了。門沒動，他眨眨眼困惑了一下，有一度他以為那個女人已經設法用某種方式幫自己鬆綁，然後把自己反鎖在裡頭。

但當她朦朦的聲音完全不見，他意識到有什麼事發生了。丹尼爾鎖了門，現在正在處理那個女人。

「丹尼爾！」他大喊。「開門。」

沒有回應，他搖動門把。「丹尼爾！不要這麼做！」

心跳一拍，心跳兩拍，心跳三拍。不要，他終於找到一個有純淨血液的女人，不要這麼做，他再也找不到像她一樣的女人了，他大叫大嚷地猛撞門，有東西被撞裂，門倏地打開。

丹尼爾跪在女人身旁，一條絞索緊緊環繞，緊套著她的喉嚨，那個女人的臉色發紫，雙眼凸起，瘋狂掙扎著想要掙脫把她綁在排水管上的束帶。

他把丹尼爾拉開，把他撞在牆上，用下流的話對他大吼大叫，然後他蹲在那個女人身旁，試圖鬆開絞索時手指發抖，絞索太緊了；他無法解開，女人的眼睛在眼窩裡翻白。他發出沮喪的叫喊聲，衝到他的房間拿出一把手術刀跑回來深深割下，割破她的皮膚，鮮血從脖子流淌到襯衫上，浸透了襯衫，他把她嘴裡的破布拔出，她的睫毛拍動著，呼吸順暢了。

她又是咳嗽又吐口水，凝視著血淋淋的手術刀。

「不要尖叫，」他威脅性地揮動手術刀說。

她發出嘶啞恐懼的抽泣聲，然後她吸氣、喘息、閉上雙眼。

他站起身，轉身面對丹尼爾，丹尼爾走去廚房，正在水槽裡把毛巾浸濕。

「你這個混蛋！」他對著丹尼爾大叫。

「小聲一點，」丹尼爾用慎重的語氣說道，他把濕毛巾按在後腦。「你差點打破了我的頭。」

「我很後悔自己沒這麼做，」他的眼睛流出了淚，背叛，他過去曾經有過這種感覺，但他從沒想過丹尼爾會這麼對待他。「在我為你付出一切之後？你就是這樣——」

「你為我付出了什麼？」丹尼爾咆哮。「那我又為你付出了什麼呢？誰讓你得到自由？誰第一次幫你喝到真正新鮮的血？現在你讓我陷於危險之中？我不能離開這個地方，我的臉貼在這座城市所有的電視螢幕和報紙上，我被困在這裡，和你還有那個該死的婊子困在一起，等待她設法尖叫求救或者幫自己鬆綁的那一刻。」

「她不會的，她做不到！」他搖頭。「你為什麼一心想離開？」

「我們達成協議過，還記得嗎？」丹尼爾問。「我可以幫助你痊癒，你也為我做同樣的事。我生病了！我要死了，你知道我需要好起來。」

「但是你不必那樣做，試試她的血，她的血是如此純淨——血會治癒你，我知道！只需嚐個一口——」

「她的血不能治療我該死的腦癌！」丹尼爾現在在盛怒中顫抖地說。

「會，會治好的，」處於控制之中的人囁嚅地說道。

丹尼爾深呼吸幾口氣，然後他展現一抹讓人放心的微笑。「聽著，你知道我為什麼這麼做嗎？我是在保護你，她的血被污染了，她告訴我的。」

「什麼？不，沒有被污染。」

「她告訴我的，她不知怎麼樣把破布頂嘴巴，我去洗手間，她在笑，她說她的血液有腐蝕性，她有愛滋病。」

「沒有，你騙人！」

丹尼爾的眼睛睜大，充滿了受傷的情緒，處於控制之中的人感到一陣內疚。

「我會騙你嗎？」丹尼爾問，他的聲音輕到不似耳語。

不，他當然不會，丹尼爾從來沒有騙過他。「對不起。」

「你不能喝她的血，血會害死你。」

他的世界正在崩解，不！不可能，他嚐過她；她是如此純潔。「我需要確定她不會再尖叫。」他虛弱地說。

他回到浴室，跪在喘氣的女人旁邊，血仍然從她的脖子上滴落，儘管量不大。他正要把破布塞回她嘴裡，她用低沉沙啞的聲音說了些什麼，她的字句完全聽不清。

「什麼？」

「我沒有那樣告訴他，」她粗著聲音說。「我沒有愛滋病。」

好吧，她當然會這麼說，她希望他生病，但然後……他品嚐了她的血，若真是如此，他會知道的……

是因為腫瘤，是因為羅德．格洛弗。

腫瘤當然可以對他說謊，腫瘤也希望他死，有一度他回頭一看，害怕會看見腫瘤在他身後，有一團黏稠的受損腦細胞，滑溜溜地躺在地板上。

但他目見所及只有丹尼爾，他還在廚房裡，將毛巾按壓在腦後。

「你能給我喝點水嗎？」女人喘著粗氣。

他點點頭，從水龍頭裝了一杯水，他放下血淋淋的手術刀，把玻璃杯端在她嘴唇旁邊慢慢傾斜，協助她喝水，她大口喝下一些水，因為玻璃杯太斜，她又再次咳嗽。他把杯子拿走。

「還要嗎？」她停止咳嗽時他問她。

她搖搖頭，在他身後，他聽到一扇門啪噠一聲關上，他回頭看了一眼，看見丹尼爾回到自己的房間，在身後關上了門。

「你不能讓他靠近我，」她說。「他會殺了我。」

「我不會允許的，他知道他不應該。」

「不要讓他靠近我就對了。」

他拿了破布塞進她嘴裡，然後他無法抑制自己的衝動，他傾身向前，把她脖子上的血舔掉，這是絕頂美味，他怎麼會認為血腐敗了？他舔完所有血，直到她的皮膚被舔乾淨為止；然後他從她的襯衫領子吸乾剩餘的血，她呻吟著試圖擺脫他，但徒勞無功。

她的皮膚很燙。「妳發燒了。」他喃喃道。

屋子裡沒有物品能治療發燒，他明天得去買個什麼回來。

但是他能留她一個人跟腫瘤在一起嗎？

第五十四章

柔伊回到汽車旅館，坐在她的床上，她閱讀自己所寫的筆記，在筆電上滑動瀏覽照片，她認定芮亞的綁架案讓她有充分理由違背她對塔圖姆的承諾，工作到深夜。

她和艾伯特花了四小時才瀏覽完所有照片，他無法指認出照片中的所有人，但他跟大部分的人都很熟，他還設法找出其中十三人的電話號碼，凱瑟琳的手機通訊錄中會有當中許多人的電話，而柔伊明天可以處理那件事。

現在她竭盡所能找出其餘成員的姓名，有個高個子的禿頭男子在兩張不同的照片中都正在與羅德．格洛弗交談，但不知其名，不過他和一個名叫唐納．霍爾科的男人同時出現在七張不同的照片中。快速搜尋一下之後，她在臉書上找到霍爾科的個人檔案，還有一個不知名的高個子，列名為霍爾科的一百四十七名朋友之一，根據臉書，他的名字叫巴比．克羅斯。她可以從霍爾科和克羅斯兩人的個人檔案中得知很多資訊，年齡，其他朋友，克羅斯單身，霍爾科已婚，還有一名十四歲的女兒。她在筆記本上塗寫，她腦中已經在勾勒出這些人當中的任何一人成為殺手的可能性，克羅斯還有一個不知名的朋友。

她一直在工作，檢視照片、社交媒體，幫成員資訊補充附註，有時也會圈出其中的一個名字。

攝影師對於捕捉微小的隱藏片段很有訣竅，夫妻之間用嘶聲在吵架，一個男人在教堂眼睛含淚，一個孩子在外面從剛種好的花圃中摘花，他媽媽向他跑去，臉上的表情因憤怒而扭曲。

這些照片對柔伊來說是無價之寶。

當她離開艾伯特家，這就是他們的成果，姓名清單，偶爾會有細節——職業或年齡，現在這些人們開始在她的腦中滋長。傑瑞米．芬恩最初是一個三十歲的已婚男子，但是在一遍又一遍看他出現在照片中，並檢視了他的社交媒體帳戶兩小時之後，他變了。他太太只和他一起出現在兩張照片中；在其餘的照片中，他出現時總是在說話，或者站在一個年輕許多的漂亮會眾身旁，在其中一張照片中他碰觸到她的肩膀。他的臉書個人檔案中有一半的「朋友」是穿著內衣的女性，可能是機器人假帳號。

阿奇．曼恩是個在照片中眼神總是遙不可及的男子，即使他在和某人說話也是這樣，他的手總是插在口袋裡。

凱爾．瑞克一直對男性有意思，而他的太太顯然不以為意。

文森．格里爾的腋下會流汗。

他們在她的腦海中滋長，她從未見過的人，每個人都成為一部長達好幾年的恐怖劇中的角色，一齣以暴力死亡告終的戲劇。

在所有這些照片中，羅德．格洛弗和凱瑟琳．藍姆都扮演著自己的角色，微笑著，說著話，有時有察覺到鏡頭在拍，有時沒有察覺。在早期照片當中不見格洛弗，凱瑟琳是個天使臉孔的少女，通常會站在母親身邊，但是不久之後，格洛弗首度亮相，他和凱瑟琳成為教會團體的焦點時，他和凱瑟琳就開始主導這些照片，在最近這幾年中，他倆在照片中的出現的頻率都比艾伯特．藍姆或派崔克．卡本特多。因為凱瑟琳接替了她母親的位置，所以這很合理，但這證明了格洛弗的超凡魅力，他讓自己成為教會團體生活中至關重要的一員。

第五十五章

芮亞在黑暗中瑟瑟發抖，浴室的牆壁彷彿在旋轉，她在發高燒，並且因飢餓、口渴和失血而懨懨一息，很難集中精神。也許最後害死她的不是那些人，而是因為感染。

她可以感覺到腿下方的刺痛感，她渺小的唯一希望。稍微移動腿來遮住手術刀是如此容易，那個扶著她喝水的人是如此瘋狂，如此困惑，甚至沒有注意到刀片弄不見了。現在她必須強迫自己等待，她仍然可以聽見浴室門外的動靜，其中一人還醒著，如果他們走進來看見手術刀……

不，她會等待。

她被不符合人體工學的姿勢綁住，肩膀和背部又酸又痛。她覺得很冷，好冷。

等夠久了嗎？她在黑暗中待了好幾個小時，那兩個人肯定已經睡了。

她移開腿，很難看見地板上的小手術刀，不可能探手去摸，但可以用腳去搆。她踢掉鞋子，小心滑下一隻襪子，她扭動腳趾以增加腳趾的血流量，然後她試圖用腳姆趾和食指夾住手術刀，這似乎需要耗費很久一段時間，角度完全錯誤，且手術刀平放著，她一直發抖。拜託，拜託，拜託。

令她驚訝的是她終於做到了，手術刀鬆鬆地夾在腳趾間。現在她唯一要做的事就是把手術刀放到手中，一旦她做到也許就可以割斷塑膠綁帶，只有兩條。

事實證明這是不可能的。

她差點就拿到手術刀了，如果她屈膝然後拉扯塑膠綁帶，手指離刀只會有幾吋之遙，但不夠近。手術刀掉了下來，落在她腰部旁邊的地板上。

傳來腳步聲，有人來了，她驚慌失措地扭曲身體，想把自己壓在手術刀上，她扭動時肩膀迸發了一陣疼痛。

門開了，是那個叫丹尼爾的傢伙，他的眼睛在黑暗中閃爍，趁他的朋友睡著，現在他要來殺她了。她發出啜泣。

「你在做什麼，丹尼爾？」黑暗中傳來一個聲音。

丹尼爾轉過身。「沒事，」他說，語氣聽起來很隨性。「我睡不著，我需要吃藥，藥放在浴室櫥櫃裡，這樣可以嗎？」

「好，只是確定一下。」

丹尼爾搖搖頭，走向櫥櫃。「他媽的精神病，」他喃喃道，從櫥櫃拿出一些東西，他跨過芮亞，完全無視她的存在，然後扭開水龍頭。她可以聽見流水流聲，然後聽見另一種聲音，是他在把水注滿杯子，然後，她突然感到一陣冷顫，有水開始滴落在她身上，是綁住她的水管在漏水。

他吞下藥丸，喝下水，然後離開浴室，甚至沒有看她一眼。她聽見一扇門關上的聲音。然後聽見移動的聲音，是另一個男人，他在拖東西，是一張床墊，他把床墊放在浴室門前，他打算在門口睡覺。

讓芮亞鬆了一口氣的是他把門關上了，他躺好要睡覺時一邊怨聲載道。

她移開手術刀，肩膀酸痛，她可能已經脫臼，腦中充滿了疼痛和寒冷，這就是地獄的模樣。

她無法將手術刀拿到手中，老實說，即使她可以，她也懷疑自己是否可以在這個位置割斷綁帶。

要想個新計畫。

她檢查跟她綁在一起的水管，她家水槽有一個跟排水管連接的塑膠物件……是叫做排水彎管嗎？有次堵塞時她其實曾把裝置拆開，很好拆，有一個塑膠螺帽很容易徒手轉動，一旦旋開螺帽，她就可以把裝置扭開。之前扭開時弄得一團亂，差點毀了她的襯衫，但是她對自己把堵塞處理好感到滿意。

這根排水管沒有塑膠零件，排水管的彎曲部分以兩個金屬製的螺帽連接——一顆連接到水槽，另一顆連接到牆壁。她可以輕鬆用被綁住的手在排水管上頭上下滑動，用手指就能碰到兩顆螺帽。理論上如果把兩顆都旋開，就可以輕鬆拆卸下來。

但是排水管和螺帽都鏽蝕了，她試圖扭轉螺帽，螺帽卻動也不動。

也許只要轉開與水槽相連的零件，就能扭開水管，那表示她只需要旋開其中一顆該死的螺帽。

她抓住螺帽，開始旋動，螺帽是濕的，讓她的手掌滑落，但是她試了一次又一次。

終於，螺帽似乎稍微動了一下，只有一點點。

她可以旋開螺帽，用一把手術刀當成武器和驚喜，然後逃生，她知道機率不高，但卻千真萬確。

第五十六章

過了一陣子，翻閱會眾的照片感覺起來就像在閱讀一則長篇故事，柔伊在當中發現編入該系列的一些小故事，例如，起初這些照片開始記錄教堂的事件時，大多數活動都是野餐，但是後來，當凱瑟琳在照片中變得更具統御力，也許在管理階層擔任更加活躍的角色時，似乎有更多的志工工作、更多活動圍繞著社區展開。

但是在那幅掛毯中還有其他平庸的故事，隨著歲月流逝，一對好幾年來都很親密的夫妻各奔東西，最終丈夫徹底消失，只有太太留下。有一個總是甜笑的孩子長大變成一個鬱悶的青少年。一個十幾歲的青少女在一張張照片中變得愈來愈瘦，然後消失了將近一年，當重新出現在照片中時，她看起來健康了一點，但顯得遙遠，再也不笑了。

其中一些事她能想像得到。一個小時一個小時過去，她的疲勞感增加了，她似乎發現了脆弱的關聯性。霍爾科的婚姻破裂了嗎？在兩張照片中，他和他太太看向相反的方向，這使柔伊如此認為，但或許沒有，她無法做出假設。

她腦中有某件事在困擾著她，某種她未能確立的聯繫，拼圖還缺少一塊。

她幾乎確定自己已經掌握可能的候選名單，甚至不到十個名字，有八個。她把名單寄給歐唐納後，再次滑動瀏覽所有照片，以驗證自己選出的人。她的眼睛慢慢閉上，照片仍然在螢幕上閃爍。

夢中她一直在看這些照片，但照片會動，她可以聽見人們在說話，她知道其中一人是凶手，是格洛弗的同夥，她一直試圖要找到他，但他在動，始終留在她的視線邊緣，她無法看清他。她旋轉著旋轉著，周圍的人變得沒有實體，她試圖看清的那個人總比她搶先一步。羅德・格洛弗彷彿一層薄霧般在人群中穿梭，直直走向她，嘴唇扭曲著惡意的笑容。

第五十七章

二〇一六年十月二十二日，星期六

門嘎吱打開，芮亞在朦朧中抬起眼睛，是那個吸血人，他端著一杯水。

她的手掌隱隱作痛，她整夜都在對付那道排水管，直到最終陷入昏迷，她扭開了嗎？她確實記得鬆動了一些，但是她太虛弱了，無法繼續執行，放棄比較容易。

他蹲在她身旁，把破布從她嘴裡清除，然後把杯子抵到她唇上，她貪婪地喝水，竭盡全力不灑出一點水，她喝光一整杯。

他將手放在她的額頭上說，「妳還在發高燒。」

「感染，」她低聲說。「我需要一些抗生素。」

「我們這裡沒有任何抗生素。」

「我需要去看醫生，感染和發燒會害死我。」他似乎在意她是生是死，也許可以說服他。

他沒在聽，逕自盯著她的脖子看。「那是什麼？」

「什麼？」

「那個割傷。」他碰觸前一天他割傷她的地方。

「昨天你用手術刀割的，記得嗎？」

他皺眉。「不，我沒有，我割在腿上。」

「還有手臂和脖子。」

「我沒有，我有割的話我會記得的，我一定會記得的，我只放了妳一次血，我記得，一次，而且不是在脖子上，我永遠不會割在脖子上，我不會……」

「沒有……你也割了那些傷口，」她拼命地說。「你割了我好多次。」

「我……沒有，我不是……不可能。」他劇烈地搖頭。「是妳割的，妳打算放血自殺，把血從我身上奪走！」

他口沫橫飛地咒罵來，雙眼凸出，憤怒扭曲了他的臉，把他變成一頭野獸，他會殺了她的。她的心臟在胸口跳動，脫口而出，「是另一個人幹的，丹尼爾，他幹的。」

他停頓一下，皺著眉頭。「丹尼爾？」

這個人顯然已經完全脫離現實，她可以利用這一點嗎？「他是晚上進來的，你在睡覺時他跨過你，」她說，聲音在顫抖。「他割傷我，喝了我的血，他想要獨佔所有的血，他想榨乾我每一滴血。」

他似乎在抗拒這個念頭。「不是丹尼爾。」

「是，我發誓。」

「不，是腫瘤，腫瘤控制了他，現在他連我們都想感染，是腫瘤，羅德．格洛弗，那顆腫瘤。」

「沒錯，」她矢口亂謅。「是他的腫瘤，它來了，喝了我的血，是腫瘤，我現在想起來了，你要救救我，腫瘤想偷你的血。」

「對，妳說的沒錯，我得處理它。」他的嘴唇顫抖。「我得把它取出來。」

「沒錯，砍他，然後把腫瘤取出來，這是唯一的辦法。」她可以做到的，讓他殺了他的同夥。

他考慮了一下。「不，我要幫妳買一些抗生素，我會問他們有沒有賣治療腫瘤的藥，我會問他們。」

如果他離開家，他的朋友肯定會殺了她。「不要走！他會殺了我，先去處理他！」

「不用擔心。」他拿起破布塞進她嘴裡，她掙扎著，試圖把破布吐出來，他把結綁緊，確定破布塞在她的嘴裡。「他昨晚吃了藥，他吃藥都會睡到中午，那時我早就回來了。」

他起床了，她透過破布尖叫，試圖用舌頭把破布抵開，卻徒勞無功。

「反正不要發出太大的聲音，他會一直睡下去，」他告訴她，然後關上門。

她不會等這個瘋子回來。其中一人出門了；另一人服了藥在睡覺。如果她現在把自己解開，用手術刀自衛，那麼她不僅有一線希望，她真的有機會逃生。

受到這個想法的鼓舞，她竭盡所能地扭轉與水槽排水管相連的螺帽。

隨著生鏽的嘎吱聲，螺帽轉開了。

第五十八章

柔伊一驚而起，噩夢在腦海中徘徊，她的呼吸短促，只差一點就要想透某件事，這是她過去在照片中沒有注意到的一個重要細節，是什麼？也許是格洛弗和其他一名會眾之間交換了一個意味深長的眼神？還是有人在照片中與格洛弗反覆一起出現？

但是她仔細檢查過格洛弗出現過的照片很多次，以至於現在她打從心底對那些照片如數家珍，她可以背誦出現在這些照片中所有人的名字，其實她在清單上做了記錄，記錄下每個人被拍下與格洛弗交談或互動的次數，與他最親近的人似乎是一個名叫丹尼斯·布雷克的人，他列名柔伊的八位首選名單之一，他未婚，三十六歲，曾在沃爾瑪超市擔任銷售助理，很可能曾經是基層人員，他是那種會讓格洛弗對他頤指氣使的人，且格洛弗會立刻注意到這一點。

這就是她糾結的點，他極有可能是他們在找的不明嫌犯，她拿起手幾，正要撥通塔圖姆的電話。

不是。

她確切挑出令她煩惱的關鍵點，卻沒有感覺到鬆了一口氣，無論讓她憂慮的是什麼，都與丹尼斯·布萊克完全無關。

困擾她的點不是她在照片中看到的，而是在照片中缺少的東西。

有人刻意要避免跟格洛弗合照？照片中有十三人沒有和格洛弗一起合照，甚至連一次都沒有。她依次輪流思索了每一個人，都不吻合。

問題是她鎖定在格洛弗身上：照片中的人與他關係如何，他們是否有與他交談，他是否對著他們或者他們的配偶微笑，或對他們的孩子微笑？彷彿她無法在不指出每個特徵與格洛弗之間有何關係的情況下側寫不明嫌犯。不明嫌犯和格洛弗一樣是白種人，平均身高也跟格洛弗一樣，他患有精神疾病，格洛弗就是依賴這一點來操縱他，他是一名追隨者，這就是格洛弗尋找同夥時看重的特質。

不明嫌犯也是一名殺手，也許是格洛弗撬動他野獸的那一面，但那一面過去一直都在那裡潛伏，而且他的特徵與格洛弗完全無關。這是她自身的問題，是一直困擾著她的問題，羅德．格洛弗一出現，她看待世界的方式就不同以往，就像透過一道變形的鏡頭。

開啟筆電後，她滑動瀏覽了整個照片集，這次的重點是格洛弗沒有出現的照片，要從當中搜找出線索，任何線索都好。

她在二十分鐘內找到了。

她在教堂的紀念板上看過的一張照片從照片集中消失了，她立刻知道是誰和凱瑟琳一起出現在照片中。

艾倫．史文森。

她找到塔圖姆拍下的教堂紀念板照片，並翻查這些照片。艾倫．史文森出現在其中兩張照片，在一張照片中，他和凱瑟琳與一群其他人站在一起，對著鏡頭微笑。那張照片也出現在她從攝影師芬奇那邊取得的照片當中，但是第二張是艾倫和凱瑟琳在花園長凳上聊天的照片，那張照片在芬奇的照片裡不見了，為什麼？

其實她想起一件事，最近幾乎沒有任何艾倫的照片，但是他告訴過他們，他會去參加大部分的週日禮拜。她又確認了一次，史文森只出現在少數幾張大合照中。

她再次瀏覽這些照片，這次重點鎖定在檔案名稱，每當照片編號跳號時便標註下來，總體來說，照片編號是連續的，每當照片的日期更改過，照片編號就會出現跳號，想必是因為這些照片之間拍攝了不相關的照片，有時會少掉一兩張照片，可能是因為照片模糊或因無法使用被直接刪除了。但是在更近期的檔案夾中有很多不見的照片，連續的照片編號突然跳號四到五張照片，最近兩年共短少了三十二張照片。

有些照片被刪除了，這是應史文森的要求刪除的嗎？

他曾告訴過他們，他開車經過教堂時曾見過凱瑟琳，她回想起那段對話，他說他一直在和朋友聊天，他們從來沒有去追過這項說法，是跟哪個朋友？格洛弗？

凱瑟琳曾見過他們兩個一起在車上嗎？如果格洛弗認為她認出了他，認為她看見他和史文森在一起，那可能足以促使她的謀殺案發生。

他並未列名在她的名單上，因為她是根據她有的這些照片來創建這份名單，而他幾乎沒有出現在照片上。由於她假設不明嫌犯是在教堂認識格洛弗的，而且會定期在那裡見到凱瑟琳，因此她鎖定那些經常出現在照片中的人，這些人是會眾團體的一員，她從沒想過有特定人物在上面的照片會不見蹤影。

她在社交媒體上搜尋他，並在臉書上找到他的個人檔案，她滑動瀏覽他的貼文，他離婚了，沒有孩子，他會與比他年輕許多的女性自拍。

她撥打塔圖姆的電話。

「嘿。」他聲音聽起來疲憊不堪。

她突然想起塔圖姆前一天為了這個凶手設置的網路陷阱。「病毒的事有消息了嗎？」她問。

「這不是病毒——是木馬程式。」他說馬這個字的時候打了個哈欠，所以聽起來像是痲～～～。「沒消息，他沒有下線，但也沒有打開檔案，不知道為什麼，我今天早上試著問他是否在檔案中找到他要找的資訊，仍然沒有回應。」

「你在警署嗎？」

「對，我在這裡睡覺，我們舉辦了一場過夜派對，瓦倫丁探員穿了粉紅色的睡衣。」

「真的假的？」

「假的，但我覺得當妳認為可能性微乎其微時，這麼說會顯得很有趣。」

「塔圖姆，你有我們談過話的那個攝影師的電話號碼嗎？」

「我想有吧，芬奇，對吧？等等……好，我傳給妳了，要幹嘛？」

「我想有一些照片不見了，」柔伊含糊地回答，不確定自己的直覺是否有力到足以詳細向他敘述。「一有新消息我會告訴你的。」

「好，我想有一個進度會議要在——」

在他告訴她會議細節前，她已掛斷電話，是她的自我保護機制。然後她撥打芬奇的電話，等了很長一段時間他才接聽。

「你好？」

「芬奇先生，我是柔伊．班特利，我們幾天前見——」

「我記得，有什麼我能協助的嗎？」

「我想了解關於凱瑟琳．藍姆和艾倫．史文森。」

長時間的停頓告訴她她問對人了，她繃著臉笑了。

「他們的什麼事？」芬奇終於問。

「你提供給我們的檔案中，有一張他們兩人的合照不見了，是你用在紀念板上的照片。」

「那肯定是我搞錯了，也許我漏了一個資料夾。」

「據我所知，你漏的不僅是一個資料夾，過去兩年中少了很多照片，你有刪除掉一些照片嗎，芬奇先生？」

「就像我剛剛說的，這可能是我搞錯了，在星期一早上我會瀏覽一下那些照片，把不見的檔案寄給妳。」

如果他有理由要藏匿這些照片，到時他早就都刪除了。「如果我們現在派一位巡邏警官到你的工作室呢？有搜查令的警官？你能更快找到照片嗎？」

「沒有必要吧。」

「有一位女性被謀殺了，芬奇，如果你隱瞞證據——」

「妳不能告訴他我跟妳說過話。」芬奇脫口而出。

「告訴誰？」

「艾倫。」

「艾倫．史文森？」

「對，他星期二來我的工作室，告訴我要我刪除過去兩年中他的所有照片。」

星期二，是他們在教堂遇到史文森那天，他看見他們在看紀念板，可能就直接去告訴芬奇，以擺脫一些他不想讓他們得知的事。「他有告訴你為什麼要這麼做嗎？」

「他說我侵犯了他的隱私，威脅如果我不刪除，他就要告我。」

「你刪除照片了嗎？」

「我從資料夾中刪除了，但是我有一個備份檔。」

「我們現在就需要那些照片。」

「我可以在二十分鐘左右到達我的工作室，然後把照片寄給妳。」

「寄到我的電子郵件信箱。」她給了他她的電子郵件地址。「要快一點。」

等待是如此漫長，她不斷重新載入她的電子郵件信箱，檢查他寄了沒有，正當她要再打電話給他時，她收到了電子郵件。她滑動郵件。

有時候一張照片真正足以抵得上千言萬語，而這裡有三十二張這種照片，有些照片是無害的，但那些照片並非史文森所擔心的，芬奇掌握了捕捉獨特瞬間的技巧，這些照片當中有十七張訴說了一個故事。

艾倫和凱瑟琳在教堂裡交談，他們的身體以普通認識的關係來說有點靠太近了，在幾張照片中，他們在黑暗的角落裡接吻。另一張照片上艾倫將手擺在凱瑟琳的腰上，她的動作看起來像是試圖要把手移開，或者是把手壓在那邊。然後又有幾張他們說話的照片，凱瑟琳看起來快要抓狂，艾倫則一派冷靜。有一張照片是凱瑟琳淚眼汪汪，艾倫則冷酷地看著她。然後是另一張接吻的照片，那是一個強吻，艾倫緊緊抓住凱瑟琳，她的雙手僵硬地垂在身側，彷彿在強迫自己動也不動。

柔伊打了電話給歐唐納，她的目光仍然鎖定在最後那張照片上凱瑟琳的表情，凱瑟琳緊閉雙眼，好像她正試圖抹去發生在她身上的事，也許是想使這些事情消失，但最終，她還是沒把眼睛閉得夠緊。

第五十九章

排水管扭不開，芮亞發出一聲絕望悶聲的呻吟，她用盡全力拉扯水管，不在乎是否發出任何聲音，也不關心另一個人，不關心丹尼爾是否會醒來，拜託……

毫無動靜。

這結構與她家中的水槽不同，也許是類似結構，但沒那麼像，儘管她完全鬆開了一顆螺帽，但水管轉不開。

她不得不鬆開另一顆，一旦她鬆開那顆，她肯定能重獲自由，但無論她怎麼嘗試，那顆螺帽都毫無動靜，連鬆開半吋都沒有，她的角度完全錯誤，她漸漸無力，而且她可以看見上面有鐵鏽，鏽到那種程度……

她想到一個主意，她滑動他被綁住的手，把綁帶直接擱在生鏽的連接處上，然後抬起身體，將所有重量都壓在排水管上。

排水管發出吱嘎聲響，鏽蝕的碎片落在她周圍，她試圖拉扯水管，但是身體幾乎沒有支撐，這是不可能做到的。

也許還是要試一下？

她放低身體的水平，深吸幾口氣，然後再次嘗試，再一次。排水管牢牢不動。

她伸直身體，舉起雙手，然後迅速移動，把排水管拉下，管子發出鏗鏘聲，她的心裡一沉，但有更多鐵鏽落在她周圍。她又試了一次。

鐺。

再一次。

鐺。

鐺。鐺。鐺。

她停下，把自己的身體抬高，讓全身體重落在排水管上，結構支撐不住了，她做到了！整個連接處鏽蝕得太嚴重，她可能能夠把水管整根弄斷。

然後，門開了。

她一下子跌落在地上，用身軀藏住手術刀。

丹尼爾拖著腳步進來，他眨著眼，打著哈欠。他穿著一件沒綁上的浴袍，一條內褲、襪子和一件油膩的白襯衫。他看了她一眼，搖搖頭，然後走到馬桶。芮亞移開視線。他小便時，她感覺到他斜著眼看她。

他上完了，沒有沖水；他步履艱難地走到她上方的水槽，洗手洗臉。

水從連接排水管的兩顆螺帽間滴下，濺到地板上，發出像下雨一樣的聲音。芮亞急忙閃到側面，讓水順著她的頭髮和肩膀流下，如果他注意到濺出來的水，就會弄清楚她在做什麼，那就沒戲唱了……

他沒注意到，他在水槽盥洗完，並把水關上。

「嘿，你吃早餐了嗎？」他對他的朋友喊。

當然沒有任何回應。

丹尼爾離開浴室。她想像他去檢查房間，去看看他的朋友是否在那裡。

他回來時眼中閃著光芒。

「好吧，」他說，「看來我們好像被單獨留在家了，沒有監護人了。」

芮亞從鼻子急促呼吸，感到一陣恐懼。

「我現在可以處理妳了。」丹尼爾笑了。「三十秒，再也沒有芮亞．狄隆的存在，那是妳的名字吧？芮亞．狄隆？警方在找妳，嗯，找妳和我，真的，我們是昨天晚間新聞的大明星，也許我可以處理掉妳，警方會找到被丟棄在河中的芮亞．狄隆屍體，妳意下如何？」

她搖搖頭，他笑開了，他顯然喜歡她的反應，享受她的恐懼。她嚇壞了。

他若有所思地用手輕敲嘴唇。「沒理由不能找點樂子吧？我懷疑我的夥伴會嫉妒我呢。」

他走出浴室，在身後把門留著沒關。

另一個人到哪裡去了？他說他只是去藥局，他離開已經至少一小時了；他現在應該早就回來了。無所謂了，她最多只有幾分鐘時間，她需要充分利用每分每秒。

她緊緊拖住排水管，抬起身軀，管子嘎吱作響，突然震動一下就破裂了，水管沉澱物濕透她全身。

她重獲自由了。有一度她只是喘著氣，不敢相信剛剛發生的事，她摸索口中的破布，但綁得太緊，且雙手仍被綁在一起。她拿起手術刀，試圖將刀擠入雙手之間割開束帶。手術刀割傷她的手腕，鮮血滲出，讓束帶黏黏的，她設法把束帶調到手腕之間，並試圖看見塑膠的部分，但這是完全不可能的。刀片上沒有鋸齒，一直從塑膠上滑掉，她太虛弱了，角度又太尷尬了。

「小心一點──妳可能會弄傷自己。」

他站在門口，手裡拿著一塊長長的灰色布料，她往回爬，將手術刀刺向他的方向。

他往浴室裡跨出一步，往她臉上一踹，痛楚爆發，這是她未曾經歷過的疼痛，她感覺有東西嘎扎嘎扎地被踩過；眼前的世界迷離了。手術刀從她的手指上滾落，摔在地板上。

他抓住她的手腕，把她猛拉向他，把她拖過地板，用力把她推成俯臥姿勢。有東西東緊她的喉嚨，是那塊布，她無法呼吸。她扭動著試圖掙脫，什麼都踢不到，她試圖尖叫，但完全叫不出聲。

他把她那條破掉的褲子猛拉到膝蓋，手指粗暴地撫摸她，進入她。喉嚨上的絞索鬆開了些，她能夠呼吸了，她透過嘴裡的破布尖叫，她閉上眼睛，祈禱這一切快點過去。他的重重喘著氣，呼吸帶有喉音，然後突然間，那雙粗糙的手掌抽開了。

她睜開眼睛，他瞪視著她，滿臉脹紅，眼睛大睜，他大發雷霆。

「這都是妳的錯！因為妳該死的長得有夠醜！」

絞索再次束緊，呼吸不到空氣。她無法尖叫，無法哭泣。

她唯一的安慰是這不再像之前那般疼痛，其實她幾乎已經什麼都感覺不到了。

第六十章

歐唐納看著螢幕上的史文森，他正漸漸失去耐性，在偵訊室兜著圈子走來走去，她希望這不是另一條死胡同，她剛訪談完柔伊名單上的人，當然，他們像任何人一樣都會感到緊張，但當中沒有任何人是特別突出的線索。

「那是史文森嗎？」塔圖姆走到她身旁。

「是，」她說。「他們正好在他要出門的時候把他帶走。」

「他有說他要去哪裡嗎？」

「他說他正要去見一個朋友。」

塔圖姆點點頭。「搜查令有消息了嗎？」

「庫奇正在處理這件事，我不知道我們是否足以申請。」

「我們來幫庫奇取得更有力的證據說服法官吧，」塔圖姆建議。

他們步出房間，來到走廊，開始走到偵訊室，歐唐納停頓了一下。

「看看誰來了，」她說。

派崔克．卡本特大步走向他們，臉上的表情怒不可遏。

「警探，」他還在幾碼遠的地方就在大喊了。「我們的會眾失去凱瑟琳還不夠嗎？大家還在深切哀悼，你們卻不斷騷擾他們，試圖將這令人髮指的罪行強加在其中一人身上？」他那鼓脹的眼睛充滿血絲，衣冠不整，是因為教會少了凱瑟琳嗎？還是和太太懷孕的事有關？

「我們沒打算強加任何事在——」

「史文森先生打電話給我，告訴我你們正在審訊他。」

歐唐納揚起眉毛。「我以為他是打電話給他的律師。」

「我跟妳保證，我確實代表他聯繫過律師，顯然他不是你們這個週末騷擾的第一個人？其他一些成員傳訊息給我，告訴我他們受到——」

「卡本特先生，我們只是試圖找出應該為凱瑟琳之死負責的人，我以為你們教堂的所有成員都想要這個真相？」

「我們希望殺她的凶手被繩之以法，我們不想要這種……這種……獵殺女巫式的盤查，逐一挑選我們的成員來探聽消息——」

「如你所知，」塔圖姆說，「你的一名會眾成員丹尼爾．摩爾其實是羅德．格洛弗，他是列名聯邦調查局最高通緝名單上的殺手，我們相信——」

「你認為艾倫與此有關嗎？你真的有跟這個人說過話嗎？他是我認識過最友善的人之一。」

「卡本特先生，請降低聲音，否則我不得不——」

「更別提他又瘦又虛弱了，你真的認為他有能力跟一個垂死的男子一起犯下這些暴力罪行嗎？你又有什麼證據可以支持那些荒謬的指控？你們只是因為艾倫和丹尼爾剛好是認識的朋友，就逮捕了艾倫？」

這點燃了歐唐納的興致，史文森和格洛弗是朋友嗎？她需要讓卡本特繼續說下去。「我們相信史文森先生掌握關於他朋友的關鍵資訊，你當然會同意他應該告訴我們他所知的一切吧。」

派崔克似乎意識到自己對她透露太多了，他突然停頓下來，幾秒鐘後，他嘶聲說道，「我不能待太久，我太太今天出院。否則我向你保證你們偵訊史文森先生時，我一定會堅持在場，而且在他律師到達這裡之前，你最好一個問題都不要問他。」

「我們不會，」歐唐納說。「希望你太太早日康復。」

他沒有打算回應她，沒再說一個字就離開了。

「這很有趣，」塔圖姆說。「至少我們有一些線索可以當作起點了。」

「對。」歐唐納拿出手機，打給庫奇。

「嘿。」庫奇幾乎立刻接聽。

「搜查令的事怎麼樣了？」

「有一點延遲，可能還需要等一個小時，法官才能進行審查。」

「好的，聽著，我們還有其他東西要交辦給你，派崔克・卡本特剛剛告訴我們，史文森和格洛弗是朋友。」

有一陣停頓。「那我們肯定足以申請到搜查令了，」庫奇最後說。

「我們傳訊史文森到這裡，我們會盡力把他留在這裡，但我們不能逮捕他，現在還不行。」

「我會盡力催他們快點。」庫奇掛斷電話。

歐唐納將手機滑入口袋，走進偵訊室。

「警探，」史文森語氣緊繃地說。「我已經等了將近一小時，我想提供協助，但今天是週末，而且——」

「我們很感謝你的協助。」她坐下。「我們只是想問幾個問題，我們整個上午都在持續找會眾談話——也許你打電話給卡本特先生的時候，他有告訴你吧。」

史文森坐下，一語不發，她注意到他的左臉頰下側有一道難看的刮痕。

「你跟凱瑟琳・藍姆有多熟？」她問，慢慢帶入話題。

「我告訴過在座的探員，我跟她說過幾次話，我們曾經一起舉辦過慈善活動，僅此而已。」

「丹尼爾．摩爾呢？」

「只是點頭之交，再說一次，我已經告訴過——」

「派崔克．卡本特說你跟摩爾是朋友。」

他的眼睛緊張地閃爍。「我不會稱之為朋友，我可能跟他說過一兩次話，他是那種很友善的人。」

「你最後一次見到他是什麼時候？」

「我不記得了，有一陣子了吧，我認為他已經離開好幾個月了。」

「你知道他離開去哪裡嗎？」

「不太清楚，就像我說的，我們不熟。」

是時候讓他皮繃緊點了。「你是怎麼刮傷的？」

他摸摸臉頰。「我刮鬍子的時候自己刮到的。」

她想起鑰匙上發現的斑斑血跡。「你真是粗心，你說你只和凱瑟琳說過幾次話，但是在她的通聯記錄中，我們有看到你的來電紀錄，有十到二十通。」

他緊張起來。「就像我說的那樣，我們一起舉辦過慈善活動，我們得要計畫活動。」

「是五個月以前的慈善活動嗎？」

「呃……對，我猜是吧。」

「我們有看到那場活動的照片，你知道我們最初拿到的照片版本，你沒出現在任何一張照片中嗎？」

「我當時正忙著做一些行政工作，我想我沒有時間拍照，但是如果妳需要證明，我有用我自己的手機拍了一些照片——」

「史文森先生，你誤解我的意思了，」歐唐納打斷他。「我們最初沒有拿到照片，但是當我們問攝影師時，他告訴我們你要他刪除過去兩年你的所有照片，我們走運的是他沒有刪除那些照片，因此我們還是得以全部看到。」

她期待當他理解她話中暗指的含意時眼睛會睜大，他的目光似乎在房間裡四處移動，好像在尋找出路，有幾秒鐘他的身體緊繃不動。

然後他態度丕變，表情變得茫然，姿勢鬆懈下來。他向後一靠，然後微微一笑，咬牙切齒地說，「我想我現在要等我的律師來了。」

第六十一章

歐唐納最早的記憶之一是看了一部電影，叫做《大魔域》，她父親有一天把錄影帶拿回家，告訴她這是一部很棒的電影，充滿了冒險情節。「妳會愛的，」他說。她真的記得他確切所說的語句和他的笑容，因為事實證明這是她第一次覺得被父親背叛。

電影一開始非常好看，有奇異的生物和不祥的黑暗虛無，她父親向她保證等等會有一隻美麗又毛茸茸的龍，她很興奮，想看這隻龍，也想知道更多關於虛無的事。但是首先，阿特雷尤和他的白馬阿塔克斯必須在「悲傷沼澤」中艱難前進，而這座沼澤會對任何進入者帶來深沉的悲傷，行至半途，阿特雷尤的馬突然停下，任憑自己被沼澤吞噬。

一開始歐唐納非常緊張，等著看這匹馬會如何在朋友的激勵下突然現身，但是沒有，牠消失了。她不可置信，她真的直接問父親，「馬死了嗎？」

「對，但妳看著——龍快要出現了。」

她從未真正看到那隻龍出現，因為她突然歇斯底里哭了出來，時而對她父親大喊大叫他騙了他，直到她母親走進來並停止播放錄影帶。歐唐納那個週末哭了好幾個小時，幾天之後，她又無緣無故再次哭了起來。

她在青少年時期買下那卷錄影帶，打算再看一次那個橋段，並嘲笑自己當年幼稚天真地在那發脾氣，結果看到阿特雷尤尖叫著要阿塔克斯前進時，卻感到一陣哽咽。她把錄影帶退出，把帶子砸個粉碎。

如今身為一個成年人，她偶爾會覺得自己彷彿在嘗試穿越悲傷沼澤，一步比一步更加艱辛，直到停下腳步讓沼澤吞噬她，這聽起來幾乎很安詳。

那就是她現在的心境。

庫奇設法取得了搜查令，二十分鐘前從史文森家打電話過來，表明他們已進入屋內，房屋已經清空，沒有其他人在，他說如果他們發現堪用的證據，他會打電話給她。

史文森的律師出現了，他們正在偵訊室裡交談，可以肯定的是，他們不會再獲取史文森方面任何有用的口供，他的律師會堅持要求放他的客戶走，他尚未被捕，還不能逮捕他。他身上並沒有確鑿的證據。

她拿出手機，打算打給庫奇，但手指在顫抖，她改打給她丈夫。

「嘿。」他的聲音裡有些冷淡，沒有人能察覺得到，但是她幾乎可以感覺到手機的溫度直直落，他們那天早上應該要去動物園，但沒有去，她人在這裡。

「嗨，親愛的，對不起，我想今天又將是漫長的一天，發生了一些事……」她想告訴他關於芮亞．狄隆的事，一名女性在她家附近走路，被兩個會在喝完受害者的血之後強暴她的殺手抓走，但是她沒有說出口，她很久以前就發現，在家裡談論工作是個壞主意。「無論如何，我可能會再次錯過哄睡時間。」

「好。」

「你可以請奈莉來聽電話嗎？」

有片刻的沉默，然後，「媽咪？」

「嘿，寶貝。」

「猜猜我手裡拿著什麼。」

「爸比的手機。」

「不是，另一隻手啦。」

「我不知道，是什麼？」

「妳要猜啊。」

「是妳其中一隻玩偶嗎？」

「不是。」

「呃……一顆球？」

「不是。」奈莉咯咯發笑。

歐唐納笑了。「到底是什麼呢？」

「我不會告訴妳的，」奈莉故意逗弄她說。

顯然歐唐納是個比自己想像中還要糟糕的警探，她不僅無法讓史文森吐實；甚至連五歲的孩子都無法說服。「我打賭是小狗便便。」

「噁！不是，才不是。」

「是臭臭小狗便便。」

「噁，媽媽！」

「我要告訴我的警察朋友，奈莉拿著一坨小狗便便。」

「不是便便——是棒棒糖。」

「啊！我下一個就要猜到了說。」她傻呼呼地笑了。「寶貝，妳睡覺的時候我可能來不及趕回家，但我會打電話回來跟妳說晚安。」

「保證會打嗎？」她的問題中有明確的指控語氣。

「會，我發誓。」

「好吧，媽咪。」

「寶貝再見。」

「再見。」

掛斷電話後，她盯著手機，幾秒鐘後，手機亮起並開始響，是庫奇。

「嘿，」她說。「我正要打電話給你。」

「我找到東西了，」庫奇說。「史文森的電腦已鎖定，他們吩咐在我方電腦技術人員拿到手前，不要亂搞電腦。但是我們在這裡發現了一堆光碟片，我用我的筆電檢查了其中幾張，這是自拍色情片，史文森似乎是主角。」

感覺他迫不及待要告訴她一些事。「然後？」

「其中一些影片是他和凱瑟琳．藍姆的。」

逮到你了。「你認為她知道他正在拍她嗎？」

「我們已經找到攝影鏡頭，藏得很好，她在影片中沒有表現出她知道鏡頭的存在。」

「混帳東西。」

「另外，我不知道妳能不能利用這一點，但是他一直將大量現金藏在他的床墊下面，這裡大約有超過五千美元，我的第一個念頭是毒品，對吧？但是我在這裡找不到任何毒品，我和警犬分隊的人說了；他們會派一隻緝毒犬來這裡，以防萬一。」

「那是個好主意。」她懷疑他會找到任何證據，這筆錢與毒品無關。

「到目前為止是這樣，我們會繼續尋找。」

「把現金的照片寄幾張給我，你一發現其他任何證據就打電話給我，幹得好。」她掛斷，她不再陷入僵局，她知道如何讓史文森吐實了。

奈莉沒有拿著小狗便便，但史文森肯定挫屎了。

第六十二章

她走進空蕩、燈光明亮的偵訊室，塔圖姆在她身後一步之遙，史文森試圖讓自己看起來很自在，但是歐唐納看過他稍早在房間裡踱步的樣子，他異常緊張。

他們坐下，歐唐納大聲說，「荷莉．歐唐納警探和塔圖姆．葛雷特別探員，開始進行艾倫．史文森的偵訊。」

「我的客戶被逮捕了嗎？」律師蓋瑞．尼爾森問。

他是個禿頭，下巴上長了一顆大痣，他的下唇比上唇厚許多，使他的舉止看起來像隻癩蛤蟆，他說話帶有一種呱聲般低沉刺耳的聲音，又更像癩蛤蟆了。

「不，他沒有，」歐唐納說。「他來這裡只是因為我們想問他幾個問題。」

「那我想──」

「但是我們搜索他的住處時發現了一些東西。」

「你搜了我的房子？」史文森大喊，冷靜的表象消失了。

她把一份影印的搜查令拍在桌面上。「你要進軍電影圈嗎，史文森？在你的光碟片上找到一些有趣的畫面。」

尼爾森從桌上搶走搜查令，並瀏覽內容。「我可以否決這張搜查令，你把我的客戶詐騙到這裡──」

「繼續啊，試試看啊，」歐唐納冷淡地說。「我們所做的一切完全合法。」

尼爾森無視她，目光注視著搜查令。「我想和我的客戶商討一下。」

歐唐納嘆了口氣。「又來？」

她和塔圖姆走到外面。

「你知道這個傢伙讓我聯想到什麼嗎？」塔圖姆問。

「蟾蜍？」

「妳也覺得？我一直在期待看見他用舌頭捉蒼蠅。」

「真的很讓人分心，」歐唐納同意。「也許那就是他的策略，先混淆我們的視聽，然後再拖著他的客戶呱呱跳走。」

他們都笑了，那是一個緊張脆弱的笑，歐唐納的神經快要崩潰，她覺得塔圖姆儘管外表看似冷靜，但並沒有好到哪裡去。

「律師真的很怪，老是說要商討，」歐唐納說。「為什麼不像正常人說聊一下呢？除了律師之外，還有人會說商討嗎？」

「沒有，我也不認為會有誰說『反對』，一般人會單純說，『你錯了。』」

「我有時會說『我反對』。」

「不，妳不會。」

「是不會，」歐唐納承認。「我不會，但我媽過去常常說她反對我的語氣。」

「那不一樣，媽媽想說什麼都可以。」

十分鐘後，門開了，尼爾森說他們已經完成「商討」。

「我客戶所持有的光碟片不能作為證據，」尼爾森一坐下便宣布。「你們無法在法庭上運用這些光碟片，且從你針對在這些光碟上看到的任何內容進行盤問，也都是不被採納的。」

歐唐納生氣地交叉雙臂。「我們已經申請過了，這張搜查令允許我們可以對財產進行搜索，為了找出——」

「為了找出任何藏匿的人員或武器，或任何能識別該人員位置的文字或記錄，這邊特指芮亞・狄隆和羅德・格洛弗，又名丹尼爾・摩爾。」

「沒錯。」

「那那些光碟片算什麼？」

「是我們在尋找文字或記錄時找到的。」

「我對這一點沒有任何爭議，但我看不出你們為什麼要查看他們的內容。」

「他們可能與羅德・格洛弗和芮亞・狄隆的位置有關。」

「確切而言如何相關？」

「嗯，他們可以扣留與此相關的檔案，」歐唐納說。「或者任何有拍到芮亞・狄隆監視錄影畫面的地方。」

「扯太遠了，警探，如果你們想瀏覽我客戶的電子媒體和電腦檔案，則搜查令上面應該要註明。」

應該要註明的；他是對的。歐唐納想走到外面踹庫奇好幾下，他應該確認搜查令中有包含該項內容，但他們延遲的每一秒都可能是芮亞・狄隆生命的最後一秒，她能責怪庫奇太著急嗎？當然可以，該死的。

「好吧，我想法官會自行認定證據是否可採納，」她嚴厲地說。這一點在法庭上是模稜兩可的。

「如果妳要圍繞著這一點成案——」

「我們來討論其他事吧，史文森先生，我這裡有你的通聯記錄，在三個月前，似乎你和凱瑟琳．藍姆幾乎每天互相通電話。」她拿出通聯記錄並給他看。「那是你們兩個辦了慈善活動的兩個月之後。」

「她是我的宗教顧問，」史文森說。「她每天例行跟很多人交談。」

「確實如此……但是你們的談話時間都很短，都不超過五分鐘。」

「我的信仰危機很快就解決了。」

「你們的電話交談發生在泰倫斯．芬奇拍到你與藍姆小姐關係匪淺的同一個時期，既然我們已經知道你與她發生了性關係，而且你現在知道我已經看過那些照片了，那麼我們就廢話少說吧，你打電話給她是要約見面。」

「警探，」尼爾森說。「我的客戶不會——」

「對，好，那又怎樣？」史文森問，提高了聲音。「上牧師的女兒有犯法嗎？」

「沒有，但勒索她就違法了，」塔圖姆說，他交叉著雙臂，臉上充滿威嚴，他在扮演他的角色：讓自己看起來很可怕。

史文森搖搖頭。「你是不是瘋了？我沒有勒索她。」

歐唐納從案件中取出六張照片，一張一張接著一張排好。史文森和凱瑟琳靠得很近站在一起，史文森和凱瑟琳接吻，史文森試圖在凱瑟琳抽身時抱住她，史文森和凱瑟琳——她在哭，他幾乎是在笑，然後是一張在史文森家中找到的現金照片，最後是她的屍體赤裸躺在血泊中。

「照片訴說了一個有趣的故事，不是嗎？」歐唐納問。「讓我們簡潔說明一下，你可以想像這說法在法庭上的陪審團耳裡聽起來如何：三個月前，你開始與凱瑟琳．藍姆發生性關係，我懷疑這是否是認真的關係，也許她喜歡快速性愛或偷嚐禁果；我不知道，但是幾週後，她決定停止跟你見面，然後你告訴她你從頭到尾一直在拍她，你有性交的影片，你開始勒索她。我們看到凱瑟琳的銀行帳戶有穩定的提款，我們可以把序號與我們在你床墊底下發現的現金進行比對——」

「就算序號匹配，他們也無法做到。」尼爾森說。

「警方也許不能，但聯邦調查局可以，」塔圖姆說。「我們願意為此案分配大量資源。」

塔圖姆其實告訴過歐唐納，他懷疑他們能否做到這一點，但他擅於虛張聲勢。歐唐納繼續說，「也許你甚至堅持要她繼續跟你做愛，我懷疑陪審團會怎麼想這一點。」

尼爾森怒不可遏。「警探——」

「但最近發生了一些事，你榨乾凱瑟琳了，她的帳戶幾乎空了，她告訴你她不能再付錢了，而她要跟她父親告發你，而且你知道他會去報警。幸運的是，你的袖裡藏了一張王牌，你的好朋友羅德·格洛弗。如你所知，我們有派崔克·卡本特的證詞，證明你們兩個是好朋友。格洛弗告訴你沒關係，他在這種事情上很有經驗，你去了凱瑟琳家並且一起殺了她。看在過去的份上，你還強姦了她。」

史文森搖搖頭。「我永遠不會——」

「然後你去叫泰倫斯·芬奇刪除你和凱瑟琳的所有照片，他可以證實這一點，你覺得怎麼樣，史文森？如果你是陪審團，你會怎麼裁決？有罪還是無罪？」

尼爾森轉向他的客戶，「不要告訴他們任何事，稍後我們再私下討論所有事，他們沒有掌握任何具體的證據，他們正在試圖霸凌你。」

「芮亞·狄隆才是我們真正關心的，」塔圖姆說。「據我們所知，她還活著，但是浪費一分一秒她可能都會死，如果你現在全盤托出，告訴我們所有你知道的事，幫助我們找到格洛弗和芮亞，你可能不會餘生都在監獄裡度過。」

「他們的案子仰賴不被採納的證據。」尼爾森說，無視於他們說的話。

「真的嗎，尼爾森先生？」歐唐納問。「你會對此賭上客戶的性命嗎？因為這真的取決於法官認定，此外，就算沒有光碟片，我們也掌握了頗能服人的論據。」

「更別提我們還有電腦了，」塔圖姆說。「一旦我們破解密碼，我們會在電腦裡找到什麼？而且我保證調查局會破解你的智障密碼。」

他們想再次商討。歐唐納走到外面，塔圖姆跟著她。

柔伊在門外等他們。「幹得好。」

「妳覺得怎麼樣？」歐唐納問。

「當然，妳的說詞充滿了漏洞，」柔伊說。「不符合犯罪模式或證據，更別提側寫了，無法解釋芮亞．狄隆或海莉耶塔．費許朋的案子。」

「對。」歐唐納無可爭論。

「但妳確實達到妳的目的了——他很害怕。」柔伊指著螢幕，史文森在螢幕中正與他律師熱烈地竊竊私語。「史文森沒有犯罪記錄，這可能是他第一次進警局，他嚇壞了，他的律師無法使他冷靜下來，他會告訴我們一些內情的。」

歐唐納點點頭。「我們只是希望他能引導我們找到芮亞。」

「或者格洛弗，」柔伊陰鬱地說。

門又開了，尼爾森站在門口，他的客戶想談條件。

第六十三章

他們討論了一下，但州檢察官最終同意條件：艾倫．史文森將供出所有關於凱瑟琳．藍姆和羅德．格洛弗的事，而作為回報，除非他參與了兇殺案，否則他們不會起訴他。尼爾森與州檢察官辦公室就各種條款進行了數小時的談判，芮亞可能快死了，格洛弗可能逍遙法外，還可能計劃另一起謀殺案，但這對他們來說都不重要，法律有自己的節奏。

到他們坐下來再與史文森談話時，外面已經一片漆黑。他們洗劫了零食販賣機和歐唐納的堅果儲藏處，歐唐納對糖和咖啡神經過敏，頭痛和噁心感表示她的身體在對她濫服糖分和咖啡表示不滿。

這次她戴上耳機，這樣柔伊就可以從另一個房間插話。

「你什麼時候第一次認識羅德．格洛弗？」歐唐納問。

「他是以丹尼爾．摩爾的身分認識我，」史文森說。「他差不多在十年前加入我們的團體，我不知道確切日期，但是有一個下午我們開始聊棒球，丹尼爾讓我感到驚訝，因為他跟我一樣是白襪隊的支持者，教堂裡的大多數人都是小熊隊的球迷。」

「格洛弗從來鳥都不鳥棒球，」柔伊在歐唐納的耳邊說。「他只是講史文森想聽的話給他聽。」

「我們一起去看球賽，他看起來像個好人，跟他出去很有趣，他沒有散發出什麼怪異的氣息或之類的氛圍，而且我很會看人。」史文森用防禦性的語氣說。

「好，好吧。」歐唐納不耐煩地說道。「但是你們的友誼不是只有針對棒球這件事，對嗎？」

「不是，我們聊了我們的工作，聊了女人，我經歷過一場難看的離婚，並且告訴過他這件事，他喜歡聊色情片。」

「什麼樣的色情片？」

「他從來沒有明確詳細講過，全是用一種愉快半開玩笑的方式聊，你知道的？但是他有興趣的不是一般無聊的網路色情片。」

「他跟你聊這個，有沒有什麼原因？」

「我……我不知道，一定不知怎樣的就聊到了。」史文森似乎很困惑，好像現在他講到這件事，無法揣測事情是如何演變至此。「無論如何，我們只是在開玩笑，只是過了幾年之後，我在網路上認識了一些人，在暗網，他們在建立某種色情市場。」

「為什麼他們做這件事需要去暗網？」歐唐納問，早就知道答案了。

史文森看了尼爾森一眼，尼爾森向他點點頭，這段內容筆包含在交易條件之內，他們將無法因此向他起訴。「他們出售非法色情片，未成年女孩、假造的虐殺片、獸姦、還有一些非常粗暴的性虐待，人們會為這種影片付出很大一筆錢，不是我，我是一般人。」

「所以你告訴格洛弗這件事嗎？」

「我是說，我是在開玩笑，你知道的？我們在喝酒，我告訴他我曉得一個網站，他終於可以上去幫自己怪異的癖好找到片子看了，我們會對彼此說這種話。」

「所以你帶他去了那個市場？」

「我首先必須教他所有關於洋蔥瀏覽器和比特幣的知識，他對此一無所知，一講到電腦他就有點像上古世紀的恐龍，我一直認為這很奇怪，因為他從事電腦技術支援工作。總之，他真的對這些事很有興趣，所以我向他展示了一些門路，不只是色情內容。就像他告訴我他的護照有問題，他去加拿大時總因護照被刁難，所以我給他看了一個網站，他可以到那裡得到假證件。我從沒使用過這些服務，但是我知道。」

「這就是他鞏固假身分的方式。」柔伊說。

「他在色情片市場買了什麼？」歐唐納問。

「我不知道，這不是我們會聊的內容，好嗎？就像說，我問過他一次，他只跟我說他在看他媽的影片啦，我們就是會那樣對話。」

「那之後怎麼了？」

「沒怎樣，我們繼續一起去喝酒，偶爾打打電動。」

「問他為什麼幾乎沒有他在教堂跟格洛弗交談的照片？」柔伊說。

「教會呢？」歐唐納問。「你們會在那邊交談嗎？會坐在隔壁嗎？」

史文森不自在地侷促。「我們倆在教堂會避開對方，你在聽關於上帝的講道時，丹尼爾不是那種你會希望他出現在周圍的人，你知道的？」

「那麼，你何時注意到格洛弗對凱瑟琳．藍姆特別感興趣？」

「從來沒有，我不知道。聽著，我對這傢伙的了解僅止於此，好嗎？幾個月前他失蹤了，我打了幾次電話給他，他沒有接聽，我就算了。」

「他離開之後你跟他沒有任何接觸嗎？」

「絕對沒有，我的意思是，否則一看到報紙上的照片，我就會通知你們，但老實說我不知道他回芝加哥了，你可以查閱我的通聯記錄之類的，我說的是真的。」

「如果我們發現你在說謊，條件就免談了。」歐唐納指出。

「我知道，我和他沒有任何關係。」

「我們來談談凱瑟琳·藍姆吧。」

他戒慎恐懼起來，又看了尼爾森一眼。「他們不能因為性關係就起訴我，對吧？」

「不會，除非你參與了真正的謀殺案。」尼爾森說。

史文森轉回歐唐納。「三個月前，我和凱瑟琳開始發生性關係。」

「誰發起這個關係的？」

「我和她搞曖昧搞了一段期間，只是撩撩她，妳知道的？但是有一天我半開玩笑說我們去汽車旅館見面，她說好。」

對史文森來說一切都是「開開玩笑」，歐唐納非常了解這種類型的男人，這種男人說什麼都面帶微笑，但妳知道他們說的每個字都是刻意的，他們可以跟妳說妳的奶很棒，為什麼不坐到他們的膝蓋上，他們會一直面帶微笑，好像覺得妳聽得懂他們的笑話一樣，如果妳的態度真的變得有些不友善，那妳就是個沒有幽默感的婊子，妳贏不了這種人。

凱瑟琳為什麼會陷入這種關係？可能是漸進的，並非一蹴而就，也許她處理史文森「開玩笑」的方式是說服自己這實際上是某種真愛，也許她自覺有需要叛逆一下，或者，也許她其實喜歡壞男人。他們可能永遠無法確知了。

「但你們並不是都在汽車旅館發生性關係吧。」

「沒有，我們從來沒有真的去過汽車旅館，一直都在我家。」

「你拍攝影片的地方。」

「我這樣做只是因為有趣，而且也不是只有拍她，妳知道的？這些影片中的很多女人都不介意，他們覺得這樣很性感。」

有趣，當然了。「後來怎麼樣了？」

「我想和她一起嘗試其他花招，我提到拍影片，她氣瘋了。」史文森的眼睛睜大；他的表情看起來很受傷。「我不會把這些影片展示給任何人看，我是拍給自己看的，我告訴她我可以幫她拷貝一份，但這只讓她更不高興。」他停頓一下。

歐唐納沒有再提問，有那堆現金，他們雙方都已經知道凱瑟琳曾把錢給他，她等待他自行吐實。

他嘆了口氣。「她想從我這裡買走那些影片，她說她有現金，我本來應該拒絕的，但是……」

來了；來聽聽他要怎麼狡辯吧。

「我的事業不景氣，我需要那筆錢，我告訴她這就當是我跟她借的吧。」

你當然是這麼說了。混蛋，混帳東西。歐唐納突然希望她可以屏棄談好的全部條件，他幾乎沒有告訴他們任何有用的供詞，而他們甚至無法因為他告訴他們的事來起訴他，他即將全身而退。

「當她告訴你她沒有錢了，你還是告訴她當成跟她借的嗎？而且你怎麼還持有這些影片？她不是從你那裡買走了嗎？」

「她從來沒有告訴過我任何有關錢的事，好嗎？我只是以為她從她父親或者教堂那邊拿到了一筆錢，然後……對，好吧，我保留了這些片子的備份，我的意思是，無論如何，這是一筆借款，她不知道我保留了這些影片，我甚至不想再看這些影片了。」

「然後怎麼樣？」

「然後派崔克．卡本特打電話給我說她死了，那天他打電話給很多人，不只打給我，對，我聽到這個消息時有點嚇壞，我的意思是，當然我很難過，但是我擔心你們會搞錯方向。當我在教堂看到探員在看著照片，我想起有次泰倫斯曾經在我們靠得很近時，幫我們拍下照片，所以我過去他那邊，要他刪除那些照片，但就這樣，我跟凱瑟琳的謀殺案從來就沒有瓜葛，我發誓。」

第六十四章

柔伊坐在戰情室房間裡第十遍細察訪談記錄，希望能發現他們漏掉的線索，歐唐納和塔圖姆仍和史文森在一起，在拷問他，試圖逮到他說法中的前後矛盾和謊言，搜索任何可能揭示格洛弗或芮亞下落的些許消息。

從史文森家中找到的每一個證據都鞏固了他的證詞，他還可能是不明嫌犯嗎？可能是格洛弗的同夥嗎？

她試圖想像一系列符合他們發現證據的事件，史文森與凱瑟琳一時縱慾，在過程中拍攝她，同時他對飲血愈來愈癡迷，他開始幻想著要喝她的血，也許他在做愛過程中咬了她；柔伊將不得不瀏覽這些影片。他沒服藥，變得愈來愈反覆無常。

然後，當凱瑟琳發現影片的事時，史文森開始勒索她，最終她揚言要告發他，他便與格洛弗一起殺害她，屈服在衝動之下，喝了她的血。

一旦有了第一次，他就必須再做一次，他已經擺脫了藥物，迷失在自己的衝動之中，因此他與格洛弗合作，協助他殺害海莉耶塔，然後是芮亞……

這解釋很站不住腳，證據並未顯示不明嫌犯貝塔男對凱瑟琳．藍姆有任何性方面的興趣，勒索也不符合不明嫌犯貝塔男的側寫，他不是那種會主動採取行動的人，不明嫌犯貝塔男不做計劃，他只照辦，只反應。而且當然，當中並沒有解釋所有遺漏的部分：五芒星和刀，格洛弗在所有犯案中的程序。

但令她印象最深的是在整個偵訊過程中，史文森都很鎮定。當然，他們是惹惱了他，他很害怕，但他沒有表現出柔伊在思覺失調症病發的人身上期望看見的任何一種行為模式，他的神智清醒且保持理性。

整件事情上她都錯了嗎？格洛弗與他同夥之間的關係可能是這樣——僅是兩個冷血殺手間的友誼？

不是，證據不支持，她的直覺也不支持，不明嫌犯貝塔男正在逐漸失控。

這僅代表一件事，史文森不是不明嫌犯，他不是殺手。格洛弗的同夥，真正的殺手，仍然逍遙法外。

第六十五章

「對不起，」藥劑師說。「沒有處方箋我不能給你抗生素。」

「是為了治療感染，」他再次說道，心中與挫敗感交戰，不，是與他內在滾滾冒出的憤怒交戰，他必須保持控制。「是一個嚴重割傷的傷口。」

「我理解，先生，但是我需要處方箋。」

她狐疑地凝視著他，她能透過他正常的假像看見真實的他嗎？真實的他浮現到他的表層了嗎？他反射性地撫摸臉頰，但摸起來的感覺和過去相同。

「你們有抗癌藥嗎？腦癌？」他不確定確切的專有名詞，也許他應該把丹尼爾最近的檢查報告帶來，但是他甚至不知道丹尼爾是否留下報告，或者在報告放在哪。

藥劑師和她的同事交換了一個眼神，彷彿他看不見眼前發生的事，彷彿他不知所以然，他們認為他很詭異，也許他們知道了，也許他們知道凱瑟琳、火車站那個女人，以及當下在他家中的第三個女人的事了。

「你是指止痛藥嗎？」

「不是……某種……」某種可以治療腫瘤的藥，那真是太白癡了；他應該早點想到的，如果有這種藥物，丹尼爾早就服用了。

這是他去的第三家藥局，第三家，而且他已經延誤了。他確認了一下時間，一陣頭暈使他靠在櫃檯上，他行將昏厥。

「先生，你還好嗎？」

怎麼可能？真的已經是下午了嗎？他試圖回想這一天，想起零碎的片段，一些對話片段。他一度很恐慌，被迫在車上屏住呼吸，但這不過是十到二十分鐘左右的事，對嗎？

「先生？」

他轉身離開，身後排隊的男人似乎退避到一側，以免碰觸到他，他們全都看得出來，他終於失去了控制。

他會去另一家藥局。和其他藥劑師一樣，這個藥劑師只是個婊子，她不想幫助他。丹尼爾說得對：有些女人就是婊子，她們只是想讓男人受苦。他下次要和男的藥劑師說。

然後他看見報攤。

彷彿有人往他肚子揍了一拳，大多數報紙上都刊登了那個女人的照片，芮亞．狄隆，頭條新聞如此稱呼她，還刊登了丹尼爾的照片。

但真正攝人魂魄的是凱瑟琳的照片，一家報紙在頭版上刊登了她的照片，這不是報紙會常用的照片，不是野餐時的漂亮照片，不是，他們用了一張她微側臉的照片，她的臉上帶有一抹淺淺悲傷微笑的照片，就像《蒙娜麗莎》的真實版本。他還小的時候父親曾經告訴他，無論你站在哪裡，《蒙娜麗莎》似乎總像是在看著你，當時他嚇壞了，但他現在懂了。

凱瑟琳在看著他。

他黑暗的祕密，他知道他們在講什麼，凱瑟琳了解真實的他，知道他渴望血液的事，她會把他的事告訴所有人，就像丹尼爾說的那樣。

那神秘的微笑，他太清楚了。他和她說話時，她這樣笑過幾次？那是一抹能看穿你所有表象的笑容，能看穿你扭曲病態的真實自我。

他跌跌撞撞地離開，開始匆匆走回家，他擦身而過的所有人都盯著他看，他想閉上眼睛，才不必看見他們的目光。走到半途他想起自己是開車去藥局的，現在他把車子留在停車場了。

沒關係，他不會回頭，他可以走路；反正他家不太遠。

開始下雨了。

他會回家沖個熱水澡，也許晚一點，丹尼爾和他可以看個電視。

但那個女人還在浴室裡。丹尼爾的大腦已經被惡性腫瘤吞噬，那顆腫瘤也想感染他。

丹尼爾還殘存在他身體的某處嗎？他還有可能拯救他嗎？丹尼爾支持過他很多次，他要盡一切力量拯救他，這是他欠丹尼爾的。

他走到他們房子前門，打開門，走進裡頭。

出事了；他一關上身後的門，便能感覺到。丹尼爾在廚房裡等他，手裡拿著一瓶啤酒，臉上熱情地微笑著。

「你渾身濕透了！」丹尼爾興沖沖地說。「你一定凍壞了，去換衣服吧——我幫你泡杯茶。」

浴室的門是關上的，他走向門，丹尼爾擋住他的去路。

「我們需要談談，你離開時發生了一些事。」

「什麼事？」他的聲音高亢而恐慌。

「那個女人幫自己鬆綁了，她有一把刀，我不得不處理這件事。」

他把丹尼爾推開，猛撲到門上，將門打開。

女人躺在浴缸裡一動也不動，雙眼的凝視中只有空無。

那時他終於知道丹尼爾沒救了，腫瘤已將他完全吞噬，因為丹尼爾永遠不會這樣對待他。

「我知道你很難過，」腫瘤在他身後謹慎說道。「我保證我們會找到其他人，會有更好的血，但是首先我們需要解決這個問題。」

他必須保持專注，因為現在最重要的事情就是阻止腫瘤也感染到他，他看見手術刀躺在地板上，他彎下腰，將刀撿起。

「看到了嗎？她身上有這把東西，我不知道她是怎麼拿到的，我認為你可能有點粗心，當你——」

他轉身，將手術刀刺向腫瘤，腫瘤向後退了一步，嘴裡一邊大喊大叫，刀刃劃傷了它的肩膀。

「你見鬼了在做什麼？」腫瘤大嚷大叫起來。「把刀放下，你這個神經病！」

他用狂亂的弧度揮舞刀，劃傷了腫瘤的胸口，慌亂和憤怒在他腦海中劇烈翻攪，他現在真的失控了。

「神啊。」腫瘤脫口而出，一邊踉蹌著後退，它以和解的姿態舉起手來。「聽著，把刀放下，我們可以談談——」

利刃又一次揮舞，腫瘤的手噴出血來。

腫瘤轉身向外狂奔而去。

他站在原地，凝視著敞開的門，雨水積聚成一股洪流，大量雨水正從天而降，以可怕持續的噪音灑落在大地上，與他腦海中的噪音相互呼應。他因這一切的不公平而憤怒地顫抖，他們曾經相處得那麼好。

他關上門，跌跌撞撞地走到自己的房間，任憑手術刀從他的手指跌落到地面，他的嘴裡發出一聲原始無助的抽泣，一切都化成為碎片，他注意到桌上的筆電，阿尚楚傳了一條訊息給他，問他是否得到他所需要的了。有一度他感到恐慌，他不知為何以為他指的是丹尼爾，指的是腫瘤，他怎麼知道的？大家都知道嗎？

但後來他想起那個圖表，現在沒用了。

他穿上衣服，打出一個快速的答案：**當然，謝謝**。保持控制的假象，他的外衣，他的偽裝。

突然間，他看不出這是為了什麼，女人死了，丹尼爾跑了。儘管他努力保持控制，但一切都陷入了絕境。

他尖叫著，將筆電從連接的幾條電線上扯下，一遍又一遍砸在桌面上，他猛衝到廚房，抓起腫瘤留下的啤酒瓶，把酒瓶砸在檯面上，割傷自己時感到手掌傳來一陣疼痛，他滴著血穿越屋子，把椅子、書本、丟棄的外賣盒亂丟亂踹。他也摧毀了丹尼爾的電腦，重複把電腦猛砸在牆上，直到螢幕被摔到呈蜘蛛網狀破裂，鍵盤按鍵散落四處。

他重重喘氣，走進浴室，撫摸著女人的臉頰，上面還殘留著紅色的血痕。

她的身軀還是很溫暖，他摸摸她的脖子，感覺到一陣微弱但穩定的脈搏。

他發出顫抖得救的呼吸。雨水傾瀉而下，雨水的洪流發出巨大噪音，擊打在房屋的百葉窗上。

第六十六章

「妳猜怎麼了？」塔圖姆說，走進戰情室房間。「我剛剛和芭布談過。」

「誰是芭布？」柔伊疲倦地問。

「那個電腦天才，那個製作木馬程式的人？事實證明，德古拉二號在一小時前在聊天室中回覆然後下線了。」

柔伊花了一陣子才會意過來。「史文森一小時前還在這裡。」

「對。」

「他可以用手機下線嗎？或者——」

「一個小時前我跟他在一起，柔伊，他沒有用手機下線。」

「那就成定局了，他不是格洛弗的同夥，他不是不明嫌犯貝塔男。」

「妳聽起來並不驚訝。」

她嘆了口氣。「證據沒有其他方式說得通，德古拉二號在聊天室說了什麼？」

「他說了『當然，謝謝。』他是在回答我問他的問題，我問他是否從檔案中得到他所需要的資訊了。」

「但是他沒有開啟檔案？」

「沒有，也許他發現這是一個陷阱。」塔圖姆搖搖頭，走過房間，跌坐在空椅子上。

柔伊呻吟著向後一靠，看著戰情室的房間，根本猜不到今天是星期六晚上，大多數調查人員都在這個房間裡，在電話上交談，更新白板上的內容，在筆電上打字。歐唐納不在，但柔伊可以聽見她在房間外面講電話，她聽起來很生氣。

馬丁內斯將椅子滑到她身邊。「我剛跟芮亞．狄隆的醫生通完電話，」他說。

「為什麼？」

「我試圖弄清楚為什麼她這麼晚才回家，那位醫生是那天芮亞在電話中交談過的其中一人，總之結果是芮亞患有嚴重貧血，你認為不明嫌犯知道這件事嗎？也許那就是他鎖定她的原因？」

柔伊咬著嘴唇。「證據看起來他不像是有鎖定她，看起來像是隨機綁架，但這可能影響了她血液的味道，可能會改變他的行為。」

「這可以解釋為什麼我們還沒有發現屍體。」

這是他們正在努力解決的眾多問題之一。凱瑟琳和海莉耶塔被謀殺後不久就被發現，海莉耶塔的案子上，格洛弗曾確保屍體會被找到，但是自芮亞失蹤以來已經接近四十八小時，沒有任何她屍體的跡象。

「有可能。」柔伊說。

「也許他們留了她活口。」

「或者也許不明嫌犯決定要吃掉她全身。」柔伊說。

馬丁內斯嘆了口氣。「妳對案情的詮釋真的好正面喔。」

「連環殺手的食人行為並不罕見，這是自飲血開始的自然過程。」

歐唐納怒氣沖沖，大步走進房間，她踱步走向柔伊。「我需要抽根菸休息一下。」

「好。」柔伊皺眉。「妳為什麼要跟我講？」

「因為我要妳跟我一起去。」

「我不抽菸。」

「我也不抽，但是我還是需要休息一下。」

柔伊聳聳肩，跟著歐唐納走到走廊上，她們穿越走廊，走進一個房間，裡頭放了一座灰色小沙發，一張放了幾本雜誌的圓桌和一棵盆栽，有扇大窗戶面向高速公路，車輛行經時大燈閃爍。歐唐納步履艱難地走到窗前，大聲吐了一口氣。

「這是什麼房間？」柔伊問著環顧四周，這裡幾乎像是醫生辦公室的候診室。

「這是一間會客室，」歐唐納說，「為了讓某些人感到放鬆舒適而打造的，像是家屬、害怕的目擊證人這類人，當妳感覺有股想捶牆壁的衝動時，這也是深夜放鬆的好地方。」

「妳感覺有股想捶牆壁的衝動嗎？」

「我想揍我老公。」

「噢。」

「還有布萊特，還有曼尼，還有整個該死的部門。」

柔伊走向歐唐納，不確定自己在那裡做什麼。

「剛跟我老公在講電話，」歐唐納說。「他很生氣我在星期六晚上把小孩丟包給他。」

「芮亞．狄隆被綁架並不是妳的錯。」柔伊說。

「我也是這樣跟他說啊，結果是部門裡的某個警探在一小時前在臉書上發了一張他小孩睡著的照片，猜猜誰是他的臉書好友？沒錯，我老公。」

「所以呢？」

「我老公，」歐唐納解釋道，「認為這個人維持了家庭與工作平衡的健康狀態，他要我向他學習。」

「妳可以跟他解釋整個專案小組都還在這裡。」

「他不想聽這個，柔伊。如果妳像我一樣得要聽他無休無止的抱怨，妳就會知道了。」歐唐納閉上眼睛。「抱歉這樣把妳拖出來，但是我不得不發洩一下，在這個該死的部門我沒有其他人能說話。」

「沒關係。」

「而且妳是個精神科醫師吧？妳可能已經習慣這種事了。」

柔伊皺眉。「我是法醫心理學家，跟我交談的多半是暴力罪犯。」

「我現在很暴力，」歐唐納高興地說，「所以我也適用。」

「我確定妳老公懂妳的。」

歐唐納搖搖頭。「他不懂，無所謂，我可能快被攆出暴力犯罪科，幾個小時前布萊特算是這麼告訴我了，我老公會很高興的。」

「噢。」柔伊回想起歐唐納去了布萊特的辦公室跟他談過。「抱歉，這跟妳前搭檔的事有關係嗎？」

歐唐納聳聳肩。「部分相關吧，有段時間我想撐過去，謠言會過去，如果我案子辦得好，那至少布萊特會認為值得留住我，但是在過去一年中，我負責的五起凶殺案中有兩起尚未偵破，而現在這個案子又遇到瓶頸，布萊特並不蠢，他知道沒有人願意跟我搭檔，而曼尼的事還掛在我頭上。」

「好吧，我懷疑布萊特真的有在關注關於妳是內賊的謠言，」柔伊說，「就像妳說的，他並不蠢。」

歐唐納若有所思地將額頭靠在窗玻璃上。「我向內務部門告發了曼尼。」

「噢。」柔伊不知道該說什麼。

「我之所以這樣做，並不是因為我睡了他，或者睡了內務部門的某個傢伙，而且我也沒有講好什麼條件，所有的謠言都是胡扯，但是我確實告發了他的罪行。」歐唐納的聲音嘶啞。

她說話時彷彿全身蜷縮起來，突然看起來像個迷失的小孩。柔伊猶豫了一下，然後把手放在歐唐納的肩膀上。

歐唐納眼眶濕潤地看了她一眼。「這不是說我食古不化，有些警察手腳不乾淨，但他們仍然是好警察。我執勤時，看見我的搭檔從一個破獲的毒販那裡削了五百美元，他想跟我分贓，我拒絕了，但是我沒有告發他。這份工作……平民根本不知道警察每天需要抵抗幾次誘惑，人是會失足犯錯的，尤其反正大家都認為我們手腳不乾淨，這我懂。」

「但是曼尼不一樣嗎？」

「他有幾個毒販每個月都會付他錢，他分別跟兩個辯護律師聯合獲取不法暴利——他破獲毒販，然後把律師的名片給毒販，如果那個律師拿下這名客戶，曼尼就會抽取百分之二十的利益。我看過他兩次從皮條客那裡拿錢，而且他一直跟我說要讓我分一杯羹，這樣他就知道可以相信我。妳知道怎麼樣嗎？我差點就分了，因為在那個情況下妳要不選擇告密，要不選擇同流合污，我甚至看不出哪種情況更糟。」

「但是妳沒有同流合污。」

歐唐納用手背擦擦臉頰，「不，我沒有，妳可能以為我會覺得自己很有骨氣之類的，但坦白說我有一半的時間感到後悔，這件事本來容易得多，結果我反而去了內務部門供出我所知道的事，現在我成了部門的叛徒。」

「妳做了對的事，」柔伊說，感到自己說的話很空洞。

「是嗎？好吧，他們沒有為此頒獎給我。」

柔伊掐掐歐唐納的肩膀，沉默了一會兒之後她說，「有時我會後悔自己追捕格洛弗。」

歐唐納眨眨眼，看起來很驚訝。「為什麼？」

「他逃走後，對我來說一切都變了，有人認為都是我編造出來的故事，我的朋友不多，從那以後就是這樣。我不是非得這樣做，並不需要；我當時只是個青少年，我可以讓警方做他們的工作，我的所做所為也沒有讓他被逮捕，他保持自由之身，繼續殺戮。所以有時我會納悶，如果我一無所為會發生什麼事，我長大後會從事其他職業，我會和朋友一起出去，也許像妳一樣成家，不會有這件事盤旋在我心頭，不會收到他寄來令人毛骨悚然的信，也不會害我妹置身於危險之中。」

有幾分鐘，她們都沒人動彈，沒人說話。

「我不想再自憐自艾了。」歐唐納說。

「好，」柔伊說。「我們走吧，我需要查看我給妳清單上的人的訪談副本，以防妳遺漏了什麼。」

第六十七章

二〇一六年十月二十三日，星期日

他的手機響了，讓他跳了起來，他一直坐在廚房裡，看著早晨的陽光從窗戶透進來，坐了有多久時間？一小時？兩小時？

他在手機螢幕上隱約認出這個名字，他需要接聽這通電話，就像他需要接聽前四通電話一樣，但是他不在接電話的狀態內。接聽電話表示要穿上他的「正常」外衣，表示他必須將所有這些情緒、衝動和恐懼控制在平靜的表相之下。

他無法，他已失去控制。

「你不打算接那通電話嗎？」丹尼爾問。

丹尼爾昨晚回家了，他的臉怯懦又充滿歉意，他看了一眼他朋友的眼神，看見確實是丹尼爾，而不是腫瘤，腫瘤在控制之下，所以他讓他進門。丹尼爾道了歉，他說沒有必要道歉，他知道是腫瘤這麼做的，不是丹尼爾。此外，那個女人還活著，丹尼爾很高興聽到這個消息。

「不必，」他說。「沒關係，他們稍後會再撥。」

但這通電話很重要，他知道，他就這樣任憑自己的生活分崩離析，在某些時刻總有人會注意到，丹尼爾一遍又一遍地告訴他，要確保他維持好他的日常事務。

手機不響了。

「想去散個步嗎？」丹尼爾問。

他驚訝地瞪著他的朋友，丹尼爾從不想和他一起散步，太危險了。「萬一有人認出你怎麼辦？」

「那張照片看起來根本不像我。」

沒錯，癌症吞噬了丹尼爾的身體，他形容枯槁，皮膚撐在頭顱上像是緊貼著的膠膜，他的頭髮一叢叢散落，他看起來淒慘無比。

但是至少沒有人會認出他來。

他起身打開浴室的門。「我們要出去一會兒。」他說。

那女人投來一個哀求的表情，她自己看起來也不太好，他試圖回想他最後一次讓她喝水是什麼時候，那天早上？前一天晚上？他們回來時他必須給她喝水。

他們並肩行走，行人無視他們，他鬆了一口氣，當他獨自一人走在街上時，人們總是會盯著他看，但是當他和朋友走在一起時，他們完全沒有注意到他。

也許人們只是認為一個人獨自行走很奇怪，也許他們喜歡每個人都成雙成對行走，一個男人和他太太，幾個朋友，男友和女友，一個男人和他的狗，一名母親和她的孩子。必須兩兩成雙，就像挪亞方舟的故事一樣。

「我們得再次去狩獵。」丹尼爾說。

「我知道，但……可以等等嗎？再過幾個晚上？」他不喜歡把那女人獨自留在屋裡這個想法。

「你知道我們等不了了。」

這是事實，他們無法，丹尼爾的時間不多了，此外，他已經停止喝那個女人的血，好給她時間恢復。

他們大步行經一座報亭，他的目光被一張熟悉的面孔吸引住了。不是凱瑟琳，她的目光跟隨著他，彷彿現實生活中的《蒙娜麗莎》，他停下腳步，怔住不動。她知道他的祕密，他所有的祕密。

「她會告訴所有人。」他喃喃道。「她知道。」

「如果我們阻止她，她就不會，」丹尼爾說，就像他兩週前說的那樣。「買下報紙，全部買下。」

處於控制之中的人走近報亭老闆，「《芝加哥每日公報》。」他說，「多少錢？」

小販拿了一份報紙給他。「一美元。」

「我要全買。」

那個人困惑地眨眨眼。「全部？」

「全部的《芝加哥每日公報》。」

「我這裡有兩百多份。」

「我全買。」他掏出錢包。

「我得數看看有幾份。」

這將需要很長時間，這段時間內凱瑟琳會一直盯著他。「不用了，我付三百美金，買下全部。」

那人考慮了一下，然後點點頭，看起來很高興。

他從錢包裡掏出三張鈔票，丹尼爾一直堅持要他們身上要帶著足夠的現金，信用卡會留下行蹤。

裝了報紙的袋子很重，但是沒關係，做了這件事來處理掉凱瑟琳的凝視，讓他感覺很好。

「我們回家吧。」丹尼爾說。

第六十八章

「我們需要從頭檢視此案。」歐唐納說。

柔伊點點頭。她是對的，他們目前走的這條路行不通，不得不考慮其他可能性。他們三人獨自坐在戰情室，今天是星期天早上，專案小組的幾名成員尚未現身。柔伊想知道艾伯特．藍姆此時是否正在教堂裡傳道，如果會眾聚集起來，她想去那裡親眼看看，但是歐唐納堅持他們不要靠近，因為在昨天的事件後，他們現身會造成問題。布萊特派了一名與案件無關的警探觀看佈道，並拍攝幾張照片。

「讓我們來思考一下格洛弗的同夥，也就是我們的不明嫌犯根本不屬於教會的可能性。」塔圖姆說。

她揚起一陣怒火，差點要大罵他。不明嫌犯當然屬於教會。除非也許他並沒有，他們是否真的有掌握到絲毫證據能證明他是成員？

犯罪側寫的精髓並非找到凶手，那始終是警方要扮演的角色，側寫員需要向警方指出正確的方向，將人人都可能是嫌犯的範疇限縮到一個可控的群體，但是如果側寫員犯下一個失誤，如果側寫有部分錯誤，那麼凶手就可能被排除在嫌犯之列，警方會忽視他，因為他不符合側寫所描述的內容，她最不該做出的事就是堅持現存的側寫。

「好吧，」她說。「假設我錯了，不明嫌犯不屬於教會團體的一員。」

她這麼說時塔圖姆看起來嚇了一大跳，彷彿她說的是外國語言。

「那樣的話，」歐唐納說，「格洛弗之所以選擇凱瑟琳為受害者是基於他個人的理由，也許她知道關於他的某些事，也許她看見他回到芝加哥，他擔心她會告訴別人。」

「且他和他的同夥是在其他地方認識的，」柔伊說。「比如在暗網上。」

「我們知道德古拉二號在暗網上，」塔圖姆說。「那是吸血鬼論壇的所在之處。」

柔伊等待想法湧現，但她所感覺到的只有沮喪，她試圖想像：格洛弗在暗網接近一個陌生人，放棄他所有在現實生活中的魅力，取而代之的是使用頭字語聊天和表情符號，並且說服一個陌生人跟他一起瘋狂殺戮。有時一個想法會讓妳感覺大錯特錯，在妳大腦中的存在幾乎就像一顆絆腳石，會分散妳的注意力，讓所有事都變得困難重重，直到妳理出頭緒來。

「我不喜歡這個想法，」塔圖姆說。「不符合側寫，格洛弗不會把十字架掛在凱瑟琳身上，他會把項鍊拿走當成戰利品，如果不明嫌犯不認識她，他也不會這麼做，因為他不會意識到項鍊的存在。」

「還有那些報案，」歐唐納說。「那些報案確實與教堂區域相交。」

柔伊吐出一口氣，覺得鬆了一口氣。「所以我們認為他是教會成員。」

「確實符合，但是他並不在妳給我的姓名清單上，」歐唐納說。

「也許他在清單上，只是很會裝出撲克臉。」塔圖姆建議。

「他在迅速失控，他不太可能有辦法經受長時間的談話，更別提警方的審訊了，」柔伊說，「妳訪談他時會沒注意到他的奇怪行徑嗎？面部抽動？結巴？」

「不會，」歐唐納嚴厲地說。柔伊很能察覺這種語氣，當別人暗示她把事情搞砸時，她經常會使用這種語氣。

「那麼，讓我們假設他沒有在名單上，」塔圖姆急忙說道。「我們還有誰？」

「名單上的其他所有人都不太可能是，」柔伊疲倦地說道。「但是我們可以細查每個人，並討論原因。」

「那不在名單上的人呢？」塔圖姆說。

「有些在派崔克名單上出現的名字，沒有出現在妳從艾伯特那裡得到的名單上。」歐唐納表的意見一致。

他們將清單列印成三份，然後每個人都細查清單，尋找不一致之處。

「我多出了十二個名字。」歐唐納最後說。

「我也是，」柔伊說。

「我有十三個，」塔圖姆說。「妳們錯過了一個人，派崔克．卡本特不在任何一份名單上。」

他是對的，派崔克的名字不在歐唐納從派崔克那裡得到的名單上，當柔伊跟艾伯特一起記下所有成員時，他們略過派崔克，因為她顯然已經知道他是誰了。他們沉默地凝視著名單幾秒鐘。

「可能是派崔克，很符合，」歐唐納最後說。「他非常了解凱瑟琳，他住在我們標記下可能是凶手地址的區域。」

「但他已經結婚了，」塔圖姆指出。「他太太會不會注意到一些奇怪的事？」

「她已經住院近兩個星期，」歐唐納說。「我們認為不明嫌犯停止服藥後，她剛好住院。」

「據說他是因為他太太的事缺席教堂事務。」柔伊說。

「他符合側寫嗎？」歐唐納問。

「他的年齡和外表都很符合，」柔伊說。「他可能很執著，殺害凱瑟琳後他肯定會後悔，並且會有股想要掩蓋她屍體的衝動。」

「他的妻子不是跟我們說了什麼有關純潔的事嗎？」歐唐納問。「就像德古拉二號使用了像是純淨血液這種怪詞彙，也許她是從丈夫那裡得到了這個想法。」

「但是他是可以被操縱的人嗎？是一個追隨者嗎？」塔圖姆懷疑地問。「他似乎相當自抑，他在會眾中很有存在感，他會是格洛弗想要的那種同夥嗎？我認為他不會輕易遵循指示。」

柔伊點點頭，那是一個好論點，除了……「他在照片中其實沒有很常現身，」她說，「他出現過幾次，但凱瑟琳在所有這些照片中都佔據了主導地位，凱瑟琳和格洛弗，也許派崔克在團體中並不如我們所想的那般重要，實際上，這可能會導致對凱瑟琳的侵略行為，誰都會，他可能將她視為是竊取他地盤的人。」

塔圖姆似乎對此表示懷疑。「那並不代表什麼，你不是說艾伯特也不常出現在照片中嗎？有些人不喜歡拍照，也許攝影師不喜歡他，或者也許他很多時間都待在教堂的後室或其他地方，這些照片實際上並不代表全面的事實。」

確實如此，柔伊很難想像格洛弗接近宗教顧問，試圖操縱他殺害某人，格洛弗想要的是一個不會引起注意的同夥。

塔圖姆說的某些話讓她糾結，她不喜歡不明嫌犯是派崔克這個想法，她想繼續推理下去，但是有一件事是正確的，那就是他們忽略了某件事，也許是某件派崔克做的事？也許他掩護了不明嫌犯？或者是……

她突然感到一陣暈眩。

這些照片實際上並不代表全面的事實。

她把照片當成是教堂生活中發生一切的直接呈現，但這不是真的事實，不是嗎？當然，凱瑟琳．藍姆和羅德．格洛弗在照片中顯然比其他任何人都更舉足輕重，但這未必表示他們在教堂團體中佔據主導地位。

這只可能表示他們在攝影師的感知中佔據主導地位。

在她經手謀殺案的生涯當中，柔伊一開始便將照片視為整起案件的代表，警方攝影師是不會做出實際選擇的專業人士，他們會記錄下一切，但這位攝影師根本不是警方攝影師。

還有別件事。

「攝影師也不在我的名單上，」她說，聲音低到幾乎像是耳語。「每張照片他都在場，但他是拍下照片的那個人，艾伯特和我甚至從未討論過他。」

「他符合側寫嗎？」歐唐納問。

他符合嗎？

無法再更符合了。

「他是白人，平均身高，他拍攝的照片證明了他對凱瑟琳和格洛弗兩人的興趣，他絕對是追隨者，塔圖姆和我看過他不折不扣服從客戶的指示拍攝，他沒有過多爭辯就提供了我們這些照片，但當史文森要求刪除他的照片時，他沒有按承諾刪除。他有求必應，格洛弗很容易注意到這一點，他在教堂已經有好幾年了。從照片來看，他接近凱瑟琳，他……」她正要說他可能產生了強迫性妄想，但後來她意識到這並不重要，她一直讀錯了證據。

「噢，天哪，」她沉吟地說。「我們一直在鬼打牆，這不是一種強迫性的儀式，他是要拍照！」

那些腳印，走三步，轉身面對受害者，一次又一次。她想到泰倫斯・芬奇在他的工作室裡，繞著他正在拍攝的幼兒走動，從各個角度拍攝照片。

「那就是項鍊、五芒星和刀的意義，這是一個佈景，那些東西是他拍照的道具。」

「她太黑了，」歐唐納說。「記得嗎？那個毒蟲東尼告訴我們其中一個殺手說，『她太黑了。』我們認為這是一種種族偏好，但也許他是在說她在照片中呈現的樣子，他正在瀏覽照片，發現照片不夠好。」

「那個叫東尼的傢伙也提到過閃光，對嗎？」塔圖姆說。「我們認為是嗑了快克產生的效應，但也許是相機發出的真實閃光。」

「他為什麼要幫謀殺案分階段拍照？」歐唐納問。

「我還不知道，」柔伊說。「殺手有時會為自己的罪行拍照，為了日後的性慰藉，但是這名凶手並沒有為了性快感而殺人，而且，如果是這種情況，他不會使用拍照道具。」

「等等，」歐唐納說。「妳昨天不是跟芬奇說過話嗎？」

她是說過，他在通話中一直保持簡短交談，幾乎可說是太快同意交出不見的照片，正如她在幾分鐘前說的那樣，因為他正處於急速失控狀態，無法忍受長時間的交談。也或許是因為她用搜查令威脅他，他知道如果他們真的來搜查他，他們會發現更多證據。

「我漏掉了，」她喃喃道。「是他，我漏掉了，我們得過去。」

「等等——我們什麼具體證據都沒有，」歐唐納指出。「給我一點時間，我來打個電話。」她走了出來。

柔伊閉上雙眼。「我跟他談過話，我本來可以看出來的，但我太分心了，萬一芮亞——」

「我們什麼事都還不確定，」塔圖姆說。「這只是推測。」

柔伊沒有費心辯駁，這遠不只是推測，這符合側寫，是迄今為止最符合側寫的人選。她可以想像格洛弗在他拍照時發現泰倫斯，也許他當時已經可以看出那個人的黑暗，泰倫斯有時會在人們不注意的情況下拍照，在人們措手不及時突然掏出相機偷拍，從這點可以看出來。格洛弗會接近他，說他也喜歡攝影，和他交朋友，找出那個人的弱點。

也許是當艾伯特．藍姆告訴他們，任何在黑暗中掙扎的人都可以聯繫格洛弗時，泰倫斯自己找上他的，也許泰倫斯需要一抒胸臆。

歐唐納回到房間內，一臉嚴峻又警戒的表情。「我剛剛和史文森談過，他從未威脅要告芬奇，他是揚言要揭發芬奇的祕密，那是他在與格洛弗一次男人間的對話中聽說的事。」

柔伊心裡一沉，這就是了。

「顯然，芬奇執著於喝人血的概念。」

第六十九章

他把裝了《芝加哥每日公報》的袋子放在地板上，讓報紙散落開來，凱瑟琳全知的雙眼從多個角度凝視著他。她知道了；她會說出來，他不得不把這件事處理好。

不行，他必須集中注意力，他必須先去照顧那個女人。

他走去浴室，在她身旁蹲下，他輕輕移開塞住嘴的破布。

「你能讓我喝點水嗎？」她小聲說，聲音嘶啞。

他點頭，去了廚房，裝滿一杯水，他把水抵在她的嘴唇上，然後傾斜水杯，她喝下水，有些水灑了出來，從下巴滴落。他摸摸她的額頭，沒再發燒讓他鬆了一口氣。她逐漸康復了。

她恢復夠了嗎？他可以從她那裡取血來喝了嗎？

他差點要去拿一把手術刀來，但如果他不小心殺了她，他再也無法品嚐到她的血了，現在他知道真正的純淨血液嚐起來味道如何，他承擔不起任何風險。

「我現在必須處理一些事，」他告訴她。「但是一旦完成，我就會拿點東西給妳吃，好嗎？」

「好。」

他離開浴室去拿報紙，他快速瀏覽最上面那頁報紙版面，對上凱瑟琳的目光。「對不起，」他喃喃道。「我必須這樣做；我很抱歉。」

「你只是在做必須做的事，」丹尼爾坐在沙發上告訴他。「不要道歉，是這個國家和保險公司害的，是他們逼我們這麼做的，他們才是真正下手的人，不是我們。」

他把一堆報紙放在桌上，拿起最上面那份報紙。「我記得我拍下了那張照片，」他悲傷地說道。

「是我們粉刷棚子那時，」丹尼爾說，「真是美好的一天。」

「陽光正好捕捉了她的臉，本來應該是側面照，但她注意到我在拍照，於是轉頭，並露出她臉上那抹笑容。

「這是一張很棒的照片，」丹尼爾同意。「但是你必須處理掉。」

「我必須處理掉。」

他撕開報紙頁面並揉皺，丟在地板上，然後他拿了下一份報紙，也撕破，撕破報紙的聲音使他顫抖，幾乎就像凱瑟琳的尖叫聲一樣，彷彿撕開她的照片也會弄痛她。

「對不起，」他再次說道。「對不起。」他撕裂另一張報紙然後揉皺，報紙堆在他腳邊的地板上。

「你該去拿火柴了，」丹尼爾說。

＊＊＊

「要等多久？」塔圖姆咬著問。

歐唐納從車窗看向窗外那棟孤零零的房子。「二十分鐘，他們是這麼說的。」

他知道，他曾是個討厭的小孩，會重複問他父母到了沒，但該死的，那棟房子就近在眼前，他們可以透過關上的百葉窗看見有人走動，泰倫斯・芬奇在家。

但是他很危險，如果格洛弗也在的話那就更危險了，如果他們在那棟房子中扣留芮亞・狄隆，很快就會演變為人質狹持局面，等待特種部隊絕對是正確的選擇。

儘管如此，仍然難以抵抗不斷逼使他行動、行動、行動的那股衝動，房屋就近在眼前。

「萬一他們現在正在殺害芮亞．狄隆呢？」他問。「我們需要採取行動。」

「這極度不可能，」坐在後排座位的柔伊說。「他們為什麼要在這種非常時刻殺害她？」

塔圖姆看了其他車輛一眼，庫奇和賽克斯正在那輛車上等待，那是一輛無標誌的警車，而且他們保持距離，但如果格洛弗瞥了窗外一眼怎麼辦？或者是芬奇？畢竟芬奇可能處於非常偏執的狀態中，如果他剛好在屋外看到一輛陌生車輛……

他確認了時間，還有十八分鐘。

***

整個地板都覆蓋了揉皺的報紙，他點燃一根火柴，並用其中一張報紙引燃，很快就點著了，他著迷地看著火焰飄揚，報紙的顏色從白色變成棕色，最後變成黑色，火光閃爍。

然後火熄滅了，一縷煙霧向上繚繞。

他再次嘗試，點燃第二根火柴，這次，火焰在熄滅前似乎很難點著報紙。

「我認為報紙可能太潮濕了。」他說。

丹尼爾沒有回答，他皺著眉頭透過百葉窗向外看。

「我去拿食用油，」他喃喃道。他走去廚房，拿了一瓶食用油，然後回到客廳，他把油噴灑在報紙上，噴光了半瓶油。

然後他點燃第三根火柴。

這次很快就點燃了。

＊＊＊

「那是煙嗎？」塔圖姆斜著眼問。

「該死，你說得對——是煙！」歐唐納猛然開門。「行動，我們行動吧！」

塔圖姆的身體像緊緊盤繞的彈簧一樣從座位上彈射而出，他衝出車外開始奔跑，將槍從槍套中拔出，庫奇和賽克斯也邊跑邊大喊著。

他們把車停在離房子很遠的地方，現在看來是停太遠了，實在是太遠了。

塔圖姆向房屋全力衝刺，狂風在他耳邊呼嘯，祈禱他們能及時趕到，他透過百葉窗的縫隙瞥見明亮的橘色，是烈焰。

「後門！」他對庫奇大喊。「包圍房子的後門！」

庫奇改變奔跑方向，朝房屋的後方跑去，賽克斯放慢腳步，突然轉過身來，塔圖姆不知道那人在做什麼。他將槍瞄準窗戶，槍口在奔跑時搖搖晃晃。他希望柔伊留在車裡，這場面可能會導致交火。自然反射啟動，他的頭腦開始分析周圍環境、他自己的後援和可能的危險，眼睛緊盯著窗戶，搜尋移動的跡象。

其中一扇百葉窗略微動了一下，後方有個人影。

塔圖姆改變前進方向，遠離窗戶，衝向前門。

現在煙從幾扇窗戶中繚繞而出，火焰在百葉窗後面閃爍。

＊＊＊

客廳裡濃煙瀰漫，他嚴重咳嗽起來，他走去浴室，關上門，不希望那個女人窒息而死，他應該打開窗戶讓煙散出，但自從擄走那個女人以來，丹尼爾就告訴他要一直維持百葉窗緊閉。

「丹尼爾，我要開窗了！」他大喊，儘管他直不起腰又無助咳嗽時聲音已經嘶啞。客廳的桌子著火了，現在正在燃燒，溫度很高，他幾乎無法呼吸，眼睛因煙霧而流淚，世界變得朦朧。

但是知道大火終於讓凱瑟琳噤聲的感覺很好。

他走到窗戶邊打開窗戶，讓煙散出去，他眨眨眼，淚眼看著外面的街道，有人朝向房子跑來，他集中視線，才看見男人手中拿著一把槍。

「丹尼爾，警察！」他大喊。

「我有看見，」丹尼爾站在他身邊說。「聽著，我必須逃走，如果他們在這裡逮到我，就結束了，你知道的對嗎？」

他當然知道，丹尼爾是個通緝犯。「走！我會拖住他們。」他關上窗戶。

丹尼爾衝向客房，很好，他可以從窗戶離開，逃得愈遠愈好，但是他需要時間。

門鎖好了嗎？他跌跌撞撞地走向大門，在試圖保持平衡時翻倒了一瓶食用油，油濺到他的褲子上。

火焰升起。

***

塔圖姆搶在歐唐納前一秒到達門口，扎扎實實踢了門一腳，他聽見木頭裂開的聲音，門開了，屋裡煙霧瀰漫，燃起熊熊大火。塔圖姆從門口吸取氧氣，熱氣使他向後踉蹌了一下，他用手護著臉，灰燼和煤灰燃燒產生巨浪似的濃煙，使他淚流不止，他在淚眼中瞥見模糊的家具形狀——向上翻倒的椅子、沙發和茶几。

在屋內深處，有一個聲音在痛苦地尖聲大叫。是芬奇。

「跑！」芬奇大喊。「丹尼爾，他們在這裡！快出去！」

塔圖姆一邊咳嗽，一邊跌跌撞撞地跑進房間，在濃煙滾滾的煙霧和朦朧的熱氣中，他看見芬奇揮著手，身上的衣物著火了。

「跑啊！」芬奇再次尖聲大吼。

塔圖姆衝向芬奇，撞到他時感到一陣衝擊，他將他撞倒在地，芬奇扭來滾去，在痛苦中尖叫，著火的衣服上火焰在閃爍。塔圖姆拍打此人褲子上的火焰，想要撲滅火苗，隱約感覺到自己皮膚上的燒灼感。

「塔圖姆！」歐唐納在他身後咳嗽。

「窗戶！」塔圖姆對著她呼喊。「盯住窗戶，格洛弗會從窗戶逃走！」

她跑回室外，塔圖姆透過模糊的空氣凝視，芮亞．狄隆在這裡嗎？

賽克斯手持紅色滅火器衝入房屋，滅火器噴發，空氣中瀰漫白色泡沫的顆粒，火焰在他們周圍熄滅，空氣幾乎無法透視。

「小心後面，」塔圖姆咳嗽著說，透過眼前這層薄霧凝視著。

「格洛弗在這裡嗎？」柔伊在他身後大喊。

「我不知道，」塔圖姆啞著聲音說。「離開這裡！檢查室外。」他站起來，同時拉扯芬奇，強迫那個男人站起來。他對賽克斯大喊，「把他銬上！我會檢查房子的其餘部分。」

他的心臟跳動，行經第一扇門，用槍口掃過房間，他的視線迅速捕捉到濃煙之外的細節，家具破損，地板和牆壁上都有血跡，有一扇窗戶從室內鎖上，格洛弗沒有從這邊逃走。「安全！」

他手掌和手臂上劇烈燒灼的疼痛感蔓延到充滿腎上腺素的混亂大腦，他強迫自己無視疼痛。他踢穿下一扇門，以為自己聽見了什麼，他一個轉身，這是另一間臥室，有一張單人床和一座小床頭櫃，一扇大窗戶，一樣從內部關上並鎖上。「安全！」

第三間房間，他踢開房門，即便他看見那個女人倒在浴缸裡，還是強迫自己掃視浴室，那裡沒有其他人，他再次咳嗽，不是因為濃煙，而是因為惡臭，這裡到處都是蟲，他蹲在浴缸旁，摸索女人脖子上的脈搏，她僵硬冰冷，面露蒼白病容，身上爬滿了蒼蠅。

「是芮亞嗎？」柔伊在他身後啞著嗓子問。

「是的，」他說。「她早就死了。」

***

他的整個身體痛楚地燒灼，火燒傷他的腿和手臂，他不斷咳嗽，肺部嗆滿濃煙。他作嘔了一下，然後彎下腰嘔吐。

但丹尼爾已經逃走了，他給了他足夠的時間；他很確定。

一個男人把他拉起來，走向一輛救護車，人們走進他的房子，嘴裡說著備份、電腦和調度的事。是警方在談話。

出於某種原因，沒有人在協助那個女人逃生，他回頭看了一眼，以為自己看見她從濃煙逃出，她向他點點頭，幾乎是友善地點頭。

「你應該幫幫她，」他嘶啞地說。

「你在說什麼，怪胎？」那人對他咆哮。

「那個女人，我認為她需要醫療協助。」

那人懷疑地看著他。「她死了，你瘋了，你殺了她。」

「沒有。」他試圖解釋。「她還活著——你看！」

一個女人走出房子，走向他們，用一雙逼視的綠色眼眸疑惑地看著他。「泰倫斯，你記得我嗎？」

他記得，是她。「當然，妳是側寫員，柔伊．班特利，我們見過面，丹尼爾告訴了我關於妳的事。」

「丹尼爾在哪裡？」

他笑著指著客房窗戶。「他逃走了，從窗戶逃走了。」

「那扇窗戶從內部鎖上了，」柔伊說。「我們有派一名警員盯著窗戶，沒有人出來。」

他皺皺眉，眼角瞥見有人在動，吸引了他的注意。

是丹尼爾咧嘴笑著靠在房子上，泰倫斯試圖對上丹尼爾的目光，試圖示意他應該在警察注意到他之前逃走。

「你在看誰，泰倫斯？」

他無視她。「跑啊，」他告訴丹尼爾。「快跑。」

「那裡沒有人，」柔伊說。「而且芮亞．狄隆已經死了一天以上。」

與她或他們其中的任何人交談都毫無意義，只有丹尼爾真的懂得傾聽他，只有丹尼爾懂他。

「你必須逃走，」他一遍又一遍告訴丹尼爾。

但他的朋友只是微笑。

第七十章

柔伊仍然感覺喉嚨灼熱，只要深吸一口氣就會開始咳嗽，到達現場的醫護人員因為她吸入濃煙而給予她氧氣，她固執地拒絕去醫院做檢查，說她沒事，塔圖姆的手臂燒傷，已經撤離。

如今回到泰倫斯．芬奇的房子裡，她讓到一邊，讓兩名抬著擔架的男人走過，裡面的空氣聞起來有煙霧和腐爛的味道，柔伊淺淺呼吸。

歐唐納站在客廳，面帶冰霜地看著男人把屍體移到擔架上，柔伊走近她。

「她身上爬滿了蒼蠅，」歐唐納說，「還有那個味道……芬奇似乎確定她還活著。」

「他有妄想症，」柔伊指出。「而且可能也有幻覺。」

「妳肯定每天都要看到這種事情。」

「沒有，精神病型連環殺手實際上很少見，而且大多數很快就會落網，我們無法及早抓到泰倫斯．芬奇的唯一原因是因為羅德．格洛弗一直在指揮他。」

「特雷爾醫生明天早上將進行完整驗屍，但受害人的臉上沾滿食物的污跡，嘴裡也有一些食物，看起來他試圖在她死後餵她。」

「我們什麼時候可以偵訊他？」

「他嚴重燒傷並吸入大量濃煙，我懷疑他能在晚上之前跟我們交談。」

熟悉的焦急不耐感在柔伊心頭浮現，她現在就想和他說話，她需要聽聽他們為什麼要拍下謀殺案的照片，還有羅德．格洛弗逃去哪裡了。

「他在燒什麼？」她問，看著散落各處燒焦的黑色報紙碎片。

「報紙，我們發現一大疊《芝加哥每日公報》，他撕毀每份報紙的第一頁，上面有凱瑟琳・藍姆的照片，我們在沙發下發現一些未被燒毀的皺報紙。」

是《芝加哥每日公報》，所以這場大火可能是她與哈利・巴里共同謀劃所導致的直接結果。「都是同一個版面嗎？」

「對。」

柔伊看著攝影師在地板上拍攝一些棕色的污漬。

「這是血，」歐唐納說，「幾乎到處都有血跡，浴室、泰倫斯的臥室、客廳，噢，還有這裡。」她走向冰箱並打開冰箱，冰箱門上放著幾小瓶猩紅色的液體。

她轉向攝影師。「你拍攝過冰箱內部了嗎？」

攝影師看了她一眼。「還沒。」

「現在拍。」歐唐納扶著冰箱門讓門維持開啟，然後讓到一邊。

攝影師拍下一張照片，向側面移動，又拍下一張照片，然後移到一旁拍下第三張。柔伊想起她在犯罪現場照片中看到的側向腳印還有她最初的解釋——這是某種強迫性行為的結果。如果她沒有解讀錯誤，芮亞・狄隆是不是還——

她逼迫自己驅散這個想法，之後多的是時間自責。

「在泰倫斯的臥室裡，我們發現某種看起來像嚙齒動物肢體的東西，可能屬於從寵物店裡抓來的其中一隻倉鼠。」歐唐納的語氣聽起來很滿意，另一塊拼圖已確認無誤。「我們發現了一些塑膠碎片和電腦鍵盤上的按鍵，可能出自一台筆電，我們還沒有找到筆電的其餘部分；也許他把筆電丟了，我們還發現兩瓶裝滿尿液的罐子。」

「尿？不是血嗎？」

「沒錯，也許他也開始喝尿了。」

「也許吧，」柔伊思索了一會兒後說。「也可能是因為芮亞在浴室裡，所以他尿在罐子裡。」

「有可能，」歐唐納說。「另外，有人在客房睡了一段時日，我告訴他們把客房留到最後採證，因為我想妳會想去看看。」

柔伊驚訝地眨眨眼。「謝謝。」

「只要在走進去之前，把手套和鞋套穿好就好。」

柔伊按照她的指示去做，走進另一間臥室，鞋子上的尼龍隨著她的腳步沙沙作響。就像屋內的其餘空間一樣，客房聞起來很臭，但是在死亡和火災的氣味之下，她聞到另一種惡臭，某種程度上甚至更難聞，是汗水和生病的味道。房間很髒，床單髒污又皺巴巴的，散落在房間四處。

「據我們所知，這間房間沒有血跡，」歐唐納在她身後說，「而且個人物品不多，主要是衣物，但是我們在壁櫥底部發現了一個盒子。」

柔伊打開小衣櫃，架子上擺著內褲、襯衫和褲子，一條灰色領帶纏在其中一個架子上，就像一條盤繞的蛇。一個長方形盒子擺在最底層的架子上，柔伊蹲下將盒子取出，她已經知道自己會在裡面找到什麼。一時半刻她又回到十四歲的她，正在看著格洛弗的床底下，她掀起蓋子時手在發抖。

「妳認為這是？」歐唐納問。

「他的戰利品，」柔伊說，她希望歐唐納以為她啞著嗓子是因為吸入濃煙。「我之前看過其中一些。」

幾件破爛的內褲，一條手鍊，一條細細的金項鍊，她拿起其中一條內褲，上面有幾個破洞，好像是被蠹蟲蠶食了，看起來很老舊。她上一次是在好幾年前看見這條內褲，當時相對較新。

在戰利品下面她找到一些剪報，有一則是關於約萬·史托克被捕的報導，報導中附有逮捕他的專案小組照片，她出現在照片角落。然後是她和塔圖姆出現在犯罪現場的照片，另一篇是由哈利·巴里撰寫，關於逮捕勒喉禮儀師的報導。還有幾篇也是由哈利撰寫的文章，內容涉及發生在聖安吉洛的克萊德·普雷斯科特謀殺案。與許多連環殺手不同，格洛弗並沒有收集與自身犯行相關的新聞報導，他感興趣的對象是她。

第七十一章

醫院的病房中有兩張床，但只有其中一張有人使用，泰倫斯．芬奇躺在上頭，雙手銬在床上，穿著綠松石色的院服。他的手臂和腿都被包紮起來，掛著靜脈注射點滴。醫生告訴他們，泰倫斯正在服用止痛藥和抗精神病藥物，他凝視著他面前的牆，當他們走進病房時他沒有轉頭。柔伊坐在病床旁的椅子上，歐唐納坐在她身旁，塔圖姆仍然站在她們身後。

「芬奇先生，我是歐唐納警探，這兩位是班特利博士和葛雷探員，」歐唐納說。「我們需要問你幾個問題。」

他眨眨眼，昏昏沉沉地轉頭看著他們。「班特利博士，」他喃喃道。「我們見過。」

「你好，泰倫斯。」柔伊堅定地說。

「我知道已經有人向你宣讀過權利了，」歐唐納說。「但是我想在我們談話之前，再宣讀一次。」

在她向泰倫斯宣讀米蘭達宣言[17]時，柔伊仔細端詳他的臉，他看起來似乎沒在聽，有個時間點他的眼睛突然眨了一下看著他們後方，柔伊快速瞥了一眼，想看看他在看什麼，但那裡什麼也沒有。儘管他服了藥，她懷疑他仍然有幻覺。她懷疑這裡所說的任何內容都不能夠作為呈

17 指美國警察、檢察官在逮捕罪犯時（或者審訊罪犯時）告知嫌疑人他們所享有的沉默權：即嫌疑人可以拒絕回答執法人員的提問、拒絕向執法人員提供訊息之權利。

堂證供，但是柔伊不在乎，泰倫斯·芬奇哪裡都不會去，只有他能帶領他們找到格洛弗。

歐唐納對她點點頭，柔伊向前俯身。

「泰倫斯，」她說。「跟我們說說羅德·格洛弗的事。」

他緊張起來，再次看了她身後一眼。「誰？」

「你剛開始認識他的時候他叫丹尼爾·摩爾，但是你現在肯定知道他的真名叫羅德·格洛弗了。」

「不是，」泰倫斯說。「他是丹尼爾，羅德是腫瘤，他正試圖接管丹尼爾，好奪走他的性命，但丹尼爾還在那裡，他還在。」

「好。」柔伊決定暫時略過這個話題。「告訴我們你一開始是怎麼認識丹尼爾的。」

「我有想法，」泰倫斯說。「我需要有人可以跟我聊，有人能懂，我試圖跟凱瑟琳說，但她只說我應該去看醫生並且祈禱，祈禱沒有用，而醫生讓我吃了更多藥，我討厭吃藥。」

「所以你去和丹尼爾談？」

「我們的牧師說丹尼爾可以幫忙，所以我就去跟他談，而且他懂我，他完全了解我正在經歷什麼，他幫助了我。」

「他是如何幫助你的？」

他聳聳肩，再次越過她肩膀看了一眼。「他幫助我，跟我聊，他教我如何在網路上認識像我這樣的其他人。」

「好，他是什麼時候搬來和你一起住？」

「他回來的時候。」

「從哪裡回來？」

泰倫斯的臉上閃爍著狡猾的表情。「從旅途歸來。」

格洛弗對這個人吐露到什麼程度？「好，所以丹尼爾回來了，他搬去跟你一起住嗎？」

「是，他生病了，他無法開車，需要我的幫助，我很樂於幫助他——我們是朋友。」

「他也想幫助你作為報答，對吧？」

泰倫斯猶豫了。「我們是朋友，他當然會想報答我，但是他生病了，所以我成了那個照顧他的人，他睡眠困難，無法開車，我想幫助他好起來。」

「你知道他罹患什麼疾病嗎？」

「腦瘤。」

柔伊點點頭。「所以你要他去看醫生？」

泰倫斯搖搖頭畏縮了一下，這個動作使他感到疼痛。「醫生從不會告訴你真相，是有治療方法，但他們不想讓你知道。」

「那麼治療方法是什麼？」

泰倫斯思索了很長一段時間。「妳是醫生還博士之類的，對嗎？」

「我是法醫心理學博士。」

「丹尼爾說妳很聰明，妳早就知道治療方法是什麼了，不是嗎？妳想要我嗎？想讓我自己說出來嗎？像凱瑟琳那樣嗎？我不會說的——我不會！」他睜大眼睛，手銬在他拉扯束縛綁帶時噹啷作響。

「好，」柔伊急忙說。「你不需要說出來。」

他放鬆下來。

「那我可以說嗎？」柔伊問。

「醫生從來不會承認的，」他嘲弄地說。「他們不希望大家知道，如果大家都知道就會一片混亂。」

「治療方法是補血，對嗎？」柔伊說。「人類的血液。」

他驚訝地眨眨眼。「對。」

柔伊微微對他微笑，好像他們在分享一個祕密一樣。「這件事你知我知，歐唐納警探和葛雷探員也不會告訴任何人的，對嗎？」

「我們不會說。」塔圖姆木然地說。

「所以你要丹尼爾喝人血嗎？這樣他就可以好起來？」

「對，但是他說這對他沒有幫助，他有不同的想法。」

「他的想法是什麼？」

泰倫斯的眼神飄動。「沒什麼，他說他沒有醫療保險，所以醫生不會照顧他，就像我的健康保險不能解決我的問題一樣。是保險公司，是他們的錯。」

「丹尼爾想傷害女人嗎？那是他的主意嗎？」

「丹尼爾從來不想傷害任何人。」他的語氣變得更嚴厲了。

「好，但是他想做點事，對吧？為了讓他好起來。」

「沒有！這全是我的主意，全部都是。」

「好吧，你的主意是什麼？」

「我想取一些人血，但丹尼爾叫我不要。」他用勝利的表情迎上她的眼神，彷彿證實了自己的觀點，「他什麼血都不想要，他說過，如果血液不夠純淨，還是不管用的。」

柔伊停頓了一下，看向側邊，好像在思考這個說法。「所以這根本不是丹尼爾的主意，他試圖阻止你。」毫無疑問，他假裝自己是關懷他的好友，同時一邊佈局先拿凱瑟琳開刀的想法，因為凱瑟琳知道泰倫斯對血的執念，能夠為警方指引正確的方向。

「他是對的，」泰倫斯說。「我們需要純淨的血液，所以我提議去找我們所認識唯一純潔的人。」

「是誰？」

泰倫斯的眼睛睜大，似乎又看著她的肩膀後面，他的嘴唇動了動，沒有發出聲音，彷彿用嘴形在對一名隱形同夥說些什麼。柔伊抑制向後看一眼的衝動。「泰倫斯，你建議的人是誰？」

「凱瑟琳・藍姆，」他終於回答。

柔伊點點頭。「丹尼爾同意了嗎？」

他又鬼祟地看了一眼。「他……他不喜歡，但是他同意她是唯一夠純潔的人，我不會為自己行動的，但丹尼爾需要鮮血。」

「那也是他的計劃嗎？抽取血液讓他喝？」

泰倫斯猶豫了。「是的。」

「所以你去了凱瑟琳・藍姆的家中抽血，然後發生了什麼事？」

「她死了。」

「因為你抽了太多血？」

「對，那裡有很多血。」

「但是泰倫斯。」柔伊佯裝困惑。「凱瑟琳・藍姆是被勒死的，也被強姦了。」

「不，妳錯了，只是因為失血。」他拉高音調。「只是因為失血！這就是她死掉的原因，我抽了太多血。」他猛拉手，手銬在病床的金屬桿上嘎嘎作響。

「好吧……，」柔伊點頭輕聲說，「然後你幫她拍照了吧？你為什麼要這麼做？」

「我是攝影師。」他挑釁地看著她。「我會在不尋常的情況下拍照。」

這些照片不是泰倫斯的主意，是格洛弗的主張，為什麼？只是為了得到性快感嗎？但是格洛弗沒有在他的戰利品盒裡保存任何一張照片。「是丹尼爾叫你拍那些照片的嗎？」

「不是。」

「你在她喉嚨上戴了項鍊，對嗎？一條十字架項鍊，為什麼？」

「她總是戴著項鍊，戴著畫面會更好看。」

「丹尼爾喝了血嗎？」

「沒有……他不想喝，但是我偷加了一些在他的咖啡裡，還有他的食物。」泰倫斯似乎自我感覺良好。「這讓他好了一些，對病情有幫助。」

格洛弗知道這回事嗎？他是否讓泰倫斯在他的食物中加了一些血，只是要讓他覺得自己是發號施令的那個人？她對此表示懷疑，更有可能是因為腦癌對格洛弗的味覺造成嚴重破壞，使他沒有留意到多了血的味道。

「那丹尼爾為什麼要贊同你呢？」她問。「如果你提供純淨的血液讓他飲用，但他又不喝，那他做這一切是為了什麼？」

「我……我搞不清楚，這都是因為他們在這裡給我吃的藥，他確實喝了血；這就是我們這麼做的原因，這是我的主意，但是他有喝血。」他劇烈地搖搖頭。「他想康復，這就是我們這麼做的原因，為了血。」

「三天後你們去火車站附近抓走另一個女人，你們這麼做也是為了血嗎？」

「是，我想……我們的血快喝光了，於是我們去那裡等那個女人，我們取走她的血。」

「同時也殺了她。」

「這是一個意外。」

「你為什麼要畫五芒星？為什麼把刀插進她腹部？」

他的語氣猶豫。「只是道具，拍照用的。」

「那是誰的主意？」

他再次無聲說了些聽不見的話，從她身上別開頭，看著某個看不見的東西，她試圖讀他的唇語，但讀不出來。

「泰倫斯，那是誰的主意？」

「我的。」

「丹尼爾也同意嗎？和一個死去的女人待在一起，耗費整整一小時，準備佈景，然後拍照？」

「他很夠朋友。」

「然後，你抓走了芮亞．狄隆。」

他的頭左右搖晃。「誰？」

「我們在你家找到的那個女人。」

「噢，對，她啊，是，丹尼爾不想抓走她，他打從一開始就反對。」他的眼皮閃爍不定。

「這全是我的主意。」

這件事情上，她相信他的說法。「所以他殺了她。」

「沒有，不是他，是腫瘤，是羅德。」

她嚴厲地看著他。「腫瘤殺害了她？你是什麼意思？」

「它試圖殺害她，她還活著，但它試圖殺害她，它喝了她的血，勒死她，試圖殺害她。」他的眼神瞬間集中，當中閃爍著憤怒。「它成功了。」

泰倫斯願意為丹尼爾的行為負責，但顯然不包括為腫瘤負責。「接著發生什麼事？」

「我把他踢出家門，因為我以為丹尼爾消失了，以為腫瘤吞噬了他，所以我用刀威脅他，他跑了。」

「你知道他跑去哪嗎？」

「不知道，但這無……」他再次猛扯他的手，手銬發出噹啷響聲。「這無所謂，他回來了，他又恢復成丹尼爾了，他幫了我，他再次幫助我讓凱瑟琳噤聲，我們不希望她說出關於血的事。」

「那就是你要燒報紙的原因嗎？」

「當然，但這是我的主意，不是丹尼爾的，他幫忙我，他是一個好朋友。我不會告訴他們，我不會告訴他們的。」他的眼睛再次閃爍，他歪著頭，彷彿在傾聽別的聲音。

「泰倫斯，你能告訴我們丹尼爾第一次聯繫你是什麼時候嗎？」

「不要，我不會再回答任何問題了，我不會，我不會了。」他口沫橫飛地說。「我什麼都告訴妳了，不要煩我。」

「再問幾個問題，然後我們就會讓你休息。丹尼爾第一次聯繫你是什麼時候？」

他嘴裡發出低語，嘴唇動來動去在強調一些字句，她傾身靠近他，想聽見他在說什麼。他撲向她，動作快到她幾乎來不及退回，他用牙齒猛咬，距離她的臉頰只有幾英寸，她感覺到他的呼吸，聞到他嘴裡腐爛的氣味。她把椅子向後退，感到她的腦中滿溢了嫌惡和恐懼。

「不要煩我了！」他尖叫，嘴裡口沫橫飛。「不要再煩我了！滾出去，滾出去，滾出去！」

他對著病床強烈掙扎，手銬在金屬欄杆上發出尖銳刺耳的聲音。「滾出去滾出去滾出去！」

柔伊站起身向後退，差點撞上塔圖姆，他將一隻穩健的手壓在她肩膀上，柔伊深吸一口氣，他們離開房間，把泰倫斯的尖叫留在身後。

第七十二章

「所以格洛弗昨天就跑了，」塔圖姆陰鬱地說。「現在如果要逃到加拿大的話可能已經跑了一半了。」

他們站在醫院走廊上，距離芬奇病房的門只有幾步之遙，止痛藥的藥效逐漸退去，他的手臂開始痛到不行，他有點後悔沒讓芬奇自己燒死就好。

「也許吧，」歐唐納疑惑地說。「他留下了大部分的個人物品，包括一些現金，他沒有使用信用卡，也不能跑銀行，據泰倫斯的說法，他無法開車。」

歐唐納看著柔伊。「他講到照片就吞吞吐吐的，我猜這是格洛弗的主意。」

柔伊皺了皺眉。「我同意，但是我不懂其中道理，使用暴力和勒死女性會讓格洛弗興奮，幫她們在奇怪的撒旦儀式佈景中擺姿勢則無法。」

「也許這些照片只是殺害女性的詭異藉口，」歐唐納提議。「格洛弗可能告訴泰倫斯，他要康復的話就需要幫那些死去的女人拍照，因為他能從中得到某種精神上的能量，然後他需要遵循這個想法，試圖理解一個瘋狂之人的邏輯是沒有意義的。」

「但這裡有一項一致的邏輯，」柔伊說。「泰倫斯的妄想全然是關於血，對吧？或者一開始是，在他發瘋之前，還記得吧，除了這一點之外他是完全有行為能力的。因此他不會相信照片能吸收精神能量的這種輕率的想法，不管格洛弗說了什麼，都得讓芬奇覺得有道理。」她的聲音提高了，聽起來很沮喪。

塔圖姆擔心地看著柔伊，如今他已經非常能夠藉由她的行為模式了解他的搭檔，一講到格洛弗，她的分析能力就會搖搖欲墜。她試圖了解是什麼促使他行動，但她側寫的所有殺手中，這一名殺手總會難倒她，他站在她的盲點上。

「歐唐納有一個觀點，」他緩慢地說。「這些照片不是為了滿足性愉悅，所以這些照片必定是為了達到不同的目的。」

「也許吧，」柔伊不耐煩地說。「但我只是不認為，他會想得到要聲稱照片能把他的癌症治好。」

「他沒有告訴泰倫斯他需要治病。」塔圖姆說。

「你這是什麼意思？」歐唐納問。

「泰倫斯說格洛弗告訴他他沒有保險，他沒有說自己快死了，或者醫生無法治療他，他是說醫生不會治療他。」

「嗯，我們討論過這一點，」柔伊說。「這是格洛弗將自己描繪成受害者的一種方式。」

「但是他這麼說聽起來好像問題是出在錢上，女性死者的照片不能用來治療癌症。」塔圖姆搖搖頭。「但是照片可以出售，還記得史文森告訴我們的嗎？」

「他說人們會為這種影片付出很大一筆錢，」歐唐納過了一會兒喃喃道。「他提到假造的虐殺片，但是如果他們知道這是真的……」

「我們假設格洛弗只是在暗網上買非法色情照片，」柔伊睜大眼睛說，「萬一他也有販賣呢？這種照片會賣到多少錢？」

「也許是很多錢，」塔圖姆說。「如果影片是真的，如果市場上那些瘋子知道這些是真的謀殺照片，如果那他真的這麼做，那就可以解釋他為什麼打電話跟警方密報海莉耶塔·費許朋被謀殺，他需要媒體報導她的謀殺案，然後才能出售照片。」

「他就是那樣對芬奇解釋的，」柔伊說。「他需要用錢，也許是用於治療或私人醫院照護，所以這就是為什麼他們必須殺害那些女性並拍下那些照片，我敢打賭五芒星和刀是真實客戶的要求。」

塔圖姆難以置信地搖搖頭。「做你熱愛的事，錢會自己流進來。」

「如果是真的，」歐唐納說。「他可能會在芝加哥接受治療。」

「我們已經查過這條線，」塔圖姆說。「病人太多了，他們不會讓我們在沒有搜查令的情況下查看病歷，不可能取得資料。」

「但是我們現在可以縮小範圍了，」歐唐納說。「如果我們的理論是正確的，我們可以找出他賣出這些照片的價格以及他何時獲得付款，我們可以去找接受現金付款並最大程度減少文書紀錄的診所，如果這些交易確實存在，我們對這些交易的了解愈多，就愈容易找到地點和患者姓名。」

柔伊閉上眼睛，看起來面色蒼白。「我們需要儘快找到他，如果死掉的女人是他的生命線，那麼很快就會有另一個受害者。」

「我們會打幾通電話，」塔圖姆說。「如果他賣掉了那些照片，就會在暗網留下痕跡，我們請分析師幫忙查看看。」

第七十三章

笑笑伊魯康吉穿著內褲坐在他的寶座上緊盯螢幕看，等待著，潛伏著。

他漫無目的地瀏覽了論壇，檢視關於一則約會應用程式資料庫被駭客入侵的話題，以及另一則關於有個受歡迎的網路攝影機應用程式中發現新漏洞的話題，他沒有留下任何評論，臉上冷笑著。

推特上流行「#尋找芮亞」的標籤，他讀了一些令人麻木的無聊推文，一大堆偽善的留言，許多人試圖用所謂的衷心祈禱來顯示自己比別人善良。

他設置了十個網路機器人來散佈謠言，說芮亞是非法移民，並在每條推文上都標記「#尋找芮亞」和「#驅逐芮亞」的標籤，並在看見預期中的憤怒爆發時打著哈欠。

冒出幾則訊息，是一些網路酸民，猜對謠言是他放出來的，大多數人都覺得好笑，其中一人認為他太超過了。笑笑伊魯康吉只是嘻嘻作笑。

他一無所知。

出現另一則訊息，他緊張起來，心跳加快，是開膛手傑克。終於來了。他點擊訊息時手指發抖。

開膛手傑克：我遭遇了一些障礙，無法寄給你最後一批照片，但是你那邊有我已經寄給你的三張照片，你可以從媒體上確認一下，看看照片是不是真的，這些是芮亞．狄隆死後幾分鐘

的照片，沒有人有這些照片

失望的浪潮席捲而來，當初說好的不是這樣，他已經給了這個人指示，不是嗎？他輸入他的回覆。

笑笑伊魯康吉：當初講好的不是這樣，一手交錢，一手交貨

回覆立即傳來。

開膛手傑克：我需要那筆錢，我已經給寄給你三張照片，如果你不付錢給我，我們就一刀兩斷

笑笑伊魯康吉：很好，那就一刀兩斷

這個人已經說清楚自己需要錢，而且很急，他找不到其他願意支付這種數目的人，根本不可能。

開膛手傑克：好，如果我寄給你別的照片呢？更好的照片？但如果你想要，就必須付清你欠我的錢，並為新照片支付額外的費用

笑笑伊魯康吉：那照片一定得要很特別才行

他再次感受到權力湧現，在社交媒體上酸人的感覺，不及他現在所感受到的一小部分。

開膛手傑克：我可以給你孕婦的照片

笑笑伊魯康吉笑了笑，等待了整整一分鐘過去，然後才回答。

笑笑伊魯康吉：還不錯，但是我有一些具體的指示

第七十四章

二〇一六年十月二十四日，星期一

塔圖姆端詳室內，戰情室現已滿員，儘管眼睛佈滿血絲，外表衣冠不整，但那天早上每個人似乎都顯得更加機警，狩獵的快感使他們保持警覺並小心警惕。

好吧，當然也是因為咖啡，他們好像正在參加咖啡杯尺寸大賽，歐唐納現身時抱著跟她的頭一樣大的杯子，而瓦倫丁則拿著一個大尺寸的保溫瓶，他不斷從保溫瓶倒咖啡到他的保麗龍杯，甚至連柔伊也放棄了她最近最熱愛的熱巧克力，取而代之的是一杯特濃星巴克咖啡。

「早安，」布萊特說。「大家都知道，我們昨天逮捕了泰倫斯．芬奇，並在他家中發現芮亞．狄隆的遺體，歐唐納警探和班特利博士在昨天晚上他醒來時設法審訊過他，但他沒有提供我們羅德．格洛弗下落的可靠線索。庫奇警探、賽克斯警探，你們今天早上有過去他那裡嗎？」

「有，」庫奇說。「但是他請律師了。」

「他正在服藥，所以他的精神病症狀可能正在減輕，這會使他更加小心謹慎。」柔伊說。

「無論如何，我們稍晚會再過去那裡，看看他是否神智比較清楚了，如果他能帶領我們找到格洛弗，我們也許可以和他達成協議。」

「格洛弗的部分我們也有一些進度了，」賽克斯說，我們昨天跟芬奇的鄰居談過，其中一人前兩天在芬奇家中見過格洛弗，我們把照片給她看，她有指認出他來，但說他現在看起來不一樣了，我們請她跟素描畫家進行更新版的畫像了。」

「我們是否假設羅德．格洛弗人還在芝加哥？」布萊特問。

「噢，是的，」塔圖姆說。

房間裡的目光轉向他，他停頓了兩秒鐘然後說，「昨天，我們追蹤審訊芬奇得到線索，我們推測羅德．格洛弗可能一直在出售他近期謀殺案的照片，用來負擔他的癌症治療費用。」

「賣給誰？」布萊特問。

「賣給非法色情暗網市場上的客戶，」塔圖姆說，「晚上我們有幾位分析師瀏覽了我們從史文森那裡得知的幾個網站。」

他們在調查局的芝加哥調查處度過了一個晚上，塔圖姆、柔伊和瓦倫丁一直在分析師的肩膀上徘徊不去，直到一名困擾的分析師禮貌地將他們三人趕出去，搜尋的最終結果已於凌晨四點透過電子郵件寄給他們三人。

「一個月前，一個名叫開膛手傑克的用戶開始表示他在出售沒人看過的謀殺受害者照片，」塔圖姆繼續說道，在桌子上放了一個文件夾。「回覆他的人大多都在酸他，但有些人對此很感興趣，他最終出售了照片，這些照片隨後在論壇上公開分享。」他把文件夾裡的一張照片交給坐在他右邊的庫奇。

「這是雪莉．沃滕伯格的照片，她是二〇〇八年的謀殺受害者，疑似遭羅德．格洛弗謀殺，」塔圖姆說，「這張照片看起來像是在她被殺後不久拍攝的，起初他開價五千美元要賣這張照片，但由於品質不佳，並且有人懷疑這張照片是假的，最終以兩百美元的價格出售，但是在論壇成員意識到照片是真的之後，開膛手傑克的聲譽得到巨大提升，他說他可以提供更多照片。」

塔圖姆又拿了兩張照片讓大家傳閱，「下一人是凱瑟琳·藍姆，全都是謀殺後不久拍攝的，我們知道他賣掉了其中八張，只有其中兩張分享給其餘的成員，他賣這幾張照片所得的確切數目並不清楚，但分析師估計超過八千美元。」

「為什麼沒有人更早發現這件事？」布萊特生氣地問。「那些照片是張貼在網路上，所有人都可以看見嗎？」

瓦倫丁清清嗓子。「不是所有人，僅有該論壇的部分選定成員，你是否知道無時無刻都有專營非法色情照片和影片的洋蔥瀏覽器網站？佔整個暗網的百分之八十以上，有數以千計的網站，目前大約有三千萬張照片和影片不斷易主。」

塔圖姆非常了解這份統計數據，但聽到這個數字總是讓他厭惡至極，就像在田野裡撿石頭一樣，你知道下石頭底下會有一些生物，但這與實際看到牠們在蠕動和奔逃並不相同。這些照片和影片的內容大多數是未成年兒童，要在大量墮落邪惡的內容中找到特定的影像是一項艱鉅且令人作嘔的任務。

他花了一點時間讓他們所有人都知道他們正在對付什麼，然後繼續說，「下一次開膛手傑克出現在論壇上，是為了出售海莉耶塔·費許朋的照片，他表示其中大多數照片是出售給私人客戶的，該客戶事先委託這些照片需使用某些特定的道具。」

「道具？」庫奇皺了皺眉。

「刀和五芒星，」柔伊說。「這兩樣道具完全不符合芬奇或格洛弗的個人側寫，因為這不是他們的特徵，這些東西以及屍體的儀式性姿勢，是第三者的幻想。」

「我們知道這名私人客戶是誰嗎？」庫奇問。

「不知道，」塔圖姆說。「我們正在努力尋找答案，但整件事都是在暗網上透過私訊聊天進行談判的，我認為，即便是格洛弗也無法真正告訴你他交談的對象是誰，這位私人客戶從不分享自己購買的照片，但是謀殺案中的其他照片有被分享。」他又傳閱了兩張照片，某種程度上，這是最可怕的照片，因為照片是海莉耶塔還活著的時候拍攝的，是她臉部的特寫鏡頭，嘴裡發出無聲的尖叫，喉嚨上纏著一條領帶，照片上可以看見抓住領帶的手臂，手臂屬於一名白種人，他的手緊緊抓住領帶，靜脈突出，皮膚上有刮痕。這符合屍體解剖的發現——海莉耶塔．費許朋指甲下方的皮膚細胞。且由於他們掌握與這些皮膚細胞匹配的DNA，只可能表示這是格洛弗的手臂。

塔圖姆等待照片傳遍，然後重新開始說話。「因為當天媒體就報導了這起謀殺案，確認了照片的真實性，所以每張照片要價四千美元，好幾位論壇成員用他們的比特幣集資購買照片並且共享，我們不知道私人客戶為了他買下的照片支付了多少費用，但是照片是根據他的要求量身定製的，且我們猜測如果不值那個價的話，格洛弗不會答應這麼做。」

他看了歐唐納，對她點點頭。

「我們認為，出售這些照片所賺得的金額，是被用於資助格洛弗在一家私人診所進行癌症治療，」歐唐納說。「芝加哥大約有二十家這樣的診所。」

布萊特皺了皺眉。「好吧，我們不太可能拿到這些診所的搜查令，這是很有意思的直覺猜測，但沒有經過證實——」

「其中一家診所引起我的注意，」歐唐納打斷他。「蔚藍癌症中心，這是一家收費昂貴的診所，患者的生存率很高，似乎有兩件事值得注意，首先，它是規模最小的診所之一；正式員工僅有六人，格洛弗會看上這一個優點，因為表示更少人能認出他來，其次，這家診所是少數接受現金付款的診所之一。」

「我們相信格洛弗在芝加哥有門路，可以將比特幣換成現金。」塔圖姆插話。

「我今天早上去了診所，」歐唐納繼續說道。「我證實那裡有為他的癌症類型提供治療，且這種治療的費用與我們假設他手頭上有的數目大約相符，之後我展示了我們近期的格洛弗畫像，我同時向一位耳根子軟的年輕護士解釋了格洛弗對他認識的女性做出什麼事，她表示她不能破壞患者的隱私，但持續強調我們可能有充分的理由先取得搜查令，她還提到十一月二日兩點半如果我們能大批出現的話，可能是個好主意，因為患者會在這個時間到診所接受常規治療，我想這是格洛弗排定下一次治療的時間。」

歐唐納早些時候已經告訴過塔圖姆這件事，但是現在有有某件事吸引他的注意力，關於素描畫像的事。是什麼？他咬緊牙關，試圖集中精力。護士透過素描畫像認出了格洛弗，她之前可能在新聞中看過他的照片，但那是幾個月前格洛弗仍然健康時拍攝的照片。所以呢？

那裡有什麼事不太對勁。

「這可能足以申請到搜查令。」庫奇笑了。「十一月二日是下週，如果他現身接受治療，那麼我們到時就可以逮捕他。」

「等那麼久時間會有個問題，」柔伊說。「我們知道格洛弗在海莉耶塔．費許朋之後仍在尋找受害者，那正是他們為什麼最初選擇芮亞．狄隆的原因，但我不認為芮亞的謀殺案是按計劃進行的，且我不知道他還有多久時間拍照。」

「據我們所知，芮亞的照片目前尚未出現在市場上。」塔圖姆說。

「如果我們等到格洛弗約診的時候，他可能已殺害他人來供應他的下一次治療。」柔伊說。

「我懂妳的重點，」庫奇說。「我會看看我們是否能取得該診所的搜查令，也許一旦我們查看了他們的紀錄，就能發現指向格洛弗的線索，像是電話號碼、地址、緊急聯絡人，這種地方有無數表格需要人填寫，他一定會在某些資料上露餡。」

「我們也會再跟芬奇談談，看看是否可以從他那裡套出其他線索。」瓦倫丁說。

「我們會將最新的素描畫像寄給媒體。」布萊特說。

塔圖姆知道散會後會進行一些談話，他在思考那張素描畫像，思考格洛弗的外貌如何改變。與會者陸續走出房間，但柔伊注意到他沒有站起身，於是走向他。

「怎麼了？」她問。

「派崔克・卡本特是怎麼知道格洛弗生病的？」他問她。

「什麼？」

「我們逮捕艾倫・史文森時，派崔克・卡本特出現並說，艾倫不可能跟垂死的男子一起犯下所有罪行，但我們從未在媒體上提到格洛弗快要死了，或者他得了癌症，我們也從未向派崔克提及過，而且格洛弗在照片中看起來很健康。」

「也許格洛弗前一段時間曾告訴過派崔克他得癌症的事，」柔伊說。「或者他是從別人那裡聽說的。」

「但是我們知道他是在戴爾市時被診斷出罹患癌症，因此派崔克必須在過去一個月中得知這件事，所以派崔克要不跟最近與格洛弗交談過的某個人討論過這件事……」

「要不就是他自己跟格洛弗說過話。」柔伊說。

「我們去跟派崔克聊聊吧。」塔圖姆建議。

第七十五章

黎諾．卡本特的日子充滿焦慮，就像一列無止盡的雲霄飛車，她的情緒狀態被未出生的孩子支配，或更準確地說，是被寶寶的腳支配。

每當寶寶踢她，她都會感到一陣寬慰，寶寶還在那裡，還活著，但是隨著時間流逝，她會開始擔心他被臍帶繞頸了嗎？他小小的心臟停止跳動了嗎？當她在醫院時，胎兒監視器的螢幕會發出令人放心的嗶嗶聲，讓她持續感到的不適也值回票價，但一旦他們解除螢幕連結，她便完全受到邦普小寶寶的擺佈。

她不該幫寶寶取小名的，這是一個錯誤，她現在應該早知道了，但是在二十九週後，她再也不能用它或胎兒來稱呼這個寶寶了。

如果寶寶兩個多小時沒有踢她，不安感就會就變得太強烈，她會側躺在床上，眼裡流著淚對他輕聲說：「快點，小邦普，踢媽媽一小腳，踢一小腳就好。」

寶寶都有在聽，最終微微踢了她一小腳，好讓她鎮定下來，他已經是個好孩子了。

他十五分鐘前踢過，所以就像派崔克開玩笑說的，這像美式足球一樣一節十五分鐘，她感到平靜，幾乎開心，她看著派崔克在離開前喝完咖啡，她知道他必須離開；會眾需要他，凱瑟琳過世了，艾伯特在服喪。他們的團體在悲傷和恐懼的重擔下四分五裂，不斷有警方來迫害，使會眾遠離了教堂，遠離了慰藉，他們需要派崔克來幫助他們復原。

她和小邦普沒有他也能夠獨處幾個小時，此外，她並不是自己一人待在屋裡。

她對上派崔克的目光時，還是看見眉頭深鎖，擔心地看著她。

「妳確定妳會沒事嗎？」他問。

「當然。」

「也許我該留下來，艾伯特可以……」他的話說著說著逐漸消失，她可以從他的眼中看出真相，艾伯特無法，她不確定艾伯特療傷夠了沒，是否可以返回他在教堂的職務。

「去吧，」她微笑著說。「我會沒事的，我會在床上休息，如果有什麼問題，丹尼爾會協助我。」

他們的客人不出所料走進了廚房，黎諾看見他瘦成這副模樣，心再次揪了一下，可憐的人，癌症正從身體內部迅速吞噬他，更別提像這樣被警方緊追不捨了，一陣憤怒燒灼過她的全身，小邦普踢了一下，感覺到母親的憤怒。

「早安。」他困倦無神地說。

「睡得好嗎？」黎諾問，她聽見他在床上輾轉反側，他告訴她這種痛楚在夜間會變得難以忍受。

「睡得跟寶寶一樣香甜。」他向她微笑並眨眨眼。「也許沒有小邦普睡得那麼香。」

她笑了，為丹尼爾的鼓勵讚歎不已。「寶寶其實整晚都在踢我。」

「他會是一個好動的小孩，」丹尼爾說。「就像他媽媽一樣。」

「我會回來煮午餐，」派崔克說。「我不希望黎諾煮飯。」

「別擔心，」丹尼爾回答。「我會煮飯，我會煮我的丹尼爾特色雞肉。」

派崔克似乎仍毫不鬆懈。「如果有什麼問題，不要開車送她去醫院，要叫救護車。」

「即使我想開車也無法，我的朋友，」丹尼爾提醒他。

「噢，對。」

「走吧。」黎諾笑了。「我們會沒事的。」

丹尼爾離開了，留他們私下相處，派崔克在離開之前擁抱她，緊緊地抱著她，好像害怕放手一樣，邦普再次踢她時，她將他的手掌拉到她的腹部，他們對著彼此微笑，他便離開了。

她凝視著廚房的窗戶向外看，陷入思緒之中，想到可憐的凱瑟琳，她永遠無法知道自己身體裡有個生命在成長的感覺了，那些微小的踢動的感覺，母親和孩子之間的聯繫。

黎諾擦擦臉頰上的眼淚。

然後她想到警方居然認為丹尼爾可能犯下這起案件，好像他可能會傷害任何人一樣，更別提傷害凱瑟琳了。警察不認識他，不像黎諾和派崔克那樣認識他，他們沒有在流浪之家看過他，沒看過他與那些男人和女人說話，給予他們鼓勵的微笑和冬天的暖毯，警察沒有聽過他在教堂熱烈祈禱。他跟她說起他暴力的童年時淚如雨下，警察並不在場。

昨晚當丹尼爾感謝她和派崔克讓他躲藏，並告訴他們他決定自首時，警察也不在場。他擔心壓力會影響孕程，他不想冒險。

正是黎諾說服他留下，他們都知道，如果他自首，可能永遠也得不到他所需的醫療照護，癌症會殺死他，在判決無罪釋放之前，這形同判處死刑。

丹尼爾走進廚房時，她正要起床。

「我方才正要去休息一下，」她說。「你可以任意去拿任何東西，可以從……」她突然發現他拿著某樣東西，她一會兒才意識到那是她的一雙長襪，他用奇怪的方式緊握著襪子，用兩隻手緊緊拉伸，他的眼神看起來很遙遠。

「噢，」她不好意思地說。「我們把襪子放在客房了嗎？」

他給了她一個淺淺的微笑，朝她邁了一步。「對不起，黎諾，但是——」突然的敲門聲使他們倆的動作瞬間凍結，丹尼爾驚恐地睜大眼睛。

「可能是鄰居，」黎諾輕聲向他保證。「她說她可能會順道過來，拿她烤的蛋糕給我，你到後面去；等她離開我會告訴你。」

他猶豫了一下，然後點點頭，迅速離開了房間。

黎諾站起來，拖著腳步走向門口，此時又傳來一次敲門聲。

「等一下，」她大喊，她從窺視孔看了一眼，立即認出門口的一男一女，有一度她考慮不要開門，但是他們已經聽見她在家了，如果她不讓他們進門，他們會知道她掩藏了什麼。

她解開門閂，打開門。「你好，」她冷冷地說。「你們是上週出現在醫院的人，塔圖姆和……柔伊，對嗎？你們沒有告訴我你們來自聯邦調查局。」

塔圖姆看起來的表情羞愧地恰如其分。「對不起，卡本特太太，」他說。「考慮到妳的身體狀況，我們不想驚嚇到妳。」

「還真體貼，我希望你們對我們其他會眾也一樣設想周到。」

「派崔克在家嗎？」柔伊問。

「不在，他出去了。」

「去哪裡了？」

「你必須打電話給他，自己去問他。」他在教堂，但她不打算告訴他們。

「卡本特太太，我們可以進去嗎？」塔圖姆問。「我們需要問妳幾個問題。」

「派崔克可能在上班，」她迫切地說。「我確定他會跟你們談。」

「只要幾分鐘就好，」塔圖姆說。「我們不想耗費妳太多時間。」

她可以告訴他們不行，她幾乎確定他們需要搜查令才能強行進入，她緊張起來，準備要他們離開，但這些話從未說出口，如果她告訴他們不能進來，他們會起疑，他們會知道她窩藏了什麼人。

不行，她不得不讓他們進來，他們不會開始搜索這個地方，他們沒有理由懷疑任何事。

「當然，」她說，感到心亂如麻，她讓到一旁。「進來吧。」

她帶領他們進到廚房，丹尼爾可能反鎖在他房間裡，她唯一要做的就是回答他們的問題，然後把他們趕出去。儘管廚房裡有四把椅子，但沒人坐下。

「黎諾，」柔伊說。「妳認識丹尼爾．摩爾嗎？」

「當然，」她說。「他是我們的會眾成員。」

「妳上次聽說他的消息是什麼時候？」

黎諾聳聳肩。「在他離開芝加哥之前，他告訴我他因為家庭危機而離開。」

「考慮到他的病情，妳不會擔心他開車嗎？」塔圖姆問。

「他還可以開車——」她差點咬到舌頭，她應該早知自己一直以來都很不會說謊，這不是關乎於保持冷靜，那她可以做到，但這是要思考一整套替代說法，現實和虛構總是糾結難解。她討厭說謊。

「妳想說什麼？」柔伊問。「妳是要說他雖然病了，還是可以開車嗎？」

「不是。」

「所以是怎樣？」

「我只是說他還是可以開車。」

「但是聽說他的病情，妳似乎並不感到驚訝。」塔圖姆說。

「我只是假設……」她無話可說。「我很累，我需要休息，我不能站太久——會對邦……不好，會對寶寶不好。」

「妳為什麼不坐下？」柔伊建議。

「我得去個睡覺，」她堅定地說。「請離開。」

「再問幾個問題，我們就不會再煩妳了，」塔圖姆輕聲說。「妳或派崔克最後一次真正與丹尼爾交談是什麼時候？」

她坐下來凝視著他，她不會再說謊了，但是她也不想再吐露半個字了。

「他回來後有聯繫妳嗎？」塔圖姆問。

沉默延伸開來，他們以為她會被沉默嚇倒嗎？她將手掌放在腹部上，邦普踢了她一小腳，這使她放心，她並不孤單。

「妳知道丹尼爾．摩爾的真實姓名實際上是羅德．格洛弗嗎？」塔圖姆問。「妳知道他因謀殺包括妳的朋友凱瑟琳．藍姆在內的八名女性而遭到通緝嗎？」

她的思緒出了神，她有時會這樣，她想起小邦普，想起他們的家人，想著要做對的事，善行才是真正重要的，尤其當善行很難做到的時候。

柔伊看了塔圖姆一眼，他嘆了口氣。「我們可以在離開前借用一下廁所嗎，卡本特太太？」

她差點說不行，但話說回來，他們在廚房門口的對面就有一間小浴室。「當然，」她說。「就在那裡。」

他隨著她指示的手指看去。她一直盯著他看，直到確定他哪裡都去不了。柔伊坐在她面前。

「黎諾。」柔伊的語氣柔和，略高於耳語，好像不想讓塔圖姆聽見。「有些重要的事情妳得知道。」

黎諾一語不發，但她發現自己身體向前傾，好聽清楚那個女人的聲音。

「我小時候就認識丹尼爾了，」柔伊說。「他是我們家的鄰居。」

黎諾感到一陣驚訝，隨後突然意識到。「妳是那個班特利家的女孩！」她小聲說，熱情地微笑。「丹尼爾告訴過我關於妳的一切。」

第七十六章

柔伊不確定當黎諾說出這些話時，她是否可以掩飾自己的震驚。

丹尼爾告訴過我關於妳的一切。

黎諾說出這句話時不帶憤怒或指責，事實上，無論格洛弗告訴她關於柔伊的什麼事，都似乎使她更加友善了。

她強迫自己淺淺微笑。「沒錯，他離開梅納德鎮時我才十四歲，我非常了解他。」

「他告訴我妳在聯邦調查局工作，但直到現在我把他說的跟妳連起來。」黎諾輕聲說道，顯然不希望塔圖姆聽見。「他說你們兩個一直保持聯絡。」

柔伊感到暈眩。格洛弗這個人，有時真不可能知道他謊言的目的——或者他甚至根本不相信那是謊言。她青少年時期曾抓到他說謊好幾次，他總是讓謊言聽起來好像在開玩笑，但他偶爾會差點相信自己捏造出的說法，他是否真的認為他們「保持聯絡」？

也許他告訴黎諾那件事，是為了使自己看似更加平易近人，使自己從一個沒有家人的單身男子變成一個富有同情心的男人，有愛心到跟鄰居小孩保持聯絡。

無論原因為何，她都可以利用這一點。「所以他告訴過妳梅納德鎮發生了什麼事嗎？那些女孩子的事？」

「他說過。」黎諾悲傷地睜大眼睛。「他還說警方懷疑他，但是妳在那裡，所以妳知道發生了什麼事。」

柔伊不必費心猜測格洛弗告訴這個女人的說法。「他們有抓到犯案的人，」她說，「一個高中生，他在監獄裡自殺了。」

黎諾點點頭，她的眼神閃爍，看著走廊和浴室門。「但是你的搭檔認為……」

「別管我的搭檔怎麼想，」柔伊平穩地說。「我會對這起調查保持客觀，我們不想做任何假設。」

黎諾似乎略有放鬆。「那就對了。」

柔伊小心選擇她說話的字眼。「我會對妳坦誠相告，有一些證據將丹尼爾聯繫到這幾起犯罪，但是我有種感覺是他在錯誤的時間點到了錯誤的地方去，但如果我們無法得知他對所發生之事所描述的版本……」她聳聳肩。「事態對他來說看起來並不利，我們愈早有機會跟他談並釐清所有事，對他愈有利，這就是為什麼我需要知道他何時與妳交談以及他說了什麼。」

黎諾的眼睛微微瞇起。「就像我說的，我最近沒有和他說過話。」

她正在失去她的信任，柔伊腦筋動得很快。「他自首的話會比較安全，芝加哥警方正在找他。」

「我相信他終究會自首的。」

終究？然後柔伊意識到那個女人指的是什麼。「妳指的是他完成治療後？」

黎諾似乎通盤考慮過了，最後她說，「我不知道，但我懷疑他在監獄中無法得到他所需的治療。」

柔伊懷疑黎諾知道他現在人在哪裡，她必須讓這個女人看清事實。「妳知道他是如何支付癌症治療的費用嗎？」

黎諾額頭皺了皺。「不知道，就像我說的，我們最近沒說過話。」

「他在暗網上販賣圖片，他受害者的照片。」她打開包包，取出照片，她將照片一一放下。「這是雪莉．沃滕伯格，她去世時年僅二十二歲，他強暴她，然後勒死她，把她像垃圾一樣丟在溝渠裡，這是他拍下的照片。」

黎諾厭惡地看了一眼，然後把視線移開。「妳說謊，妳已經自行判定他有罪了。」

「他才是向妳說謊的人，這張妳知道的，是凱瑟琳．藍姆，妳看這張照片，是他幹的，他在網路上出售這張照片。」

黎諾的身體變得僵硬。「我要妳離開，出去，現在！」

柔伊知道自己鑄下大錯，她應該要讓她保持冷靜，黎諾會供出一些事的，但是她現在把心思放在自己的偵訊程序上，她把海莉耶塔．費許朋的照片擺在桌上，黎諾看了照片一眼，臉上一時慘無血色，她看起來快吐了。

柔伊指著那張照片。「這是海莉耶塔，是丹尼爾幹的，但他的真名是羅德．格洛弗，我們需要妳告訴我們妳所知的一切，我們需要逮捕他，在他對其他人重施故技之前逮捕他。」

黎諾搖搖頭閉上了眼睛，她的嘴唇扭曲，好像快哭出來。

幾秒鐘後，浴室的馬桶沖水，塔圖姆走了出來，他們交換了眼神，柔伊搖搖頭，然後她從桌子上收走照片，並將名片放在黎諾面前。

「如果妳想起了其他事，請告訴我們。」她說完站起身。

有一度黎諾似乎快要說出什麼，但沒有，她別開了視線。

柔伊大步走出屋外，一邊生著自己的氣，她已經非常接近答案；她很確定，如果她說對話，她就會吐露真相，黎諾想要說，但她卻使黎諾閉口不言，就像她與他人的對話總也是這樣收場。

「派崔克可能在教堂，」塔圖姆說，一邊打開車門。「我們去找他吧，如果需要的話，我們可以把他們兩人帶去警署，分開偵訊。」

柔伊點點頭，滑入副駕座位，他們開車離開時，她透過窗戶凝視著，房子被拋在他們身後。「她說格洛弗告訴過她關於我小時候的事，他說得好像我們感情很好。」

「格洛弗說謊，他會見人說人話——妳知道的。」

「但到底為什麼要說到我呢？」

塔圖姆嘆了口氣。「我知道妳覺得有必要解釋這些人所做的一切，但是妳知道嗎？有時沒有真正的原因，他就是想談論妳，而且他說了，而且很自然地，他會說得好像你們兩個是好朋友，因為他說的一切都是為了給別人看見他好的一面。」

「對。」

他們沉默了片刻。

「妳不該給她看那些照片的，」塔圖姆說。「她並不處於能看照片的狀態。」

「她知道一些事，我是在試圖動搖她，讓她吐實。」

「不過，給她看她死去朋友的照片還是太過分了，如果她向警方投訴——」

「她似乎並不在乎她所謂死去的朋友，」柔伊不耐煩地說。「她幾乎沒有看照片，她似乎對海莉耶塔．費許朋的照片更加不適。」她回想起那一刻，黎諾臉上血色盡失的樣子，她看起來似乎不是感到厭惡或恐懼，她似乎……

嚇壞了。

「好吧，我不怪她，」塔圖姆說。「如果妳給我看一張照片——」

「把車調頭。」柔伊脫口而出。

「什麼？為什麼？」

「她根本沒有看海莉耶塔——而是看著照片中的手臂。」柔伊拿出照片來驗證，海莉耶塔・費許朋被勒斃的照片，照片上頭只可見攻擊者的手臂，他的皮膚上有多處擦傷，留下長長幾道紅色傷痕。

黎諾見過那些擦傷，那就是她害怕的原因，她在格洛弗的手臂上看過，當她看到照片時，她才意識到他就是勒斃海莉耶塔的那個人。

但唯一可能的解釋是她非常近期才見過他，且他現在可能就在派崔克和黎諾的家中。

第七十七章

直到聽見聯邦調查局的人車子駛離，黎諾才稍微移動，她聽過有種說法叫嚇到動彈不得，但直到那一刻之前，她還以為這只是一種形容一個人非常害怕的方式，如今她意識到被嚇到身體失去反應是有可能性的。

她試圖說服自己這只是出自她的想像，那張照片她幾乎沒看一眼，她注意到照片裡手臂上的那些擦傷可能只是光線造成的錯視，就算不是也不代表什麼，對吧？手臂上的擦傷並非罕見，她光是在花園裡勞動，就擦傷她的手臂好幾十次了。

儘管如此，那三道長長的擦傷，正與丹尼爾手臂上的擦傷一模一樣。

她問過他擦傷的事，他尷尬地解釋說抗癌藥物會使他的皮膚乾燥，他整夜發癢，有時他會把自己抓到流血。

如此具體的解釋，他毫不猶豫立刻說出，當然如果這是謊言，他會花點時間想出些說法。她甚至給了他一些保濕霜，後來他告訴她這對搔癢很有幫助。

她回想起他說話時誠摯的表情，他在解釋時也在抓癢，然後在意識到自己正在抓癢時笑了出來。

沒有人能這麼會說謊，這是不可能的。

他從未試圖掩飾自己曾與泰倫斯・芬奇住在一起，這是他打電話來時第一件告訴派崔克的事，他一直住在那裡，最近才發現泰倫斯可能捲入某些非法事件，他還說泰倫斯的行為愈來愈飄忽不定，他說他只是需要一個地方住幾個晚上，住到下一次治療為止。然後過不久，當他們發現泰倫斯因涉嫌殺害凱瑟琳被捕時，丹尼爾責怪自己，說他早該看出一些跡象，他的眼中閃爍著痛苦和羞愧。

但是現在她納悶著，當丹尼爾住在他家中，泰倫斯真的有可能殺害那些女性，卻完全不讓丹尼爾注意到嗎？

無論是誰拍下被勒斃女孩的照片，那個人都不是攻擊者，角度是不合理的，所以如果是芬奇拍了照……

那三道擦傷。

她後悔探員在場時自己沒有說些什麼，她不必告訴他們丹尼爾在後面的房間裡，她本來可以提議和他們一起去警署提供陳述，或者叫他們等到派崔克回來。

因為她現在和丹尼爾獨自一人在家，她認識他——他是一個好心人，但是……

把那幾道擦傷從她腦海中抹去是不可能的事。

她只是反應過度，她看到一張暴力照片，這畫面嚴重影響了她，但她需要幫助。

她拿起手機打給派崔克。

「嘿，」他說，幾乎立刻接聽。

「派崔克，」她小聲說，聲音嘶啞。「你可以回家嗎？」

「為什麼，怎麼了？」他聽起來很警戒。「是寶寶怎麼了嗎？」

「不是……我只是真的很需要你在身邊。」

「當然，我已經在路上了，妳等我。」他掛斷電話。

她呼了一口氣，與派崔克簡短交談甚至已經讓她感覺好了一些，真是有點傻，只是愚蠢的反應過度。

出其不意之間，她突然感覺到一條布質套索束緊她的喉嚨。

第七十八章

塔圖姆把引擎熄火，已經打開車門，他半跑著走向門口，柔伊緊跟在後，他看似正要敲門，卻聽見屋內傳來撞擊聲。

塔圖姆拔槍，打開了門。「在這裡等。」

她無視他的指示，在他身後走進屋內，塔圖姆無聲地前進，他的動作流暢，槍口朝前瞄準，雙手握槍。他走進廚房門口大喊，「不要動！放開她，雙手舉高！」

柔伊越過塔圖姆的肩膀看過去，心跳到喉嚨口。

格洛弗站在房間遠處盡頭的檯面旁，一把鋒利的刀刃緊緊抵住黎諾的喉嚨，黎諾的臉色脹紅，她喘著粗氣，眼睛驚恐地睜大，她的脖子上纏了一雙長襪，但似乎只是鬆垮地掛著，格洛弗聽見他們把車停在屋子旁邊，可能就把套索鬆開，然後抓了一把刀。

「我會殺了她！」格洛弗大喊。「放下槍，否則我割斷她的喉嚨。」

「沒得談，」塔圖姆說。「把刀放下就沒有人會受傷。」

格洛弗厲聲笑了出來。「我想我們已經踩線了，柔伊，走進房裡——給我看妳的手。」他像條蛇一樣把頭從左邊緩緩轉到右邊。

柔伊躡手躡腳在塔圖姆周圍前進，手心舉起。「我沒有帶武器。」

「拜託，」黎諾氣喘吁吁地說。「我需要——」

「閉嘴，」格洛弗厲聲說。「否則我發誓我會把這把刀捅進妳肚子裡。」

柔伊的心跳撲通撲通敲打著，視線緊盯格洛弗的雙眼，她看見他眼底的黑暗和空虛，這是和好幾年前當他發現她闖入他房子時一模一樣的表情，也和好幾個月前攻擊她時的表情相同，那表情意味著死亡，一張純粹邪惡的面孔，死亡在他身後徘徊，等待出擊。她呼吸困難，對應黎諾上氣不接下氣的喘氣聲。有一度她知道他們都在格洛弗的控制之下，只有他能決定這個場面將如何收拾。

不。

這是幼稚的想法，是對未知的恐懼，是知道鬼怪要去抓你時的恐怖，但是格洛弗不是，他不是從沼澤爬出或藏在床底下的生物，他不是怪物，他是一個人。她強迫自己審視他的真面目。

他生病了，如果死亡在他的頭頂徘徊，那是因為他已瀕臨死亡，他的皮膚歪扭，眼睛凹陷，他的頭上禿了一塊，有人把該處的頭髮剃掉，可能是要進行醫療程序。他很瘦，幾乎骨瘦如柴。

這個人形容枯槁，這一點並沒有降低他的危險性，因為他已經沒有什麼好失去的了。

「格洛弗，」她說，語氣柔和低聲。「如果你傷害她，葛雷探員會對你開槍。」

「或許吧，」他說，狂亂地笑了出來。「但是當妳看到這個女人死掉時，我可以看見妳的眼神，光這點就值回票價了。」

他沒有真的在害怕塔圖姆的槍，就像許多精神病態者一樣，格洛弗的風險評估也存在偏差，他知道這把槍存在，但這威脅抽象又遙遠，對於格洛弗來說，真正的恐懼要伴隨痛苦。她想起他當時攻擊她，她設法刺傷他時他眼中的沮喪，當馬文開槍擊中他時，受傷的疼痛又發生了一次，當格洛弗感受到真正的疼痛時，威脅就變成了現實。

現在他持續處於疼痛狀態，那是他真正害怕的事，癌症，他有時間去處理這個疼痛並從中製造出劇烈的恐懼，相比之下，這把槍幾乎不值一提。事實上，基於這一點，他可能會歡迎別人對他開槍，只是為了逃避癌症導致的死亡。

「如果你放下刀，」柔伊說，「我們將確保你會得到應有的癌症治療。」她強調應有這個詞，在格洛弗的世界中，他有資格享有自己所取得的一切。

「那是妳想洗腦我的好聽話，」格洛弗咆哮道。「我研究過監獄醫院，我看過我入獄會得到的治療，恐怕我不得不放棄妳慷慨的施捨。」

當然，他已經考慮過這個可能性，確認過了。她想起黎諾稍早對她說的話，我懷疑他在監獄中無法得到他所需的治療。她這是在重複格洛弗告訴她的話，對他來說，被逮捕無異於判處死刑，既緩慢又痛苦。

不，他現在想要的是別的東西，要不逃走要不死路一條，也許他現在的所做所為只是在建立足夠的勇氣，逼塔圖姆對他開槍，藉聯邦調查局探員之手自殺，一旦他準備好赴死，黎諾也活不成了。

「如果我們放你走呢？」柔伊問。

「走？當我們盼了這麼多年終於重聚，妳要放我走？」格洛弗再次搖搖頭。「在這麼多年之後，我們終於有機會談談，妳要放我走？」

「你想談什麼？」

「聊表一下謝意吧。」

柔伊眨眨眼。「謝意？」

「是我造就妳的，柔伊，所有一切都是妳欠我的，我是妳事業輝煌的原因，約萬．史托克、傑佛瑞．奧斯通、克萊德．普雷斯科特，我一直有在追蹤這些報導，同時我得在一間簡陋的兩房公寓裡躲躲藏藏，還要不斷確保警察不會覺得我可疑，僅僅因為一個自大的小孩曾一口咬定她的好鄰居是一名殺手，害我不得不花費數千美元來取得一個可靠的假冒身分。」

「你確實是殺手。」

「不是！是那個學校的孩子，警察是這樣說的，事實上我還幫助他們進行調查。」

她驚訝地瞪著他，她想到他說過這些話很多次，可能連自己也開始相信這個說法了，或者，也許在他內心某處瘋狂的角落，他仍然認為自己可以脫身，能夠以某種方式證明他是完全是清白的，也許他之所以說謊，是因為目前他沒有更好的行動方針。

「跟我道謝，」他厲聲說。

「什麼？」

「感謝我成就妳的事業，否則我現在就割斷這個女人的喉嚨。」

他不停搖頭，他為什麼要這樣？

他沒有邊緣視野，這就是為什麼他無法開車。他看著她和塔圖姆，就像是透過隧道看一樣，這就是為什麼他不斷搖頭，他想看見他們兩人。

她決定驗證她的理論。「以下是我的提議，探員和我會從門口移開，你可以走過門然後離開這裡，把黎諾留給我們，我現在要從包包裡把車鑰匙拿出來了。」

「不准。」他的眼睛睜大，揮舞著刀子的手緊繃起來。

「只是車鑰匙而已，」她說著，非常緩慢地將鑰匙圈從包包中取出，那根本不是車鑰匙——塔圖姆才有車鑰匙——但這並不重要。「來。」

她扔出鑰匙，故意把鑰匙扔得有點偏，格洛弗整個轉頭去看鑰匙在空中扔出一道弧線，然後噹啷落在地板上，然後他甩頭回去看著塔圖姆和那把槍，向後退了一步。

「不要動，」他咆哮道。

他的視線跟隨鑰匙時，無法看著塔圖姆。

「你可以拿走鑰匙，」柔伊說。「還有把車開走，把黎諾留下。」塔圖姆有看到格洛弗的頭移動的方式嗎？他知道她在做什麼嗎？

他知道，她幾乎能夠感覺到，他們的心思在同一陣線，共同對付這一刻。

「我要妳先感謝我，」格洛弗狡詐地說。他這是在爭取時間，也許在考慮她的提議，也許自己在制定計劃。

也許他真的很希望她感謝他，他可能有意在死前從她那裡聽見對他的感謝，他對她的執念總是很深，格洛弗總是受到幻想驅策，也許這就是其中一個幻想。

「謝謝你，」她說。「你是對的，我擁有的一切都是我欠你的，現在聽著：我要移到一邊了。」她向右邊跨出一步。

他威脅性地移動。「不准——」

「發生在你身上的事並不公平，」她說。「你是一個好鄰居，你是我的朋友，我很不知感激。」

「婊子，」他啐了一口。

「我不應該怪你，警方已經掌握一名嫌犯了對吧？由於我的緣故，你不得不遠走高飛。」再跨一步，再一步，格洛弗的頭部緊跟著她移動。

「如果我不這麼做，很多人都不會受到傷害了，對吧？」又一步，又輕又柔，目光持續注視著他。「你不想傷害凱瑟琳的，你是不得不。」

「是芬奇！這全是芬奇的主意。」

「對！」她說話的語氣更快更高，試圖讓自己聽起來驚慌失措，聽起來像一個試圖跟他求和的女人。「而且我敢肯定你試圖說服他，但你有什麼選擇呢？因為我的緣故，你沒有醫療保險，這些照片可以讓你得到應有的醫療服務，對嗎？」

塔圖姆移動了，慢慢向牆壁移動，格洛弗沒有注意到，實際上她幾乎可以確定他無法注意到，塔圖姆不在格洛弗的視線範圍內。

「你還是可以重施故技，」柔伊說，她沒有試圖讓自己聽起來很有說服力，格洛弗對被說服不感興趣，他想看見她害怕，這關乎於他的勝利。「車鑰匙就在地板上，我不會阻止你，我只是不想讓任何人受傷。」

塔圖姆躡手躡腳沿著牆壁潛行，確保不發出任何聲音。

「妳認為我有蠢到以為妳會讓我逃之夭夭嗎？」格洛弗問。

「我不在乎你逃走！」她說，聲音嘶啞。「我會解決這個問題，只是別傷害她！告訴我要怎麼補償你！」

然後他笑了，一抹勝利的微笑。「抱歉，柔伊，妳無法補償我。」

他的手緊緊握在刀柄上，正要割開黎諾的喉嚨，塔圖姆猛撲過去，以兩步快速的步伐穿越他們之間的距離，抓住格洛弗的手腕。格洛弗驚訝地甩頭，塔圖姆扭轉他的手臂，迫使他放下刀時，他發出尖叫聲。

一切都在瞬間發生，格洛弗的動作遲鈍又困惑，柔伊急衝向前，抓住黎諾，黎諾跌跌撞撞地差點摔倒。

「妳沒事了，沒事了。」她低聲啜泣時，柔伊反覆對著她說。她扶她坐下，轉身看塔圖姆將格洛弗的手銬在身後。

格洛弗在哭。

看見這一幕的感覺很怪異，這名使她如此恐懼的男子騷擾了她好多年，卻如此輕易被擊敗，塔圖姆連一滴汗都沒流，整個過程花了三秒鐘，也許四秒鐘，格洛弗的表情看起來是如此可悲。

也許是時候說出自己的勝利宣言了。「我希望癌症會慢慢折磨死你，」或者「你不該殺害那些女孩。」

但她沒有，她說，「我會打電話給歐唐納，結束了。」

第七十九章

二〇一六年十一月一日，星期二

柔伊在比奇達爾大道上慢跑時，她的手機響了，自她回到戴爾市以來，這是她第一次慢跑，她不得不承認自己想念芝加哥的湖畔步道，戴爾市有一些不錯的森林步道，但沒有密西根湖岸那般寬闊而美麗。

她看了一眼手機螢幕，來電者的名字隨著她的腳步跳上跳下，是歐唐納。

「妳好？」她喘著氣回答。

「柔伊？方便講話嗎？」歐唐納的聲音從柔伊的藍牙耳機傳送出來。

「方便。」

「那是什麼聲音？聽起來像風。」

「我在跑步。」

「我等等再打。」

「沒關係——怎麼了？」

「我想告訴妳，泰倫斯・芬奇試圖自殺，他設法用手掌握住一些藥丸藏起來，然後一次吃下去。他目前在接受防範自殺監控。」

柔伊放慢腳步，上氣不接下氣。「他有說原因嗎？或是有沒有留言？」

「他沒有東西能寫字，他也沒有費心解釋原因，但一直在照顧他的警衛和護士說在過去的幾天裡，他一直在乞求他們給他血，他具體來說是想要芮亞．狄隆的血。」

「也許他終於意識到她已經死了，」柔伊說。「因為她死了，他希望能再喝一口她的血的希望也破滅了。」

「可能吧，他的律師說他們因精神錯亂的理由拒絕認罪。」

「這可能行不通，」柔伊說。「我會告訴妳為什麼。」

「因為法律上的精神錯亂規則不適用於他？」歐唐納建議。

「因為法律上的精神錯亂……是的，沒錯，他知道自己的行為是有害的，他有經過預謀和計劃。」

「對，州檢察官已經告訴我了，他說他們會試圖宣稱此案適用馬克諾頓法則[18]，但不會奏效。」

「好吧，」柔伊擦拭額頭上的汗水。「他是瘋了，歐唐納，他患有妄想症和幻覺，他在接受思覺失調症的治療，他應該住院，但是他會進監獄的。」

「嗯，這取決於法院的判決，州檢察官殺紅眼了，恨不得讓他見血。」她停頓一下。「我沒有要講雙關語的意思。」

柔伊呼出一口氣，凝視著濾過樹枝的陽光，現在是傍晚時分；太陽正在西下，她得回家了。「那格洛弗呢？」

18 M'Naghten Rule，鑒別精神病的規則，出自一八四三年英國上議院的一個判例。被告馬克諾頓在認為政府迫害他的精神錯亂支配下，誤將首相秘書當作首相而殺害，判決認定被告人患有精神病而獲判無罪。

「醫生估計他可能還有四個月的壽命，他有可能在審判結束前死亡。」就像他預言的那樣，他是否會因為他所謂的死刑而埋怨她？大概會吧，她不確定自己對此有什麼感覺。

「昨天有幾名行為分析小組的探員出現在這裡，」歐唐納說。「他們想跟格洛弗面談，這不是應該由妳來執行嗎？」

「我決定不出面，」柔伊說，開始往回走。

「為什麼不？」

「我懷疑自己的客觀性。」

「不過，訪談也許能夠給妳個痛快。」

「我不需要痛快，」柔伊惱怒地說。「而且這次面談應該由專業引導，我們需要知道，格洛弗在謀殺案之間漫長的時間裡，究竟是如何克服自己的衝動，了解他童年的細節也很重要，我們尚不清楚他是否遭到父母虐待。他寄給我的信是他性幻想的一部分，還是用來滿足其他需求？我想進一步了解功能上——」

「好了，好了，我只是想說，如果由妳來和他談，妳可以做得更好，那些行為分析小組的探員看起來就是幾個傻子。」

「他們不是傻子，他們非常有能力。」

「嗯哼。」

「嗯，其中一個人能力很強；另一個，也許是，傻子沒錯，」柔伊承認。「我還是向他們做了簡報，只要他們忠於我的簡報，他們就會做得很好，我……我的話就做不到了。」

「因為他傷害了你妹妹？」

「那部分也是。」她本想讓話題在此結束，但她不吐不快。「當我看著他時，我又變成一個小孩了。」

「我想這很合理，」歐唐納過了一會兒說。

柔伊穿越馬路，接近她的公寓。「妳最近有什麼消息嗎？他們會把妳調離暴力犯罪科嗎？」

「我不知道。」歐唐納嘆了口氣。「也許會吧，我還是沒有搭檔，而且在暴力犯罪科沒有搭檔的話是待不久的，但是有鑑於我是逮捕格洛弗的警探，所以我猜這幫我爭取了一些時間，我老公不太高興。」

「妳對此作何感想？」

沉默了幾秒鐘。「這是我最擅長的事，」歐唐納說。「我喜歡工作內容，即便有曼尼的鳥事和部門的為難。」

「我懂了。」

「妳呢？有新案子嗎？」

「沒有，只有一些正在進行的案件。」她在大樓入口處停下來吐氣。「我可能會調離行為分析小組，我已經得到一個職位。」

「真的？什麼職位？」

「他們希望我負責聯邦調查局學院的側寫員培訓，我將與新進的受訓探員一起工作，而且負責分派給行為分析小組的探員。」

「這不是正合妳胃口，」歐唐納說。「妳會接下嗎？」

「我不知道，可能吧，這是一份很好的工作，我將能夠進行一些重要的改革，而且我不需要那麼常在全國各地出差。」

「那有什麼缺點嗎？」

「呃……沒有，可能沒有吧。」

「那就恭喜了，」歐唐納說。「噢，還有最後一件事，黎諾·卡本特沒有失去寶寶，她僥倖脫險，還在住院觀察，但看起來他們會度過難關的，因此妳那天可能挽救了兩條性命。」

「那很好。」

「以防妳還在為芮亞·狄隆的死感到自責。」

「我沒有，」柔伊說，但是她很自責。

「好了，很好，很高興跟妳聊，柔伊，我可能偶爾會打電話給妳，妳是一個很好的聽眾，妳是我專屬的精神科醫師。」

柔伊翻了個白眼。「我是法醫心理學家。」

「對啦，我想法醫心理學家就是我需要的，晚安，柔伊。」

「晚安。」柔伊掛斷電話，向上凝視著自家那棟建築物，心中感到一陣惶恐。要結束今日行程尚嫌太早，她要去做一件她幾乎從未做過的事。

第八十章

柔伊在她的客廳裡走來走去，淋浴後的她頭髮還是濕淋淋的，背景是碧昂斯在唱歌，儘管剛慢跑完，但她仍然需要再次出門，牆壁的壓迫感很重。

「妳看起來很緊張，」安德芮亞說。

她妹妹站在廚房門口，穿著圍裙，拿著一根長柄杓，柔伊不由自主笑了。儘管安德芮亞在兩天前就已飛來這裡，但每次見到她仍會讓柔伊感到一陣開心。

「我不緊張啊。」柔伊說。

「妳在那邊走來走去，地毯上都留下腳印了，」安德芮亞說。「妳在擔心今天晚上嗎？」

柔伊正打算否認，想想又決定不否認了。「我不該讓妳說服我的。」

「這將是個愉快的夜晚。」

「請太多人了。」

「五個人，包括我們，柔伊。」安德芮亞笑了。「是怎樣太多？」

柔伊嘆了口氣。「好吧，妳說得對。」她空洞地說。「這將是個愉快的夜晚。」

「會的，快來廚房幫我。」

柔伊乖乖跟安德芮亞去了廚房，爐面上有三個鍋子，烤箱裡烤著千層麵，空氣中混合著神聖的香味，柔伊在鍋邊停留，深深吸了口氣。

「把那些蔬菜洗乾淨然後切一切。」安德芮亞指著一堆小黃瓜、番茄和甜椒。「我想要稍微切就好，不要全部剁碎，如果妳切太碎，我會告訴妳。」

「我想我可以自己把小黃瓜切好。」

「我會當妳的裁判。」

柔伊開始洗甜椒。「媽今天打電話給我。」

「噢是嗎？她要幹嘛？」

「她說她想聽聽我們過得還好嗎，但後來她花了十五分鐘試圖說服我辭職回去梅納德鎮，因為羅森伯格醫師的秘書剛辭職，醫師正在尋找能夠替代她的人。」

「還真是千載難逢的工作機會，錯過可惜，」安德芮亞說著，一邊在蘑菇湯裡加鹽調味。「她試圖說服我接受那份工作，順便告訴妳，那位秘書是兩個月前辭職的，羅森伯格可能即將退休。」

「顯然梅納德有一些很帥的單身男子啊，」柔伊說著切開其中一顆番茄。「她跟我細數了全體名單。」

「所以那是一次愉快的談話嗎？」

「我不知道妳怎麼能在那裡待那麼久，要是我早就發瘋了。」

「那裡很寧靜，」安德芮亞過了一會兒說。「當然，媽還是……媽，但是她一天中大部分時間都很忙。妳把番茄切太小了。待在那裡正是我需要的。」

「那現在妳待夠了嗎？」柔伊問，試圖讓自己的語氣聽起來不那麼充滿期盼。

安德芮亞把湯攪拌最後一遍。「夠了，但我不會回戴爾市。」

「喔。」柔伊專心切小黃瓜。

安德芮亞越過她的肩膀凝視。「妳這樣是在切碎，我跟妳說過不要切太碎——」

「我切得很好，妳為什麼不想回這裡？」

「其中一個原因是，我在這裡有一些很糟的回憶。」

「格洛弗在監獄裡！他幾個月內就會死了；妳不能讓他毀了——」

「我不喜歡住在這裡，柔伊，我不喜歡！對不起，我知道妳找到了妳安身立命的地方，但我不屬於這裡。」

「好吧。」柔伊的淚水就要滴落，她眨眨眼把淚水眨掉。「那妳下一步是什麼？」

「你還記得馬洛莉嗎？波士頓來的？」

「是那個有摸人習慣的人嗎？」

「她沒有摸人習慣，她有點喜歡身體接觸。」

「她跟誰講話都要摸人家，她摸人家的肩膀，顯然這是一種強迫症。」

「不是……算了。」安德芮亞聽起來很惱火。「她想開一家餐廳。」

「所以妳要去她的餐廳上班嗎？」

「她其實建議我們一起開餐廳。」

柔伊咬住嘴唇。「妳想跟馬洛莉一起開餐廳？」

「我正在考慮。」

「妳們從哪裡生錢？」

「她剛從她奶奶那裡繼承了一些遺產，我想我可以去貸款。」

「聽起來真的很冒險。」

「從一個靠追捕連環殺手謀生的女人嘴裡說出這種話。妳看，妳切得太小塊了，我示範給妳看。」

「我拿著一把非常鋒利的刀，現在告訴我怎麼切蔬菜不是時候，」柔伊說，她把刀砰一聲放下，刀的位置和她自己的手指只有一根頭髮的距離。

「好吧。」

「妳需要多少？」

「我們得弄清楚金額，但是可能在三萬到四萬之間。」

「我會借錢給妳。」

安德芮亞哼了一聲。「靠什麼？靠妳的政府薪水？」

柔伊轉身面對她。「哈利．巴里的出版商願意付錢買下我故事的獨家權利付錢給我。」她告訴哈利她再過一百萬年都不會同意，他用他那令人發怒的自鳴得意口吻回答，他會給她一些時間來考慮。「足夠妳分攤開餐廳的費用。」

「我不能拿妳的錢。」

「妳不是拿，是借，我不會跟這件事有任何關係。」

「噢，柔伊。」安德芮亞的聲音嘶啞，她撲向柔伊，熱情地擁抱她。

「但是我每次都要去吃霸王餐喔，」柔伊說著閉上眼睛，用雙臂環繞著妹妹。

「好。」

「而且妳不能管我要怎麼切蔬菜。」

「做妳的白日夢吧。」

她們擁抱著彼此幾秒鐘，直到敲門聲讓她們分開。

「他們到了，」柔伊擦著眼睛說。

她走到門口，安德芮亞緊隨其後，塔圖姆正打算再次敲門時，她打開了門，馬文站在他身旁，克麗絲汀．曼庫索站在他們身後。

「我們帶了葡萄酒，」塔圖姆說，然後皺著眉頭看著她和安德芮亞。「妳們兩個還好嗎？」

「我們在切洋蔥，」安德芮亞吸吸鼻子說。「把酒給我吧。」

第八十一章

安德芮亞做了一盤起司和水果，她先上桌當成開胃菜，等千層麵烤好，他們五個人坐在客廳裡喝葡萄酒，主要在聽馬文說話，這老人家有一種神奇的能力能吸引所有人的注意。

「我們昨晚在我舉辦的讀書會討論過，」他說著轉頭面向曼庫索。「妳參加過讀書會嗎？」

「沒有，不算有。」她微笑著回答。

「那妳應該來參加我的讀書會——妳會喜歡的，妳會完全融入。」他微微皺眉。「妳有點太年輕了；那裡大多數的女人都是四十或五十歲，但我認為她們會喜歡妳的。」

「你覺得我幾歲？」曼庫索問，眉毛拱起。

「嗯，我不想猜測一位淑女的年齡，但妳可以例外，三十歲？不，等等……二十九歲。」

曼庫索看了塔圖姆一眼。「我喜歡你爺爺。」

「每個人都喜歡。」塔圖姆嘆了口氣。

柔伊有種怪異的感覺，她太專注在自己身上，專注在自己的姿勢和行為，試圖讓自己看起來好像話題的一部分，但要盡最大努力不要說出任何有意義的話，她笑得太多了嗎？她將手掌放在膝蓋上，但看起來很刻意，她把手放下，然後她試圖隨性向後一躺，但沙發不知為何怎麼躺都不對。

她從不在乎別人的看法，但是邀請他們過來使她太過不安，真令人洩氣。

「妳認為我們應該告訴馬文克麗絲汀已婚嗎？」安德芮亞低聲問她。

「我不認為會有什麼差別。」柔伊回答。

她一度沒跟上話題，試圖坐直，當她重新回到話題上，馬文正在向行為分析小組的組長解釋要如何在實戰上抓住一名殺手。

「一切都與眼睛有關，」他說。「得看清他們的眼神。」

「真的？」曼庫索很興奮，似乎第一次聽到。

「『眼神一目瞭然，透過眼神可以看見一個人的靈魂。』這是高提耶說的。」

「是哥提耶[19]，」塔圖姆說著翻了個白眼。「而且他談論的是女人，不是謀殺犯。」

「你知道的，塔圖姆，等我需要你幫我上法國文學課時，我一定會打電話給你的。」

柔伊起身。「千層麵可能已經烤好了，我去端。」

「我可以去端，」安德芮亞說。

「不用，沒關係，我來就好。」柔伊趕緊去了廚房，她一離開眾人視線，就吐了一口氣倚靠在檯面上，她花了一些時間來穩定自己的神經。

「需要幫忙嗎？」曼庫索在她身後說。

柔伊轉過身去。「不用，」她脫口而出。「我可以。」

曼庫索走進廚房。「謝謝妳邀請我，」她說。「我很愉快。」

「噢，很好。」柔伊很意外感到鬆了一口氣。

「妳有答案了嗎？聯邦調查局訓練部的協理主任一直來煩我。」

「我……我需要再考慮個幾天。」

19 Pierre Jules Théophile Gautier，法國十九世紀重要的詩人、小說家、戲劇家和文藝批評家。

「這是很好的職位，柔伊，非常適合妳。」

「我知道。」

「側寫員培訓的教材已經過時，需要從頭開始重編。」

「這點我沒辦法反駁。」柔伊突然想起千層麵，她迅速打開烤箱，用烤箱隔熱手套抓住托盤。

「看起來超棒，」曼庫索說。

「安德芮亞做的，她很會做義大利菜，她其實要在波士頓開一家餐廳了。」這些話在從她嘴裡說出口感覺很奇怪，但不完全有那麼不舒服。

他們回到客廳。

「等等，我只是說如果不是魚幹的，那還有誰？」馬文在問塔圖姆。

「馬文，你很扯，這條魚不是某種犯罪的幕後操縱者——」

「是我給你的那條魚嗎？」曼庫索坐了下來。

「是妳給了他那條魚？」馬文問。

「對，」曼庫索說。「我愛魚，我在辦公室有一座大型魚缸，家裡有另一座，我給塔圖姆的魚叫提摩西，牠是隻混蛋。」

「我早該在這條魚搬來跟我們住之前，知道這條魚接受過聯邦調查局的特殊培訓，這解釋了一切，」馬文說。

「牠只是一條金魚，馬文。」塔圖姆說。

「牠不是一條金魚，塔圖姆，牠是絲足魚，如果你對魚類有絲毫了解，你就會知道。」

「所以你懂魚嗎？」塔圖姆不可置信地問。

「我懂不少。」馬文看了曼庫索一眼。「我愛魚，魚很迷人。」

「真的？」塔圖姆說。「說出三種魚的名字。」

「嗯……絲足魚，還有鮪魚。」

「這樣是兩個。」

「你知道嗎，塔圖姆？你真的很討厭，我不想跟你在這裡聊魚的名字讓在場的女性覺得無聊死，我們可以聊更多有趣的事，比如聊你八年級的地理老師，還有發生過什麼事吧。」

「好吧，」塔圖姆過了一秒不情願地說。「你是魚類專家。」

「我該死的就是。」

「我想知道地理老師的事，」安德芮亞說。

「也許晚點說吧，」馬文說。「這不適合在吃晚餐前聊。」

「好了，」柔伊說。「來吃飯吧。」

「我可以先敬酒嗎？」馬文問。

「呃……當然，」柔伊說。

「馬文——」塔圖姆煩躁地說。

「不要吵，塔圖姆，你爺爺在說話。」馬文舉起酒杯。「六個月前，我孫子告訴我他要去匡提科，我對此並不感到興奮，因為我知道我需要跟他過去，因為他一天都不能沒有我。」

塔圖姆翻了個白眼，但沒說什麼。

「我一直都知道塔圖姆是個好人，但是他在洛杉磯似乎從來沒有快樂過，我認為他就是不適應那邊調查處的人，但是我們來到這裡，他最後得到一個傑出優秀、才華橫溢的搭檔，突然我更常看見我的孫子笑了。」

柔伊突然脹紅了臉。

「他不太講你們搭檔的事，但是當他談起時，總是充滿了欽佩和熱情，現在我看到他終於找到他的歸屬感，你們很幸運，因為你們無法在聯邦調查局找到更好的探員了。」

塔圖姆的嘴微張在那，好像他在模仿先前討論過的魚一樣。

「所以，謝謝妳，柔伊．班特利，因為妳是如此出色的女性，還要感謝你們三個人把那些神經病逐出街頭，讓像安德芮亞跟我這樣的人到了晚上得以安枕。」

他把酒杯抬高了一些。「敬行為分析小組的探員。」

第八十二章

馬文敬酒完，柔伊胸口的重擔減輕了，她仍然精神緊繃又神經兮兮，但她也可以同時享用安德芮亞烹製的美味佳餚了，令她驚訝的是她喜歡大家的陪伴。上甜點後不久，曼庫索就離開了，馬文跟安德芮亞說了自己在餐飲業經歷的建議和趣聞，把她逗得樂不可支。柔伊去廚房洗碗，好讓自己靜一下。她的小廚房無法負荷安德芮亞連續五道菜的套餐，鍋子和髒碗盤聳立在小小的水槽裡。

她刷洗其中一個鍋子，清洗一塊番茄醬燒焦的頑垢，這時塔圖姆走進來，他抓了一條毛巾，開始動手把濕盤子晾乾。

「沒關係——我可以自己洗。」柔伊說。

「我想幫忙。」塔圖姆拿起一只酒杯擦拭。「最好警告一下安德芮亞，如果她聽從馬文的建議，她的新餐廳可能永遠無法開業。」

柔伊把乾淨的鍋子放到一旁，開始洗千層麵的托盤。「我不擔心她——她知道自己在做什麼。」

「我相信她知道。」

他們沉默並排站著片刻。

「一切還好嗎？」塔圖姆問。

「當然，為什麼會不好？」她意識到自己緊咬下巴，於是強迫自己放鬆。「是一個非常愉快的夜晚。」

「嗯哼。」塔圖姆將擦乾的酒杯排成一排。「妳知道，我突然想到，這個案子我們其實有三種不同的犯罪特徵，三種側寫。」

「是，格洛弗、芬奇和格洛弗的客戶，是客戶給了他指示。」

「這有先例嗎？我想不起來有一個連環殺手會滿足誰的要求。」

「連環殺手有時會把圍繞他們的媒體報導詮釋為一種要求，」柔伊說。「但是當然了，對媒體進行側寫是沒有意義的，這個案子特別有趣的原因是因為真的有三個人參與，我們從未嘗試側寫過第三人，但這值得嘗試，將網路的作用認定為模糊受害者的一種機制，這一點令人著迷。格洛弗的客戶不需積極將受害者去人格化，因為透過電腦螢幕的過濾來看見她，就已經做到這一點了，這與網路酸民運作的方式非常類似，行為分析小組絕對要針對該主題進行更多研究，我們應該和曼庫索談談……幹嘛？你幹嘛這樣看著我？」

塔圖姆微微一笑。「沒幹嘛。」

「好吧。」他伸手去拿另一個濕盤子時，她把幾支洗過的湯匙放在一旁，他們的手指輕觸到，柔伊突然意識到他們近在咫尺，塔圖姆比她高很多，她的頭距離他肩膀只有幾英寸，她只要稍微傾斜一下頭，就可以碰到他的肩膀，將臉頰靠在上頭。她回想起他在汽車旅館房間裡抱著她的感覺，後來她睡著了，因為有他在身邊，讓她覺得放心。

她挪開一步，清清嗓子。「我不習慣有客人來。」

「喔？我可以提供一些秘訣，首先，蕾哈娜通常不是晚餐時刻適合聽的背景音樂。」

「喔是嗎？有什麼更好的音樂？」

「幾乎所有音樂都比蕾哈娜好，但爵士樂可能不錯，邁爾・戴維斯或艾靈頓公爵……」

柔伊嗤之以鼻。

「噢，對不起，」塔圖姆生氣地說。「顯然蕾哈娜比二十世紀幾位廣受讚譽的爵士音樂家都還要好。」

「在你自命不凡針對我的音樂愛好說教之前，我本來是想說……你的提議比我預期的要好。」

「好吧，很高興聽妳這麼說。」

「很高興你來了。」

「當然，隨時待命。」

她想說更多，話語在她腦中冒出，她試圖把這些話說出來。她想說她很高興他被轉調到行為分析小組，而他們最終成為搭檔。當她和他一起工作時，一切都變得順暢，彷彿他有辦法軟化現實的尖銳邊緣，以某種方式補足了她，因為他會將她從偶爾固執己見的單向思考上推離，並提供她不同的觀點。她過去從來沒有和一個這麼好的人一起工作過，她有了升遷機會，但她打算婉拒，因為那表示她不再是他的搭檔了。她真的很不高興她妹妹要離開她去波士頓，因為很長一段時間以來，安德芮亞一直是唯一了解她的人，但是現在她覺得不需要再緊緊綁住安德芮亞了，因為她知道他在。聯邦調查局探員不再是一群有敵意的人，因為終於有人成為她的後盾。

「你知道的，我們真的是合作無間，」她脫口而出。

「我也這麼認為，」塔圖姆爽朗地說。「看看我們多快就洗完這些碗了。」

「對啊。」她對他微笑。「全調查局最好的洗碗機。」

致謝

這本書是三本柔伊・班特利系列中最難寫的一本，要想出泰倫斯・芬奇如何走向崩壞，同時保持本書正確的步調，還要編造出令人滿意的謎底？這幾乎是不可能的任務，沒有在每一個步驟上支持我的人，這永遠不會發生。

首先最重要的是我太太里歐拉，她幫助我仔細考慮過情節，並弄清楚如何推進困難的場景，然後她讀了我大雜燴般的初稿，並告訴我必須做什麼修改才能使情節變得更連貫。當人們問我如何寫書，我回答中很大的一部分總是會提到里歐拉，任何想寫書的人都應該擁有自己的里歐拉。

克麗絲汀・曼庫索閱讀了下一版本的草稿，她必須做出最困難的事——告訴我這樣不對，故事中有嚴重的步調問題（那是最嚴重的問題），如果我不修改，這本書會很差勁，這促使我進行了幾項重大更改，修改後使本書更加出色。

我父親閱讀了最終版本，只是為了確保我正確理解泰倫斯・芬奇的心態，這些年來有身為心理學家的父母是非常有益處的，而這次是另外一個好處。

我的編輯潔西卡・特里布爾（Jessica Tribble）收到最終版本後，提供了周到的註記，這些註記後來幫助我糾正了一些嚴重的問題，由於她的意見，整篇艾倫・史文森的支線從頭開始重寫，在過程中有很大的改進。

我的開發編輯凱文・史密斯（Kevin Smith）介入，提供周延的評論和建議，幫助我弄清如何重寫書中的幾個關鍵時刻，對最終版本的書稿來說是無價之寶。在他的指導下，歐唐納、芬奇和格洛弗都寫得更好了。

史蒂芬妮・周（Stephanie Chou）對本書進行最後的編輯（就像潔西卡一樣，她也協助了我前的兩集作品）。她敏銳的眼睛抓出無數錯誤，在此過程也教了我一些關於美洲獅和瞪羚的知識。

我的經紀人莎拉・赫什曼（Sarah Hershman）是最早協助出版這系列作品的人，此後一直在我身邊支持我。

夏格・賽格勒（Hagar Cygler）提供了一些攝影方面的建議，協助我把芬奇的角色寫正確。

加里・利爾（Gali Lior）幫助我弄清楚凱瑟琳驗屍的一些細節，這些細節我幾乎不可能自己發掘。

感謝我「作者角落」（Author’s Corner）的朋友，沒有他們，我的整段寫作之旅將永遠無法實現：你們是我夢寐以求的好友，感謝你們在每一階段的協助和鼓勵。

臉譜小說選 FR6573

嗜血門徒

Thicker Than Blood

原著作者	麥克・歐默 Mike Omer
譯者	李雅玲
書封設計	朱陳毅
責任編輯	廖培穎
行銷企畫	陳彩玉、楊凱雯
業務	陳紫晴、林佩瑜、葉晉源
出版	臉譜出版
發行人	凃玉雲
總經理	陳逸瑛
編輯總監	劉麗真 城邦文化事業股份有限公司 台北市民生東路二段141號5樓 電話：886-2-25007696　傳真：886-2-25001952
發行	英屬蓋曼群島商家庭傳媒股份有限公司城邦分公司 台北市中山區民生東路141號11樓 客服專線：02-25007718；25007719 24小時傳真專線：02-25001990；25001991 服務時間：週一至週五上午09:30-12:00；下午13:30-17:00 劃撥帳號：19863813 戶名：書虫股份有限公司 讀者服務信箱：service@readingclub.com.tw 城邦網址：http://www.cite.com.tw
香港發行所	城邦（香港）出版集團有限公司 香港灣仔駱克道193號東超商業中心1樓 電話：852-25086231　傳真：852-25789337
馬新發行所	城邦（馬新）出版集團Cite（M）Sdn. Bhd. 41, Jalan Radin Anum, Bandar Baru Sri Petaling, 57000 Kuala Lumpur, Malaysia. 電話：603-90563833　傳真：603-90576622 電子信箱：services@cite.my
一版一刷	2021年4月 版權所有，翻印必究（Printed in Taiwan）
ISBN	978-986-235-904-4 售價420元 （本書如有缺頁、破損、倒裝，請寄回本社更換）

城邦讀書花園
www.cite.com.tw

國家圖書館出版品預行編目資料

嗜血門徒／麥克・歐默（Mike Omer）著；李雅玲譯. -- 一版. -- 臺北市：臉譜出版：英屬蓋曼群島商家庭傳媒股份有限公司城邦分公司發行, 2021.04
面；　公分. --（臉譜小說選；FR6573）
譯自：Thicker Than Blood
ISBN 978-986-235-904-4（平裝）
874.57　　110001732